Os Bons Amigos

Hannah Kent

Os Bons Amigos

Tradução: Celina Portocarrero

GLOBOLIVROS

Texto fixado conforme as regras do Acordo Ortográfico da Língua Portuguesa
(Decreto Legislativo nº 54, de 1995).

Título original: *The Good People*

Editora responsável: Amanda Orlando
Editora assistente: Elisa Martins
Preparação de texto: Erika Nogueira
Revisão: Laila Guilherme e Adriane Gozzo
Diagramação: Diego Lima
Capa: Tereza Bettinardi
Imagem de capa: Sundra/Shutterstock

1ª edição, 2017

CIP-BRASIL. CATALOGAÇÃO-NA-FONTE
SINDICATO NACIONAL DOS EDITORES DE LIVROS, RJ

K44b
Kent, Hannah, 1985-
Os Bons Amigos / Hannah Kent ; tradução Celina Portocarrero. - 1. ed. -
São Paulo: Globo, 2017.

Tradução de: The Good People
ISBN 978-85-250-6335-9

1. Romance australiano. I. Portocarrero, Celina. II. Título.

17-44765 CDD: 828.99343
CDU: 821.111(94)-3

Direitos de edição em língua portuguesa para o Brasil
adquiridos por Editora Globo S. A.
Av. Nove de Julho, 5229 — 01407-907 — São Paulo — SP
www.globolivros.com.br

Para minha irmã, Briony.

IRLANDA
Escala
5 10 20 30 Milhas
CANAL DO NORTE
OCEANO ATLÂNTICO
MAR DA IRLANDA
CANAL DE SÃO JORGE
ULSTER
CONNACHT
LEINSTER
MUNSTER
Rathlin Island
Ballycastle
Coleraine
ANTRIM
Kilrea
Ballymenach
Carrickfergus
Antrim
BELFAST
Belfast Lough
Bangor
Newtown
Lisburn
DOWN
Bannbridge
Downpatrick
Newry
Lough Neagh
LONDONDERRY (DERRY)
DERRY
Lough Foyle
Lough Swilly
Glen
DONEGAL
Letterkenny
Lifford
Strabane
Finn
Ardra
Derg
TYRONE
Cookstown
Omagh
Dungannon
DONEGAL
Donegal Bay
Ballyshannon
L. Upper Erne
FERMANAGH
Enniskillen
ARMAGH
Monaghan
MONAGHAN
Clanes
CAVAN
SLIGO
Glenamoy
Templeboy
Ballina
L. Cullen
Tobbercorry
MAYO
Achill Island
Clew Bay
Newport
Castelbar
Westport
Clare Island
Carrick
L. Bodero
LEITRIM
ROSCOMMON
Ballinrobe
L. Mask
L. Corrib
GALWAY
Galway Bay
Aran Islands
Loughrea
Suck
Longford
LONGFORD
Dundalk
Dundalk Bay
Drogheda
MEATH
Navan
Trim
Mullingar
WESTMEATH
Athlone
Kinnegad
Tullamore
Daingean
DUBLIN
Dublin Bay
Naas
Kildare
Newbridge
Partarlington
Maryborough
QUEEN'S COUNTY
WICKLOW
Ballinakill
CARLOW
Tullow
KILKENNY
Newbrough or Gorey
Enniscorthy
Innistioge
New Ross
WEXFORD
Wexford Harbour
CLARE
Ennis
Nenagh
Killaloe
TIPPERARY
Kilrush
Shannon
Thurles
LIMERICK
Mouth of the Shannon
Cashel
Newcastle
TIPPERARY
Listowel
Kilmallock
Clonmel
Tralee Bay
Tralee
WATERFORD
Dingle
Dingle Bay
Mallow
Blackwater
Dungarvan
KERRY
Killarney
CORK
Kenmare
Youghal
Kenmare River
Kinsale
Cork Harbour
Bantry
Bantry River

Havia uma velha que no bosque vivia,
chororô, chororô, chororô.
Havia uma velha que no bosque vivia
lá pelos lados do rio Saile.

A velha tinha um bebê de três meses,
chororô, chororô, chororô.
A velha tinha um bebê de três meses
lá pelos lados do rio Saile.

E a velha tinha uma faca afiada,
chororô, chororô, chororô.
E a velha tinha uma faca afiada
lá pelos lados do rio Saile.

E a faca ela enfiou no coração do bebê,
chororô, chororô, chororô.
E a faca ela enfiou no coração do bebê
lá pelos lados do rio Saile.

Três batidas altas se ouviram na porta,
chororô, chororô, chororô.
Três batidas altas se ouviram na porta
lá pelos lados do rio Saile.

— É você a mulher que matou a criança?
chororô, chororô, chororô.
— É você a mulher que matou a criança
lá pelos lados do rio Saile?

A corda foi puxada e ela foi enforcada,
chororô, chororô, chororô.
A corda foi puxada e ela foi enforcada
lá pelos lados do rio Saile.

E assim foi o fim da mulher lá do bosque,
chororô, chororô, chororô.
E assim foi o fim da mulher lá do bosque
lá pelos lados do rio Saile.

— Tradicional balada irlandesa de assassinato, c. 1600

Quando tudo está dito e feito, como saber se nossa própria irracionalidade é ou não melhor do que outra verdade? Pois que tudo foi acalentado em nossos corações e em nossas almas e está pronto para que as abelhas selvagens da verdade ali criem sua colmeia e produzam seu doce mel. Voltem ao mundo, abelhas selvagens, abelhas selvagens!

— W. B. YEATS, *THE CELTIC TWILIGH* [O CREPÚSCULO CELTA]

Parte Um

A morte é o médico dos pobres

Liagh gach boicht bas

1825

Capítulo Um
Tussilagem

O primeiro pensamento de Nóra quando lhe trouxeram o corpo foi que não poderia ser o do seu marido. Por um longo momento, encarou o homem de pé no ar enregelante, suportando o peso de Martin sobre ombros suados, e acreditou que aquele corpo não passava de uma cruel imitação, um substituto, brutal em sua semelhança. A boca e os olhos de Martin estavam abertos, mas a cabeça pendia sobre o peito, e não havia nele movimento algum. O ferreiro e o fazendeiro lhe haviam trazido uma mercadoria sem vida. Não podia ser seu marido. Não era ele, não mesmo!

Martin estivera cavando fossas junto aos campos que contornavam o vale, disse Peter O'Connor. Ele o vira parar, levar uma das mãos ao peito como um homem que fizesse uma promessa e cair sobre a terra macia. Não emitiu um só grito de dor. Foi-se sem despedida ou medo.

Os lábios rachados de Peter tremiam. Nas órbitas, os olhos vermelhos.

— Meus sentimentos — sussurrou.

As pernas de Nóra falharam, e ela, ao cair sobre a terra e a palha do pátio, sentiu o coração ser invadido pela terrível compreensão.

John O'Donoghue, os musculosos antebraços riscados por cicatrizes do trabalho na ferraria, colocou Martin nos ombros para que Peter pudesse levantar Nóra da lama. Os olhos dos homens estavam sombreados de dor, e, quando Nóra abriu a boca para gritar e descobriu que não tinha voz, ambos sacudiram a cabeça como se, mesmo assim, a tivessem ouvido.

Peter tirou dos punhos fechados de Nóra a ração das galinhas e enxotou as aves cacarejantes da soleira da porta. Passando o braço de Nóra sobre os ombros, conduziu-a para o interior da cabana onde seu neto, Micheál, dormia na cama de armar. Bochechas rubras do calor da lareira, o menino agitou-se quando entraram, e Nóra percebeu os olhos de Peter cintilar de curiosidade em direção a ele.

John seguiu-os, maxilares cerrados com o peso do corpo de Martin, as botas sujando de lama o piso de terra batida. Grunhindo com o esforço, deitou Martin na cama, no cantinho de dormir ao lado do cômodo principal. A poeira do colchão de palha assim agitado subiu no ar. O ferreiro benzeu-se com estudada precisão e, inclinando-se à porta, murmurou que sua esposa, Áine, logo estaria ali e que o novo padre já tinha sido chamado.

Nóra sentiu a garganta se fechar ainda mais. Ergueu-se para ir até o corpo de Martin no quarto, mas Peter segurou-a pelo pulso.

— Deixe que o lavem — disse com suavidade.

John lançou um olhar indeciso para o menino e saiu sem dizer uma palavra, fechando a porta.

A escuridão cresceu.

— Você o viu cair? Viu pessoalmente?

A voz de Nóra soou estranha e fraca. Ela agarrou a mão de Peter com tanta força que seus dedos doeram.

— Vi — murmurou ele, olhando para Micheál. — Eu o avistei no campo, ergui minha mão e o vi cair.

— Precisávamos daquelas fossas. Ele me disse ontem que era preciso cavá-las, então a chuva...

Nóra sentiu a morte do marido rastejar sobre ela, até começar a tremer. Peter cobriu-lhe os ombros com um casacão, e ela soube, pelo cheiro familiar de tussilagem queimada, que era o casaco de Martin. Deviam tê-lo trazido de volta junto com o corpo.

— Alguém vai precisar terminar aquelas fossas — ela disse com a voz sufocada, esfregando o rosto no tecido áspero.

— Não pense nisso agora, Nóra.

— E depois será a vez do telhado, quando chegar a primavera. É preciso repor o colmo.

— Nós todos cuidaremos disso, não se preocupe agora.

— E Micheál. O menino...

Um alarme soou dentro dela e ela olhou para a criança, cabelo cor de cobre à luz do fogo. Sentiu-se grata por ele estar dormindo. A doença do menino não era tão visível quando ele dormia. A deformação dos membros se suavizava, e não havia como saber da mudez de sua língua. Martin sempre dizia que Micheál, quando dormia, se parecia mais com sua filha. "Quase se pode acreditar que ele é saudável", ele disse uma vez. "Pode-se ver agora como ele será quando a doença não existir mais. Quando conseguirmos curá-lo."

— Quer que eu vá chamar alguém para você, Nóra? — perguntou Peter, o rosto retorcido de preocupação.

— Micheál. Eu não o quero aqui. — A voz dela estava rouca. — Leve Micheál para a casa de Peg O'Shea.

Peter pareceu pouco à vontade.

— Você não prefere tê-lo por perto?

— Tire-o daqui.

— Eu não gostaria de deixar você sozinha, Nóra. Não antes que Áine esteja aqui.

— Eu não vou ficar com Micheál aqui para todo mundo ficar olhando para ele de boca aberta.

Nóra se adiantou e agarrou pelas axilas a criança adormecida, erguendo-a no ar diante de Peter. O menino fez uma careta, piscando, cheio de sono.

— Leve-o. Leve-o para a casa de Peg. Antes que chegue alguém.

Micheál começou a guinchar e se debater nas mãos de Nóra. Suas pernas estremeceram, ressecadas e descamadas junto aos ossos.

Peter franziu o rosto.

— É da sua filha, não é? Que Deus a tenha.

— Leve-o, Peter. Por favor.

Ele lhe lançou um longo e pesaroso olhar.

— Ninguém vai prestar atenção nele numa hora como esta, Nóra. Todos só vão estar preocupados com você.

— Vão ficar olhando e fofocando por causa dele, isso sim.

A cabeça de Micheál tombou para trás e ele começou a chorar, os punhos se fechando.

— O que há de errado com ele?

— Pelo amor de Deus, Peter, leve-o. — Sua voz falhou. — Tire-o daqui.

Peter assentiu e pegou Micheál no colo. O menino usava uma camisola de lã, de menina, comprida demais para ele, e Peter, desajeitado, enrolou o tecido quente nas pernas da criança, tomando cuidado para cobrir os dedos dos pés.

— Faz frio lá fora — explicou. — Você não tem um xale para cobri-lo?

Nóra, de mãos trêmulas, tirou o que usava e entregou-o a Peter.

Ele se levantou, agasalhando o menino que berrava em seu colo.

— Lamento muito, Nóra, muito mesmo!

A porta da cabana se escancarou atrás dele.

Nóra esperou até não mais ouvir o som do choro de Micheál e ter certeza de que Peter chegara à trilha. Então, levantou-se do banquinho e caminhou até o quarto, apertando o casaco de Martin sobre os ombros.

— Santo Cristo morto na Cruz!

Seu marido jazia na cama de casal, braços estendidos ao lado do corpo, grama e lama coladas às mãos calejadas. Os olhos estavam semicerrados. A córnea perolada cintilava com a luz que entrava pela porta aberta.

A imobilidade de Martin naquele quarto silencioso fez ecoar a dor no peito de Nóra. Ajeitando-se em cima da cama, ela encostou a testa no rosto de Martin e sentiu o frio de sua pele com a barba por fazer. Puxando o casaco sobre ambos, fechou os olhos, e o ar abandonou seus pulmões. A dor desceu com o peso da água, e ela sentiu que se afogava. Seu peito estremeceu, e ela chorou sobre o ombro do marido, sobre as roupas cheirando a terra, a esterco e ao perfume suave e fresco do ar do vale e de toda a fumaça da grama levantada numa tarde de outono. Chorou como um bezerro desmamado, os soluços altos e entrecortados do abandono.

Naquela mesma manhã estavam deitados juntos na cama, ambos acordados na escuridão antes da aurora, o calor da mão de Martin descansando sobre seu ventre.

— Acho que vai chover hoje — ele dissera, e Nóra o deixara puxá-la para mais perto da ampla barreira de seu quadril, harmonizando o ritmo de subida e descida de sua respiração com a dele.

— Ventou à noite.

— O vento acordou você?

— O menino me acordou. Estava chorando de medo.

Martin apurou o ouvido.

— Não se ouve nenhum som dele agora.

— Você vai colher batatas hoje?

— Cavar fossas.

— E, na volta para casa, vai falar com o novo padre a respeito de Micheál?

— Vou.

Nóra se espreguiçou ao encontro do corpo do marido morto e pensou nas noites que haviam dormido juntos, no toque do seu pé no dela naquele involuntário hábito desde que se casaram e soluçou até se sentir enjoada.

Só o pensamento de que suas lágrimas poderiam acordar os demônios adormecidos à espera para levar a alma do marido fez com que parasse. Encheu a boca com a manga do casaco de Martin e tremeu em silêncio.

Como você se atreve a me deixar para trás?, pensou.

— Nóra?

Ela adormecera. Pelos olhos inchados, viu o contorno esbelto da esposa do ferreiro de pé à soleira da porta.

— Áine — coaxou Nóra.

A mulher entrou, benzendo-se ao ver o corpo.

— Que o Senhor tenha piedade de sua alma. Meus sentimentos. Martin, ele... — Ela se interrompeu e se ajoelhou ao lado de Nóra. — Ele era um grande homem. Um homem como poucos.

Nóra sentou-se na cama e secou os olhos no avental, constrangida.

— Você está cheia de dor, Nóra. Posso ver. E vamos fazer tudo para dar a Martin um velório adequado. Você gostaria que eu o lavasse e arrumasse? Já mandaram avisar o padre Healy. Ele está a caminho.

Áine pôs a mão sobre o joelho de Nóra e apertou-o. Seu rosto, de malares salientes, parecia espectral na escuridão. Nóra encarou-a com horror.

— Vamos. Aqui está o seu terço. Ele agora está com Deus, Nóra. Lembre-se disso. — Seu olhar percorreu o quarto. — Você está sozinha? Você não tem um menino...

Nóra fechou os dedos em torno do terço.

— Eu estou sozinha.

Áine lavou Martin com tanta ternura quanto se ele fosse seu próprio marido. No início, Nóra observou-a, agarrando com tanta força as contas do terço que a madeira criou sulcos em sua pele. Não podia acreditar que se tratava do marido, nu diante delas, o ventre dolorosamente branco. Era vergonhoso que outra mulher visse os pálidos segredos do seu corpo. Quando se levantou e esticou a mão para o pano, Áine o entregou sem uma palavra. Então ela o lavou e, a cada movimento de sua mão, despedia-se do arco anguloso do peito, da curva dos membros.

Como conheço você bem, pensou. E, ao sentir aumentar o nó na garganta, engoliu com força e obrigou os olhos a acompanharem o nítido emaranhado de veias em suas coxas, a espiral familiar dos pelos. Não compreendia como o corpo de Martin podia parecer tão pequeno. Em vida, ele fora grande como um urso, carregara-a no colo em sua noite de núpcias como se ela não pesasse mais do que um raio de sol.

A pelagem escura do peito deslizava úmida sobre a pele.

— Acho que ele já está limpo, Nóra — disse Áine.

— Mais um pouco.

Percorreu o esterno com a palma da mão, como se esperasse que uma respiração o levantasse.

Áine tirou-lhe o pano cinzento dos dedos crispados.

A tarde escurecia, e um vento impiedoso começou a soprar lá fora. Nóra sentou-se ao lado do corpo de Martin e deixou Áine atiçar o fogo e acender as velas. As duas se sobressaltaram com a repentina batida à porta, e o coração de Nóra deu um pulo com o pensamento de que poderia ser Martin, voltando para ela ao cair da noite.

— Que Deus abençoe esta casa!

Um rapaz entrou na cabana, a batina arrastando na soleira. O novo padre, concluiu Nóra. Tinha o cabelo escuro e as faces coradas, e os membros longos pareciam em desacordo com o suave rosto infantil e a boca carnuda. Nóra observou a nítida separação entre os dentes da frente. O chapéu do padre Healy pingava de chuva, e, quando depois dele entraram Peter e John, seus ombros também estavam ensopados. Ela não se dera conta da mudança do tempo.

— Boa tarde, padre.

Áine pegou o casaco molhado que ele lhe estendeu e pendurou-o com cuidado, para que secasse junto ao fogo.

O padre passou os olhos pela cabana antes de perceber Nóra sentada no quarto. Caminhou até ela, abaixando-se para passar pela soleira baixa. Sua expressão era solene.

— Que Deus esteja consigo, sra. Leahy. Meus sentimentos. — Segurando a mão de Nóra, apertou-a. — Deve ser um grande choque.

Nóra fez que sim com a cabeça, a boca seca.

— Acontece a todos nós, mas é sempre triste quando aqueles que amamos vão ao encontro de Deus. — Ele soltou-lhe a mão e virou-se para Martin, colocando dois dedos magros sobre a garganta do marido. O padre acenou de leve com a cabeça. — Ele já faleceu. Não posso lhe dar a extrema-unção.

— Ele não teve nenhum aviso da morte, padre. — Foi Peter quem falou. — O senhor não poderia lhe dar a unção, mesmo assim? Sua alma ainda deve estar no corpo.

O padre Healy secou a testa com a manga e desculpou-se com uma careta.

— Os sacramentos são para os vivos e nenhum proveito trazem aos mortos.

Nóra apertou seu terço até as juntas dos dedos embranquecerem.

— Rezar por ele o senhor pode, padre?

O olhar do padre foi dos dois homens à porta até Nóra.

Ela ergueu o queixo.

— Ele era um bom homem, padre. Diga as orações para ele.

O padre Healy suspirou, assentiu e alcançou sua maleta, tirando uma pequena vela usada e um frasco de óleo. Acendeu a vela na lareira do cômodo principal e, desajeitado, colocou o toco de cera na mão de Martin, começando as orações e ungindo a cabeça do homem com um toque firme.

Nóra escorregou para o chão duro ao lado da cama e, por hábito, deixou os dedos percorrer as contas. Mas as preces pareciam vazias e frias em sua boca, e ela logo parou de sussurrá-las e ficou ali sentada, muda.

Não estou preparada para ficar sozinha, pensou.

O padre Healy limpou a garganta e se levantou, tirando a poeira dos joelhos e apanhando o casaco e a moeda oferecida por John.

— Que Deus possa confortá-la — ele disse a Nóra, sacudindo a chuva do chapéu e arrumando-o na cabeça. Tomou-lhe outra vez a mão, e ela se encolheu ao toque dos ossos em seus dedos. — Que Deus a proteja. Busque Seu amor e perdão e conserve a sua fé, sra. Leahy. Vou incluí-la em minhas orações.

— Obrigada, padre.

Observaram o padre montar no burro parado no pátio, apertando os olhos na chuva insistente. Ele ergueu uma das mãos em sinal de despedida e depois açoitou o lombo do animal com uma vareta até que a chuva se fechou ao seu redor e o vale lá embaixo absorveu o vulto negro que se distanciava.

Ao cair da noite, a cabana estava cheia dos vizinhos que souberam da morte de Martin na encruzilhada junto à ferraria, caindo ao chão com o choque do martelo na bigorna, como se o som do ferro o tivesse matado. Aglomeravam-se em torno da lareira, obtendo consolo em seus cachimbos e murmurando condolências a Nóra. Lá fora, a chuva batia no telhado de colmo.

Confrontada com a multidão repentina, Nóra concentrava-se nos preparativos para o velório, com Áine. Não havia tempo para choro quando precisavam encontrar *poitín*,* cachimbos de barro, fumo e cadeiras. Nóra sabia que a morte faz as pessoas ansiarem por fumar, beber e comer, como se, ao expandirem pulmões e estômagos, garantissem a si mesmas sua própria boa saúde e a certeza da continuação de sua existência.

Quando sentia o peso da dor ameaçar jogá-la no chão, Nóra se aproximava das paredes da cabana e pressionava a palma das mãos de encontro à cal branca, para se acalmar. Respirava fundo e olhava fixo para as pessoas na sala. A maioria vinha do vale, ligadas umas às outras por sangue, trabalho e uma compreensão compartilhada das tradições impressas na terra por aqueles que vieram antes. Era gente tranquila e reservada, essa que vivia no lado sombrio de Crohane, no cadinho fértil formado pelas emergentes rochas e colinas de Foiladuane, Derreenacullig e Clonkeen. E estavam todos familiarizados com a morte. Em sua pequena casa, Nóra podia ver que os vizinhos abriam espaço para o sofrimento da melhor maneira que sabiam. Empilhavam turfa na lareira e aumentavam as chamas, enchendo o ar de fumaça e contando histórias uns aos outros. Haveria tempo para chorar, mas ainda não era a hora.

A tempestade rufava lá fora, e as visitas tremiam e se aproximavam do fogo. Ao se deslocar pela sala, servindo água potável, Nóra ouvia as pessoas sussurrarem histórias de adivinhação. Os homens falavam do clima e do movimento dos maçaricos e das gralhas, vendo neles sinais da morte de Martin. Muito se devia ao seu desfalecimento na encruzilhada em que enterravam suicidas. Alguns comentaram a súbita mudança do céu naquela tarde, o grande acúmulo de nuvens escuras a oeste e como sem dúvida anunciavam o passamento de Martin. O temporal que se formava acima de suas cabeças.

Sem perceber que Nóra ouvia, Peter O'Connor dizia aos homens que, pouco antes de ver Martin apertar o coração, vira quatro gralhas sentadas juntas no campo.

* Bebida clandestina, um destilado de batatas — em gaélico no original. (N. T.)

— Lá ia eu, andando pela alameda, e por acaso aqueles pássaros se mexeram? Não. Deixaram-me passar a um braço de distância deles e nem ao menos estremeceram. "Isto é muito estranho", pensei comigo mesmo e, vou confessar, rapazes, senti um calafrio me percorrer porque parecia que eles estavam ali conferenciando. "Alguém morreu", eu pensei. Então, para ter certeza, desci a trilha até chegar à encruzilhada, e, dito e feito, lá estava Martin Leahy, deitado com o céu nos olhos e as nuvens escurecendo além das montanhas.

Um trovão ribombou, e todos pularam.

— Então foi você quem o encontrou, deitado lá? — perguntou o sobrinho de Nóra, Daniel, sorvendo seu cachimbo.

— Foi. E foi uma tristeza para mim também. Eu vi aquele grande homem caído como uma árvore. Seu corpo ainda não estava frio, que Deus proteja sua alma. — A voz de Peter baixou a um cochicho. — E isso não é tudo. Quando eu e John estávamos trazendo o corpo para cá, arrastando-o colina acima desde a encruzilhada... e vocês conhecem o peso de Martin, a coisa era demorada... bem, quando paramos um pouco para recuperar o fôlego e olhamos para o vale, na direção do bosque, nós vimos *luzes*.

Houve um murmúrio de curiosidade.

— É isso mesmo. Luzes. Vindo de onde ficam os *seres encantados*, lá para os lados de Piper's Grave* — continuou Peter. — Agora, eu posso não ter a visão perfeita, mas juro que vi um brilho naquele pilriteiro. Escrevam o que estou dizendo: não vai demorar muito para ter outra morte nesta família. — Sua voz tornou-se um sussurro. — Primeiro foi a filha, agora o marido. Estou dizendo, a morte gosta de três de cada vez. E se os Bons Amigos tiverem algo a ver com isso... bem...

A garganta de Nóra apertou, e ela se afastou para procurar Áine. Encontrou-a recolhendo cachimbos e um pedaço de fumo de uma cesta de vime.

— Você ouviu aquele trovão? — cochichou Áine. Ela indicou a cesta. — A mulher do seu sobrinho Daniel, a recém-casada, trouxe algumas coisas.

Nóra pegou um embrulho de pano e desfez o laço do barbante com dedos trêmulos. Sal, encharcado de chuva.

* Piper's Grave (Túmulo do Gaitista), situado na estrada B709, a meio caminho entre Innerleithen e Heriot, na Escócia. Diz a lenda ter sido o último lugar de descanso de um gaitista itinerante do início do século XVIII, conhecido por frequentar os albergues locais onde se apostava que ele poderia tocar qualquer melodia pedida pelos hóspedes. (N. T.)

— Onde ela está?

— Rezando por Martin.

O quarto estava cheio, o ar azul com a fumaça dos cachimbos que os homens e mulheres mais velhos sopravam sobre seu marido. Nóra percebeu que haviam girado o corpo de Martin a fim de que sua cabeça ficasse nos pés da cama, para evitar maiores desgraças. Sua boca se abrira, e sua pele já exibia o tom ceráceo da morte, a testa besuntada dos óleos do padre. O toco de vela, apagado, pendia pela roupa de cama. Uma jovem estava ajoelhada ao lado dele, recitando a ave-maria, de olhos fechados.

Nóra bateu em seu ombro.

— Brigid.

A moça olhou para cima.

— Ah, Nóra... — sussurrou, pondo-se de pé. Seu ventre grávido projetou-se, erguendo a frente de sua saia e de seu avental e deixando à mostra os tornozelos.

— Meus sentimentos. Martin era um grande homem. Como você está?

Nóra abriu a boca para falar, mas mudou de ideia.

— Ele e eu trouxemos coisas de que você poderia precisar. — Brigid acenou com a cabeça para onde Daniel fumava com Peter. — Deixei um cesto sobre a mesa.

— Eu sei. Áine me mostrou. Foi gentil de sua parte. Pagarei vocês por isto.

— Foi um ano ruim para você.

Nóra respirou fundo.

— Você sabe quem está com as bebidas?

— Seán trouxe o *poitín*.

Brigid apontou para o cômodo principal, onde Seán Lynch, o tio de Daniel, colocava no chão duas jarras de barro com a bebida. Sua esposa, Kate, chegara com ele, uma mulher de dentes acavalados, corpo curvado e ar perturbado. Estava parada à porta, espiando a sala com expressão agitada. Era evidente que acabavam de chegar, suas roupas estavam escurecidas pela chuva e sentia-se neles o cheiro do frio.

— Nóra, Brigid — cumprimentou Kate quando as duas mulheres entraram na sala. — Esta é uma tarde triste. O padre já passou? Precisamos esconder a bebida?

— Já veio e já foi.

O rosto de Seán era soturno, seus olhos e lábios dispostos em linhas rígidas. Com o polegar calejado, ele encheu de fumo o fornilho do cachimbo de barro.

— Meus sentimentos — ele disse a Nóra.

— Que Deus o abençoe, Seán.

— Você tem uma visita à espreita ali fora — continuou ele, fazendo um gesto em direção à porta. Aceitando o tição oferecido por um dos homens junto à lareira, ele acendeu o cachimbo com as tenazes e murmurou: — Que Deus tenha piedade da alma dos mortos. — A fumaça escapou por entre os dentes. — A bruxa das ervas. Ela está lá fora, perto do monturo de estrume, à espera.

Nóra parou.

— Nance Roche?

— É, a velha bisbilhoteira enxerida em pessoa.

Ele cuspiu no chão.

— Como ela soube que deveria vir?

Seán franziu o cenho.

— Eu não falaria com ela nem que ela fosse a última mulher viva na Terra.

Kate o observava, ansiosa.

— Nance Roche? Pensei que ela fosse aparadeira — comentou Brigid.

— Pergunto-me o que ela quer — murmurou Nóra. — É um longo caminho para uma mulher idosa numa noite de chuva forte. Eu hoje não poria o cachorro do meu pior inimigo na rua.

— Procurando fumo e bebida, é o que ela está — observou Kate, amarga, as narinas brilhando. — Não vá lá falar com ela, Nóra. Não com essa bruxa, essa *cailleach** trapaceira.

A noite caíra, e o aguaceiro estava mais forte. Nóra empurrou a porta de madeira da cabana e espiou o pátio, a cabeça curvada sob o baixo toldo de colmo. Pingava água das pontas da palha. No começo, não conseguia ver coisa alguma através da chuva, só um fino debrum de cinza-chumbo no horizonte onde a escuridão ainda não sufocara a luz. Então, pelo canto dos olhos, viu um pequeno vulto se movendo em sua direção, vindo do canto da casa em que o estrume da pequena propriedade jazia amontoado contra o muro de pedra. Nóra avançou dois passos pelo pátio, fechando a porta para manter o frio do lado de fora. A lama subiu pelos dedos de seus pés.

— Quem está aí? — perguntou, as palavras abafadas pelo trovão. — É você, Nance Roche?

* Velha caduca — em gaélico no original. (N. T.)

A visitante caminhou até a porta e baixou-se para ficar sob o toldo, tirando o casacão de cima da cabeça.

— Então, aqui temos Nóra Leahy.

Brilhou um raio, e Nóra viu a velha à sua frente, ensopada até os ossos, o cabelo branco colado ao crânio. Nance piscou para sacudir a chuva que escorria da testa e fungou. Era baixinha, encolhida, com o rosto tão enrugado quanto uma castanha esquecida na gaveta. Seus olhos, enevoados pela idade, ergueram-se para Nóra sob as pálpebras pesadas.

— Meus sentimentos.

— Obrigada, Nance.

— É o fim das preocupações de Martin nesta vida.

— Assim é.

— Seu homem está agora no caminho da verdade. — Os lábios de Nance se abriram, revelando os poucos dentes que restavam nas gengivas. — Vim ver se você me deixa carpir. Seu Martin era um bom homem.

Nóra olhou para Nance, pingando à sua frente. As roupas, pesadas de água, pendiam de ombros estreitos, mas, apesar de todas as camadas de lã encharcada, havia nela uma altivez. Um odor ácido e intenso se desprendia dela. Como urtiga amassada, pensou Nóra. Ou folhas podres. Cheiro de alguém que vivia perto do chão da floresta.

— Como você soube que deveria vir? — perguntou Nóra.

— Vi aquele padre novo no burrico, sacudindo a poeira do animal. Só o Diabo ou um homem morrendo teriam tirado um padre de casa numa noite chuvosa e enlameada.

— Padre Healy.

— Foi então que eu tive a revelação de que era o seu homem, Martin. Que Deus proteja a sua alma! — acrescentou ela.

Um fio gelado correu pela espinha de Nóra. Um trovão ribombou.

— A revelação?

Nance assentiu e encostou a mão em Nóra. Seus dedos frios eram surpreendentemente macios.

Mãos que curam, pensou Nóra.

— E então você andou até aqui debaixo de chuva e vento.

— Ninguém se torna uma pessoa pior por receber chuva na cabeça. Eu faria muito mais pelo seu homem.

Nóra abriu a porta e sacudiu a lama dos pés.

— Bem, então entre. Já que está aqui.

— Vou entrar.

As conversas dentro da cabana lotada se interromperam quando Nóra entrou na sala com Nance. Todos os olhares se fixaram na anciã, que parou à porta e olhou em volta, de queixo erguido.

— Que Deus abençoe a todos os que aqui estão — ela disse. Sua voz era fraca, enrouquecida pelo fumo e pela idade.

Os homens a cumprimentaram com a cabeça, em sinal de respeito. Algumas mulheres examinaram Nance de cima a baixo, reparando na grossa camada de lama que pendia da bainha da saia, no rosto desgastado, no xale encharcado. Seán Lynch lançou-lhe um olhar feroz antes de virar o rosto para o fogo.

John O'Donoghue se levantou, o corpo volumoso de ferreiro enchendo de repente a sala.

— E a você também, Nance Roche. Que Deus a abençoe.

Ele se adiantou para levá-la até a lareira, e no mesmo instante os outros homens abriram espaço junto ao fogo. Peter, de cachimbo na boca, trouxe um banquinho, e Áine trouxe água para os pés sujos. Daniel ofereceu a Nance uma pequena dose de *poitín*, e, quando ela sacudiu a cabeça, o rapaz murmurou:

— Este pingo não dá nem para encher o bico de um passarinho. — E apertou o copo na mão de Nance.

Os que haviam silenciado retomaram a conversa ao ver que Nance era bem-vinda. Apenas Seán e Kate Lynch ocultaram-se nas sombras em que se encolheram, observando.

Nance esticou os dedos descalços para as brasas, bebericando o copo. Nóra sentou-se a seu lado, o medo preenchendo suas entranhas enquanto olhava o vapor subir dos ombros da anciã. Como ela soubera que Martin tinha morrido?

A velha respirou fundo e ergueu uma das mãos, apontando para o quarto.

— Ele está lá?

— Está — respondeu Nóra, o coração palpitando.

Nance balançou o copo.

— Qual foi a hora dele?

— John e Peter o trouxeram para mim quando ainda estava claro. Antes do anoitecer.

Nóra olhou para o chão. O ar abafado da cabana depois da atmosfera clara da noite a estava deixando enjoada. Havia fumaça de cachimbo demais. Barulho demais. Pensou que gostaria de poder ir lá para fora e se deitar na superfície macia da lama, respirar o cheiro da chuva e ficar sozinha. Deixar que os raios a atingissem.

Nóra sentiu as mãos de Nance se fechar em torno dos seus dedos. A ternura do toque era alarmante. Lutou contra o impulso de empurrar a mulher.

— Nóra Leahy. Ouça o que digo — sussurrou Nance. — Em todas as mortes do mundo, a dor de cada mulher é única. Assume uma forma diferente em cada uma de nós. Mas a triste verdade é que os outros não vão querer ver sua dor um ano depois de você ter enterrado seu marido. Assim são as coisas. Todos voltarão a pensar em si mesmos. Voltarão a suas próprias vidas. Então, deixe-nos prantear Martin agora, enquanto todos ouvirão. Enquanto têm paciência para isso.

Nóra assentiu. Achou que fosse vomitar.

— E, Nóra, diga-me. O que é todo esse falatório sobre ele ter passado pela encruzilhada? Isso é verdade?

— É, sim. — Foi Brigid quem respondeu. Estava cortando fumo na mesa atrás delas. — Peter O'Connor encontrou-o lá. Uma tristeza imensa.

Nance virou a cabeça, apertando os olhos.

— E quem é você?

— Brigid Lynch.

— A mulher de meu sobrinho Daniel — explicou Nóra.

Nance franziu as sobrancelhas.

— Você está esperando. Jovem Brigid, você não deveria estar na casa de um morto.

Brigid parou de cortar os nacos de fumo e encarou-a.

— Você tem o direito de sair. Antes que respire a morte e infecte o seu bebê.

— É verdade? — Brigid largou a faca na mesa. — Eu sabia que deveria ficar longe do adro da igreja, mas...

— Adro de igreja, casa de morto, terra de sepultura. — Nance cuspiu no fogo.

Brigid se virou para Nóra.

— Não quero deixar Daniel — sussurrou. — Não gosto de sair quando está escuro. E está caindo um temporal. Não quero ir sozinha.

— Não. — Nance sacudiu a cabeça. — Não saia sozinha. A noite está ruim.

Brigid apertou o ventre roliço com as duas mãos.

Nance acenou para Áine, que entregava cachimbos cheios aos homens.

— Áine O'Donoghue, você quer levar esta menina para a casa de um vizinho? Leve o marido dela também, para que ele possa voltar com você. Esta não é uma noite para ninguém andar sozinho por aí.

— Leve-a para a casa de Peg O'Shea — murmurou Nóra. — É a que fica mais perto.

Áine olhou para as duas mulheres.

— Por que isso? O que há de errado?

— Pelo bem do bebê da mocinha. — Nance se adiantou e pôs a mão enrugada na barriga de Brigid. — Ande logo, menina. Ponha um pouco de sal no bolso e saia. A tempestade está piorando.

Por volta da meia-noite, a cabana de Nóra estava irrespirável, com o cheiro de lã molhada e a acidez de um lugar coalhado de gente. Nas pálpebras de Martin Leahy brilhavam duas moedas, ali colocadas por um vizinho, e um pires de sal empedrado equilibrava-se em seu peito. Sobre o ventre do morto, um prato com tabaco e tussilagem. O ar estava insuportavelmente sufocante e cheio de fumaça, enquanto os homens cutucavam os lábios com cachimbos de barro, usando as agulhas de tricô de Nóra para esvaziar as cinzas e limpando-as na calça.

Com a chegada da meia-noite, John O'Donoghue rezou em voz alta um terço pelo morto, e os outros se ajoelharam e murmuraram as respostas. Depois, os homens se encostaram às paredes da cabana e observaram as mulheres carpirem o cadáver à pouca luz das velas finas e compridas, fedendo a gordura e queimando depressa demais em seus suportes de latão.

Nance Roche puxava os lamentos, contra o barulho abafado dos trovões. Sua testa estava coberta de cinzas, as mãos enegrecidas de esfregar carvão frio na testa das outras mulheres. Nóra Leahy sentiu cada uma das faces empoeiradas ser dividida pelo caminho quente e úmido das lágrimas. Ajoelhou-se no chão e ergueu os olhos para o círculo de rostos familiares, sulcados de solenidade.

Isto é um pesadelo, pensou.

Nance fechou os olhos, deixou que a boca se abrisse e começou a emitir um lamento débil, que acabou com as conversas dos homens como um quarto sem ar apagaria uma chama. Ela se ajoelhou no chão de terra batida e se balançou para a frente e para trás, o cabelo fino espalhado sobre os ombros. Chorou sem parar e sem palavras. Seu lamento era sepulcral, cheio de medo. Fez Nóra se lembrar das *bean sidhe** e da luta silenciosa e arquejante dos homens afogados.

* No folclore irlandês, as *bean sidhe* ou *banshee* (mulheres das montanhas) são espíritos ou fadas que pressagiam as mortes com seu lamento fúnebre. (N. T.)

Enquanto Nance carpia, as outras mulheres murmuravam preces pelo morto, pedindo a Deus que aceitasse a alma finada de Martin Leahy. Nóra notou Kate Lynch, o cabelo castanho opaco na penumbra, perto de sua filha ajoelhada, Sorcha, curvada e sussurrante, e Éilís O'Hare, a mulher do professor, benzendo-se num emaranhado de orações, um dos olhos espiando Nance enquanto atiçava o fogo. As vizinhas e suas filhas. Todas as mulheres do vale, todas retorcendo as mãos. Nóra fechou os olhos. Nenhuma sabia como ela se sentia. Nenhuma.

Era assustador ser excluída da linguagem e arremessada na angústia pelas *bean feasa*.* Nóra abriu a boca e não reconheceu a própria voz. Gemeu, e o som de sua dor a assustou.

Muitos dos presentes no cômodo foram levados às lágrimas pelos *caoineadh*** das mulheres. Abaixavam a cabeça pesarosa e louvavam Martin Leahy com a língua solta pelo *poitín*, exaltando as qualidades que o recomendavam a Deus e aos homens. O bom pai de uma filha que partira para Deus poucos meses antes. Um marido digno. Um homem que tinha o dom de consertar ossos e cujas mãos grandes eram sempre capazes de acalmar cavalos numa crise de pânico.

O lamento de Nance reduziu-se a uma suave respiração entrecortada. Agarrando de repente um punhado de cinzas, ela inclinou o corpo na direção da porta da cabana que dava para o pátio, atirando o borralho naquela direção. Cinzas para expulsar Aqueles que impediriam o voo de uma alma para o outro mundo. Cinzas para santificar o luto de parentes e amigos e marcá-lo como sagrado.

Em meio às orações, Nance levou devagar a cabeça aos joelhos, limpou a cinza do rosto com a saia e se levantou do chão. Chegara ao fim o pranto fúnebre. Ela esperou até que as palavras e os choros dos que estavam no cômodo se calassem num silêncio respeitoso e então, cumprimentando Nóra com a cabeça, retirou-se para um canto escuro. Prendeu o cabelo branco num coque na nuca, aceitou um cachimbo de barro e passou o resto da noite fumando, pensativa, observando as mulheres e os pranteadores cercarem Nóra como pássaros num campo recém-aparado.

* Mulheres sábias, dotadas de poderes ocultos ou proféticos — em gaélico no original. (N. T.)
** Lamento ou choradeira — em gaélico no original. (N. T.)

A noite fez correr as horas. Grande parte das pessoas, entorpecidas e confortadas pela pesada fumaça da queima de tussilagem, deitava-se para dormir no chão, amontoando camas de magriça, junco e resmungando preces. A chuva escorria pela chaminé e caía chiando sobre o fogo. Alguns mantinham os olhos abertos com histórias e mexericos, revezando-se para abençoar o corpo e descobrindo augúrios na tempestade que assolava o vale. Só Nóra viu a anciã se levantar do canto, deslizar o capuz sobre a cabeça e se retirar para a escuridão e o mundo uivante.

Capítulo Dois
Tojo

Nance Roche acordou de manhã cedo, antes que a neblina liberasse as montanhas. Dormira com as mesmas roupas com que voltara para casa, e a umidade penetrara em seus ossos. Obrigando-se a se levantar do leito de magriças, Nance deixou que os olhos se ajustassem à luminosidade fraca e esfregou braços e pernas para afastar o frio. O fogo estava apagado — só uma leve sugestão de calor veio ao encontro de sua mão estendida. Tudo indicava que tivesse adormecido em frente à lareira, antes de conseguir preservar as brasas.

Tirando o xale de um gancho na parede, enrolou-se na lã áspera e no cheiro familiar da fumaça e foi para fora, apanhando um balde ao sair.

A tempestade lavara o vale com a chuva durante toda a noite, e as toras de madeira ao lado de sua minúscula cabana estavam ensopadas. A neblina era densa, mas de seu lugar no ponto mais distante do vale, onde os campos e as colinas arredondadas encontravam a floresta virgem, ela podia ouvir o rugido das águas inchadas do rio Flesk. A pouca distância de sua cabana ficava Piper's Grave, onde viviam os seres encantados. Com respeito, ela inclinou a cabeça na direção do retorcido pilriteiro, parado como um fantasma no centro do círculo de pedras, urzes e grama alta demais.

Nance apertou o xale em volta do corpo, articulações estalando enquanto ela andava até a fossa alagada, aberta pelo desmoronamento de uma toca de texugos. Agachando-se sem firmeza na beirada, urinou de olhos fechados, dedos agarrados a galhos de samambaias, em busca de equilíbrio. Todo o corpo doía. Isso sempre acontecia depois de uma noite de lamento fúnebre. Assim que

Nance saía de qualquer casa de morto, uma dor de cabeça intensa e pulsante intumescia seu crânio.

Isto é o luto alheio, pensou Nance. Postar-se na soleira entre a vida e a morte tortura o corpo e sangra o cérebro.

A ladeira até o rio estava escorregadia de limo, e Nance pisava com cuidado, as folhas molhadas de outono deslizando sob seus pés descalços enquanto ela andava pelo matagal. Cair não seria nada bom. Já no último inverno, havia escorregado e machucado as costas. Passara uma dolorida semana em frente ao fogo, mas o pior de tudo foi que, ferida, ela se sentira afundar no isolamento. Acreditara ter se acostumado a viver sozinha e que a presença alvoroçada dos pássaros lhe bastaria como companhia. Mas sem visitas, sem nada para fazer além de descansar na escuridão da cabana, sentiu-se tão violentamente solitária que chorou.

— Se existe algo capaz de enraizar mais profundamente a doença no corpo, é a solidão.

Maggie Maluca tinha lhe dito isso. Havia muito tempo, quando Nance era menina. Quando seu pai ainda vivia.

— Guarde minhas palavras, Nance. Aquele homem que acabou de passar? Sem mulher. Poucos amigos. Sem irmãos ou irmãs. A única coisa que lhe faz companhia é sua gota, e é a solidão que a mantém presente.

Maggie sentada em sua cabana, com o cachimbo na boca, depenando uma galinha. Penas pelo ar. A chuva batendo lá fora. Penas caindo em seu cabelo revolto.

Aquele tombo foi um aviso, pensou Nance. Você está velha. Só tem você mesma com quem contar. Desde então, cuidava do corpo com ternura. Passos firmes na grama escorregadia pelo clima. Nada mais de idas imprudentes às montanhas para cortar magriça, quando o vento soprava forte. Olhos atentos à fornalha e a seu monte de brasas. Mãos cuidadosas ao manejar facas.

O rugido do Flesk ficava mais forte à medida que Nance se aproximava, até ser capaz de ver a espuma branca da correnteza jorrando no alto das margens do rio, cercada de troncos de carvalho, amieiro e freixo. A tempestade arrancara das árvores as folhas restantes, e, com a umidade, a madeira estava escura e ácida. Só as bétulas, pálidas como a lua, brilhavam ao relento.

Nance continuou seu caminho em meio aos galhos quebrados que cobriam o chão e ao emaranhado de heras e samambaias murchas espalhadas pela margem. As pessoas não iam com frequência àquele canto do vale. As mulheres não iam tão longe em busca de água para beber ou lavar roupa por causa de Piper's Grave, a fortaleza oculta dos seres encantados, e com a sua ausência havia ali uma sensação de desleixo e desordem. O limo das pedras não tinha sido escovado, e as urzes não eram cortadas por medo de que se enroscassem nas roupas lavadas. Só Nance se aproximava da beira d'água naquele lugar. Só Nance não se importava de viver tão perto do bosque que reivindicava aquela parte do rio.

A tempestade enfurecera a correnteza, e Nance viu que as pedras nas quais em geral confiava para suportar seu peso tinham sido deslocadas pela subida das águas. A margem desmoronava sob seus pés. O rio não era especialmente largo ou profundo naquele ponto, mas, numa enchente, a correnteza era forte, e Nance já o vira crescer, com raposas de barriga inchada arrancadas de suas tocas por chuvas rápidas e violentas. Não queria se afogar.

Tirando o xale e pendurando-o num galho baixo, Nance afundou até os joelhos e rastejou até o mais perto possível do rio. Abaixou o balde e a água o encheu, puxando seu braço.

Livrando a saia de folhas caídas e terra, tateou o caminho de volta à cabana, tentando desanuviar os pensamentos. Pequenas cambaxirras investiam sobre a grama e as sarças, entrando e saindo em disparada da cerração e sua sugestão de luz. Cogumelos brotavam da madeira apodrecida em cima da vegetação rasteira. O cheiro de terra molhada estava por toda parte. Como Nance preferia ficar ao ar livre, com o grande e amplo teto do céu e o solo cheio de vida! Sua cabana acanhada, semienterrada no chão e acocorada diante do bosque, com paredes de pau a pique e coberta por ramas de batata e magriça, parecia feia e esquálida se comparada ao gotejante dossel das árvores. Ela parou e olhou para o vale, distante do bosque. As cabanas caiadas dos colonos dispersavam-se pela curva dos campos cultivados, agora escuros e cobertos de restolho, lavouras de batatas separadas por muros de pedras soltas. Através da neblina, podia ver a fumaça subindo dos telhados. Nas encostas nuas da montanha, as cabanas eram menores, mais enterradas no chão para se firmar contra o vento. Suas fachadas claras pareciam azuis na claridade da manhã. Nance lançou um olhar ao local onde ficava a cabana dos Leahy, no declive da colina. Era a cabana mais perto da sua, mas mesmo assim aquela casa parecia muito distante.

Ninguém vivia ao alcance da voz de Nance. Sua própria cabana sem janelas, antes caiada como as outras, descascara e esverdeara de musgo e mofo com o passar dos anos, até dar a impressão de que a floresta a havia reclamado como sua propriedade.

Pelo menos o interior da casinha era tão limpo e asseado quanto ela conseguia mantê-lo, apesar do teto incrustado de fuligem e da umidade nos cantos.

O chão de terra era varrido e batido, e magriça e junco amenizavam o bolor do feno no canto onde a cabra ficava amarrada.

Nance atiçou o fogo e deixou que a água do balde assentasse. A tempestade enlameara o rio, e ela precisava tomar cuidado para não beber depressa demais.

Nunca sentira tanto cansaço depois de carpir. Seus ossos pareciam congelados de exaustão. Precisava comer alguma coisa, um bocado para recobrar as forças.

O choro da morte chegara com força na noite anterior. Com as cinzas no rosto, Nance sentira o mundo se despedaçar e se abandonara ao pranto que subia dos pulmões. A vertigem a dominara, e o cômodo cheio de homens e mulheres com roupas escuras rodopiou até que tudo o que ela conseguia ver era o fogo e, na fumaça, imagens. Um carvalho queimando numa floresta. Um rio cercado por íris silvestres, tingidas de amarelo. E então, por fim, sua mãe, o cabelo caindo nos olhos, acenando para ela no escuro. Sentiu que carpia o mundo.

Às vezes, na presença do sofrimento, Nance sentia coisas. Maggie chamava aquilo de visão interior. Dom do conhecimento. Às vezes, quando guiava crianças para fora de suas mães e para o mundo, sentia como seriam suas vidas, e às vezes aquilo que sentia a assustava. Lembrava-se de ter feito o parto de um bebê cuja mãe o amaldiçoara em sua dor e medo e de ter sentido que a escuridão caía sobre ele. Depois de limpar e embrulhar o recém-nascido, quando a mãe dormiu, esmagou um verme na palma da mão do bebê, para protegê-lo.

Havia coisas possíveis de fazer para contestar as visões, Nance sabia.

Tinha sido perturbada pela tempestade na noite anterior. Descendo a encosta da montanha ao sair da cabana dos Leahy sob um céu açoitado pelos raios, sentiu uma movimentação. Percebeu coisas se mexendo na escuridão. Um chamado. Um aviso. Parou junto à fortaleza dos seres encantados e aguardou na chuva, o peito tomado de expectativa e pressentimento. E, quando o vento fustigou o pilriteiro, houve um brilho vermelho no calcário no *ráth*.* Ela quase esperou ver o próprio Diabo emergir da floresta atrás de sua cabana. Em geral, Nance não receava sair sozinha de uma casa de morto. Sabia como proteger seu corpo e sua alma com cinza e sal. Mas na noite anterior, parada em Piper's Grave, sentiu-se vulnerável a qualquer presença invisível vibrando nas sombras. Só quando viu um raio atingir a montanha bem acima de sua cabana e

* Fortaleza circular, construída com terra ou pedra, da Idade do Ferro, encontrada no norte da Europa, sobretudo na Irlanda — em irlandês no original. (N. T.)

incendiar a magriça, compreendeu que realmente havia alguma coisa por ali e correu para casa, para sua lareira e para a companhia dos seus animais.

Nance olhou para onde estava a cabra, entre as galinhas aninhadas, impaciente em seu canto. Uma valeta havia sido cavada no chão para separar o animal e seus dejetos da parte ocupada por Nance, mas permitindo que seu calor aquecesse o cômodo. Nance ultrapassou a valeta de dejetos e água e, delicada, pôs uma mão na cabeça da cabra, acariciando o pelo do focinho e tirando a palha do queixo.

— Você é uma boa menina, Mora. Acredite, você é uma grande garota.

Nance tirou da parede um banquinho e colocou-o ao lado da cabra, junto com uma braçada de tojo batido.

— Você está faminta, não é? Como o vento estava forte. Você ouviu? Não ficou com medo?

Nance cantava para a cabra, apanhando devagar um balde de latão. Encostou a testa no pelo áspero do animal e aspirou o cheiro morno de mato e estrume. Mora era arisca e escoiceou, os cascos rombudos socando o feno e a terra batida, mas Nance cantarolou até que ela se acalmou e começou a mordiscar o tojo seco. Nance agarrou as tetas e ordenhou-a, arrulhando baixinho, a voz estropiada pelo pranto da véspera.

Quando cessou o jorro do úbere, Nance secou as mãos na saia e pegou o balde. Indo até a porta, pingou algumas gotas na soleira, para os Bons Amigos, e bebeu, direto da lata, o leite doce, morno e salpicado da terra de suas próprias mãos.

Sabia que ninguém viria chamá-la naquele dia. O pessoal do vale lotaria a casa dos Leahy para apresentar seus respeitos ao morto, e, além disso, as pessoas não iam à sua casa em dias como aquele. Vê-la fazia com que se lembrassem demais da própria mortalidade.

A carpideira. A mulher que tudo faz. Nance abria a boca e os outros pensavam em como as coisas davam errado, em como uma coisa se transformava em outra. Olhavam para seu cabelo branco e viam o crepúsculo. Ela era tanto a mulher que trazia bebês a um porto seguro neste mundo quanto a sereia que arrancava os barcos de suas âncoras e os mandava para a escuridão.

Nance sabia que a única razão pela qual lhe haviam concedido aquela cabana úmida entre a montanha, a floresta e o rio por vinte e tantos anos era porque ela representava o que não era e não podia ser compreendido. Ela era a guardiã do fim do mundo. O último cântico humano antes que tudo cedesse ao vento, às sombras e ao estranho crepitar de estrelas. Ela era um coro pagão. Uma canção antiga.

As pessoas sempre têm um pouco de medo daquilo que não reconhecem, pensou Nance.

Aquecida e reconfortada pelo leite da cabra, Nance limpou a boca na manga e encostou-se ao batente da porta, examinando o vale. Acima, o céu se desenfarruscara até um tom cinzento de pelagem suja, mas Nance sabia que o dia seria claro. Estaria livre para dormir e descansar e talvez andar por trilhas e valetas na tarde calma, para colher os últimos milefólios e jacobeias floridos, as últimas amoras e abrunhos, antes que o inverno tornasse o mundo quebradiço. Qualquer chuva ainda remanescente nas nuvens iria além das montanhas antes de cair.

Para todas as coisas, Nance adequava seus horários ao céu. Conhecia suas incontáveis faces.

O velório continuou por dois dias, durante os quais as pessoas do vale percorreram o caminho de lama escorregadia até a cabana de Nóra na encosta da montanha, algumas com garrafas de uísque bem seguras nas mãos e terços enfiados nos bolsos, outras carregando seus próprios banquinhos e grosseiras cadeiras de *súgan*.* A chuva voltou ao vale no segundo dia. Pingava água de barretes pontudos e chapéus de feltro dos homens. Eles chegavam com pedaços de carvão frio nos bolsos e espetos de avelã e se sentavam em tufos de samambaias entre os juncos espalhados. O ar na casa do morto era cinzento, e as pessoas tossiam em meio à claridade da lareira e dos cachimbos acesos. Ajoelhavam-se e rezavam por Martin, tocando o corpo amortalhado. As mulheres e as crianças, não acostumadas ao fumo dos cachimbos, tossiam e sopravam fumaça sobre o cadáver, mascarando o crescente e intenso cheiro de morte.

Nóra achou que nunca iriam embora. Não aguentava mais sua companhia, o esmagar dos juncos sob os pés, o jeito como se sentavam e falavam de Martin, como se o tivessem conhecido melhor do que qualquer outro.

Eu sou a mulher dele, queria jogar na cara deles. Vocês não o conheceram como eu o conheci.

Não conseguia suportar o modo como as mulheres se moviam, coladas às paredes como sombras, reunindo-se em grupinhos de mexericos e depois se

* Corda feita de palha — em gaélico no original. (N. T.)

dispersando para falar do tempo, ou de fé e de Deus. Odiava a maneira como os homens falavam sem parar da maldita chuva de outubro e erguiam os copos de bebida barata em direção a Martin para balbuciar "Que Deus tenha piedade de sua alma, Leahy, e das almas de todos os que partiram na fé", antes de voltar para sua conversa cacarejante.

Só quando a chuva amainou, Nóra conseguiu sair da cabana para se aliviar atrás da casa e aspirar grandes golfadas de ar fresco. Esfregou as mãos na grama encharcada ao lado do monturo de estrume e molhou o rosto, parando para olhar as crianças brincando com pedras do pátio. Pernas riscadas de terra e olhos brilhantes de excitação pela novidade, empilhavam as pedras e se revezavam para derrubá-las. Até as meninas tímidas se agachavam aos pares para brincar de *Poor Snipeen*, uma delas de mãos postas em oração enquanto a outra acariciava seus dedos. "Coitadinha", murmuravam, antes de bater nas mãos com violência. Seus tapas e gritos de dor maravilhada ecoavam pelo vale.

Nóra as observava brincar, um grande nó na garganta. Micheál estaria fazendo isso se não fosse doente, pensou. E foi tomada por uma onda de dor tão repentina que engasgou.

Seria diferente se ele estivesse bem, considerou. Ele seria um consolo para mim.

Houve um puxão em sua saia, e Nóra baixou os olhos para ver um menino de não mais do que quatro anos sorrindo para ela, segurando um ovo.

— Encontrei isto — ele disse, e colocou-o em sua mão antes de sair correndo, os pés descalços espirrando lama.

Nóra observou-o. Eis como deveria ser uma criança, refletiu, e visualizou Martin segurando Micheál perto do fogo, esfregando suas pernas para restaurar a vida dentro delas, os olhos do menino se fechando ao toque da mão do avô.

Nóra piscou depressa para impedir que as lágrimas surgissem e olhou para o horizonte.

Uma cortina de chuva movia-se devagar acima das montanhas do lado oposto do vale, depois das terras baixas por onde corria o rio e da curva da floresta para o leste. Além de alguns freixos em volta de cabanas brancas salpicadas pela várzea em solo inculto e do emaranhado de carvalhos e amieiros atrás do *bothán** esverdeado de Nance Roche a distância, o vale era uma grande

* Barraco — em irlandês no original. (N. T.)

extensão de campos riscados por muros de pedras baixas e valas, flanqueada por terrenos pantanosos e encostas ásperas onde muito pouco além de tojos e magriças crescia por entre as placas de rocha.

Mesmo sob as nuvens baixas de chuva, era uma paisagem que acalmava Nóra. O vale era belo. A lenta transição para o inverno deixara os campos cheios de restolho e bronzeara a grama silvestre, e a corrida das nuvens criava sombras estendidas pelo chão. Era um mundo próprio. Só a estrada estreita, seguindo pelo baixio do vale, indicava o mundo além das montanhas a oeste: as grandes casas e as minas de cobre, as ruas apinhadas de Killarney erguendo-se em prédios de ardósia e mendigos, ou, a leste, os mercados distantes de Cork. Só um ou outro mercador eventual indo na direção de Macroom, as ancas dos cavalos carregadas de barris de manteiga, sugeria a existência de outros vales, outras cidades, onde pessoas diferentes levavam vidas diferentes.

Houve uma explosão de riso entre as crianças, e Nóra foi arrancada do seu devaneio. Virou-se e viu, andando pelo terreno inculto e vindo da cabana mais próxima na encosta, uma mulher idosa apoiando-se com força num cajado de abrunheiro.

Peg O'Shea.

A vizinha sorriu para as crianças ao entrar no pátio e então percebeu o olhar de Nóra e dirigiu-se a ela.

— Nóra, meus sentimentos.

A vizinha tinha as faces encovadas dos muito velhos e lábios chupados pela falta de dentes. Seus olhos, porém, eram contas negras como a cambaxirra. Nóra sentiu-os percorrer seu rosto, avaliando-o.

— Que Deus e Maria a protejam, Peg. Obrigada por ficar com Micheál.

— Não há o que agradecer.

— Eu não o queria aqui. A casa está cheia de gente. Pensei... pensei que ele poderia ficar assustado.

Peg nada disse, apertando os lábios.

— Martin e eu achamos que seria melhor mantê-lo longe de multidões. Mantê-lo tranquilo conosco.

— É, pode ser.

— Quem está com ele?

— Ah, a casa está cheia dos meus filhos e suas crias. Não importunam Micheál. E não há como ele sair perambulando por aí. — Ela se aproximou. —

Eu não sabia que ele estava tão mal. Todos esses meses em que você cuidou do menino...

— Martin e eu. Nós nos revezávamos. Enquanto um trabalhava, o outro cuidava dele.

— Quantos anos ele tem, Nóra?

— Quatro.

— Quatro. E não consegue falar mais do que um bebê.

Nóra olhou para o ovo que o meninozinho lhe dera, passando a ponta dos dedos pela casca.

— É a doença.

Peg não respondeu.

— Ele tem os recursos. Já o ouvi falar antes. Quando Johanna estava viva.

— E, nessa época, ele andava também?

Nóra se sentia mal. Sacudiu a cabeça, incapaz de responder, e Peg pôs uma das mãos em seu ombro.

— Pela aparência do céu, ainda vai chover. Vamos entrar para descansar nossos ossos. Apresentarei meus pêsames.

A fogueira de turfa enchia a cabana de claridade, e as visitas conversavam em voz alta. De um canto, brotou uma risada.

— Mmmm.

Os olhos escuros de Peg percorreram o grupo na sala.

— Quem trouxe a bebida?

— Seán Lynch trouxe a maior parte — respondeu Nóra.

Peg ergueu as sobrancelhas.

— Pois é, não era algo que eu esperasse. Ele não é um homem generoso.

— A única coisa generosa nesse homem são seus punhos. — Ela lançou um olhar de zombaria para onde Kate estava sentada com as mulheres, palitando os dentes. — Seán Lynch seria capaz de esfolar um piolho e mandar o couro e a gordura para o mercado. Eu me pergunto o que ele pode estar querendo.

Nóra franziu a testa.

— Somos parentes. Não se esqueça de que minha irmã se casou com o irmão dele, que Deus os tenha.

Peg fungou.

— Acredite, ele está atrás de alguma coisa. Eu ficaria de olho nele, Nóra. Ele está querendo alguma coisa de você, agora que Martin se foi. Aquele ali conhece o preço de tudo e o valor de qualquer coisa.

O olhar de ambas demorou-se no canto da sala onde Seán fumava, perto da lareira.

— Confie em mim, Nóra. Vassoura velha conhece melhor os cantos sujos.

Transportaram o corpo de Martin até seu túmulo na tarde seguinte, debaixo de um céu sem cor. Sobrinhos e amigos do homem levavam nos ombros o caixão simples, seguidos pelos outros homens do vale, que às vezes se revezavam para carregar o esquife. Era uma caminhada longa e familiar pela trilha até o cemitério, e o cortejo era lento. As chuvas haviam amolecido a terra, e os homens avançavam com cuidado, preocupados em não ter as botas sugadas pela lama. As mulheres iam atrás, enviando lamentos para o ar de outono, envoltos em frio. Todos sabiam como enterrar um corpo.

Nóra apertou o xale em volta da cabeça. Não podia suportar a imagem do caixão se sacudindo entre as cabeças à frente e, em vez disso, dirigiu a atenção para os pássaros espiralando sobre os galhos desfolhados. Sentia os olhos estranhamente secos e, enquanto andava por entre as poças, brilhantes com o reflexo do céu, perguntou-se se alguma parte dela não teria morrido também. As mulheres ao seu redor pareciam ridículas em seus lamentos, saias molhadas colando-se às pernas. Nóra se manteve em silêncio e deixou a dor assentar sobre ela como uma pedra.

A visão de um funeral tirava as pessoas das cabanas situadas perto da estrada. Crianças espiavam, com dedos na boca. Homens cujos porcos pastavam nas trilhas juntavam-se ao grupo para dar alguns passos com os outros e depois se afastavam, solenes, e esperavam que passassem antes de bater nas ancas dos porcos com uma vara.

Nóra mantinha a cabeça erguida para o céu, deixando o grupo empurrá-la para a frente. Águias circulavam acima dos picos das montanhas.

O cemitério, escarrapachado ao lado da igrejinha e sombreado por um velho teixo, estava verde de grama, havia muito não cortada. Os homens tropeçavam nas moitas e, com cuidado, depositaram o caixão ao lado do buraco que fora cavado às pressas. O padre Healy estava à espera, boca aberta e costas encurvadas como as de um intelectual. Quando seu olhar buscou Nóra, ela puxou ainda mais o xale sobre a testa e prendeu os olhos no chão.

O serviço foi breve. O padre conduziu as orações com voz hesitante, e Nóra, ao se ajoelhar, sentiu o chão molhado ensopar sua saia. Observou o marido ser baixado para dentro da terra, observou os coveiros deitar tufos de relva sobre a tampa do caixão para que a terra pudesse cair com suavidade sobre a madeira.

Quando tudo estava feito e não havia mais palavras a serem ditas, e o buraco já havia sido coberto pelo solo negro e árido do vale, as pessoas colocaram seus cachimbos de barro sobre a sepultura e partiram. Enquanto o grupo descia a curva da montanha em direção ao vale, Nóra olhou para trás, para o cemitério. A distância, as hastes dos cachimbos não pareciam passar de um montinho de ossos finos, limpos pelos pássaros.

O vento começou a soprar enquanto Nóra percorria a trilha depois do funeral, a princípio em grupo e depois, à medida que cada um se encaminhava para sua própria cabana, com um pequeno número de pessoas silenciosas. Quando passou com dificuldade pelos freixos e subiu a ladeira enlameada até sua casa, estava só, e o vento atirava as pedras da montanha para o vale, cheio de fúria. Uma chuva forte começou a aferroá-la, e seus joelhos sentiram a promessa de outra tempestade.

Ao se aproximar da cabana, Nóra ouviu gritos vindos lá de dentro. Micheál. A porta estava entreaberta, e, ao entrar, ela percebeu que sua casa havia sido limpa e todos os vestígios do funeral, removidos. Novos juncos cobriam o chão, um fogo brilhante queimava e Peg O'Shea estava sentada junto à lareira, ninando Micheál e rindo de Brigid, que estremecia com a voz estridente do menino.

— É melhor você ir se acostumando — dizia Peg, embalando a criança de faces coradas. Seu sorriso morreu quando Nóra entrou.

— Então Martin já foi enterrado.

Nóra se deixou cair na cama de armar ao lado de Brigid, aliviada por encontrar a casa sem tanta gente.

— E havia uma multidão para enterrá-lo. Isso é uma bênção. Chegue mais perto do fogo. Você vai morrer de frio.

Nóra esticou os braços para Micheál e encostou o rosto em sua cabeça. O peso em seus braços e as lágrimas úmidas e intermináveis tocando sua pele fizeram com que se sentisse exausta. Seus pés descalços doíam de frio.

Peg a observava.

— As crianças nos reconfortam.

Nóra fechou os olhos e enterrou o rosto no frágil côncavo do pescoço do menino, cujo peito enrijecia entre suas mãos quando ele gritava.

— Obrigada por cuidar dele.

— Não diga mais uma palavra a respeito disso. Estive rezando por você, Nóra. Deus sabe que este foi um ano triste e perturbador para você.

Nóra afrouxou o abraço em Micheál, deitando-o no colo. Lágrimas desciam pelo rosto da criança. Ela começou a esfregar seus braços e suas pernas como tinha visto Martin fazer, esticando os pulsos no ponto em que se dobravam para dentro, os dedos duros como paus. Ao seu toque, Micheál parou de gritar, e por um instante ela achou que ele a olhava. As pupilas, tão negras em contraste com o azul dos olhos, pareceram se fixar nas suas. Seu coração deu um pulo. Então o olhar abandonou seu rosto e ele começou a uivar, as mãos voltando a envergar como ganchos.

Nóra parou de esfregá-lo e encarou-o. Foi atingida pela lembrança de Martin segurando Micheál em suas mãos enormes, enchendo-lhe a boca de colheradas de creme.

Como você pôde me deixar sozinha com esta criança?, pensou.

Peg se aproximou da lareira e acariciou de leve os cabelos de Micheál.

— Por certo, ele tem as cores de Johanna.

Brigid olhou para Nóra.

— Eu sei que ela foi uma grande perda para você — continuou Peg. — *Is é do mhac do mhac go bpósann sé ach is í d'iníon go bhfaighidh tú bás.* Seu filho é seu filho até que se case, mas sua filha é sua filha até a sua morte. E agora, perder o seu homem... Deus não é cruel, levando aqueles que mais amamos?

— Todos nós carregamos uma cruz — murmurou Nóra. Ela ajeitou Micheál mais alto no colo. — O que está te incomodando, pequenino?

— Ah, Nóra, ele dá gritos de acordar os mortos, pobrezinho. Cheio de barulho e lágrimas, e por quê? Todos esses dias. Como você consegue dormir, com ele gritando tanto o tempo todo?

Micheál gritou mais alto do que antes. Lágrimas escorriam pelo rostinho vermelho.

— Você lhe deu de comer? — perguntou Brigid, tirando a capa de Nóra da cama e esticando-a sobre a viga junto à lareira.

— Se eu lhe dei de comer? — Os olhos de Peg cintilaram na direção de Nóra. — Eu mesma tive cinco, e por certo, Brigid, é um milagre que todos tenham vivido para ter os seus, porque eu nunca lhes dei de comer e os pendurava no vento. Olhe aqui, é bom que você saiba o que está fazendo, porque a sua hora parece estar chegando. — Ela chupou os dentes que restavam. — Que belas companhias você me mandou, Nóra. Esta criança e uma *cailín*.* Bem, foi bom manter os dois longe da confusão.

— Espero tê-lo mantido fora de perigo. — Brigid, num gesto de proteção, colocou uma das mãos sobre o ventre. — Dan não me deixa ficar em casa quando vai matar o porco.

— Conheci uma mulher, certa vez — disse Peg. — Era uma mulher rude, não tinha tempo para coisas antigas e era cheia de orgulho. Bem, não é que ela se meteu a recolher o sangue da mesa quando chegou o tempo do abate? E o marido bem que tentou impedi-la. Mas, por mais que ele fosse um homem forte, ela só fazia o que bem entendia. E, você pode ter certeza, aquela criança que ela estava esperando nasceu com um rosto cor de fígado cru e um gênio dos piores.

O murmúrio surdo de um trovão ecoou lá em cima, e Brigid fez uma careta.

— É mesmo?

— Ah, não se deve tentar o Diabo. No seu estado, você não vai mexer com sangue nem com cadáveres.

— Me encheu de medo o que aquela velha enxerida falou. A do cabelo branco.

— A *bean feasa*? Por certo, Nance Roche tem um jeito todo especial.

— Eu nunca a tinha visto. Achei que ela fosse só uma espécie de parteira.

— Você não a conhecia? Bem, ela não se mostra muito. Até sentir o chamado dentro dela. Ou se os outros a chamam.

— Ou se houver a promessa de uma cabana quente e um pouco de comida — acrescentou Nóra. — Eu nunca fui até ela em busca de cura, e Martin só foi uma ou duas vezes. E mesmo assim ela veio ao velório. Para carpir.

Peg lançou a Nóra um olhar interrogativo.

— Ela tem um jeito especial de saber onde é necessária. — Sua voz estava baixa.

— Mas por que eu nunca ouvi ninguém dizer que ela tem o dom do conhecimento?

— Por Deus, quer você vá procurá-la ou não, isso não é coisa de que se fale. As pessoas pedem ajuda a ela para coisas que não se quer que um padre fique sabendo ou que sua própria mãe veja. E, por certo, tem gente que acha que seu nome traz má sorte. Morrem de medo dela.

Brigid se inclinou para a frente, curiosa.

* Menina — em irlandês no original. (N. T.)

— E por quê? O que foi que ela fez?

— Um grande crime, com certeza. — Peg piscou. — Ela vive perto da floresta, sozinha. É o que basta para soltar as línguas. Mas há muitos que lhe pedem ajuda. É, e eles saem dizendo que ela tem o poder de cura. Não é como alguns que dizem entender de feitiçaria quando tudo o que têm é a vontade de acabar com o seu uísque.

— Eu conheço um homem de Cahill, um primo de mamãe, que sabe como curar cobreiro.

Nóra estalou a língua e embalou Micheál. A criança, exausta, estava afinal mergulhando num sono cheio de gemidos.

— Vem gente de Ballyvourney em busca dos feitiços de Nance Roche. Oito horas de caminhada dura para um homem ir e voltar, só para ela sussurrar alguma coisa em seu ouvido e examinar suas verrugas.

Peg assentiu.

— *Musha.** Nance dos Encantados, é como a chamam. Nance *na bPúcaí*. Por isso, muitos não chegarão nem perto dela, mas muitos mais irão procurá-la por acreditarem no que se diz.

— Você acredita, Nóra?

Nóra sacudiu a cabeça, fugindo do assunto.

— Não gosto de falar nisso. O mundo está cheio de coisas que não pretendo compreender. Costumavam dizer que ela se dá com os Bons Amigos, seja isso verdade ou não.

— Peg — sussurrou Brigid, olhando para a porta como se esperasse que fosse se abrir de repente —, ela tem um pacto com Eles? O que diz o padre?

— O padre O'Reilly sempre tinha uma palavra gentil para ela quando ainda estava nesta terra. Alguns homens da Igreja podem dizer que ela não é uma pessoa de Deus, mas aqueles que a procuraram dizem que ela nunca realizou cura alguma, só age em nome da Santíssima Trindade. Ah, vocês ouviram isso?

Nóra se encolheu com o rugido baixo do trovão.

— Que Deus esteja conosco e nos proteja do mal.

— Ela não tem um homem? Filhos?

— Eu nunca ouvi falar de marido. Peg?

A velha sorriu.

* Interjeição que exprime surpresa — em irlandês no original. (N. T.)

— Não, a não ser que ela tem um homem mágico lá no *ráth*. Ou que aquela velha cabra seja na verdade seu marido, transformado pelos Bons Amigos.

Ela riu, como se o pensamento a divertisse.

Brigid estava pensativa.

— O jeito como ela entrou, o cabelo todo molhado e aqueles lábios brancos... Parecia um fantasma. Parecia alguém que tivessem passado a noite tentando afogar numa poça. E os olhos dela... a neblina que há neles. Como é possível que uma mulher com o poder de curar ande por aí com olhos como aqueles no rosto?

— Você faria bem não se arriscando com Nance Roche — aconselhou Nóra.

Peg deu um risinho e esfregou a gengiva com uma ponta do avental.

— Brigid, tudo o que você precisa saber é que aquela mulher nasceu na hora morta da noite e por isso tem um jeito diferente de enxergar.

— Ela sempre viveu aqui?

— Ah, agora já há tempo bastante para assustar meus filhos e os filhos dos meus filhos. Mas não nasceu aqui, não. Eu me lembro de quando ela chegou. Havia montes de gente ao relento naquela época. Nance era só mais uma pobre andarilha. O padre ficou com pena dela, jovem como era, sem ninguém para ajudá-la. Os homens construíram um *bothán* para ela, só um minúsculo cômodo de barro, perto da floresta. Nenhuma horta de batatas. Mas ela tem galinhas. E uma cabra. Ah, ela sempre deu muito valor às cabras. Tudo bem para uma mulher que vive de abrunhos, avelãs e *praiseach** nos meses mais amenos, mas logo que ela chegou ficamos todos à espera de que, quando chegasse o inverno, ela fosse bater às portas e mendigar por *lumpers*.** Mas não é que ela se manteve sozinha e continuou assim naquele inverno, e no seguinte, e no terceiro, até o povo começar a dizer que não era uma coisa natural que uma mulher como ela sobrevivesse só de sementes e frutinhas? Alguns achavam que ela roubava durante a noite. Outros acreditavam que estava pactuada com O Próprio.

— O Diabo?

Houve um grande ribombar de trovão. As mulheres pularam.

— Que noite para falarmos dessas coisas! — exclamou Nóra.

— Por certo, Nance foi excêntrica desde o começo.

* Mingau ralo — em irlandês no original. (N. T.)

** Variedade grosseira de batata branca, originária da Escócia e amplamente cultivada na Irlanda até meados do século XIX. Na ausência de um equivalente em língua portuguesa, optamos por manter o termo no original. (N. T.)

— Não é hora de comer? Vocês estão com fome? Peg, você vai ficar? Não é noite para andar por aí.

Depois de todo o seu desejo de ficar sozinha durante o velório de Martin, Nóra de repente ansiava por companhia. O pensamento de passar aquela noite de tempestade a sós com Micheál fez suas entranhas se encolher de pavor.

Peg passou os olhos pela cabana vazia e, como se sentisse a relutância de Nóra, concordou.

— Vou, se não lhe der trabalho.

— Posso segurar Micheál? — ofereceu-se Brigid.

— Vou acomodá-lo.

Nóra deitou o menino num berço improvisado com palha e cordas.

— Ele já está um pouco grande para isso, não é? — perguntou Peg. — As pernas não cabem mais.

Nóra ignorou-a.

— Vou buscar leite e depois fazer alguma coisa para comermos. — Outro estrondo de trovão ecoou acima da chuva e do chiado do fogo de turfa. — Que noite horrorosa!

Peg deu uma palmadinha suave na barriga de Brigid.

— É muito bom que você esteja aqui com a tia do seu homem, e não lá fora no escuro. — Seus olhos se apertaram. — O trovão mata os pássaros nos ovos que não são chocados.

— Peg O'Shea! Não fique assustando a menina com conversa fiada!

Nóra pendurou um pesado caldeirão com água na corrente fixada na parede da lareira, apertando os olhos por causa da fumaça.

— Vá ver a vaca, Nóra. Ela deve estar morrendo de medo, com essa tempestade. — Peg virou-se para Brigid. — Os raios tiram o proveito do leite. Vai haver muita manteiga ruim depois desta noite, escreva só o que estou dizendo.

Nóra lançou a Peg um olhar severo, tirou a capa do gancho e a pôs sobre a cabeça. Saiu para a noite com o balde, tropeçando com o vento repentino, a chuva açoitando seu rosto. Cambaleou até o estábulo, ansiosa para fugir do aguaceiro.

A vaca piscou para ela no escuro, olhos redondos de medo.

— Aí está você, Brownie. Calma, está tudo bem.

Nóra passou as mãos pelos flancos do animal, mas, quando pegou o banquinho e pôs o balde no chão, a vaca se assustou e puxou a corda.

— Nada de ruim vai acontecer com você, garota — cantarolou Nóra, mas Brownie gemeu.

Ela está com medo, pensou Nóra, e puxou uma braçada de feno para a manjedoura. A vaca o ignorou, resfolegando, e, assim que Nóra segurou suas tetas, pulou para o lado, as pernas se debatendo entre as cordas da peia. O balde retiniu no chão. Nóra se levantou, irritada.

Um raio brilhou lá fora.

— Faça como quiser — resmungou Nóra.

E, agarrando o balde, puxou a capa encharcada para cima da cabeça. Cambaleou pela escuridão tempestuosa de volta à cabana, parando debaixo do colmo para raspar a lama dos pés. Enquanto esfregava o calcanhar no degrau, ouviu a voz baixa de Peg, cheia de conspiração, vindo lá de dentro.

— O pequeno Micheál. Dê só uma olhada nele. É uma coisinha mal-acabada.

Nóra gelou.

— Eu tinha ouvido dizer que Martin e Nóra tinham uma criança aleijada. É verdade que ele ainda não deu nem um passo?

Brigid.

O coração de Nóra começou a martelar.

— Duvido que venha a dar! Quatro anos, e veja só em que estado! Eu sabia que Nóra queria cuidar do menino de Johanna e que, quando ele veio para eles, mal havia como manter corpo e alma juntos, mas alguém desse jeito? Ele não tem o juízo perfeito.

Nóra sentiu o rosto queimar, apesar do frio. Mal respirando, encostou o olho numa fenda da madeira. Brigid e Peg examinavam o menino.

— Ela chamou o padre para ele?

— Para curá-lo? Eu sempre acreditei que um padre tem poder, se quiser usá-lo. Mas o padre Healy é um homem ocupado. Um homem da cidade... ele gostaria mais de passar a vida em Tralee ou Killarney. E não imagino que ele vá se incomodar com pobres meninos de pernas tortas.

Brigid estava quieta.

— Peço a Deus que o meu venha bem.

— Queira Deus que venha! Mantenha-se a salvo e aquecida. Desconfio de que foi só quando a mãe deste aqui adoeceu que ele começou a ficar de miolo mole e os membros viraram varetas. Nunca ouvi nada a respeito de uma criança estranha enquanto ela estava viva.

O peito de Nóra despencou. Seus próprios parentes, sentados em sua casa, denegrindo seu neto. Encostou o rosto na porta, sentindo o coração bater na garganta.

— Então foi Nóra quem te contou?

Peg deu um risinho de zombaria.

— O que você acha? Ela não diz uma palavra a respeito dele. Por que você acha que ela o mantém aqui como uma galinha choca e nenhum de nós sabe do estado dele? Por que você acha que, com o marido acabando de morrer, ela fez Peter O'Connor levá-lo para a minha casa antes que este lugar se enchesse de gente? Muito poucas almas puseram os olhos nele, e, mesmo nós sendo parentes, eu não tinha dado uma boa olhada na criatura antes dos últimos dias. Você pode imaginar o susto que levei quando vi o menino.

— Ela tem vergonha dele.

— Bem, há algo errado. Deve ser um grande fardo! A filha morta, que Deus a tenha, e agora este doente para ela cuidar sozinha.

— Mas ela é forte. Ela vai dar conta.

Nóra observou por trás da porta quando Peg esticou o corpo, passando a língua na gengiva.

— Essa mulher é dura na queda. Nóra sempre foi orgulhosa. Mas eu me preocupo com ela. Uma temporada tão negra de morte e estranheza. Primeiro a filha, agora Martin, e a criança amaldiçoada com tudo isso.

— Peter O'Connor estava comentando que viu uma luz no *ráth* encantado na hora do passamento de Martin. Disse que acha que há uma terceira morte a caminho.

Peg se benzeu e jogou outro pedaço de turfa no fogo.

— Que Deus nos proteja! Mas já aconteceram coisas piores.

Nóra hesitava. A chuva escorria pelo seu rosto, a capa molhada encharcando suas roupas. Não se importou. Mordeu o lábio, esforçando-se para ouvir o que diziam.

— Nance carpiu Johanna?

Peg suspirou.

— Não, não carpiu. A filha de Nóra se casou com um homem de Cork, há alguns anos. Foi enterrada por lá, em algum lugar perto de Macroom. Nóra só soube que Johanna tinha morrido quando o genro veio lhe entregar a criança. Ah, foi muito triste. O homem de Johanna apareceu ao cair da noite, Micheál amarrado num burro. Disse que Johanna tinha definhado até morrer e que estava viúvo. É, "uma doença debilitante", foi o que o homem falou. De repente ela foi para a cama com a cabeça caída e nunca mais se levantou. Foi definhando dia após dia até ir embora de todo. E ele não tinha como cuidar do menino, e eu entendi que a gente dele achou que a única coisa certa a fazer era trazê-lo para Nóra e Martin. Ela nunca disse uma palavra a respeito, mas houve um boato de que Micheál estava quase morrendo de fome quando chegou. Um pequeno saco de ossos pronto para um caixão de indigente.

Como ela se atreve?, pensou Nóra. Fofocando a meu respeito no dia em que enterrei meu homem. Espalhando boatos a respeito de minha filha. Lágrimas brotaram em seus olhos, e ela se afastou da porta.

— Não há vergonha na pobreza. — A voz cristalina de Brigid superou o barulho do vento. — Todos nós conhecemos seu preço.

— Não há vergonha para alguns, mas Nóra sempre manteve a cabeça erguida. Você já percebeu que ela não fala dos mortos? Meu próprio marido foi para Deus há muito tempo, e ainda assim eu falo dele como se ele ainda estivesse por aqui. Assim ele continua comigo. Mas, quando Johanna morreu, foi como se Nóra tivesse arrancado da língua o nome da filha. Não tenho dúvidas de que sofre, mas as lembranças da filha ela só divide com a garrafa.

— Ela vai ao botequim?

— Psit! Não sei de onde Nóra tira seu consolo, mas, se uma mulher consegue encontrar paz na bebida, quem somos nós para censurá-la por isso?

Era demais. Nóra secou depressa os olhos e, com os dentes cerrados, entrou na cozinha, o casaco e o rosto brilhantes de chuva. Fechou a porta à tempestade e botou o balde na mesa sob a janela, coberta de palha para deixar o frio lá fora.

As mulheres estavam em silêncio. Nóra se perguntou se teriam adivinhado que ela as ouvira.

— Ela deu muita coisa? — Peg perguntou, por fim.

— Está morta de medo.

Nóra tirou a capa dos ombros e se acocorou junto ao fogo para aquecer as mãos, desviando os olhos.

— Houve um tempo em que não precisávamos sair para procurar manteiga neste vale — resmungou Peg. — Agora, uma em cada duas criaturas está estragada.

Micheál murmurou, e, aliviada por ter algo para fazer, Nóra tirou-o do berço apertado.

— Ei, rapazinho. Mas como você está pesado...

Peg e Brigid trocaram olhares.

— Do que estavam falando? — Nóra perguntou.

— Nossa Brigid queria saber de Nance.

— Isso mesmo.

— Pois é. Ela não se cansa de ouvir.

— Não deixem que eu as interrompa. Continue com sua história, vamos.

Nóra pensou ter visto um lampejo de pânico passar entre as duas.

— Então, pois é. Como eu estava dizendo, o povo daquele tempo achava muito estranho uma mulher viver de ar puro e dentes-de-leão. E foram falar com o padre. Não era o padre Healy, era o padre antes dele. Padre O'Reilly, que Deus o tenha. Ele não quis saber de suas suspeitas e fofocas. "Deixem a pobre coitada em paz", foi o que ele disse. Por certo, Brigid, o padre O'Reilly era um homem veemente, um homem poderoso para aqueles que não tinham voz ou casa para se defender. Foi ele quem mandou os homens construírem a cabana para ela e ir procurá-la em busca de ervas e tratamentos. Ele mesmo ia se consultar com ela. Um reumatismo horroroso.

A água estremeceu no caldeirão negro. Nóra, com os lábios apertados de raiva, mantinha os olhos fixos, enquanto a chuva pingando pelo buraco da chaminé batia na superfície de ferro.

— O que mais aconteceu, então? — Brigid encheu o silêncio.

Peg se mexeu na cadeira, espiando Nóra.

— Bem, não muito tempo depois de Nance ter conseguido sua cabana, ela começou a criar fama. Num fim de tarde, eu fazia a ronda das visitas habituais e fui à casa da Velha Hanna, onde nos pusemos a contar histórias dos Bons Amigos. E Hanna começou a nos falar de um arbusto encantado, um *sceach gheal** que deveria ser cortado muito em breve. Era o próprio tio do seu Daniel, Seán Lynch, quem pretendia fazê-lo. Por Deus, como ele era idiota! Seán era bem jovem naquela época e estava na ferraria com os rapazes, todos se exibindo. O seu Seán falava em cortar o pilriteiro, e os rapazes lhe diziam para não fazer isso. De algum jeito, rumores de sua insolência chegaram aos ouvidos de Nance Roche. Com certeza você já viu onde fica a árvore, perto do *ráth* encantado. Ela mora ali perto. E Nance foi à cabana de Seán uma noite, quase matou Kate e ele de medo aparecendo à soleira da porta e disse que era melhor ele deixar o pilriteiro em paz, ou Eles iriam atrás dele. "Aquela árvore é d'Eles", disse ela. "Não levante a mão para ela, ou eu lhe digo, Seán Lynch, que você vai sofrer as consequências. Não levante a mão para coisa alguma com violência." Bem, não é que ele riu dela e

* Pilriteiro — em irlandês no original. (N. T.)

ainda por cima a xingou, e não é que foi cortar o *sceach gheal* naquele mesmo dia? A Velha Hanna disse que viu com seus próprios olhos quando Seán levantou alto o machado e lançou-o com violência na direção do pilriteiro encantado. E é tudo verdade. Não é que Hanna o viu errar o tronco? Não é que o machado balançou no ar, passando longe da madeira e caindo em cima da perna de Seán? Ele quase se cortou ao meio. E é por isso que ele é coxo.

Um som delicado veio do chão, e as mulheres olharam para baixo e viram Micheál fitando o teto, um sorriso torto no rosto.

Nóra observou Peg se inclinar e examinar o rosto do menino, com expressão pensativa.

— Ele gosta de uma história.

— Continue — apressou-a Brigid.

Estava empoleirada na ponta da cadeira, a luz do fogo viva e bruxuleando em seu rosto.

— Bem, isso foi o começo de tudo. As pessoas viram naquele balanço do machado a prova de que Nance tinha a sabedoria dos seres encantados, a *fios sigheog*. O povo começou a procurá-la quando achava que Eles estavam por perto com Seus truques. Achavam que talvez ela tivesse estado com Eles e assim adquirira seu conhecimento.

— Eu nunca encontrei alguém que tivesse sido levado pelos Bons Amigos. Nunca conheci ninguém que tenha sido raptado. — Brigid estremeceu.

— Estou lhe dizendo uma coisa agora, Brigid. Este vale está cheio de famílias antigas. Por causa de tanta gente ao relento, quase nunca há lugar para estranhos que não se casem dentro da família. Nance se plantou neste solo com ervas, choro pelos mortos e mãos firmes quando chega a hora de uma mulher. Há muitos que ficaram com medo dela depois do pilriteiro, e há muitos que ainda hoje têm medo dela, mas há mais ainda os que precisam de Nance. E, enquanto precisarem dela, ela vai estar naquele *bothán* à beira da floresta. O meu homem, quando estava vivo, acordou uma manhã com o olho todo inchado e sem enxergar. Foi até Nance, e ela disse que os seres encantados lhe tinham dado um soco no olho. Disse que ele devia tê-los visto na estrada e que não tinha esse direito, então eles tiraram a visão do olho que os viu. Disse que cuspiram nele durante o sono. Mas ela tinha o antídoto. Botou uma erva no olho dele (acho que foi *glanrosc*)* e curou

* Eufrásia — em gaélico no original. (N. T.)

a cusparada dos seres encantados. Agora, eu não sei se Nance foi raptada ou não, mas não há dúvida de que ela tem um dom. Se esse dom foi dado por Deus ou se é uma marca dos Bons Amigos, bem, isso não é coisa que devamos saber.

— Nance vai estar lá quando chegar a minha hora?

— Por certo, Nance vai estar lá para você.

Nóra entregou Micheál a Brigid, a voz gelada.

— Segure-o enquanto eu preparo o lanche.

Brigid, constrangida, encostou o menino à curva do ventre.

Como se sentisse o estranhamento de Brigid, Micheál se endureceu, os braços se esticando para os lados. Sua boca se crispou de descontentamento.

— Ele gosta de plumas — disse Nóra, colocando batatas no caldeirão fumegante. — Tome. — Ela apanhou uma peninha macia que tinha escapado do galinheiro e voava pela sala numa corrente de ar. — Martin sempre lhe fazia cócegas.

Brigid pegou a pena e acariciou a covinha do queixo do menino. Ele riu, o peito em convulsões. Brigid começou a rir com ele.

— Vejam só isto!

— É um bom sinal — disse Peg, gesticulando na direção dos dois.

O sorriso de Nóra desapareceu.

— Bom sinal de quê?

Peg apanhou as tenazes de ferro e, sem que fosse preciso, atiçou o fogo.

— Você agora ficou surda? Bom sinal de quê, Peg O'Shea?

Peg suspirou.

— Bom sinal de que seu Micheál já pode estar bem.

Nóra apertou os lábios e continuou a jogar o resto das batatas na panela quente. Encolheu-se quando a água espirrou em sua mão.

— Nós só queremos o melhor para a criança — murmurou Peg.

— É mesmo?

— Você já o levou para Nance, Nóra? — A voz de Brigid era hesitante. — Eu estava pensando nisso agora mesmo; pode ser que ele esteja encantado.

O silêncio encheu a cabana.

De repente, Nóra caiu no chão. Levou o avental ao rosto e respirou fundo. Sentiu o cheiro familiar de esterco e grama molhada.

— Tudo bem! — sussurrou Peg. — Foi um dia duro para você, Nóra Leahy. Nós não tínhamos o direito de falar dessas coisas. Deus abençoe a criança e cuide para que ela cresça e seja um grande homem. Como Martin.

Ao som do nome do marido, Nóra gemeu. Peg pôs uma das mãos em seu ombro, e ela a afastou.

— Perdoe-nos. Só queríamos o seu bem. *Tig grian a n-diadh na fearthana.* Depois da chuva vem o sol. Dias melhores estão por vir em breve, espere e verá.

— É verdade. A ajuda de Deus está mais perto do que a porta — Brigid sussurrou.

As vigas estalaram com a força do vento. Micheál continuava a rir.

Capítulo Três
Jacobeia

A Noite do Samhain* chegou ao vale anunciada por um vento que cheirava a folhas de carvalho apodrecidas e ao travo avinagrado das maçãs caídas. Nóra ouvia os gritos felizes das crianças que seguiam a trilha das muralhas rochosas e seu emaranhado de amoras silvestres, colhendo os últimos frutos rubros antes que a noite chamasse os *púca*** para envenená-las com seu sopro. Na paz enfumaçada do crepúsculo, elas surgiam das valetas como um bando de assassinos, mãos e boca manchadas de carmim. Nóra as observava enquanto escalavam as colinas rumo às suas casas, alguns meninos usando vestidos para enganar os seres encantados. Era uma noite perigosa para ser apanhado fora de casa. Aquela era uma noite dos fantasmas. Os mortos estavam por perto, e todos os seres apanhados entre o Céu e o Inferno logo começariam a andar pelo barro frio.

Eles estão chegando, pensou Nóra. Dos túmulos, do escuro e da umidade. Estão vindo para a luz de nossos fogos.

O céu desbotava. Nóra viu quando dois meninos pequenos foram empurrados para dentro de casa pela mãe ansiosa. Não era hora de tentar o Diabo ou os seres encantados. Sumia gente na Noite do Samhain. Crianças pequenas desapareciam. Eram atraídas por música e luzes para fortalezas de seres encantados, pântanos e encostas das montanhas e nunca mais eram vistas pelos pais.

* Festival em que se comemorava a passagem do ano, marcando o final do verão e o início do inverno, as duas únicas estações do ano para os celtas — em irlandês no original. (N. T.)
** Fantasmas — em irlandês no original. (N. T.)

Nóra se lembrava, de quando era muito pequena, do medo e dos falatórios quando um homem do vale não voltou ao sítio de sua família numa Noite do Samhain. Encontraram-no na manhã seguinte, nu e ensanguentado, enroscado no chão, mãos agarrando jacobeias amarelas. Sua mãe lhe contou que o homem tinha sido abduzido. Levado para cavalgar com as *sióga** até o raiar da aurora e então abandonado. Nóra se sentara na penumbra, ouvindo os adultos que conversavam em cochichos apressados em volta da lareira dos pais. E não era mesmo uma tristeza ele ter sido encontrado daquela maneira? Sua mãe morreria de vergonha. Um homem adulto, tremendo e falando das florestas como um pobre coitado?

— Elas me levaram — ele tinha murmurado para os homens do vale quando o ajudaram a ir para casa, cobrindo-o com uma capa e guiando seu zigue-zague com ombros pacientes. — Elas me levaram.

Na tarde seguinte, homens e mulheres queimaram todas as jacobeias dos campos, para privar os Bons Amigos de sua planta sagrada. Nóra ainda se lembrava da visão: minúsculas fogueiras queimando ao longo das encostas do vale, piscando na escuridão.

Os irmãos tinham entrado na cabana, e Nóra observou quando a mãe fechou a porta atrás deles. Com um último e longo olhar para a floresta e a curva pontuda da lua subindo sobre as árvores, ela fez o sinal da cruz e entrou.

Sua casa parecia, de algum modo, menor, depois do tempo passado lá fora. Nóra parou à soleira e olhou para tudo o que tinha no mundo. Como tudo mudara em um mês, desde a morte de Martin. Como tudo parecia vazio. A lareira tosca, o cheiro de antigos fogos escurecendo a parede atrás dela numa mancha adelgaçada de fuligem. O caldeirão de batatas pendurado em sua corrente e a peneira de vime encostada à parede. A desnatadeira inútil junto à janela lacrada e, na mesinha abaixo dela, duas miseráveis peças de barro e jarras para leite e creme. Mesmo os tesouros remanescentes do seu enxoval — a caixa de sal na parede, a forma de manteiga, o sofá-cama com o tecido do forro gasto pelo uso — pareciam lúgubres. Era a casa de uma viúva. O fumo e o cachimbo de Martin no suporte da lareira já estavam cobertos por uma camada de cinzas. Os velhos banquinhos não tinham quem lhes fizesse companhia. Os juncos no chão haviam secado e viravam pó sob os pés, seu frescor havia muito desaparecido sem

* Fadas — em irlandês no original. (N. T.)

que houvesse razão para substituí-los. Havia pouco sinal de vida além da lenta queima do fogo, do murmúrio de suas galinhas arrepiadas no poleiro e do sono espasmódico de Micheál deitado numa pilha de magriças num canto da cabana.

Ele é como Johanna, pensou Nóra, examinando o rosto do neto.

O menino parecia insuportavelmente mole em seu sono, anêmico e exangue. Tinha o sulco do pai entre o queixo e o lábio inferior, que lhe repuxava a boca para fora numa expressão mal-humorada, mas o cabelo era de Johanna. Avermelhado e fino. Martin o adorava. Uma ou duas vezes, Nóra entrara no quarto e encontrara o marido sentado com o menino, acariciando-lhe o cabelo como costumava fazer com a filha.

Nóra afastou os cachos ralos da testa de Micheál e, por um instante, através da dolorosa névoa, imaginou que ele fosse Johanna. Se apertasse os olhos, era como se fosse outra vez uma jovem mãe, sua meninazinha adormecida diante dela. Cabecinha acobreada, suspirando no sono. Seu único bebê, para criar coragem e se agarrar à vida. Uma criança amável, com cabelos de seda.

Lembrou-se do que Martin disse quando Johanna nasceu, oscilando depois de uma noite de nenhum sono e muito uísque, exultante, apavorado e delirante. "Dentinho-de-leão", ele falou, acariciando a penugem de Johanna. "Tome cuidado, ou o vento virá, te levará para longe e te espalhará pelas montanhas."

Um provérbio lhe veio à cabeça: "Espalhar é mais fácil do que juntar".

Nóra sentiu um peso repentino no peito. Sua meninazinha e seu marido haviam partido. Espalhados pelo ar e inacessíveis. Perto de Deus, em lugares para os quais ela, envelhecendo e já cheia demais de ossos, cheia demais da sobrecarga dos anos, deveria ter ido primeiro. Ouviu a respiração raspar sua garganta e afastou a mão da cabeça de Micheál.

Sua filha ainda deveria estar viva. Deveria estar como Nóra a encontrou quando ela e Martin caminharam um dia inteiro até a cabana de Johanna e Tadgh na charneca, da primeira vez que Nóra via a filha desde as bodas. Johanna parecia cheia de felicidade, esperando-os no alto da trilha sob o tojo florido e o céu, cheia de luz, o filho nos braços. Como ela sorriu ao vê-los. Orgulhosa de ser uma esposa. Orgulhosa de ser mãe.

"Este é o pequeno Micheál", ela disse, e Nóra pegou aquele bebê no colo e piscou com força com o brotar das lágrimas. Quantos anos teria ele, naquele dia? Não mais do que dois. Mas crescendo, forte e logo cambaleando atrás do leitão que corria guinchando pelo chão úmido da cabana acanhada.

— Pelos céus, mas ele é você cuspido e escarrado! — exclamou Martin.

Micheál puxou a saia de Johanna.

— Mamãe?

E Nóra observou como sua filha ergueu o filho até o quadril com a facilidade do hábito, como lhe fazia cócegas debaixo do queixo até que ele se dobrasse de rir.

— Os anos passam a galope — Nóra murmurou, e Johanna sorriu.

— De novo — pediu Micheál. — De novo.

Nóra se deixou cair no banquinho e encarou o menino que agora pouco se parecia com o neto do qual se lembrava. Fitou a boca, entreaberta no sono, os braços jogados acima da cabeça, os pulsos estranhamente torcidos. As pernas que não aguentavam seu peso.

O que aconteceu com você?, perguntou-se.

A casa era horrenda em seu silêncio.

Desde a morte de Martin, Nóra sentia que estava apenas deixando o tempo passar até que ele voltasse e, ao mesmo tempo, devastada pela certeza de que não haveria volta. Ainda percebia a ausência de som. Não havia assobio quando Martin tirava as botas, não havia riso. Suas noites não tinham mais sono. Ela suportava as horas insensíveis encolhendo-se na depressão criada pelo corpo do marido na palha enquanto ele vivia, até quase conseguir imaginar que ele a abraçava.

Não deveria ser assim. Martin parecia tão bem... Um homem que envelhecia, por certo, como ela também, mas um homem que carregava os invernos em costas sólidas e tinha duas pernas firmes providas dos músculos fortes de um fazendeiro. Seu corpo não estava acabado. Mesmo quando seus cabelos embranqueceram e ela viu o rosto de Martin marcado pelo tempo e pelo clima — espelhando o seu próprio, ela pensava —, ele parecia cheio de vigor. Acreditara que ele sobreviveria a todos. Visualizara a própria morte ao lado dele, paciente e atento. Às vezes, em momentos de desânimo, imaginara-o em seu funeral, jogando barro em seu caixão.

No velório, as mulheres tinham lhe dito que aquela dor amainaria. Ela as odiara por isso. Havia um vazio ali, compreendia agora. Como podia ter passado a vida inteira sem perceber? Um mar de solidão que entoava um canto de sereia para os enlutados. Como seria confortável ceder a ele e se afogar. Que confortável queda no abismo. Como seria silencioso.

Pensara que jamais superaria a dor daquela tarde de verão em que Tadgh chegou, de olhos vazios e os cabelos cheios do ouro do farelo da colheita.

"Johanna está morta", ele tinha dito. "Minha esposa morreu."

Johanna, menina dente-de-leão, desaparecida como sementes ao vento, e, quando ela sentiu o campo de aveia subir e a foice cair de suas mãos, o pensamento: Pronto. A onda chegou, e vou me deixar levar por ela.

Não foi assim com Martin... Ele encontrou consolo em Micheál, aquela criança enjeitada agora órfã de mãe, trazida por Tadgh num cesto de turfa. Ele a incentivou a cuidar do menino, a pingar leite em sua boca mal-humorada e vazia. Ele o amou. Encontrou nele motivo de felicidade.

— Ele parece estar morrendo — disse Nóra naquele dia, quando se sentaram, afogados em dor. Era fim de tarde. O sol da colheita já tinha se posto, e eles deixaram a porta entreaberta para que a penumbra rosada se espalhasse pela sala.

Martin tirou o menino do cesto, segurando-o como se fosse um pássaro ferido.

— Ele está desnutrido. Olhe as pernas dele.

— Tadgh diz que ele não fala mais. Não falou nada nos últimos seis meses ou mais.

O menino choroso se acalmou nos braços do avô.

— Vamos chamar o médico para ele e vamos fazê-lo melhorar. Nóra? Você está me ouvindo?

— Não podemos pagar um médico.

Ela se lembrou das grandes mãos de Martin, da suavidade com que acariciavam o cabelo do menino. Da terra incrustada nas calosidades da pele áspera. Ele acarinhava Micheál do mesmo jeito que amansava cavalos ariscos, falando num tom tranquilo. Mesmo naquela noite, trespassado de dor pela filha, Martin manteve a calma.

— Vamos chamar o médico, Nóra — ele disse, e só então sua voz falhou. — O que não pudemos fazer por Johanna, nós vamos fazer pelo seu filho. Pelo nosso neto.

Nóra olhou para o banquinho vazio no qual o marido se sentara naquela noite de verão.

Por que Deus não tinha levado Micheál? Por que deixar uma criança defeituosa em vez de um homem bom, uma mulher boa?

Eu atiraria este menino na parede se isso me trouxesse Martin e minha filha de volta, Nóra admitiu. O pensamento a horrorizou no mesmo instante em que atravessou sua mente. Olhou para o menino adormecido e se benzeu, envergonhada.

Não. Aquilo não iria dar certo. Ficar jogada diante do fogo, acalentando ideias obscuras, não era jeito de acolher os mortos. Aquele não era um lar para o espírito de sua filha, ou para a alma do marido que voltava à casa, que Deus os tenha.

Enquanto Micheál dormia, Nóra se levantou e encheu o caldeirão com água do balde do poço, deixando cair lá dentro tantas batatas quantas conseguiu. Com tudo posto sobre o fogo para ferver, arrumou banquinhos junto à lareira: o lugar de Martin, mais perto das chamas, outro por Johanna, ao lado. Eles podiam ter partido, pensou, mas com a ajuda de Deus ela podia recebê-los de novo, uma noite por ano.

Quando os tubérculos ficaram macios, Nóra escorreu-os para dentro de uma vasilha e salpicou um pouco de água salgada nas batatas fumegantes. Comeu algumas, livrando-as das cascas o mais depressa que conseguiu e mergulhando-as na água para esfriá-las e lhes dar sabor. Depois, tirou o cachimbo de Martin do nicho da parede da lareira, sacudiu a poeira do fornilho e soprou pelo bocal para limpar a haste. Colocou-o em cima do banquinho do marido.

Enquanto andava pela sala, tirando teias de aranha dos caibros baixos e endireitando a cruz na janela, Nóra se permitiu voltar a pensar na época em que a filha era pequena e estavam todos juntos, como uma família. Lembrou-se dos primeiros anos, quando Johanna ainda era bochechuda, brincando com frutos de árvores silvestres: avelãs, bolotas, castanhas. Pensou nas lanternas de batatas que faziam, esvaziadas por Martin e entregues a Johanna para recortar rostos. Buracos para olhos. Bocas escancaradas.

Quando Nóra terminou os preparativos para o Samhain, os sons noturnos habituais do gado mugindo e os gritos e chamados dos homens voltando para casa depois do trabalho já tinham cessado havia muito e tudo estava imóvel e silencioso, exceto o estalar do fogo e a respiração tranquila de Micheál. Nóra despejou leitelho em potes para Martin e Johanna, assustando-se com o repentino pio de uma coruja lá fora. Arrumou os copinhos de madeira ao lado dos bancos e ajoelhou-se para dizer as orações da noite. Deixando as velas ardendo e o neto dormindo, Nóra foi para a cama com uma garrafinha de *poitín* e bebericou-a até se sentir dissolver com o calor da bebida. O fogo alto que tinha queimado desde o anoitecer ressecara o ar da casa, e, naquela temperatura aquecida, Nóra caiu num sono profundo e exausto.

Era meia-noite quando ouviu o barulho. Uma batida abafada, como um punho socando um peito. Nóra se sentou na cama, coração acelerado. Não era Micheál. O som tinha vindo de fora. Ela não o imaginara, com certeza.

Examinando a sala e a lareira, viu o vulto do neto adormecido. A turfa queimava, vermelha. Tudo estava cor de vinho.

Nóra ouviu outra vez o som. Havia alguém lá fora. Alguém queria entrar. Houve um ruído no telhado de colmo, como uma pedra jogada na casa.

Seu sangue acelerou nas veias.

Era Martin? Johanna? A língua de Nóra estava seca de medo. Ela pôs os pés no chão e se levantou, olhando em volta, oscilando. Estava bêbada.

Houve outro som, um tinido, como uma unha batendo num balde de lata. Ela foi até o cômodo principal da cabana. Não havia ninguém ali.

Outra batida. Nóra soltou um gritinho. Queria não ter bebido.

Ouviu-se uma gargalhada.

— Quem está aí? — Sua voz soou fraca.

Outro riso abafado. Um riso de homem.

— Martin? — ela sussurrou.

— Um centavo pelo estoque!

Nóra ficou sem fôlego.

— Um centavo pelo estoque! As bruxas vêm a reboque! Quem não me deixar entrar vai levar um baita choque!

Houve um repentino soco na parede de barro da cabana.

Nóra abriu a porta, com força. À luz da lua alta e minguante, conseguiu ver três homens de pé à sua frente, os rostos cobertos por máscaras de tecido grosseiro. Buracos haviam sido cortados para os olhos e a boca, dando-lhes uma expressão de ameaça. Nóra recuou, cheia de medo, quando o rapaz do meio avançou para dentro da cabana, rindo.

— As bruxas vêm a reboque!

Ele fez uma dancinha desajeitada, chacoalhando o longo cordão de avelãs que pendia do pescoço. Seus companheiros começaram a rir atrás dele, mas os risos morreram quando Nóra começou a gritar. O dançarino parou e tirou a máscara do rosto, e Nóra viu que era John O'Shea, o neto de Peg.

— Viúva Leahy, eu...

— Malditos sejam vocês!

O sangue fugiu-lhe do rosto.

John olhou para os companheiros. Eles o encaravam, mudos.

— Fora daqui, John! — sibilou Nóra.

— Nós não queríamos assustá-la tanto!

Nóra deu um risinho curto e abafado. Os outros rapazes tiraram os sacos da cabeça e olharam para John. Garotos do vale, todos eles. Não era seu marido. Não era sua filha. Só meninos atrevidos e mascarados.

— Então você agora zomba de viúvas, John?

Ela tremia como vara verde.

John parecia constrangido.

— É Samhain. Estamos atrás de doces.

— E dinheiro — murmurou seu amigo.

— Era só para dar risada, só isso.

— E vocês estão rindo, rapazes? — Nóra levantou a mão para eles, e os garotos se encolheram, recuando para a porta aberta. — Seus malandros! Apavorando viúvas recentes na calada da noite! Tirando gente séria do sono com suas brincadeiras profanas!

— Você não vai contar para *mamó*,* vai?

John torcia a máscara nas mãos.

— Ah, Peg vai ficar sabendo, sim. Fora já daqui!

Nóra pegou um banquinho e jogou-o na direção deles, que já fugiam da cabana. Bateu a porta, passou a tranca e encostou a cabeça no portal. Por um frágil instante, tinha pensado que eram Martin e Johanna à sua porta. Como uma tonta, percebeu que queria ver seus rostos. O choque dos rapazes e suas máscaras horrendas a sacudira, porém o que mais a magoou foi a expectativa frustrada.

Sou uma velha bêbada chorando por fantasmas que não aparecem, pensou Nóra.

Micheál tinha acordado. Gemia em sua cama de magriça, os olhos redondos e escuros. Nóra cambaleou até onde ele estava e caiu no chão. Acariciou sua cabeça e tentou cantar para ele como Martin fazia, mas a canção saía fúnebre, e sua voz falhava. Por fim, levantou-se e apanhou na cama o casacão do marido. Enrolando-se nele e aspirando seu velho cheiro de tussilagem queimada, Nóra se acomodou no chão perto de Micheál.

— Que Deus e Maria estejam com você, Nance!

Nance levantou os olhos de sua faca para ver, na soleira da porta, um vulto enrolado num xale.

— Velha Hanna?

* Vovó — em irlandês no original. (N. T.)

— E ficando mais velha a cada dia que passa.

— Entre, e que Deus seja louvado! — Nance ajudou a visita a se instalar num banquinho junto ao fogo. — Você vem em causa própria?

A mulher resmungou ao se sentar, sacudindo a cabeça.

— Pela minha irmã. Ela está com febre.

Nance entregou a Hanna uma xícara de leite fresco e indicou-o com a cabeça.

— Beba. Diga, há quanto tempo ela está doente? E está comendo?

— Não come nada, mas toma um pouco de água. Fica toda suada e treme como se estivesse enregelada. Mas mantemos o fogo alto, e fica bastante quente dentro da casa.

— Eu posso lhe dar o remédio que vai curá-la.

— Bendita seja! — Hanna tomou um gole do leite e apontou para a faca na mão de Nance. — Eu cheguei e fiz você parar de trabalhar.

— Eu só estava cortando cardos. Para as galinhas. *Musha*, curar febres é o meu trabalho.

Nance soltou a faca e andou até o canto da sala, tirando dali um saquinho de pano. Desamarrou o cordão de couro do saco e, usando a ponta dos dedos, deixou cair, com cuidado, as ervas do embrulho no gargalo de uma garrafa de vidro marrom, murmurando baixinho.

— O que é isto? — perguntou Hanna quando o vidro encheu e Nance terminou o feitiço.

— Rainha-dos-prados.

— E vai curá-la?

— Ponha as flores secas para ferver em água assim que chegar à casa dela. Sem coar, faça-a beber três vezes dessa água, e ela ficará tão bem quanto sempre esteve.

— Obrigada, Nance.

Hanna estava aliviada.

— Mas não olhe para trás até chegar à trilha. Não olhe para o Piper's Grave nem para o pilriteiro, ou a garrafa ficará vazia.

A expressão de Hanna era grave.

— Pois muito bem.

— Agora termine o leite, e que Deus a acompanhe pelo caminho.

A mulher esvaziou a xícara e, secando a boca com as costas da mão, levantou-se e pegou a garrafa.

— Lembre-se do que eu disse: não olhe para trás.

— Está bem, Nance. E que Deus a abençoe.

Nance levou Hanna até a porta, despedindo-se com um aceno.

— Feche bem a mão em volta dessa garrafa.

Esperou à soleira da porta e ficou olhando a mulher andar pelo bosque em direção ao vale, os olhos baixos e o xale puxado com firmeza sobre a cabeça, como se para se proteger contra qualquer olhadela de relance para o *ráth* encantado e o pilriteiro, os frutos escarlate brilhando nos galhos, vermelho-sangue.

Não era com tanta frequência que mulheres vinham procurá-la em busca de remédios com ervas. A maioria das mulheres no vale sabia o suficiente para cuidar das mazelas e dos ferimentos da vida diária: mel silvestre para olho inflamado e colado, folhas de milefólio nas narinas para fazer o nariz sangrar e aliviar a pulsação na cabeça. Nance sabia que a gente procurava John O'Donoghue para cirurgias brutais, confiando em sua força de ferreiro para arrancar dentes podres de sua boca ou recolocar o ombro deslocado de volta na articulação. Só vinham até ela quando seus próprios cataplasmas de cocô de ganso e mostarda ou seus chás de samambaia-real não conseguiam deter a infecção ou acalmar a tosse. Só vinham até ela quando seu pânico começava a perder as estribeiras, quando os filhos continuavam molengos em seu colo, ou se sabiam que qualquer doença que os afligia era mais poderosa do que o dente-de-leão vermelho, as folhas de dinheiro-em-penca ou a língua salgada de uma raposa.

"Tem mais alguma coisa desta vez", diziam, mostrando um pé torcido ou respirando com o pulmão congestionado. "É mau-olhado", diziam. "São os Bons Amigos."

Eram sobretudo os homens que vinham em busca de ervas. Aqueles que trabalhavam nos campos e estavam menos acostumados a ver seu próprio sangue. Os que não confiavam no médico ou não tinham como pagar suas alcoolaturas etiquetadas. Homens da terra, sentiam-se melhor vendo suas feridas cicatrizadas por plantas com que brincaram quando meninos, por uma mão tão enrugada quanto a das avós que ficavam perto das lareiras de sua infância.

Mas Nance sabia que a maioria de seus pacientes não vinha em busca de ervas. Os que tinham o corpo alquebrado vinham à luz do dia, em companhia da família. Os que buscavam outros conselhos, que consideravam alguma coisa muito errada, que não conseguiam nomear a origem de seu sofrimento, vinham nas horas cambiantes da aurora e do crepúsculo, quando havia tempo para segredos e sua ausência não seria percebida. Vinham sozinhos, embrulhados para se proteger do frio, o rosto pálido de ansiedade. Nance sabia que, por todos os seus potes herméticos de chás e misturas de sebo e jacobeia, eram essas visitas que lhe permitiam continuar em sua cabana. Essas pessoas queriam o seu tempo. Queriam a sua voz e suas mãos segurando as delas. Viam em sua idade e sua solidão a prova do seu poder de cura.

Que mulher vive sozinha com uma cabra e um telhado baixo de ervas secas? Que mulher faz companhia aos pássaros e às criaturas que pertencem aos locais mosqueados? Que mulher encontra alegria numa vida tão solitária, sem precisar de filhos ou do conforto de um homem? Aquela que foi escolhida para ultrapassar os limites. Alguém que, de alguma maneira, tem o dom do conhecimento dos mistérios do mundo e vê nas espinhentas urzes-brancas a própria caligrafia de Deus.

Nance respirou fundo o ar revigorante do outono e, com um aceno de cabeça para o *ráth* encantado, voltou para seus cardos.

Nóra partiu bem cedo para a feira de Killarney, com uma caixa nos braços para carregar seus sapatos e salvá-los da lama da estrada. Enquanto caminhava, a escuridão evoluiu para um dia melancólico, as gralhas grasnando para a manhã de novembro.

Como era estranho pensar que voltaria acompanhada por uma estranha. Alguém com quem viver e conversar e que compartilharia do calor do seu fogo. Alguém que poderia ajudar a amenizar os longos dias de inverno até que a primavera chegasse com seu conforto do canto dos pássaros e do trabalho.

Tinha sido de Peg O'Shea a ideia de contratar uma criada. Depois da Noite do Samhain, a dor de Nóra acirrou numa justa ira, e ela irrompeu na cabana de Peg.

— Eu tenho a intenção de dar queixa do seu garoto, John — anunciou Nóra. — Andando por aí depois que escurece, assustando viúvas e crianças e perturbando meu sono. Eis-me aqui sem marido, ele ainda fresco no túmulo, e eu sozinha com meus sobrinhos para cultivar o solo, e agora tenho John e seus cúmplices mascarados me demolindo a porta.

Nóra estremeceu enquanto avançava pela trilha, lembrando-se de suas palavras para Peg.

— Ele pode ir para a forca por aquela gracinha. Eles querem me ver na sepultura? Era isso que pretendiam com aquela ruindade?

Peg tomou uma das mãos de Nóra e segurou-a com delicadeza.

— Ah, não é nada disso... Veja bem, os próprios meninos são mais assustadores do que as viúvas. Foi bom que estivessem mascarados, ou você teria gritado mais alto. Você já viu o rosto do nosso John? Parece uma manta de toucinho frita. Você deveria ver as meninas fugindo dele. Ah, Nóra. Vamos lá... Nós somos parentes. Vou ter uma conversa com ele.

Foi então que Peg gentilmente aconselhou Nóra a ter algum tipo de companhia. Quando ela fechou a cara à sugestão de que fosse morar com Daniel e Brigid, a anciã a encorajou a procurar alguém na feira de empregos de novembro.

— Arrume uma moça, só para cuidar de você durante o inverno — disse ela. — Seria uma grande ajuda para você, sem falar de Micheál e do resto. Será duro tomar conta sozinha de um aleijadinho. Como era quando seu homem estava nos campos e cuidando das tarefas e você em casa com o menino? Pois bem, e quando você sair para vender seus ovos e sua manteiga?

— Posso vender ovos e manteiga aos que vierem buscá-los.

— E quando você estiver no campo no verão? Fazendo o trabalho de dois para manter um teto sobre sua cabeça?

— Ainda não estou pensando no verão.

— Pois muito bem, Nóra, você acha que é melhor passar as horas escuras sentada sozinha? Há moças que vêm do Norte, suas famílias passam fome. Não seria um consolo saber que você vai acolher uma delas? Não seria um consolo ter uma alma extra por perto neste inverno?

Havia bom senso nas palavras de Peg. Mais tarde, soluçando na cama até sufocar, enquanto a criança uivava junto ao fogo que morria, Nóra compreendeu que estava errada. Não era como Martin. O neto não lhe trazia consolo: era um peso. Ela precisava de alguém que conseguisse acalmar os guinchos da criança, que pudesse ajudá-la a voltar à tona depois que se recuperasse do impacto das ondas de dor. Alguém que não fosse do vale, que não levasse aos vizinhos notícias das pernas secas de Micheál, que não dissesse que ele não era bom da cabeça.

Era uma caminhada de quase vinte quilômetros até Killarney, por um terreno acidentado e pantanoso, sombreado no inverno, com cabanas de barro se acotovelando à beira do caminho, com uma barulheira de galos e galinhas presos lá dentro, à espera de serem soltos. Carroças abertas puxadas por burros chacoalhavam ao passar por Nóra na estrada, e, para deixá-las seguir adiante, ela se encolhia encostada às urzes e aos azevinhos da valeta. Os homens acenavam com a cabeça, rédeas na mão, enquanto suas esposas, enroladas em xales e com sono nos olhos, fitavam por cima do pântano as montanhas distantes: Mangerton, Crohane, Torc, suas formas familiares e arroxeadas destacando-se contra o céu.

Nóra estava satisfeita por sair da própria casa, satisfeita pelas horas de caminhada para clarear as ideias e respirar ar puro. Desde a morte de Martin permanecera na cabana, recusando-se a participar da ronda noturna de histórias e canções como antes. Nóra não gostava de admitir, mas nutria amargura pelas outras mulheres do vale, achava sua simpatia forçada e falsa. Algumas foram à sua porta com comida e ofertas de condolências e distração, mas Nóra, com vergonha de Micheál, recusara-se a convidá-las para entrar e se sentar junto ao fogo. Desde então, à moda cruel e imperceptível das mulheres adultas, as esposas do vale foram pouco a pouco excluindo-a de seu círculo social. Não havia nada de explícito naquela exclusão. Elas ainda a cumprimentavam quando a encontravam no poço em muitas manhãs, mas tinham um jeito de se voltarem para si mesmas que a fazia sentir-se indesejada. Não confiavam nela, Nóra sabia. As que ficavam dentro das próprias cabanas tinham alguma vergonha a esconder: hematomas, pobreza, doença.

Devem saber de Micheál, Nóra pensou. Devem suspeitar de que há alguma coisa errada com ele.

Sentia-se sufocada pela constante solicitação do neto. Ele a deixava pouco à vontade. Na noite anterior, havia tentado encorajá-lo a andar, segurando-o de um jeito que seus pés se arrastassem pelo chão. Mas ele virou para trás a cabeça ruiva, expondo todo o pescoço pálido e as pontas agudas dos ossos dos ombros, e gritou como se estivessem enfiando pregos em seus calcanhares. Talvez devesse chamar outra vez um médico. Havia inúmeros médicos em Killarney, ela sabia, mas, acostumados como estavam aos generosos bolsos dos turistas que iam para os lagos, duvidava de que fossem considerar examinar Micheál pelo que ela poderia pagar. Não era como se o primeiro médico tivesse conseguido fazer alguma coisa por ele. Ela estaria tirando comida de suas bocas e sem resultado algum.

No vale, os doentes se viam diante da habitual opção entre padre, ferreiro ou cemitério.

Ou Nance, disse uma vozinha em sua cabeça.

Killarney vibrava de barulho e fumaça. A rua Nova e a rua Alta estavam apinhadas de indigentes e crianças esmolando trocados, e as construções ao longo das muitas alamedas imundas eram coladas e opressivas. Os que foram vender seus produtos disputavam espaço ao lado das lojas de medronheiros, tanoarias e curtumes, carroças sendo puxadas junto a charretes, barris e sacos. Enquanto a maioria dos fazendeiros estava ali para contratar ajuda para o inverno, havia gente vendendo seus porcos do outono e pequenas vacas chifrudas, que, vagarosas, atravancavam as passagens, enchendo-as de lama. As estradas sem pavimentação eram esburacadas e cheias de poças, e o ar era rarefeito. Homens carregavam às costas cestos de turfa, cortada no verão nos pântanos escuros atrás das montanhas, e mulheres vendiam batatas, manteiga e salmão dos rios. Havia no ar uma nítida promessa de inverno e uma seriedade na atmosfera da feira. Tudo precisava ser vendido, precisava ser comprado, precisava ser arrumado, empilhado, armazenado e enterrado antes que a terra rangesse os dentes com a geada e o vento. Fazendeiros mais ricos balançavam cajados de abrunheiro e compravam sapatos para si mesmos, e rapazes, cheios de bebida, arrastavam casacos, olhos e varetas, ansiosos por uma briga. Mulheres contavam ovos em cestos de vime, dedos gentis nas cascas cremosas, e, por todas as trilhas e em cantos escuros, os que se anunciavam como trabalhadores aguardavam em silêncio.

Mantinham-se longe das carroças e se apresentavam, olhando de relance para todos os homens e mulheres que passavam. Havia mais meninos do que meninas, alguns com apenas sete anos, tremendo encostados uns aos outros, com expressões esperançosas ou relutantes. Cada um trazia consigo um pequeno item para mostrar que buscavam trabalho: um embrulho de roupas ou comida, ou um punhado de varetas. Nóra sabia que alguns daqueles embrulhos estavam vazios. Mães e pais ficavam atrás das crianças menores, olhos pulando de um fazendeiro para outro. Falavam com os empregadores em nome de filhos e filhas, e, ainda que não conseguisse ouvir o que diziam, Nóra podia adivinhar pelos sorrisos fixos que falavam de trabalhadores honestos e constituições robustas. As mães juntavam os lábios em linhas finas, dedos apertando com firmeza os ombros dos filhos. Muito tempo se passaria antes que se reencontrassem.

Nóra avistou uma mulher de pele acinzentada, de pé ao lado de uma menina de doze ou treze anos. A menina estava encurvada, tossindo com o pegajoso chiado dos doentes. Nóra viu quando a mãe, vendo um homem se aproximar, cobriu com gentileza a boca da filha com as mãos, para abafar o som e ajudá-la a se aprumar. Os doentes não eram contratados. Ninguém queria levar material inferior para casa. Ninguém queria pagar pelo caixão de um estranho.

O olhar de Nóra foi de repente atraído para uma menina alta e de rosto fino, afastada das outras crianças e com um embrulho debaixo do braço. Estava encostada numa carroça, cenho franzido, observando um fazendeiro inspecionar os dentes de um jovem ruivo em busca de emprego. Havia alguma coisa interessante na mocinha, na abundância de sardas em seu rosto e na leve curvatura de suas costas, como se ela relutasse em ficar mais alta. Não era bonita. Nóra sentiu um estranho impulso em sua direção.

— Bom dia para você.

A menina ergueu os olhos e no mesmo instante se afastou da carroça, aprumando o corpo.

— Qual o seu nome? — perguntou Nóra.

— Mary Clifford.

A voz da menina era baixa e rouca.

— Diga-me, Mary Clifford, você está procurando trabalho?

— Estou.

— E de onde você é? Onde está a sua família?

— Não muito longe de Annamore. Perto do pântano.

— E quantos anos você tem?

— Não sei, dona.

— Catorze, pela sua aparência.

— Sim, dona. Catorze, com certeza. E quinze no ano que vem, se Deus quiser.

Nóra assentiu. Tinha pensado que a mocinha poderia ser mais velha, considerando sua altura, mas catorze era uma idade melhor. Não estaria ainda pensando em casamento.

— Você tem irmãos e irmãs?

— Tenho, dona. Oito.

— E você é a mais velha?

— A menina mais velha. Aquele ali é meu irmão.

Ela apontou para o rapaz ruivo do outro lado do caminho. O fazendeiro perto dele estava agora levantando seu boné e inspecionando o cabelo. Viram o fazendeiro passar as mãos ásperas pelo couro cabeludo do menino, virando sua cabeça de um lado para o outro, em busca de piolhos. O rosto do irmão estava vermelho de humilhação.

— E sua mãe ou seu pai estão aqui?

— Meu irmão e eu pegamos a estrada sozinhos. — Ela fez uma pausa. — Mãe e Pai estão em casa com os mais moços e o trabalho.

— Você está bem? Houve alguma doença na sua casa?

A menina enrubesceu.

— Eu estou bem, dona.

Ela abriu a boca para mostrar os dentes a Nóra, mas Nóra, constrangida, sacudiu a cabeça.

— Você sabe ordenhar e desnatar, Mary?

— Sei, sim. Tenho uma mão boa para isso.

Ela estendeu a palma das mãos, como se Nóra pudesse ver provas de suas habilidades nas juntas inchadas e na pele grossa dos dedos.

— E você está acostumada a cuidar de crianças?

— Eu sempre ajudei a mãe com os bebês. Nós éramos oito, na época — A menina deu um passo à frente, como se temerosa de estar perdendo o interesse de Nóra. — E eu sou boa fiandeira. E madrugadora também. Minha mãe diz que eu acordo antes dos passarinhos, e eu lavo as roupas e penteio a lã e tenho as costas fortes. Posso passar o dia inteiro batendo roupas.

Nóra não conseguiu deixar de sorrir da solene ansiedade da menina.

— Você já foi contratada antes?

— Já, sim, dona. Fui contratada num lugar ao norte daqui para uma temporada no verão passado.

— E você gostou?

Mary fez uma pausa, passando a língua nos lábios secos.

— Era um lugar difícil, dona.

— Então você não gostaria de ter ficado lá.

Ela sacudiu a cabeça.

— Estou em busca de outra fazenda.

Nóra assentiu, lutando com uma repentina dor de cabeça. Martin sempre contratara a ajuda de que necessitavam, e ela não estava acostumada a interrogar tanto um estranho. Os homens que Martin levara para casa eram trabalhadores calados e esforçados que ficavam pouco à vontade dentro de casa, mantendo os braços colados ao corpo como se receosos de quebrar alguma coisa. Comiam depressa, descascando uma batata já com os olhos na seguinte. Murmuravam o terço, dormiam no chão e acordavam antes do amanhecer; homens de modos rudes e costas fortes que cheiravam a feno e a macela-fétida e poucas vezes mostravam os dentes. Alguns voltavam todos os anos, outros, não. Nunca haviam precisado contratar uma moça.

Nóra se concedeu um momento para examinar o rosto de Mary, e a menina encarou-a de volta, olhos claros, dentes cerrados contra o frio. As roupas eram finas e pequenas demais para ela — os pulsos ultrapassavam em muito o punho da blusa e as costuras estavam apertadas nos braços e nos ombros —, mas ela parecia limpa. O cabelo estava cortado na altura do queixo e penteado, sem sinal de piolhos. Parecia ansiosa por agradar, e Nóra pensou nas outras oito crianças em casa, em qualquer *bothán* pantanoso onde os pais a haviam criado. Pensou em Johanna, nos cochichos que chegavam até ela a respeito de a filha pedir comida aos vizinhos. Aquela menina tinha o mesmo cabelo que ela. O mesmo de Micheál. Cobre claro — como uma lebre, ou agulhas de pinheiro secando no chão.

— Você viria passar uma temporada comigo, Mary? Tenho o filho da minha filha para cuidar. Quanto você quer pelos seis meses?

— Duas libras — Mary respondeu depressa.

Nóra apertou os olhos.

— Você é jovem demais para esse dinheiro. Uma libra e meia.

Mary concordou, e Nóra pôs um xelim em sua mão. A menina enfiou-o depressa no embrulho e procurou o irmão com os olhos, dando-lhe um solene aceno de cabeça. Ele tinha sido abandonado pelo fazendeiro que o examinara e agora estava sozinho, de pé no meio da multidão e da fumaça. Observou-as se afastar e, no último instante, ergueu uma das mãos em despedida.

A viagem de volta à casa de Nóra foi feita em silêncio. O sol apareceu, e o brilho da lama salpicada pelas rodas das carroças e pegadas era visível na estrada. O pisoteio das patas do rebanho do distrito até Killarney havia revirado todo o caminho. O barro faiscava.

Nóra e Mary não se apressaram, mas Nóra não se importou. Estava aliviada por ter resolvido aquele assunto de contratar alguém. Andava junto às valetas da estrada, abaixando-se de vez em quando para apanhar cachos estrelados de erva-de-passarinho para suas galinhas. Mary, percebendo, começou também a procurá-los. Pisava com cuidado entre a lama e as pedras, evitando as folhas cortantes de urtiga.

— Você não ficou com medo de fazer uma viagem tão longa no escuro? — Nóra perguntou.

— Eu tinha meu irmão — respondeu Mary com simplicidade.

— Você é uma menina corajosa.

Ela encolheu os ombros.

— Nós éramos muitos. Eu não me atrevi a sair do lugar, de medo de perder um emprego. Eu teria ficado ali o dia inteiro.

As duas, então, continuaram o caminho em silêncio, passando por charnecas e pequenos grupos de árvores, já desnudas pela insistente chegada do inverno, deixando para trás o brilho escuro e nacarado do azevinho. A grama nos dois lados da estrada estava marrom e crescida, e adiante, a distância, as montanhas salpicadas de magriça e rocha erguiam-se mudas contra o céu. Espirais de fumaça de fogueiras de turfa as acompanhavam enquanto caminhavam.

A tarde já findava quando as duas chegaram à cabana de Nóra, e o sol começava a morrer. Pararam por um instante no pátio, ofegantes depois da subida da colina, e Nóra observou a menina avaliar os arredores. Seus olhos passaram pela casa de dois cômodos com telhado de colmo, pelo pequeno estábulo e pelas galinhas espalhadas. Nóra se perguntou se Mary havia esperado algo mais, talvez uma casa maior, coberta com palha de trigo em vez de junco. Talvez a massa pesada de um porco no pátio ou sinais de um peru em vez de uma casinha sossegada com uma minúscula janela forrada de palha, paredes caiadas que o musgo esverdeava e uma plantação empedrada de batatas.

— Eu tenho uma vaca. Ela nos dá leite e esterco.

Nóra levou Mary até o estábulo, e as duas adentraram em sua escuridão morna e seu cheiro de carne e urina, o contorno escuro da vaca na palha a seus pés.

— Você vai lavá-la, alimentá-la e ordenhá-la pela manhã e bater a manteiga. Uma vez por semana você bate a manteiga. Eu farei a ordenha da tarde.

— Como ela se chama?

— Nós... eu a chamo de Brownie.

Nóra observou como Mary levou as mãos rachadas à cabeça da vaca e acariciou-lhe as orelhas. Brownie mexeu devagar o corpo pesado, rolando os ossos das ancas.

— Ela dá muito leite?

— O suficiente — respondeu Nóra. — Que Deus lhe dê saúde!

Recuaram para a claridade fraca e percorreram o caminho úmido até a casa, as galinhas correndo até elas pelo pátio.

— São boas galinhas — disse Nóra. — Tome, dê-lhes a erva-de-passarinho. São loucas por isso, por certo. Não estão pondo muito agora, mas tenho algumas leais, e elas dão ovos durante todo o inverno. — Lançou a Mary um olhar severo. — Você não vai comer nenhum. Nem ovos, nem manteiga. Você estaria comendo a sua paga. Você come muito?

— Não mais do que devo.

— Hummm. Venha comigo.

Nóra empurrou meia porta e cumprimentou Peg O'Shea, que estava sentada junto à lareira, com Micheál no colo.

— Peg, esta aqui é Mary.

Peg lançou a Mary um olhar avaliador.

— Seja bem-vinda e que Deus a proteja! Com este cabelo vermelho, você deve ser filha dos Clancy.

— Clifford. Sou Mary Clifford — respondeu a mocinha, olhos indo até Micheál e a boca se abrindo.

— Clifford, não é? Bem, que Deus a abençoe, seja Clifford ou Clancy. Você veio de longe?

— Ela partiu para a feira do povo hoje cedo, ainda escuro — disse Nóra. — Annamore. Uns trinta quilômetros ou mais.

— E mais a caminhada até aqui? *Musha*, deve estar morrendo de dor nos pés.

— Ela tem duas pernas fortes.

— E dois braços fortes, ao que parece. Pegue-o, está bem? Este é Micheál. Espero que Nóra tenha falado dele.

Peg ergueu o menino e fez um gesto para que Mary se aproximasse.

Mary o encarou. O nariz de Micheál estava coberto de muco, e a saliva havia secado no canto de sua boca. Quando Peg o ergueu para entregá-lo, ele começou a gemer como um homem surrado.

Ela deu um passo para trás.

— O que há de errado com ele?

Fez-se silêncio, quebrado apenas pelos gemidos guturais de Micheál.

Peg suspirou e voltou a botar o menino no colo. Lançando um olhar eloquente a Nóra, raspou com a unha a saliva seca do rosto da criança.

— O que você quer dizer com "O que há de errado com ele"? — A voz de Nóra era perigosa.

— O que o aflige? O ruído que ele está fazendo. Por que ele está chorando desse jeito? Ele não sabe falar?

— Ele é delicado, só isso — disse Peg devagar.

— "Delicado" — repetiu Mary, recuando até sua mão encontrar o batente da porta. — É contagioso?

Um ruído animal saiu do fundo da garganta de Nóra.

— Você é muito abusada fazendo uma pergunta dessas!

— Nóra...

— "É contagioso?" Você a ouviu, Peg? É muito atrevimento.

— Não, eu não falei por mal. É só porque ele não parece...

— Não parece o quê?

— Nóra, ela tem o direito de perguntar.

Peg cuspiu numa ponta do avental e esfregou o rosto de Micheál.

— É que... — Mary apontou para as pernas de Micheál, expostas quando a camisola do menino subiu até a cintura. — Ele sabe andar? — Seu lábio tremia.

— Ela é só uma menina, Nóra — Peg observou, calma. — Venha até aqui e veja por si mesma, Mary Clifford. Ele não tem nenhuma doença contagiosa. Ele não vai machucar você. Ele é só uma criança. Só uma criança inofensiva.

Mary assentiu, engolindo em seco.

— Vamos. Dê uma olhada nele. Ele é uma coisinha querida, de verdade.

Mary espiou o menino, por cima do ombro de Peg. Os olhos de Micheál estavam meio fechados, voltados para a ponta do nariz arrebitado, e a boca entreaberta. Uma respiração gorgolejante saía de sua garganta.

— Ele está sentindo dor? — Mary perguntou.

— Não, não está. Ele é capaz de rir e vez ou outra consegue se sentar sozinho, e também pode mexer os braços, às vezes, para brincar com coisas.

— Quantos anos ele tem?

— Bem, isso... — respondeu Peg. — Ele vai fazer quatro anos, não é, Nóra?

— Ele gosta de plumas. — Nóra respirou fundo e se sentou, desequilibrada, no banquinho em frente a Peg. — Ele gosta de plumas.

— Por certo, quatro anos. E ele gosta de plumas. E de bolotas. E dos ossos das juntas. — A voz de Peg assumiu uma vivacidade forçada. — São só as pernas dele.

— Ele não sabe andar — resmungou Nóra. — Ele sabia, mas agora não consegue mais.

Mary fitou o menino, apreensiva, lábios apertados.

— Micheál? Meu nome é Mary. — Ela ergueu os olhos para Nóra. — Ele é tímido?

— Ele não sabe falar para nos dizer. — Nóra ficou em silêncio por um instante. — Eu devia ter contado.

Mary sacudiu a cabeça. Seu cabelo tinha encaracolado com a umidade do ar no caminho de volta à cabana, e ela parecia jovem e assustada. Nóra, de repente, sentiu vergonha de si mesma. Ela é só uma menina, pensou. Ela também não passa de uma criança, e aqui estou eu gritando com ela. Uma estranha.

— Bem, então. Você veio de tão longe, e eu nem mesmo lhe dei de beber. Você deve estar com sede.

Nóra se levantou e encheu a panela de água na lareira com o balde do poço.

Peg apertou de leve o ombro de Mary.

— Vamos botá-lo aqui. Em cima da magriça. Ele não vai longe.

— Eu posso segurá-lo. — Mary se sentou perto de Peg e botou o menino no colo. — Ele é só osso! É leve como um passarinho.

As mulheres a observaram puxar o pano da camisola de Micheál para cobrir-lhe as pernas e depois tirar seu próprio xale e usá-lo para enrolar os pés.

— Agora, sim. Agora você está bem — murmurou.

— Bem. É um prazer ter você conosco, Mary Clifford. Desejo-lhe tudo de bom e que Deus a abençoe! É melhor eu tomar meu rumo.

Peg lançou a Nóra um olhar expressivo e saiu pela porta, deixando-as a sós.

Mary encaixou a cabeça de Micheál em seu ombro, mantendo os braços passados em volta do corpo do menino, sem jeito.

— Ele treme por dentro — comentou.

Nóra encheu duas canecas com leitelho e começou a preparar batatas para o jantar. Havia um aperto em sua garganta, como se uma corda tivesse sido passada em volta do seu pescoço. E não tinha coragem de falar. Muitos minutos se passaram antes que ouvisse a voz melodiosa de Mary soar atrás dela.

— Eu vou fazer tudo o que puder para ajudá-la.

— Tenho certeza de que vai. — Nóra engasgou com as palavras. — Tenho certeza de que vai.

Mais tarde na mesma noite, depois que Mary e Nóra terminaram uma refeição silenciosa e puseram as galinhas para dentro, as duas arrumaram a cama, pondo no chão um colchão grosseiro de palha trançada e um cobertor.

— Você vai ficar aquecida aqui, perto do fogo — disse Nóra.

— Obrigada, dona.

— E você vai ter Micheál para ajudar a esquentar a cama.

Mary apontou para o carrinho tosco de palha e cordas.

— Ele não usa aquele berço?

— Ele cresceu muito para ficar ali. Não consegue se mexer. Agora, trate de enrolá-lo bem ou ele vai chutar a roupa de cama durante a noite.

Mary olhou para Micheál, que estava encostado à parede, a cabeça caída sobre um ombro.

— Amanhã eu vou lhe mostrar um pouco do vale, se o tempo estiver bom. Você vai precisar saber onde fica o poço. E vou mostrar o melhor lugar para lavar roupa no rio. Talvez seja bom para você conhecer algumas das outras mocinhas por aqui.

— Micheál irá conosco?

Nóra olhou-a com brusquidão.

— Quero dizer, você o deixa aqui ou leva junto? Um menino como ele, que não tem o uso das pernas...

— Eu não gosto de levá-lo lá fora.

— Você o deixa sozinho?

— Não quero gente jogando água em rato afogado.

Nóra pegou o balde de água suja no qual tinham lavado os pés. Abrindo a porta, gritou um aviso para os seres encantados e jogou-a no pátio.

Capítulo Quatro
Freixo

— Você vem da parte dos vivos ou dos mortos?

Peter O'Connor abriu a porta da cabana de Nance e enfiou a cabeça por baixo do batente, uma garrafa de *poitín* na mão.

— Dos mortos de sede.

Nance acenou para que entrasse.

— Sente-se, vamos. Prazer em vê-lo, Peter.

— Foi um belo velório que fizeram para Martin, e um belo *caoineadh* que você conduziu, Nance. — Peter se acomodou perto do fogo e encheu o cachimbo, pegando o grosseiro par de tenazes de Nance e erguendo um tição para acendê-lo. — Que Deus tenha piedade da alma dos mortos! — sussurrou. Sorveu o cachimbo até o fumo acender e fazer subir uma espiral de fumaça.

— O que o traz aqui hoje, Peter? É o seu ombro?

Peter sacudiu a cabeça.

— O braço vai bem.

— São os olhos?

Quando o homem não respondeu, Nance se acomodou melhor em seu banquinho e aguardou, paciente.

— Eu continuo a ter aqueles sonhos — Peter acabou dizendo.

— Ah, então são sonhos?

Ele trincou os dentes.

— Não sei o que os provoca, Nance. São sonhos poderosos.

— E estão perturbando você?

Peter deu uma longa aspirada no cachimbo.

— Desde que eu encontrei Martin caído morto na encruzilhada.

— São sonhos cheios de doenças?

— Cheios de maldade. — Peter tirou os olhos da fogueira, e Nance viu que seu rosto estava sombrio. — Não consigo me livrar da sensação de que alguma coisa terrível está para acontecer, Nance. Sonho com animais mortos. Suas gargantas cortadas e eles sangrando no chão. — Ele voltou o olhar para a cabra de Nance. — Ou, então, sonho que estou me afogando. Ou com um homem enforcado. Acordo sem ar.

Nance esperou que o homem continuasse a falar, e, como o homem permaneceu em silêncio, os joelhos encostados ao peito, Nance fez um gesto para a garrafa trazida por ele.

— Vamos beber um pouco?

Tirou a rolha e passou-lhe a garrafa.

Ele deu uma golada, estremeceu e limpou a boca.

— *Poitín* poderosa — murmurou Nance, tomando também um gole.

Voltou a se sentar perto do fogo. Estava preparada para esperar. Às vezes, um ouvido atento era tudo o que era preciso. Só silêncio e tempo, numa cabana onde não havia conversas, nem histórias, nem vizinhos. Onde nada havia além de um fogo e uma mulher. Uma mulher que não era desejada. Uma mulher cuja língua não deixava escorregar segredos para outras esposas. Só uma mulher velha disposta a ouvir que sabia apreciar o fumo e a bebida. Para isso, valia a pena escapulir de suas cabanas, valia andar por entre camas preguiçosas e paredes cobertas de musgo para visitá-la nas horas mortas. Nance conhecia o poder do silêncio.

A lareira ardia. Peter terminou de fumar e bateu as cinzas do cachimbo nos joelhos. Os dois dividiram a garrafa de bebida até que o ar úmido da noite começou a entrar por baixo da porta, deixando Peter inquieto.

— Eu já contei das quatro gralhas que vi antes do passamento do nosso Martin, que sua alma descanse em paz?

Nance se inclinou para a frente.

— Não contou, Peter.

— Eram quatro. Isso é sinal de morte chegando, não é? E eu vi luzes no seu Piper's Grave. Perto da fortaleza dos seres encantados. E naquela noite eu tive o primeiro desses sonhos.

— Eu vi um raio atingir as magriças na montanha — murmurou Nance.

— Na noite em que Martin morreu?

— Isso mesmo. Soprava um vento estranho.

— Eles estão por perto. Os Bons Amigos. Você acha que é por isso que eu tenho sonhado todas essas coisas, Nance?

Ela se aproximou, bateu no ombro de Peter e teve uma rápida visão do catre estreito encostado à parede da cabana dele, das longas horas que ele passava fumando enquanto a noite ia alta.

— Você não nasceu com o saco das águas na cabeça? E não é verdade que quem nasce assim tem olhos para coisas que estão além da compreensão da maioria das pessoas? E outra coisa, Peter, lembre-se: uma porção de medos é fruto de ficar tempo demais sentado sozinho no escuro.

Peter cutucou os dentes com uma unha suja e deu uma risadinha.

— Ora, ora, que importância tem isso? É melhor eu tomar meu rumo.

— Por certo, Peter. Vá para casa.

Ele ajudou Nance a se levantar e esperou que ela usasse as tenazes para pegar um carvão do fogo e o mergulhasse, chiando, no balde d'água, para esfriá-lo. Nance secou o tição apagado na saia, cuspiu no chão e entregou-o a ele.

— Hoje à noite você não vai ver nenhum *púca*. Que Deus o proteja no caminho de casa!

Peter colocou-o no bolso com um leve aceno.

— Bendita seja você, Nance Roche! Você é uma boa mulher, não importa o que diga o novo padre.

Nance ergueu uma sobrancelha.

— O padre tem desperdiçado palavras comigo, é?

Peter deu outra risada.

— Eu não contei? Ah, você devia tê-lo ouvido na missa. Estava tentando abrir nossos olhos para o novo mundo, segundo ele. Era nosso dever nos desprender dos velhos hábitos que mantêm os irlandeses no fundo do poço. Esta é uma nova era para a Irlanda e para a Igreja católica. Devemos gastar nosso dinheiro com a campanha do catolicismo, não com carpideiras profanas.

— "Nos desprender dos velhos hábitos." Então ele gosta de falar bonito...

— Nem tanto, Nance — opinou Peter, sacudindo a cabeça. — Eu manteria distância. Deixe que ele se acomode. Que aprenda como fazemos as coisas por aqui.

— Imagino que ele ache que eu sou um desses "velhos hábitos".

Peter assumiu uma expressão solene.

— Hábitos pagãos, Nance. Ele afirmou saber que as pessoas procuram você e que não devemos mais fazer isso. — Fez uma pausa. — Disse que você é cheia de maldades e truques para carpir por dinheiro.

— Então é isso. O novo padre está contra mim.

— O padre Healy pode estar. Mas eu estou aqui, Nance. E, pela minha alma, eu não vejo nenhuma maldade na sua casa.

— Que o Senhor o proteja, Peter O'Connor!

O homem lhe deu um sorriso e arrumou o chapéu na cabeça.

— Nós ainda precisamos de você. Nós ainda precisamos dos velhos hábitos e conhecimentos. — Ele se interrompeu, o sorriso morrendo. — O que me lembra, Nance. Há um menino, você sabe. Lá com Nóra Leahy. Um menino aleijado. Achei que você deveria saber, para o caso de a viúva precisar de você.

— Eu não vi nenhum aleijado quando estive lá para carpir.

— Não. Ela me fez tirá-lo de lá.

— O que há de errado com ele?

— Eu não saberia dizer, Nance. — Peter olhou para a imensa escuridão lá fora. — Mas com certeza é alguma coisa muito ruim.

Nance passou o resto da noite agachada junto ao fogo, a língua não dando descanso aos dentes na gengiva. A noite estava inquieta. Ela ouvia o coaxar dos sapos e um raspar de unhas que podia ser um rato escavando, ou alguma gralha no telhado.

Nas horas ociosas, o tempo perdia a força. Muitas vezes, quando Nance se sentava em silêncio, cardando lã ou à espera de que as batatas cozinhassem, imaginava que Maggie estava a seu lado. Maggie de olhos calmos, atenta, assustadora, secando suas ervas, esfolando seus coelhos. Maggie com o cachimbo preso entre os dentes, mantendo os dedos ocupados. Mostrando a Nance como ouvir o secreto e palpitante coração do mundo. Ensinando-a a salvar os outros, se não pudesse salvar sua mãe.

Com que rapidez o ar se enchia de fantasmas.

— Algumas pessoas nascem diferentes, Nance. Nascem do lado de fora das coisas, com uma pele um pouco mais fina, olhos um pouco mais perceptivos ao que passa despercebido para a maioria. Seus corações engolem mais sangue do que os corações comuns; o rio corre diferente para elas.

Lembrança das duas sentadas na cabana do pai, limpando os pés da poeira da estrada. O coração de Nance disparado no peito ao trazer o primeiro bebê ao mundo — o sétimo filho da esposa de um cocheiro. A primeira visão do cabelo, o deslizar escorregadio da criança para suas mãos. Como tremeu ao ouvir o choro do recém-nascido!

Maggie sorrindo para ela, acomodando-se no banquinho, acendendo o cachimbo.

— Eu me lembro de quando você nasceu, Nance. Sua mãe estava em agonia. Brigando com a natureza, era o que ela estava fazendo. Cheguei, e era tudo um caos, seu pai tendo um ataque porque você demonstrava uma enorme relutância em ser arrastada para o mundo. Eu afrouxei todos os obstáculos. Tirei a tranca da porta e removi a palha da janela. Desfiz os nós do meu xale e das roupas de sua mãe e disse aos homens que libertassem a vaca. Eles a soltaram na noite. Só então, quando não havia mais amarras, você deslizou para nós como um peixe escapando de uma rede frouxa.

— E nessa hora você soube que eu era diferente?

Sua tia deu um sorriso. Bateu a cinza do cachimbo.

— Você chegou como as crianças às vezes chegam, Nance. Nas primeiras horas escorregadias da madrugada. Punhos fechados. Já brigando com o mundo.

Fez-se silêncio.

— Eu não quero ter diferenças dentro de mim. Eu não quero ser sozinha desse jeito.

Maggie se inclinou para mais perto dela, uma expressão selvagem nos olhos.

— Não é fácil arrancar do osso o que está preso na medula. Você vai aprender bem depressa.

Mary acordou num sobressalto, pânico pesando no peito. Sentando-se banhada em suor, olhou em volta, assimilando o brilho rosado da lareira e as paredes desconhecidas da cabana. Alguns momentos se passaram antes que se lembrasse de onde estava.

Estou na casa da viúva.

Mary olhou para a criança adormecida a seu lado, a curva fina da coluna do menino pressionando sua perna.

Estou na casa da viúva, pensou. E esta é a criança de quem devo cuidar.

Voltou a se deitar e tentou dormir, mas os cheiros da cabana eram estranhos, e havia angústia em seu peito. O desejo de estar outra vez em Annamore, deitada ao lado de irmãos e irmãs, o emaranhado de todos eles junto ao fogo com o cheiro adocicado dos juncos, fez seus olhos se encher de lágrimas. Piscou para afastá-las, enfiou os pulsos debaixo do queixo e pressionou o rosto de encontro ao improvisado travesseiro de trapos.

O estômago reclamava. Tinha comido demais. Pelo menos não vou passar fome aqui, pensou, apesar das recomendações da viúva quanto aos ovos. Havia lugares piores para estar. David lhe contara da fazenda para a qual tinha sido contratado no outono anterior, um sitiozinho na península onde passavam os dias cortando e carregando algas marinhas para os campos. Longos dias de pé na água salgada, costas curvadas de frio e árdua caminhada pelos campos. As algas ensopavam suas roupas através da malha aberta dos cestos, e aquilo deixava a pele em carne viva.

Reze a Deus para ser contratada para algum lugar onde seja bem alimentada, ele havia dito.

Não tinha sido o trabalho que David imaginara. Todos os homens e mulheres do lugar recebiam sua cota justa de trabalho. Mas não era fácil ter o corpo cortado pelo sal, os pés sangrando por pedras que não se viam e o estômago cheio de ar marinho e pouco mais.

O irmão não lhe contou essas coisas na frente da mãe. Ela adoeceria de preocupação, e já era duro demais vê-la se amofinando com as crianças em casa, com as tosses, as batatas escassas no solo para tantos corpos, os rumores de despejos e os pés de cabra dos especuladores que iam de cabana em cabana como uma sombra escura. Seu irmão esperou estarem fora de casa, procurando ovos perdidos nos tufos de grama.

Encontre um lugar onde seja alimentada, dissera David. Não importa a sujeira. Por certo, algumas famílias que contratam não têm mais do que nós. Dormem amontoadas todas as noites, exatamente como nós. Mas encontre um fazendeiro que se preocupe em alimentá-la.

Tinham lhe dado de comer na fazenda do Norte, no verão. *Lumpers*. Mingaus. Mas só depois que a família tivesse comido; deixavam que ela bebesse as últimas gotas de leitelho e raspasse os restos de comida da panela.

Mary virou de lado. Poderia ser pior, consolou-se. Uma mulher e uma criança, vivendo numa casa com uma vaca e uma pequena plantação. Mas havia uma sensação estranha naquele lugar, alguma coisa que ela não sabia bem o que poderia ser. Talvez fosse a solidão da mulher. A viúva, Nóra Leahy. De rosto chupado e cabelo grisalhando nas têmporas. Sua aparência era como a de alguém que tivesse sido abandonado pela feminilidade; tinha os tornozelos inchados, e o rosto era cortado por linhas profundas. Mary a estudara na feira, percebendo os sinais do sol em sua pele, a extensão das rugas que sugeriam uma vida já bem vivida.

David lhe avisara para dar uma boa olhada em seus rostos. Se um homem tem o nariz vermelho, é um homem dado a beber e é melhor evitar a casa dele, porque se pode ter certeza de que todo o dinheiro vai para a bebida e não para os que vivem sob seu teto. Mulheres com boca franzida? Mary, os mexericos amargam a vida. Elas vão observar cada movimento seu. Melhor encontrar um rosto com pouca sombra de cenhos franzidos e olhos cheios de pés de galinha. Ou passaram a vida inteira olhando para o sol ou são uma boa alma e você pode ter certeza de que ficará melhor com os que têm esse tipo de rosto por causa do trabalho no campo ou dos sorrisos que já deram.

Nóra Leahy tinha pés de galinha. Pareceu bastante gentil em Killarney, suas roupas eram limpas e seu rosto, franco. Mas não lhe disse que era viúva e mentiu em relação ao menino.

O que foi mesmo que ela disse?

Tenho o filho da minha filha para cuidar.

Nenhuma palavra a respeito de um menino esquelético, mudo e com o queixo solto. Nenhuma sugestão de uma casa onde havia doença, morte ou a necessidade de manter segredos.

Mary nunca tinha visto uma criança como Micheál. Dormindo, ele quase poderia ser um pobre coitado magricela, um garotinho como qualquer outro, embora raquítico e pálido. Mas, acordado, não havia dúvida de que alguma coisa muito errada estava acontecendo com ele. Seus olhos azuis pareciam deslizar pelo mundo sem ver, passando através dela como se ela não estivesse ali. Eram antinaturais o modo como ele dobrava os pulsos de encontro ao peito e o ângulo descendente dos lábios. De certa forma, ele parecia um velho. Sua pele era rija e seca, e havia nela uma fragilidade como nas páginas dos livros sagrados dos padres. Não havia nele nada da maciez das bochechas rechonchudas das crianças que Mary conhecia. Ao passar pela porta da cabana e ver a anciã segurando-o no colo, pensou, a princípio, que aquilo não era um menino e sim algum tipo estranho de espantalho. Um brinquedo de criança, feito de varetas e um velho camisolão, como a efígie de santa Brígida carregada na procissão do seu dia santo: cabeça mirrada, ângulos agudos ocultos por trapos velhos. E então, ao se aproximar e ver que aquilo, *ele*, estava vivo, seu coração se apavorou. Magro e consumido por uma doença como aquelas que sugam a seiva de uma planta e a reduzem a um caule seco. Tinha sido mandada para uma casa marcada pela doença, e seria contaminada.

Mas não. Ele não era doente, elas disseram. Só lento. Só com dificuldade de crescer como as outras crianças.

Uma coisinha mirrada de cabelos cor de cobre e nariz arrebitado. Um amontoado de caniços, sustentados pela pele cheia de assaduras e gemendo como um demônio.

Mary, com delicadeza, levou a mão à testa de Micheál e empurrou o cabelo para trás. Ele babava: um fio de cuspe saía do canto da boca e escorria pela bochecha. Mary limpou-o com as costas da mão e secou-a no cobertor.

A viúva devia ter vergonha do menino. Por isso Nóra não tinha dito nada.

O que teria feito a filha dela para merecer uma criança daquelas?

Se uma mulher podia ter um bebê com lábio leporino caso encontrasse uma lebre na estrada, que coisa ruim ela teria encontrado para desconjuntar um menino e torcer os ossos dentro de sua pele? Deve ter sido um pecado grande, para gerar uma criança assim no útero.

Mas a viúva disse que ele não nascera daquele jeito.

Talvez alguma coisa o tivesse atacado.

Não há o que fazer, decidiu Mary. Não podia ir para casa. Aquela fazenda, aquele vale — como uma chaga na pele da terra, afundada entre as altas montanhas rochosas — eram o que deveria conhecer durante os próximos seis meses. Teria que morder o lábio e trabalhar. Estava ganhando dinheiro de verdade para sua família, e, enquanto ela e David estivessem fora e juntando xelins, não haveria despejo. Podia aguentar seis meses com uma mulher dura e teimosa e um menino torto. E depois voltaria para os juncos com seus irmãos e irmãs e a voz baixa do pai rezando o terço. E todos adormeceriam ao calor do fogo, e nem mesmo o assobio do vento os acordaria.

Nóra despertou inquieta e animada. Havia uma estranha na casa. A garota, Mary. Arrancando as roupas de sair, vestiu-se depressa e entrou na sala.

A garota não estava.

A cama de armar tinha sido desmontada e parecia outra vez um banco, e o fogo tinha sido revirado e queimava alto. No canto do cômodo, Nóra viu que Micheál tinha sido posto num cesto vazio e que as pesadas tenazes de ferro da lareira estavam colocadas sobre o cesto, a centímetros de distância da cabeça imóvel do menino.

Não havia sinal de Mary.

As galinhas não estavam mais no poleiro, e Nóra esticou a mão em busca de ovos. Havia quatro, ainda quentes. Colocando-os com cuidado na cesta de ovos, ouviu o estalido da porta do pátio e virou-se para lá. Ali estava Mary, agasalhada contra o frio brilhante da manhã, numa das mãos um balde de leite fumegante, coberto por um trapo.

— Mary — Nóra gaguejou.

— Bom dia.

Mary levou o leite até a mesa e começou a coá-lo num pano, para dentro de um pote de barro.

— Pensei que você tivesse ido embora.

— Eu só madruguei, dona. Como eu disse. E você me pediu para ordenhar de manhã e... — Sua voz vacilou. — Fiz alguma coisa errada?

Nóra riu de alívio.

— De jeito nenhum. Foi só por causa de ontem e, bem... — Ela se interrompeu. — Onde está a peia?

— Não encontrei.

— Você ordenhou Brownie sem amarrá-la?

— Foi, sim. Ela é boazinha.

— A peia fica ali. Naquele canto. Guardo aqui dentro para que nenhum ladrão de manteiga o use contra mim. — Nóra apontou para as tenazes em cima do cesto. — Há muito tempo eu não via isto.

Mary enrubesceu e apanhou-as, recolocando-as junto à lareira.

— É por causa dos seres encantados, dona. Para que não o levem. É assim que fazemos em Annamore.

— Bem, eu sei para que servem, e aqui se faz a mesma coisa. É que já faz muito tempo desde que eu precisava cuidar para que os seres encantados não levassem minha filha.

Mary ficou rubra.

— Micheál... Bem, o coitadinho se molhou durante a noite. Eu queria limpá-lo, mas não há água.

— Vou lhe mostrar o poço.

A manhã estava clara, úmida e cheia de uma luminosidade que se irradiava do musgo molhado para as colinas, dando-lhes um intenso tom de verde. Fazia frio, mas o sol da manhã era gentil e dourado e iluminava a névoa de fumaça que saía das cabanas. A bruma se acumulava no fundo do vale.

— O rio fica lá embaixo — disse Nóra, de pé com Mary, no pátio. Tinham deixado Micheál na cabana, confinado ao cesto de batatas, a salvo do fogo. — O Flesk, como nós o chamamos. Você pode ir buscar água lá, se quiser, mas é uma longa subida de volta, carregando os baldes e tudo o mais. E, quando chove, é escorregadio. Quando o tempo virar, você irá até lá para bater as roupas. O poço fica mais longe, mas o caminho é firme e mais gentil com os meus joelhos. Todas as mulheres vão ao poço apanhar água. É mais limpa.

— E há muitas vivendo neste vale? — perguntou Mary.

— Mulheres? Há tantas quanto há homens, embora alguns fazendeiros não sejam casados. Está vendo aquela casa, a que fica mais perto de nós? É onde mora Peg O'Shea, a mulher que você conheceu ontem à noite. Ela tem uma família boa e grande. Cinco filhos e os filhos dos filhos. — Quando começaram a andar, Nóra apontou para o vale, onde a trilha circundava a montanha até a parte mais plana. — E aquele lugar lá... Você está vendo as duas construções e a estufa de limões mais adiante? Ali, no meio do vale. É a casa do ferreiro. John O'Donoghue e sua mulher Áine. É uma ótima casa para ir no *cuaird*, na ronda noturna. Eles não têm filhos, embora estejam casados há dez anos. Ninguém toca no assunto. A casa do meu sobrinho fica logo depois, também no vale, embora não se possa vê-la com toda esta bruma. Seu nome é Daniel Lynch. Sua mulher está esperando o primeiro filho. Você deve encontrá-lo por aqui, com o irmão. Eles me ajudam um pouco com o trabalho. Meu marido morreu há pouco tempo.

— Meus sentimentos, dona.

Ouviu-se uma risada, e Nóra, de repente lutando contra as lágrimas, ficou grata por ver duas mulheres vindo pela colina com baldes de água nas mãos e se juntando a elas na trilha.

— Que Deus a abençoe, Nóra Leahy! — disse uma delas, afastando o capuz do rosto para que a vissem melhor.

Tufos encaracolados de cabelos claros escapavam de sua trança.

— E a vocês também, Sorcha e Éilís. Esta aqui é Mary Clifford.

As duas mulheres fitaram Mary com interesse, olhos apertados.

— Indo para o poço?

— Estamos, sim.

— Mary, Éilís é a esposa do professor local, William O'Hare. Ele leva as crianças para terem aulas junto às sebes. E Sorcha é filha da esposa do irmão do meu cunhado.

Mary pareceu confusa.

— Não se preocupe, você vai conhecê-los no devido tempo. Aqui, todo mundo conhece todo mundo. Não há onde se esconder.

— Estamos todos ligados uns aos outros, gostemos ou não — concordou Éilís, levantando uma sobrancelha. Era uma mulher grande e pesadona, com bolsas escuras sob os olhos.

— Você já soube do padre Healy, Nóra?

— O que tem ele?

Sorcha encheu as bochechas de ar.

— Ele ouviu falar do velório do seu Martin. Pois não é que ficou uma fera? — Ela soltou uma risada. — Você devia tê-lo ouvido pregar na missa. Ah, ele estava furioso!

Nóra sacudiu a cabeça, irritada.

— Do que você está falando?

Sorcha se inclinou e chegou mais perto, balançando o balde d'água de encontro à perna.

— Ele soltou o verbo contra a sua carpideira, Nance Roche. Fez praticamente um sermão inteiro contra ela. Disse que não se deve deixá-la entrar para fazer o *caoineadh*. Que isso não está de acordo com a Igreja.

— E que tipo de velório seria, sem uma carpideira? — questionou Nóra. — Vocês já ouviram falar de coisa parecida?

— Ah, ele estava fora de si — acrescentou Éilís. Ela estava apreciando o escândalo. — Cuspindo em cima de todo mundo. Eu tive que limpar o rosto.

— Temos um padre novo — Nóra explicou a Mary. — O padre Healy.

Sorcha parou para colher um dente-de-leão e botou-o na boca, mastigando a folha.

— Ele não é tolerante. Eu me pergunto como foi que ele soube que Nance esteve na sua cabana. Ele já tinha ido embora. E estava chovendo muito naquela noite.

— Alguém deve ter contado — sugeriu Éilís, soturna.

O poço tinha sido cavado na descida para o vale, no ponto em que a montanha atingia o nível do chão, um buraco grosseiro, cercado de arbustos de tojo e magriça. Um freixo crescia por perto, para marcar o lugar e tornar a água mais fresca, e fitas esfarrapadas pendiam do tronco e de galhos mais baixos, agitando-se com a brisa. Já havia um grupo de mulheres conversando junto ao poço, baldes d'água a seus pés. Ergueram a cabeça ao som das vozes de Éilís e Sorcha e cumprimentaram Nóra, olhares pousando depressa em Mary e examinando suas roupas mal-ajambradas. Algumas cuspiram no chão.

— Que Deus nos proteja de todo mal! — sussurrou uma.

— É o seu cabelo vermelho — Nóra cochichou com Mary.

— Meu cabelo vermelho?

— Ninguém cuspia por sua causa em Annamore?

— Nunca na vida.

— Bem, não ligue para elas. — Ela cumprimentou as mulheres com um aceno de cabeça. — Esta é Mary Clifford. Ela veio trabalhar para mim. Estou mostrando o poço. Mary, você já conhece Sorcha e Éilís. Estas aqui são Hanna e Biddy.

As mulheres murmuraram saudações e depois se viraram para o grupo, atentas à conversa. Todas também falavam do padre Healy.

— Ele acha que há pagãos entre nós — disse uma das outras.

— Ele não disse isso! Ele acha que os velhos hábitos não passam de superstições. Não vai aceitá-los.

— Um padre deveria acreditar neles mais do que qualquer outra pessoa — observou Hanna.

— Ele disse que o Diabo está entre nós, assumindo várias formas.

Quando Nóra se inclinou para pegar água, percebeu que diversas mulheres a olhavam com ansiedade. Algumas lhe deram palmadinhas nas costas enquanto ela puxava o balde do poço, mas outras pouco lhe concederam algo além de um cumprimento. Quando Nóra se juntou a Mary com os baldes cheios, as duas começaram a andar pelo caminho de volta à cabana, sem se despedir.

— São suas amigas? — quis saber Mary.

— São ligadas a mim pelo sangue, se é o que você está perguntando.

— Por que elas cuspiram no chão quando viram meu cabelo?

— Acham que você pode trazer má sorte.

Mary se mexeu, pouco à vontade, mas nada disse.

— Não ligue para isso. É só o jeito das coisas serem por aqui.

— Sorcha parece uma moça animada.

— Sorcha? O que aquela ali fica sabendo na hora da ordenha a vizinhança toda estará repetindo antes do nascer da lua.

— É verdade o que ela disse do seu padre ter censurado a carpideira?

Nóra deu um risinho de desdém.

— Eu não sei o que andam ensinando a eles nas cidades hoje em dia. Qual é a vantagem de acabarem com nossos costumes? Eles são tão cristãos quanto nós duas.

— Esse homem, o padre, já foi chamado para ver Micheál?

— Você ainda precisa aprender algumas coisas sobre o povo daqui. Mas talvez já possa saber logo que um padre não vem muito à casa das pessoas que não têm dinheiro para oferecer.

Um cheiro pútrido veio ao encontro delas quando abriram a porta da cabana de Nóra. Mary olhou para o cesto de batatas e viu que Micheál tinha evacuado. Estava sentado em sua própria imundície, mãos grudentas e olhos arregalados, como se surpreso.

— Tem até no cabelo! — exclamou Mary, tampando o nariz com uma das mãos.

— Leve-o para fora e lave-o.

Mary arrastou o cesto para o pátio, com o menino dentro. O cocô já começava a endurecer em sua pele, e a bola de urze seca com que ela o esfregou não ajudou muito a amolecer a sujeira. Nóra trouxe um pedaço de sabão cinzento feito com cinza de samambaias e sebo, e, com esforço, Mary acabou conseguindo limpar o menino. A friagem da água do poço e a urze arranhando sua pele fizeram Micheál gritar, e Mary levou algum tempo para conseguir acalmá-lo. Andou de um lado para o outro do pátio, as galinhas a seus pés, embrulhando Micheál no seu xale e cantando para ele. Quando o menino enfim adormeceu, ela estava exausta.

— Traga-o para mim — disse Nóra, voltando ao pátio com os braços estendidos assim que os gritos acalmaram. Percebeu o balde vazio. — Você não usou a água do barril?

— O quê?

— A água da chuva. — Nóra apontou para um velho barril perto do estábulo. — Volte ao poço, por favor, e nos traga mais água de beber. Se alguém perguntar por que você voltou tão depressa, não conte o motivo. Diga que você tem mania de limpeza. Não fale em Micheál.

Mary arrastou o balde de volta ao poço, tentando ignorar o cheiro de merda que ainda havia em suas roupas e nas mãos. Desejou que a clareira ao lado do freixo estivesse vazia, mas, quando fez a curva, viu que Éilís O'Hare ainda estava lá, conversando com outra mulher que ainda não tinha visto.

— Aí vem de novo a criada — cantarolou Éilís, avistando-a no mesmo instante e levantando a mão. — Kate, esta é... Como é mesmo o seu nome, menina?

— Meu nome é Mary Clifford.

— Mary Clifford. Era dela que eu estava falando. A viúva Leahy tem ajuda.

Éilís ergueu as sobrancelhas para a outra mulher, que encarou Mary com fria intensidade.

— Eu sou Kate Lynch — disse a mulher. — Éilís estava me dizendo que você é nova no vale. Que você é uma menina contratada.

— É isso mesmo — concordou Mary. — Sou de Annamore. Lá no Norte.

— Eu sei onde fica Annamore — retrucou Kate. — Cheio de meninas ruivas, não é?

— Só algumas — respondeu Mary.

Ela se aproximou do poço para se ajoelhar e pegar água, mas Kate deu um passo e se postou à sua frente.

— Nós sabemos por que você está aqui — disse Kate. — Eu sou parente da viúva, e a Éilís aqui é minha irmã. Meu homem é irmão do marido da irmã morta de Nóra.

— Meus sentimentos — murmurou Mary.

— Você está aqui por causa da criança, não é? O neto da viúva deixado depois que a filha dela foi raptada.

— Raptada?

Kate segurou o balde d'água de Mary. As juntas de seus dedos eram vermelhas e inchadas.

— Aquele garoto não é normal, não é?

— Não sei do que você está falando.

Éilís riu.

— A viúva o mantém escondido na cabana, mas nós sabemos. Nós sabemos.

Kate se inclinou e olhou Mary nos olhos, ainda agarrada ao balde.

— Vou lhe dizer uma coisa agora, garota, e é melhor que você me escute. Martin Leahy era um homem bom antes da filha da viúva ser levada e antes que aquela criança chegasse a este vale. Mas ninguém cai duro numa encruzilhada e morre em boa saúde sem algum tipo de interferência. Assim que aquele parasita, a criança-trocada pelos seres encantados, foi entregue... — Ela se interrompeu, para cuspir no chão. — Assim que aquela criatura amaldiçoada chegou à casa de Nóra, todo tipo de problema sério começou a acontecer, e agora Martin está morto.

— Você é nova no vale, e não espero que entenda o que está acontecendo por aqui. Ainda não — disse Éilís. — Mas há gente aqui que faz pactos com Eles, e isso fez com que uma sombra caísse sobre nós.

— Aquela criança que Nóra mantém longe dos nossos olhos? Eu pergunto: você acha que aquilo é um menino normal? — sibilou Kate, entre dentes.

— Ele é aleijado — gaguejou Mary.

Deu um puxão no balde, e Kate soltou-o com uma careta.

— Um aleijado, é?

— Você tem muito que aprender, Mary Clifford. A viúva não tinha o direito de trazer uma garota estranha para cuidar daquele menino. Não depois do que ele fez à filha e ao marido dela.

— Ela já contou o que houve com a filha? — perguntou Éilís.

— Eu sei que ela morreu.

Kate sacudiu devagar a cabeça.

— Não, Mary Clifford. Não. Ela não morreu. Ela foi sequestrada. Raptada. Levada pelos Bons Amigos. Ah, você está rindo disso, não é?

Mary fez que não com a cabeça. A respiração da mulher queimava seu rosto.

— Que bom que você não está com medo — disse Kate. — Mas deveria estar. Se eu fosse você, voltaria para casa em Annamore. Nenhum bem pode vir do seu trabalho aqui, não naquela casa. Vá falar com a viúva e diga a ela que eu sei o que aquele garoto é e que ela deveria tomar providências para expulsá-lo daqui antes que ele faça isso com ela.

Capítulo Cinco
Amieiro

Quando Nóra ouviu baterem à porta, pensou que fosse Peg.

— Entre! — gritou, sem levantar os olhos de onde estava vestindo Micheál.

Amarrou a fralda no quadril do menino e então, não ouvindo nenhum movimento, olhou para cima. A princípio, não conseguiu ver quem era o visitante — o sol lá de fora deixava os rostos na sombra. Mas, quando a porta se abriu com um rangido, um homem deu um passo à frente, tirando um chapéu de feltro esfarrapado, e seu coração deu um pulo ao reconhecê-lo.

Tadgh.

Nóra se levantou, a respiração de repente curta. Seu genro havia mudado desde a última vez que o tinha visto, quando ele chegara trazendo num burro o filho faminto. Tadgh sempre foi baixo e magro, mas agora parecia ter encolhido. Deixara crescer a barba, uma barba falhada e fina. Ele parecia desleixado.

A dor o consumiu, pensou.

— Eu soube que Martin morreu — disse Tadgh. — Meus sentimentos.

— Tadgh. É bom vê-lo.

— É? — ele perguntou.

— Como você tem passado?

Nóra lhe mostrou a cama de armar e se deixou cair num banquinho. Sentia-se sem forças.

Tadgh deu de ombros.

— Os tempos estão difíceis — respondeu com simplicidade. — Como vai o menino?

— Crescido, é o que ele está.

Tadgh assentiu com ar ausente, passando os olhos pelo cômodo. — Você tem um bom lugar. Eu vi a vaca. Então ele tem leite.

— Micheál? Tem, sim. O quanto chega para ele.

Nóra apontou para onde o menino, agora limpo, estava deitado numa pilha de magriça.

Tadgh se levantou e olhou-o de cima.

— Então ele não mudou — falou de repente. — Ainda tem aquela aparência esquisita. Você acha que é doença?

Nóra engoliu em seco. Não respondeu.

— Quando ele parou de andar, Johanna achou que ele estava doente. Achou que ele tinha pegado alguma coisa dela.

— Acredite, não há nada que o tempo não cure, é o que penso — afirmou Nóra, tentando manter a voz firme.

Tadgh coçou a cabeça, as unhas fazendo barulho contra o couro cabeludo. Parecia perturbado.

— Ele era uma criança tão bonita. Um bebezinho tão lindo.

— Ainda é, apesar das diferenças.

— Não é, não — disse Tadgh, em tom decidido. Ele encarou Nóra. — Durante dois anos ele esteve bem. Depois... acho que pode ter sido a fome, você sabe. Acho que foi culpa nossa. O frio do lugar era tão medonho, e não havia o que pudéssemos dar de comer a ele. Eu dava a ele tudo o que eu... — Sua voz falhou. Nóra podia ver que ele estava lutando para falar sem emoção. — Eu acho que a culpa é minha — ele conseguiu sussurrar, os olhos vidrados.

— Tadgh. — Nóra suspirou. — Tadgh.

— Achei que ele poderia melhorar aqui. Foi o que me disseram. Que era só falta de leite e de coisas para comer.

— Eu estou tomando conta dele direito, Tadgh. Tenho uma menina para me ajudar agora.

— Mas ele está igual, não é?

Ele se acocorou ao lado de Micheál e esticou a mão sobre o menino, sacudindo-a diante do seu rosto. Micheál não deu sinal de perceber.

— Você acha que é da cabeça ou coisa assim?

Nóra não respondeu.

— Johanna não achava que fosse o frio. Nem a fome.

— Ela achava que tinha sido o inseto.

Tadgh assentiu.

— No começo. Ela achava que aquilo tinha atacado as pernas dele do mesmo jeito que tinha atacado a sua cabeça. Impedindo-o de andar, coisa assim. Do mesmo jeito que a tinha impedido de... — Ele mordeu o lábio e se sentou no chão, cruzando as pernas perto de Micheál. — Meu homenzinho. Seu papai está aqui.

Micheál arqueou as costas e esticou um bracinho fino, num soco sem alvo.

— Veja só ele lutando.

— Ele faz isso de vez em quando. Ele consegue se mexer.

Tadgh deu um sorriso triste.

— Mas ele não anda.

— Eu tento, às vezes. Eu o ponho de pé no chão. Seguro ele, mais ou menos, com a sola dos pezinhos encostada no barro. Mas ele não parece aguentar seu próprio peso.

Os dois observaram Micheál. Ele olhava fixo para alguma coisa no teto e, quando eles olharam para cima para ver o que havia atraído sua atenção, ele deixou escapar um guincho, como se risse.

Tadgh sorriu.

— Uma risada para o papai. Talvez da próxima vez ele já esteja falando.

— É muito bom ver você, Tadgh. Você parece mudado.

Tadgh estudou as mãos, como se considerasse as negras meias-luas de sujeira em suas unhas.

— Eu estive pensando em vir.

— Você estava ocupado.

— Não. Não há trabalho.

— Você estava triste, então.

— Eu estava com medo de vir, Nóra. Estava com medo do que iria ver. Foi só quando soube que Martin tinha falecido, que Deus o tenha, que eu soube que precisava vir vê-la.

— Tadgh? Você está me assustando com essa conversa.

— Eu não ia dizer nada a respeito disso, Nóra.

Ele a fitou com a expressão sombria e os olhos baixos de um homem perseguido.

— Johanna. Foi nos últimos dias. Ela estava na cama, e a nuvem estava em sua cabeça, e ela resistia o máximo que podia, mas a dor dentro dela era medonha e a fez dizer umas coisas. — Ele franziu a testa. — Ela disse coisas horríveis, Nóra.

— O que foi que ela disse?

— Eu não quero contar.

— Tadgh, conte logo. Pelo amor de Deus, você está me assustando!

— Uma vez, ela estava deitada na cama, de olhos fechados. Pelo que eu via, achei que estivesse dormindo. E então ouvi um murmúrio esquisito vindo dela e perguntei: "Você está acordada, Johanna? É a dor?". E ela sacudiu a cabeça, de leve, assim... — Ele virou a cabeça devagar, de um lado para o outro, sem tirar os olhos de Nóra. — E eu disse: "O que é?". E ela respondeu: "Me traz o Micheál". Então eu peguei o menino e botei na cama perto dela. E ela abriu um pouquinho os olhos, deu uma olhada nele, e seu rosto ficou com uma expressão esquisita. Como se nunca o tivesse visto na vida. "Este não é o meu filho", ela disse. Ficou olhando para mim, sacudindo a cabeça. "Este não é o meu filho."

A boca de Nóra estava seca. Mal conseguiu engolir.

— "Por certo que é", eu disse. "É o nosso filho, é, sim. Você não reconhece o nosso próprio filho?" E ela tentou se sentar e olhou de novo para ele. "Este não é o meu menino", ela disse. "Traga o meu menino." Por certo, eu não sabia o que fazer, então continuei a dizer a ela que era Micheál, e seu jeito estranho de falar estava me apavorando tanto que eu o pus no colo dela, e foi pior. Ela começou a gritar: "Este não é o meu filho! Me traga o Micheál!". E começou a empurrar Micheál para fora da cama, e se eu não estivesse ali para segurá-lo ele teria levado um tombo. — A respiração de Tadgh era ofegante. — Eu não sabia o que fazer, então tirei Micheál dali, para que ela não o visse. Mas durante toda aquela noite ela ficou daquele jeito: "Meu filho foi roubado de mim. Meu menino foi roubado". E me arranhava e pedia que eu fosse buscar a polícia, fizesse uma busca, coisas assim. E queria botar Micheál para fora de casa. Ficava dizendo "Livre-se dele! Bote isso no monturo de estrume e traga meu filho de volta!". E isso foi tudo. Foi o final, antes dela dormir. Isso foi a última coisa que ela me disse. Nos dias seguintes, ela não era mais ela. Já estava a caminho de Deus.

Nóra encarou Tadgh, sentindo-se sufocar.

— Eu não queria contar, Nóra — disse Tadgh, apertando a cabeça com os dedos. — Mas agora que eu o vi, Micheál...

Nóra olhou para o garotinho. Sua cabeça ia de um lado para o outro, aos arrancos, como se golpeada por alguma coisa invisível.

— Eu o vejo agora e fico pensando. Fico pensando no que ela disse. Olho para ele agora e sei que ele é meu filho, mas não o reconheço.

— Eu sei por quê.

Os dois se viraram e viram Mary à soleira da porta aberta, o avental molhado e pingando, agarrando o balde d'água de encontro ao peito. Seu rosto estava branco como cal.

— Ele foi trocado — ela choramingou. — E todo mundo sabe disso, menos vocês.

A oficina sombria e sem pintura do ferreiro ficava no coração do vale, na encruzilhada que dividia a comunidade em quatro. Quase todos os dias, a batida regular do martelo na bigorna podia ser ouvida em todas as direções, e a constante fumaça da forja fornecia uma indicação fácil para os que precisavam de trabalhos de fundição ou queriam ter os dentes arrancados. À noite, depois de concluído o trabalho diurno, as pessoas costumavam se reunir na ferraria, a oficina se transformando em ponto de encontro para os homens e a pequena cabana ao lado em lugar de conversa para as mulheres. Eram locais de frequentes reuniões. Nas noites em que a lua dava ao vale uma iluminação pura e clara, não era incomum que os jovens saíssem de casa e dançassem nas encruzilhadas, sobre os ossos enterrados dos suicidas, no mesmo lugar em que Martin Leahy tinha morrido.

Nance não ia muito à ferraria. Entre seus pertences, pouco havia que precisasse dos cuidados de foles potentes e homens de rostos suados — ela preferia a habilidade silenciosa dos funileiros ambulantes. Era também um lugar no qual sua diferença era perceptível. Estava, em geral, cheio de fazendeiros e lavradores trazendo cavalos de carga para serem ferrados ou animais que tinham esparavões ou abcessos a serem tratados, e, apesar de todos os seus anos no vale, Nance nunca se acostumou ao modo como as conversas se interrompiam com a sua presença. Uma coisa era entrar numa casa onde havia um velório e o grupo se calar num silêncio respeitoso. Outra era atravessar um pátio cheio de gente sentindo o ar enrijecer com os olhares desconfiados de todos e ouvir os risos às suas costas. Eles a faziam se sentir nada mais do que uma velha esquisita arrancando ervas, olhos nublados pela idade e pela fumaça do seu próprio fogo mal aceso. Não importava que alguns daqueles homens a procurassem com seus carbúnculos e pulmões congestionados, ou deitassem os filhos asmáticos junto ao seu fogo. À clara luz do dia, entre o ruído da indústria, seus olhares faziam-na se sentir desprezada e frágil.

— Que Deus abençoe o seu trabalho, John O'Donoghue! — disse Nance, parada à porta. Tinha feito hora na estrada até ver que o pátio do ferreiro estava vazio, então trincou os dentes e se encaminhou à fundição.

John parou, martelo no ar.

— Nance Roche — foi tudo o que disse.

Um rapazinho local, encarregado de bombear os foles, deixou o queixo cair à visão de Nance.

— Eu queria saber se você me deixaria levar um pouco daquela água ali. Sua água de ferro.

John descansou o martelo e secou o rosto suado com um trapo engordurado e sujo.

— "Água de ferro" — ele repetiu. Encarou Nance, respirando com dificuldade. — De quanto você precisa?

Nance lhe estendeu o balde que trazia debaixo da capa.

— Tanto quanto eu puder carregar.

John pegou o balde e abaixou-o dentro do barril no qual esfriava o ferro.

— Enchi até a metade. Está bom para você?

— Está. Está, sim. Obrigada, John. Deus o abençoe.

John assentiu e voltou à bigorna. Levantando o martelo, apontou-o para a cabana.

— Vá ver a mulherzinha, Nance. Ela vai lhe dar de comer.

A cabana dos O'Donoghue era construída da mesma rocha montanhosa da forja, mas recebera uma demão de cal, a cobertura de magriça e carvalho subindo alto sobre um telhado cavernoso. As duas folhas da porta estavam abertas para deixar entrar a luz, e Nance ouviu uma voz de mulher cantando lá dentro.

— Que Deus a abençoe, mulher da casa!

Áine O'Donoghue estava ajoelhada diante do fogo de turfa, esfregando uma saia numa grande tina de madeira. Levantou os olhos, apertando-os.

— Nance Roche? — Seu rosto se abriu num sorriso. — Entre e seja bem-vinda. Não é sempre que a vejo por aqui. — Ficou de pé, secando os braços molhados no avental. — O que você tem aí?

— Só água de forja, Áine. Seu homem fez a gentileza de me dar um pouco.

— Então ele deu. E eu suponho que não deva perguntar para que você quer isso.

Áine deu um sorriso torto e bateu no banco a seu lado.

— Sente-se aqui. Você gostaria de comer alguma coisa?

— Continue a lavar sua roupa, Áine. Eu não quero atrapalhar.

— Por certo que não me atrapalha. — Áine pegou uma batata fria e entregou a Nance. — Como você tem passado?

— Ainda estou viva, o que já é bom.

— Você está preparada para o inverno? Já não está horrivelmente gelado por lá? E ainda nem é dezembro.

— Gelado demais. Vejo que você e John estão bem.

— Bem que chegue.

Nance fez um gesto para o balde da água de ferro a seus pés.

— Proteção. Achei que Brigid Lynch pode precisar. A hora dela está chegando.

Ela tirou a casca da batata e observou Áine. A mulher olhava fixo para a pele enrugada dos dedos, apoiando os cotovelos nos joelhos.

— Por que você não vai me procurar? — Nance se ouviu perguntando.

Áine fingiu surpresa.

— Procurar você, Nance?

— Eu posso ajudar.

Áine enrubesceu.

— Com quê? A ferida da boca já saiu de mim. Você me curou, e eu agradeço por isso.

— Não estou falando da ferida. — Nance tirou um pedaço da batata fria e mastigou-o, pensativa. — Não deve ser fácil ver as mulheres deste lugar cheias de filhos e não ter nenhum.

Áine deu um sorriso estranho e abatido. Sua voz saiu mansa.

— Ah, isso. Por certo não há o que fazer, Nance.

— Há maneiras, Áine. Há uma cura para cada coisa ruim posta neste mundo.

Áine balançou a cabeça.

— *An rud nach féidir ní féidir é*. O que não tem jeito, não tem jeito mesmo. Já me conformei com isso.

— Pobrezinha!

Nance deixou cair o resto da batata no colo e segurou as mãos de Áine. A mulher sorriu para ela, mas, quando Nance continuou a lhe prender os dedos, o rosto de Áine se fechou, e seu queixo tremeu.

— Você já se conformou mesmo com isso? Com sua casa silenciosa?

— Não — ela murmurou.

— Áine!

— Por favor, Nance, você é uma boa mulher. Não me perturbe... Por favor.

Nance puxou Áine para mais perto, até suas testas quase se tocarem.

— Filhos são a maldição deste lugar — ela sussurrou, apertando as mãos de Áine. — Sobretudo quando não se tem nenhum.

Áine riu, mas se afastou para secar depressa os olhos.

— Vá me visitar — continuou Nance. — Você sabe onde estou.

Voltando à sua cabana, a alça fina do balde quase lhe cortando os dedos, Nance pensou no que tinha acontecido com ela. De modo geral, não gostava de se meter nos assuntos alheios. Maggie sempre lhe ensinou a esperar até ser convocada.

— O tratamento sempre vai funcionar melhor para aqueles que vêm em busca da cura. Os que procuram são os que encontram.

Mas naquele momento Nance havia sentido uma silenciosa convocação para falar com Áine. Houve uma hesitação. Uma expressão de intenso desejo. Era assim que acontecia com a maioria das pessoas. Toda aquela dor íntima era mantida oculta, mas às vezes, pelo tempo de um suspiro, alguma coisa se abria e era possível enxergar a essência das coisas antes que a porta voltasse a se fechar. Era tão claro quanto uma visão. Um murmúrio de vulnerabilidade. Um tremor no chão, antes que tudo se firmasse.

Como escondemos o coração, pensou Nance. Como receamos deixar transparecer quem somos e, ainda assim, com que desespero ansiamos por isso.

O padre Healy esperava Nance fora de sua cabana, seu vulto rígido traçando uma linha negra sobre o amieiro. Continuou imóvel, braços cruzados, observando-a chegar pela trilha. E então, percebendo o balde pesado que ela carregava, foi até ela e tirou-o de suas mãos.

— Obrigada, Padre.

Caminharam em silêncio até o chão lamacento em frente à cabana de Nance, onde ele pousou o balde de água de forja e encarou-a.

— É de Nance Roche que a chamam?

— É.

— Então eu quero tempo com você.

Nance abriu e fechou os dedos doloridos.

— Tempo comigo, é mesmo, padre? Quanta honra. E em que posso ajudá-lo?

— Ajudar-me? — Ele sacudiu a cabeça. — Eu vim para dizer a você que ajude a si mesma, mulher. Vim dizer que pare com seus hábitos.

— Meus hábitos, vejamos. Que hábitos seriam esses?

Nance pôs as mãos no quadril e tentou recuperar o fôlego. Sentia o peito seco e oprimido por ter carregado a água desde o vale. Tudo o que queria fazer era entrar em casa e descansar.

— Houve rumores de que você esteve carpindo no velório de Martin Leahy.

Nance franziu as sobrancelhas.

— Assim eu fiz. E então?

— O sínodo proíbe que carpideiras profissionais chorem em velórios, uma prática não cristã. É um costume herético e abominável aos olhos de Deus.

— Abominável aos olhos de Deus? Acho difícil de acreditar, padre, que Deus não compreenda a tristeza. Por certo, Cristo morreu numa cruz cercado pelos pranteadores.

O padre Healy deu um sorriso contrariado.

— Não é a mesma coisa. Disseram-me que, para você, chorar em enterros é uma *profissão*.

— E que mal há nisso?

— Sua tristeza é artificial, Nance. Em vez de confortar os que estão aflitos, você vive da dor alheia.

Nance sacudiu a cabeça.

— Não vivo, não, padre. Não é nada disso. Eu sinto a tristeza deles. Dou voz à dor alheia quando eles mesmos não conseguem exprimi-la.

— Mas eles a pagam por isso.

— Não em dinheiro.

— Que seja comida. Bebida. Pagamento em espécie por uma tristeza falsa e exagerada. — O homem deu uma risada triste. — Nance, ouça-me agora. Você não pode ficar recebendo dinheiro, nem coisa parecida, para carpir. A igreja não aprovaria, nem eu. — Ele levantou uma sobrancelha. — Quando ouvi falar do lamento, fiz perguntas a seu respeito.

— Foi mesmo, padre?

— Disseram que você bebe. Você fuma cachimbo. Você não vai à missa.

Nance riu.

— Se o senhor for visitar todos os que não vão à missa, vai passar a semana inteira em cima daquele seu burrico.

O padre Healy pigarreou.

— Sim. Eu pretendo corrigir a falta de sentimento religioso daqui.

— Mas o povo daqui tem uma inclinação espiritual, padre. Por certo, todos nós acreditamos nas coisas do mundo invisível. Somos um povo muito religioso. Vamos entrar, padre. O senhor não gostaria de uma bebida? Veja, o céu está virando.

O padre hesitou e depois entrou com Nance na cabana, lançando um olhar de dúvida para o cômodo escuro.

— Faça-me a gentileza de se sentar aqui neste banquinho. Fique à vontade. Vou pôr a água para ferver.

O padre Healy abaixou-se até o banquinho, joelhos dobrados em ângulo. Fez um gesto para as ervas secas penduradas nas vigas.

— William O'Hare me disse que você é uma embusteira.

— O professor? Como ele pode saber? Se nunca na vida me visitou.

— Ele mesmo. Ele diz que você vive de carpir e de charlatanismo. Que você engana o povo desta paróquia com falsas promessas de cura.

— Algumas pessoas aqui... Bem, nós não nos damos muito bem.

— Então, e não é só por extorquir dinheiro com a falsa choradeira, mas você também se faz de *bean leighis*?*

— Eu me faço? — Nance entregou ao padre uma caneca fumegante. Ele a olhou com suspeita. — Padre. As pessoas me procuram por sua própria conta, e, para ajudá-las, eu uso o dom do conhecimento que me foi dado. Elas me deixam presentes em agradecimento pelo que faço. Eu não sou ladra.

O padre passa a mão pelos cabelos.

— Bem, agora veja, isso me deixa um tanto confuso. Pois Seán Lynch me diz que você abusa da confiança alheia e tenta conseguir alguma coisa a troco de nada.

Nance chupou a gengiva.

— Eu os ajudo. Para eles, sou como uma médica.

— Ah, sim, foi o que ouvi. Então você é como os médicos de Dublin... O'Hare me disse que você enfiou um bico de ganso na garganta da esposa dele quando ela veio vê-la porque estava com aftas.

* Médica — em irlandês no original. (N. T.)

— Ah, Éilís? Esse é um remédio antigo. Ela não se curou?

— William não disse.

— Curou-se e muito bem. Éilís O'Hare pode estar se achando superior agora, casada com um homem de Killarney. Mas ela é uma mentirosa se diz que eu nunca a curei. Aquela mulher estaria debaixo da terra se não fosse por mim.

— Ninguém morre de afta.

— Mas mesmo assim eu a curei.

O padre espiou para dentro da caneca de chá e pousou-a com firmeza no chão.

— Você não consegue ver que estou tentando ajudá-la?

Nance sorriu.

— Eu o respeito, padre. Por certo o senhor é um homem santo e bom, interessado nas pessoas. Mas o senhor deveria saber que o padre O'Reilly, que Deus o tenha, viu que eu tinha o dom. Ele mandava as pessoas para mim. Tome o seu chá.

— Não, se você não se importa. — O padre olhou outra vez para as ervas. — Eu conheço gente como você. Sei que os pobres estendem a mão para qualquer coisa que os ajude a viver. Os vulneráveis. — Sua voz baixou a um sussurro. — Nesta paróquia, ainda se precisa de uma... — Ele parecia pouco à vontade. — *Aparadeira*. Para as mães. Desista da carpidura, das ervas, da feitiçaria e de todas as superstições pagãs e viva honestamente ajudando nos partos.

Nance suspirou.

— Padre, a cambaxirra deve recolher o que precisa, por pouco que seja. Faço isso com as curas e carpiduras ou meu coração racharia de fome, mas há mais do que isso. Eu tenho o *dom do conhecimento* que me foi dado pelos Bons Amigos e devo usá-lo para o bem das pessoas daqui, ou ele vai me abandonar.

Houve um instante de silêncio. Lá fora, as gralhas perturbavam as árvores.

— Você não está falando dos seres encantados. Não, eu não vou ouvir isso.

— O senhor não acredita nos Bons Amigos, padre?

O padre se pôs de pé.

— Nance Roche. Eu não gosto de estar aqui. Eu não gosto de palavras ásperas. Mas você pensa no seu estômago ou na sua alma?

— Ah, o senhor não acredita. Mas eu lhe digo, padre, foram os Bons Amigos que me tiraram da miséria das estradas e me encaminharam a este vale e ao padre O'Reilly. Foram os Bons Amigos que me salvaram e não me deixaram morrer de fome em Killarney quando minha família se foi e me vi sozinha, sem homem ou dinheiro no meu nome. Foram Eles que me deram o dom do conhecimento para curar as pessoas e tirar delas o dardo encantado e...

— Só o fato de dizer que eles existem já é paganismo.

O rosto do padre assumiu de repente uma expressão de piedade, e Nance sentiu uma onda de raiva pela condescendência por ele manifestada.

— Bem, louvado seja Deus! Um padre que é contra a cura dos doentes. Deus sabe quanto eu trabalho duro pelo pouco que tenho, e quanto sou pobre e sempre fui, mas nunca pedi nada a nenhum cristão deste vale e sempre fui bem-intencionada. E não fui eu quem curou o padre antes do senhor e ele não via sempre o bem em tudo?

O padre Healy sacudiu a cabeça.

— E do mal ele desviava os olhos. Você sabe o que dizem, mulher? De boas intenções o Inferno está cheio.

— E a estrada para o Céu é bem sinalizada, padre... — Nance sorriu. — Mas mal iluminada à noite.

O padre riu com desdém.

— Eu não vou tolerar carpiduras, e não vou tolerar mulheres tentando enganar os doentes com conversas de seres encantados. Tudo bem, seja uma aparadeira para aquelas que precisam, mas eu não vou tolerar ver esta paróquia cheia de superstições insufladas por quem tira proveito delas.

— Ah, o senhor é um grande homem maravilhoso, recebendo seu dinheiro e em troca diminuindo os pecados e não deixando uma mulher honesta ter o seu quinhão de reconhecimento por todo o bem que faz.

— Eu tentei fazer o certo com você, Nance Roche. Vim aqui para conduzi-la ao caminho do bem. Mas, se você é teimosa desse jeito, vou fazer você deixar este lugar.

— O povo não vai deixar o senhor me expulsar. Eles precisam de mim. O senhor vai ver que eles precisam de mim.

— Pois muito bem. Eu não acho que você vai se dar bem, Nance Roche, apesar do que você pensa.

O padre baixou a cabeça para passar pela porta da cabana e alcançou a passos largos o seu burro, que pastava na floresta. Nance seguiu-o, observando-o montar e espicaçar o animal com os calcanhares. Ele olhou para trás ao se encaminhar para a trilha.

— Vamos lá, Nance. Pare com as carpiduras e as conversas de seres encantados. Você vai querer uma colher de cabo comprido quando cear com o Diabo.

Parte Dois

Boca de hera, coração de azevinho

Beul eidhin a's croidhe cuilinn

1825–1826

Capítulo Seis
Urtiga

Dezembro chegou e enfraqueceu o sol dos dias, enquanto as noites se tornavam mais amargas e eram açoitadas pelo vento. A água que empoçava em frente à soleira da porta congelava pela manhã, e estorninhos brilhavam sobre o colmo dos telhados do vale, girando em torno das chaminés fumegantes para se aquecerem.

Micheál ficava irrequieto com o frio. Quando o calor do fogo morria à noite e o ar gelado rastejava pela cabana, ele acordava Mary com gemidos, braços se debatendo e unhas se enterrando em suas costas como um gato lutando com um saco na corredeira de um rio.

Ansiosa por aquecê-lo, Mary o embrulhava no cobertor, enterrava o queixo pontudo do menino em seu ombro e, sentada, apertava os ossos trêmulos de encontro ao peito até que ele se rendesse ao cansaço. Às vezes, passava a ponta dos dedos em suas sobrancelhas e na delicada pele de suas pálpebras, com suavidade, para encorajá-lo a fechar os olhos, ou abria a parte da frente de suas roupas para encostar o rosto do menino na pele nua do pescoço e confortá-lo com seu calor. Adormecia com ele sobre o peito, imprensada na armação de madeira do catre, e acordava na manhã cinzenta com o pescoço duro e as pernas dormentes e insensíveis.

Nunca se sentira tão cansada. Mary imaginara que os dias de inverno, com a calmaria no trabalho e o clima silencioso e inóspito, seriam mais fáceis depois da temporada de colheita. Tinha sido uma época de dias intensos. Ela colheu, debulhou e se abaixou até achar que ia morrer, até ficar toda salpicada de farelo e com as mãos sangrando de manusear as fibras de linho. Mas o menino a exauria de outra maneira. Torturava-a com sua carência constante e estridente. Às vezes, parecia que ele gritava até se esgoelar e não havia paliativo que o acalmasse. Ela o alimentava, e ele comia como um esfomeado, engolindo grossos bocados de batata amassada com leite, e mesmo assim era leve como o ar do inverno. Não a deixava dormir uma noite inteira. Mary acordava todas as manhãs com o corpo ansiando por descanso, braços e pernas doloridos das longas horas prendendo o menino de encontro ao corpo, olhos vermelhos como se alguém os tivesse tentado arrancar das órbitas. Tropeçava na penumbra para descobrir os tições do seu manto de cinzas e botar água para ferver, antes de cambalear para o azul chocante do pátio, o ar tão frio que enrijecia os pulmões.

Seu único momento de paz pela manhã era no estábulo minúsculo e manchado de fezes, quando podia encostar a testa no empoeirado aconchego do pelo da vaca e ordenhá-la, entoando velhas canções para se acalmar e apaziguar o animal. Às vezes, chorava de cansaço, sem se importar. Encostava o rosto no ventre da vaca, sentia os olhos se encher de lágrimas quentes e, enquanto os dedos encorajavam as tetas, deixava o canto dar lugar aos soluços. O leite quase não descia, fosse qual fosse o som que ela emitisse.

Desde a visita do genro da viúva, Nóra se recolhera em si mesma. Mary sabia que tinha falado fora de hora, que deixara escapar dos lábios o medo por ter sido encurralada pelas mulheres no poço. Mal terminou de falar, ainda na porta, arrependeu-se da acusação. Pensou que seria mandada de volta para Annamore de bolsos vazios. Mas Nóra apenas a olhou com a expressão preocupada e absorta de alguém a quem é dito que há um fantasma na sala. O homem, Tadgh, teve uma reação ainda mais estranha. Olhou para Mary com curiosidade, depois se aproximou e tocou-lhe o cabelo, tomando as pontas entre os dedos como se ela fosse um anjo e ele não conseguisse decidir se a beijava ou a combatia. Então, também muito depressa, recuou.

— Que o Bom Deus a proteja! — disse ele, antes de sair para a tarde pálida e descer a trilha tropeçando, uma das mãos cobrindo a boca.

Não olhou para trás, e desde então não mais o viram.

Nóra, Mary percebeu, observara tudo aquilo sem emoção. Depois que Tadgh partiu, ela se sentou imóvel e respirou fundo e pausadamente, como se dormisse. Então chamou Mary para perto da lareira.

— Sente-se. — Diante da hesitação de Mary, a voz de Nóra se ergueu, impaciente. — Sente-se!

Quando Mary se sentou no desconjuntado assento de palha, Nóra se enfiou num canto junto à lareira. Mary ouviu o rangido de uma rolha sendo puxada de uma garrafa e, quando Nóra ergueu o braço para esconder o rosto, Mary adivinhou que ela estava bebendo.

— As pessoas estão chamando Micheál de "parasita", é?

Ela se virou, e seus olhos estavam vidrados.

— Lá no poço estavam dizendo que ele foi trocado pelos seres encantados.

Numa crise de pânico, Nóra começou a rir como uma mulher que encontra uma criança perdida e fica dividida entre a raiva e o alívio. Mary observou Nóra se dobrar em duas, tremendo, vertendo lágrimas dos olhos. Micheál, atraído pelo barulho, guinchou, a boca escancarada. Seus berros lhe deram arrepios.

Era tudo estranho demais. A visão de Nóra rindo, quando em suas entranhas nada havia além de pavor, pesado e repulsivo, fez seu coração disparar. Tinha sido trazida para uma casa onde tudo estava a ponto de explodir, onde a má sorte e a dor haviam consumido as raízes daquela mulher que estava tendo uma crise de nervos na sua frente. Inquieta, Mary enrolou o xale em volta da cabeça e saiu, indo se sentar no estábulo.

Mary ficou ao lado do calor reconfortante da vaca até o dia morrer e ela ouvir o vento assobiando através do muro de pedra. Desejou poder deixar a viúva com seu riso de louca e pegar a estrada pedregosa para Annamore naquela mesma noite. Não fosse a lembrança dos irmãos e irmãs de barriga vazia e do cansaço repuxando os cantos da boca de sua mãe, teria caminhado a noite inteira e voltado para casa.

Quando Mary voltou à cabana, Nóra agia como se nada tivesse acontecido. Pediu a Mary que começasse a preparar o jantar e se sentou perto dela, tricotando, os dedos manejando com fúria as agulhas. Só uma vez levantou a cabeça e se dirigiu a Mary, a expressão impenetrável.

— *Briseann an dúchas trí chrúba an chait*. A verdadeira natureza do gato aparece no modo como ele usa as garras.

— Sim, dona — respondeu Mary.

Ela não entendeu o que a mulher quis dizer com aquele provérbio, mas as palavras lhe pareceram ameaçadoras e não a tranquilizaram.

Desde então, nenhuma das duas mencionou a visita de Tadgh, nem os mexericos no poço, nem o que aconteceu depois, embora Mary tenha achado que Nóra já não dava tanta atenção a Micheál como antes. Cada vez mais cabia a ela banhá-lo, alimentá-lo e se levantar à noite para consolá-lo dos terrores que atormentavam sua mente frágil e misteriosa. Mary acostumou-se aos fantasmas que surgiam nas sombrias horas do medo. Acordava e cuidava da criança como um enlutado lamenta um cadáver.

Uma noite, despertando irritada com o grito rascante de Micheál, Mary se esquivou dos braços que a agarravam e enfiou a cabeça debaixo do travesseiro de trapos, cansada demais para se sentar e aquecê-lo ou lhe esfregar a sola dos pés. Voltou aos bem-aventurados braços do sono até que o cheiro de urina azeda a despertou e ela acordou no feno encharcado, o menino todo molhado e congelando a seu lado, berrando como os assassinados.

Fazia muito frio no *bothán* de Nance. Nos últimos dias de outono, ela havia passado muitas horas juntando tanto combustível para seu fogo quanto conseguiu encontrar, cortando os tojos espinhentos das encostas da montanha e dos terrenos inexplorados com uma faca de cabo preto e juntando todo esterco que ainda não havia sido apanhado dos campos pelas crianças. Algumas pessoas do vale haviam lhe trazido pequenas cestas de turfa em troca de suas curas, mas ela sabia que aqueles poucos e preciosos torrões não seriam suficientes para todo o inverno. O frio a perseguiria e ameaçaria se ela não desse um jeito de manter o fogo aceso durante os meses de vento cortante. Sempre, a necessidade de encontrar maneiras de sobreviver. Nenhum filho para tomar conta dela. Nenhum parente vivo para ajudá-la. Todos os anos, aquela batalha a travar. Todos os anos, a luta para continuar. Aquilo a esgotava.

Quando foi que fiquei tão velha?, perguntava-se Nance, encolhida junto ao fogo. Meus ossos estão ficando tão estriados e ocos quanto os esqueletos dos pássaros.

Como o tempo se tornara escorregadio. Quando ela era jovem, os dias pareciam intermináveis. O mundo aparentava ser infinitamente cheio de maravilhas.

No entanto, quanto mais ela envelhecia, mais as montanhas encolhiam contra o céu. Até o rio parecia mais frio do que quando ela chegou pela primeira vez ao vale, vinte anos antes. As estações chegavam e partiam com impressionante rapidez.

Nance se lembrava dos bosques de Mangerton, de quando era pequena. Andando por eles com suas latas de leite de cabra, *poitín* para os turistas e a bolsa pesada e tilintante que levava de volta às mãos agradecidas de seu pai, sentia que era uma filha das árvores. O musgo no chão da floresta confortava seus pés descalços, e ela se sentia protegida pelo dossel de folhas, sentia que o vento era uma voz que erguia seus cabelos sem nenhum outro propósito além de falar só com ela. Como conhecia bem a Deus naquela época. Como era livre a sua alma. Como era fácil existir.

Nance se lembrava de andar pela montanha, arrancando a lã perdida dos espinhos de urzes e tojos, à espera dos pôneis transportando turistas a caminho da Poncheira do Diabo só para se maravilharem com a beleza do sol reverberando na água dos lagos. O dourado Lough Leane e as montanhas que o circundavam convergindo num tom sagrado de azul-anil. As nuvens mutantes e trêmulas passando pelo sol como peregrinos por um santo. Nance se lembrava de andar apenas para ser bafejada pela graça do mundo.

— Por que você está chorando? — perguntou-lhe uma vez o pai, calafetando seu barco às margens do lago.

Quantos anos teria? No verão anterior, Maggie chegara com suas ervas, suas visitas e sua misteriosa maneira de ser. Ainda uma criança. Um botão a se abrir. Numa outra vida.

— Nance, por que você está chorando?

— Porque tudo é muito lindo.

Seu pai compreendia a profundidade do seu amor.

— A natureza tem seus melhores momentos pela manhã e à tarde. Por certo, não é uma coisa ruim pela qual chorar. A maioria das pessoas passa pela vida sem sequer tomar conhecimento dela.

Talvez tenha sido nessa ocasião que ele começou a lhe ensinar a linguagem do céu, com seu olhar de barqueiro para o clima. Antes do lento desparecimento da mãe, antes da vinda de Maggie, quando estavam todos juntos, incólumes e bem.

— O mundo não é nosso — ele disse uma vez. — Ele pertence a si mesmo, e por isso é belo.

Foi o pai quem lhe mostrou as nuvens altas e algodoadas que traziam chuva e peixes e o ilusório vazio dos dias de verão que ocultavam os sinais de tempestades noturnas. O céu, ele ensinou, podia ser um aliado, um arauto de avisos. Quando trazia os gritos estridentes das gaivotas, sabiam que não era hora de se afastar muito da margem ou da cabana.

Às vezes, antes que os bandos de turistas de boa índole surgissem para gastar seu dinheiro com meninas vendedoras de morangos como Nance, barqueiros como seu pai ou cocheiros que os levariam à arruinada Abadia de Muckross com seu imponente interior de teixo, ou quando sua mãe havia passado outra terrível noite de sofrimento, o pai a levava para os lagos e lhe pedia que olhasse para cima.

— Você consegue ver aquelas nuvens, Nance?

Nance se lembrava de erguer o rosto para o céu, apertando os olhos para protegê-los do sol nascente.

— O que você vê nelas? Não parecem uma barba de bode? Uma barba de bode penteada?

Mesmo agora, ela quase podia sentir o cheiro de barro e água.

— Está vendo o ponto em que a barba escurece, ali?

Ele punha um dos remos dentro do barco e levantava o braço.

— É de lá que virá o vento hoje. Acredite, um vento bem forte. E aquela ponta escura da barba está cheia de chuva. O que você acha que vamos fazer com uma barba daquelas no céu?

— Acho que deveríamos ir para casa.

— Aquele bode não vai nos trazer nada de bom. Nenhum cavalheiro com suas damas hoje. Vamos voltar para sua mãe.

Seu pai amava os lagos. E o céu. Criado perto de Corca Dhuibhne, ele falava do oceano como alguns homens falam de suas mães — com reverência e um grande e profundo amor.

— Quando o bom tempo está a caminho, o mar emite um som suave e doce. O mar fica límpido e calmo, e podemos confiar nele. Mas, se ao alvorecer há atobás no porto, sabemos que ele está nos dizendo para deixá-lo em paz. O biguá no rochedo nos mostra o vento e, dependendo da direção em que estiver olhando, nos diz de onde ele sopra.

"A maioria das pessoas não vê o mundo. Mas eu acho que você sabe olhar, Nance. Você tem olhos de ver."

Alguém tossiu à porta, e Nance estremeceu. O fogo estava apagado, e havia um homem de pé na entrada. Ela não o ouvira chegar.

— Quem está aí? — grasnou Nance, levando as mãos ao rosto. Estava molhado. Teria chorado?

— É Daniel Lynch, Nance. — A voz parecia inquieta. — Eu vim procurá-la por causa da minha esposa, Brigid.

Nance se esforçou para enxergar na penumbra e viu o rapaz que tinha estado fumando no velório de Martin Leahy.

— Trouxe uma galinha — ele disse, indicando a ave que se debatia, presa debaixo do braço. — Ela parou de botar, mas achei que poderia ser boa para a sua sopa. Eu não sabia...

— Isso é gentil. — Nance convidou-o a entrar com um dedo trêmulo. — Entre, filho, entre. E que Deus seja louvado!

Daniel abaixou a cabeça para passar pela porta, e Nance percebeu que ele avaliava a pequena cabana com sua cabra leiteira, a vala de dejetos e o fogo apagado diante dela. Ele pegou a galinha e ofereceu-a a Nance, segurando-a pelas patas. A ave bateu as asas, fazendo os molhos de ervas balançar em sua corda.

— Bote-a no chão, ali, meu bom homem. Para que ela possa esticar as pernas. Assim.

Nance cutucou a lareira e soprou as cinzas.

— Você pode me alcançar um pouco daquele tojo seco? Ah, obrigada. Então você veio me ver por causa de sua jovem esposa, a sua Brigid. A que está esperando. Ela está passando bem?

Nance empurrou um banquinho na direção de Daniel, e ele se sentou.

— Está. Só que... — Ele deu um risinho, constrangido. — Eu, na verdade, não sei bem por que estou aqui. Não é nada, só que a mulher começou a andar de noite. Dormindo.

Ele viu a galinha pular a valeta e começar a ciscar o feno.

— Andando de noite, é? Isso não é coisa que uma mulher no estado dela deva fazer. Você aceita uma bebida?

Nance esticou a mão para uma canequinha vazia e despejou nela um líquido, amarelado, de um pote que estava junto ao fogo.

Daniel olhou a caneca, nariz franzido.

— O que é isso?

— É chá frio. Vai acalmá-lo.

— Ah, eu não preciso de calmante — disse Daniel, mas provou um gole. — Tem gosto de ervas.

— Continue, Daniel. Fale-me da sua Brigid.

— Eu não quero fazer estardalhaço, só que, por Deus, é estranho isso que ela anda fazendo, e eu não quero que os outros comecem a comentar.

— Você disse que ela está andando enquanto dorme.

Ele assentiu.

— Há algumas noites, eu acordei de madrugada e ela não estava à vista. O lado dela na cama estava vazio e frio. Meu irmão dorme perto da lareira, e nós ficamos com o quarto menor. Bem, eu me levantei e disse comigo mesmo: "Ela deve ter ido buscar um gole d'água". E esperei. Mas passou um bom tempo, e nenhum sinal dela. Saí, e lá estava meu irmão, dormindo a sono solto, só que a porta estava aberta e entrava um frio enorme. Procurei a capa de Brigid e a encontrei, pendurada na viga onde ela sempre a põe, mas faltava o xale. Bem, então fiquei muito preocupado com ela. Não sabia se alguém a tinha levado ou algo assim. A gente ouve histórias... — Sua voz falhou, e ele tomou outro gole de chá. — Acordei meu irmão, perguntei se ele a tinha visto, e não tinha. Então saímos para procurá-la, e graças a Deus pela lua cheia! Depois de algum tempo, encontramos seu xale caído no chão e talvez tenhamos andado mais um quilômetro e meio quando eu vi um brilho branco e... — Daniel franziu a testa, puxando o lábio. — Bem, lá estava ela, deitada, dormindo.

— Estava a salvo, então.

— Foi por isso que pensei em procurar você, Nance. Ela não estava só deitada em qualquer lugar. Ela estava dormindo no *cillín*. Perto do *ráth* encantado. Não muito longe de onde estamos sentados agora.

Nance sentiu eriçar os pelos da nuca. O *cillín* era um pequeno triângulo de terra perto do pilriteiro dos seres encantados. A grama ali crescia alta, em torno de um menir protegido por um aglomerado irregular de azevinhos. A fina lasca de rocha erguia-se perpendicular ao solo, como uma lápide, e em sua superfície se viam vestígios do desenho de uma cruz. Ao redor, como estrelas sem formas definidas, havia pedras brancas indicando onde jaziam os ossos dos não batizados. Às vezes, gente do vale enterrava ali as mães solteiras e, outras vezes, aqueles que haviam morrido em pecado. Mas o *cillín* era, mais do que tudo, para crianças. Natimortas. Não era um lugar que as pessoas visitassem, a não ser que precisassem enterrar um bebê não batizado.

— No *cillín*?

Daniel coçou o cavanhaque.

— Entende agora por que eu vim aqui? Ela estava lá, deitada entre as pedras. Entre todos os coitados dos bebês mortos e enterrados. Achei que ela mesma estivesse morta, até que a sacudi e a acordei. Eu já tinha ouvido falar de gente que anda dormindo. Mas ir a um *cillín*?

— Quem mais sabe disso?

— Ninguém além de meu irmão David e eu. E eu o fiz jurar que ficaria calado. É o tipo de coisa que faz as línguas se mexer mais depressa do que um coletor em dia de cobrar o dízimo. Ainda mais com tudo o que anda acontecendo por aqui.

— Mas me diga, o que anda acontecendo?

Daniel fez uma careta.

— Não sei, Nance. É só uma sensação de que há algo estranho neste lugar. As vacas não estão dando leite como antes.

Apontou para a galinha ciscando a palha.

— As galinhas pararam de botar. O povo ainda fala do jeito que Martin Leahy morreu. Um homem forte e cheio de saúde morrendo numa encruzilhada. As pessoas dizem que é antinatural. Há os que dizem absurdos sobre mau-olhado. Dizendo que alguém o secou, essas coisas. Outros ficam falando de uma *criança-trocada pelos seres encantados*. Um "parasita", veja você! Nós todos sabemos que Nóra Leahy tem um menino com ela. Quando a filha morreu, o genro veio com uma criança num cesto. Nós o vimos nos campos. Mas, quando ninguém mais viu o menino depois disso, achamos que talvez fosse doente. Inválido ou coisa parecida. Mas Brigid o viu. E me disse que há alguma coisa errada demais com ele. Errada demais.

Nance se lembrou do aleijado mencionado por Peter.

— Então não é uma criança doente.

— Por certo ele não tem boa saúde, mas parece ser mais do que isso. Brigid diz que o menino é uma coisinha mirrada, só ossos e sem nada na cabeça. Diferente de qualquer criança que ela já tenha visto.

— Você já o viu?

— Eu? Eu não o vi, não. Mas fico pensando que talvez... talvez se aquele menino foi atingido pelos Bons Amigos, então eles estão procurando outros para atingir. Ou talvez ele tenha o mau-olhado e tenha lançado feitiço em Martin Leahy e agora esteja querendo enfeitiçar a minha mulher. — Daniel apertou a cabeça com os polegares. — Acredite, eu não sei, Nance.

Nance assentiu.

— Acho que é melhor guardar tudo isso só para você, Daniel. As pessoas aqui já têm problemas de sobra, não precisam de motivos para ter medo de coisas que não compreendem.

— Mas tudo ficaria explicado se o menino fosse uma criança-trocada. Quanto mais eu penso, mais me pergunto se os Bons Amigos não andam por aqui e se não estarão querendo roubar gente para eles. E há as histórias que ouvimos, das mulheres que estão esperando. Delas desaparecerem dentro de fortalezas de seres encantados. — Ele se inclinou para mais perto. — Eu me lembro das histórias. Os velhos ainda as contam. Os Bons Amigos precisam de mulheres que estão esperando, para pegar a criança humana para eles e fazer a mulher alimentar os filhos deles... — Daniel respirou fundo. — Por Deus, eu sei que há muitos que riem dos que acreditam que cada brisa que encontram é um *sigh-gaoithe*.* Mas achei que você poderia saber, Nance. Dizem que você se entende com Eles. Que Eles lhe deram o dom do conhecimento e olhos capazes de vê-Los.

Nance arrastou mais tojo para o fogo e as chamas subiram, lançando uma claridade intensa em seus rostos.

— Como Brigid estava quando acordou?

— Seu rosto estava todo branco e ficou lívido quando ela viu onde estava. Ela não se lembrava de ter saído da cabana, nem de ter descido a trilha.

— E antes, ela já tinha andado dormindo?

— Não. Bem, não que ela consiga se lembrar, e não desde que é minha mulher.

Nance lhe lançou um olhar penetrante.

— E está tudo bem entre vocês? Vocês são bons um para o outro? Não há alguma razão para que sua mulher esteja querendo ir ficar com os seres encantados?

— De jeito nenhum!

— Nada do que fugir, então. Tudo bem, Daniel. Por certo, o tempo em que uma mulher está esperando é perigoso para ela. É um tempo de interferência. Sua esposa está num limiar e pode ser puxada para um lado ou para o outro. Tanto para o mundo que conhecemos quanto para o desconhecido. E é verdade o que você disse a respeito dos Bons Amigos. Eles são dados a levar mulheres jovens. Eu nunca soube de uma mulher que tivesse sido raptada para dento do *ráth* encantado daqui, mas isso não quer dizer que não venham a ser ou tenham sido.

— Dizem que foi esse o destino de Johanna Leahy em Macroom. Que ela não foi para Deus, e sim para a fortaleza dos seres encantados de lá. Que, quando viu que tinham trocado seu próprio filho por um dos seres encantados, ela se deixou levar para ficar com seu menino.

Nance se inclinou, aproximando-se, o rosto cada vez mais rubro com o crescente calor da fornalha.

— Os Bons Amigos são ardilosos quando não estão satisfeitos. Fazem o que lhes agrada porque não servem nem a Deus nem ao Diabo, e ninguém pode

* Suspiro do vento — em gaélico no original. (N. T.)

lhes garantir um lugar no Céu ou no Inferno. Não são bons o bastante para serem salvos, nem maus o bastante para se perderem.

— Então você está dizendo que os Bons Amigos estão por aqui?

— Eles sempre estiveram aqui. São tão velhos quanto o mar.

Daniel estava pálido. À luz do fogo, seus olhos azuis estavam fixos nos dela.

— Alguma vez você já esteve andando pela floresta nas horas de lusco-fusco e sentiu que Eles o observavam? Não com a maldade de um homem que pretende derrubá-lo, mas não com a doçura de uma mãe velando o sono do filho?

Daniel engoliu em seco.

— Acho que sim. Já. Não sou idiota a ponto de dizer que não existem coisas neste mundo além do que eu posso ver com meus próprios olhos.

Nance balançou a cabeça, aprovando.

— Os Bons Amigos nos observam com um tipo de determinação que pode destruir um homem. Fazê-lo querer mudar de rumo. Às vezes querem recompensá-lo, e aí ele descobre que toca flauta muito bem, ou que sua vaca doente está curada, e não há cobrança por isso. Mas, às vezes, castigam os que falam mal d'Eles. Às vezes, pagam o bem com o bem. O mal com o mal. Às vezes, nada faz sentido e não se sabe por que as coisas são como são, a não ser dizer que há seres encantados por trás do que acontece e que eles têm suas próprias razões.

— E então por que eles estão querendo levar Brigid? O que foi que ela fez aos Bons Amigos para que eles possam querer raptá-la? — Ele fez uma pausa. — Você acha que foi alguma coisa que *eu* fiz?

— Daniel, a sua Brigid é uma boa moça. De nada adianta você achar que ela tem alguma coisa a ver com isso, ou que é culpada. Ela não cometeu nenhum erro. Quando Eles estão aqui, nos vigiando, reconhecem o que há de humano em nós e ficam cheios de inveja. Há os que querem nossos parentes, nosso sangue. Eu já os vi raptar uma mulher diante dos meus olhos.

— Santo Cristo! É isso que o povo anda dizendo. Há coisas terríveis acontecendo, e os Bons Amigos estão por trás delas. — O rosto de Daniel estava lívido. — O que devo fazer?

— Sua Brigid está mudada? Ela come? Tem algum tipo de ferimento?

— Ela come. Ficou apavorada ao acordar e ver que estava dormindo no *cillín*, e seus pés sangravam de tanto andar, mas não está mudada.

Nance se inclinou para trás, satisfeita.

— Ela não foi levada, então. Ainda é sua mulher.

— Por Deus, o que está acontecendo neste vale, Nance? Isso acaba comigo. O padre diz que não há nada de mais com as vacas e as galinhas e com o que houve com Martin, que tudo não passa da vontade de Deus e que tudo vai ficar bem, mas ele é homem da cidade.

Nance cuspiu no chão.

— Talvez alguém Os tenha ofendido.

— Há boatos de que um d'Eles está entre nós.

— Sei, o menino de que falou a sua Brigid. Com Nóra Leahy.

Daniel olhou para o chão.

— Ou outra pessoa — murmurou.

Nance olhou para Daniel, muito séria.

— Você sabe de alguma coisa? Por acaso Seán Lynch andou outra vez balançando seu machado para pilriteiros?

— Não. Ele não abre a boca para falar dos Bons Amigos e passa as noites de ronda nos fazendo chorar com suas histórias do padre Healy e de Daniel O'Connell. O padre andou lhe enchendo os ouvidos com a Associação Católica. "Um tostão por mês, e O'Connell vai emancipar todos nós", é o que diz Seán. Nós todos achamos que ele anda bebendo e enfiando de novo a bota na mulher, mas ele não tem mexido com as árvores dos seres encantados.

— Aquele ali vai ter problemas — disse Nance. — Enganando o Diabo no escuro, é o que ele tem feito.

Daniel pegou o chá e bebeu, evitando olhar para ela.

— Ele fala mal de você, Nance.

— Ah! Tem muita gente que fala mal de mim. Mas eu sei o que sei. — Ela ergueu as mãos diante do rosto de Daniel e ele se encolheu, fugindo do alcance dos dedos. — O que você vê?

Daniel estava boquiaberto.

— Meus polegares. Você está vendo como são se viram para trás?

Ela lhe mostrou as articulações inchadas, o ângulo deformado de suas juntas.

— Estou.

— Esta é a marca d'Eles em mim. É como você pode saber que, seja o que for que Seán Lynch e o padre Healy digam de mim, eu tenho o dom do conhecimento d'Eles, e esta é a prova. Sejam quais forem as mentiras que eles digam a meu respeito, aqui está a prova. — Ela o encarou com expressão bondosa. — Você acredita em mim?

— Acredito, Nance. Eu acredito em você.

— Então me deixe dizer que tudo vai ficar bem se você fizer o que eu digo. Sua esposa precisa descansar até chegar a hora. Ela deve dormir o máximo que puder e não deve andar, de jeito nenhum. Ela ainda está cuidando da casa?

— Está.

— Acabou. Você precisa fazer todas as tarefas, Daniel. Bater a manteiga. Dar de comer às galinhas. Cozinhar. Nenhum fogo deve ser tirado da casa quando ela estiver lá dentro. Nem mesmo a chama do seu cachimbo. Nem uma faísca. Você entendeu?

— Entendi.

— Nem uma única chama ou brasa, Daniel, ou você estará tirando a sorte da casa. Estará anulando tudo o que serve para protegê-la e mantê-la neste mundo. E lhe dê isto.

Nance remexeu no canto de sua cabana e pegou um embrulho de pano muito bem amarrado com palha. Desfez os nós e sacudiu algumas frutinhas secas na palma da mão de Daniel.

— O que é isso?

— Frutinhas de dulcamara. Vão dar a ela um sono mais profundo. Tão profundo que ela não terá forças ou meios de se levantar durante a noite. Faça com que ela as coma à tardinha, e eu vou manter o encanto dela na minha mente e vou pensar em proteção para ela.

Ela afagou o braço do rapaz.

— Tudo vai ficar bem, Daniel.

— Muito obrigado, Nance.

— Que Deus o abençoe, e que você tenha uma boa e grande família. Volte aqui se ela continuar andando. Espere... — Nance segurou Daniel pelo braço. — Há mais uma coisa que você pode fazer. Se forem os Bons Amigos que estão atraindo Brigid para fora de casa, faça uma cruz com gravetos de bétula e prenda-a em cima do lugar em que vocês dormem. A bétula vai protegê-la.

Ele hesitou, parado à porta.

— Você é uma boa mulher, Nance. Eu sei que o padre Healy pregou contra você, mas acho que ele é um homem de coração cego.

— Você está se sentindo melhor, Daniel?

— Estou.

Nance observou Daniel começar o lento caminho para casa, segurando firme as frutinhas entre as mãos, como um homem que reza. O céu se enchia da luz do final de tarde, debruando as nuvens de um brilho púrpuro. Pouco antes de desaparecer de vista, Daniel se virou e a encarou, benzendo-se.

A primeira neve chegou ao vale. Ventos em zigue-zague sopravam flocos brancos sobre os campos até que, do alto da cabana de Nóra, as paredes de pedra que os dividiam pareciam linhas de impressões digitais. Os homens se acomodavam junto ao fogo, rendendo-se à estação, e as mulheres cardavam lã e lhes faziam companhia com seus fusos, embora obrigadas a se embrulhar e cobrir suas famílias com mais camadas de calor. Era uma época do ano de silêncio e espera.

Nóra acordou na garganta cinzenta da manhã e piscou à luz fraca. Ansiava por dormir. As noites eram destruídas pelos gritos do menino, e isso era tudo o que ela podia fazer para se agarrar ao bálsamo da inconsciência do sono. Como era solitário acordar numa cama vazia.

Em sua cabeça palpitava a garrafa de *poitín*. Deitada de costas, Nóra olhou para o telhado e tentou ouvir algum indício de que Mary estivesse acordada. Em muitas manhãs, esperava até ouvir o som dos passos da menina, quando ela atiçava o fogo e punha água para ferver, ou sua voz murmurando para a criança enquanto lavava a urina de suas pernas. Então Nóra fechava os olhos e imaginava que não era Mary e sim Martin andando pela sala, destrancando a porta e soltando as galinhas para irem ciscar a palha fria e suja junto ao estábulo. Podia imaginá-lo à perfeição. Seus lábios quando ele assobiava as velhas canções, sua unha puxando a casca das batatas matinais e o jeito descuidado com que as largava no chão. Podia ouvir sua habitual queixa irônica de que as galinhas estavam destruindo o telhado e se lembrar das rugas em seus olhos quando ela, nervosa, as defendia. Permitia-se aquela mentira, mesmo quando era quase doloroso demais suportar o desapontamento de não ver Martin e sim a criada de pernas longas e olhos inchados junto à lareira.

Nóra nada ouviu. Amarrando o xale apertado em volta do corpo, saiu e viu que o fogo tinha sido aceso, embora não houvesse sinal de Mary. O catre estava desmontado, e Micheál estava no canto. Não querendo chamar sua atenção, Nóra rastejou para o lado da cama antes de espiá-lo. O menino estava apático, cabelo espetado na cabeça suada. Nóra viu sua boca ondular devagar, os lábios frescos e suavemente úmidos. Com quem ele está falando?, perguntou-se.

— Micheál.

Ele a ignorou, erguendo as sobrancelhas e fazendo caretas para a parede.

— Micheál — Nóra repetiu.

Os braços do menino estavam duros e virados para dentro, como as asas quebradas de um passarinho caído do ninho. Ela chamou seu nome pela terceira vez, e ele por fim a fitou com olhos que não piscavam. Seus lábios se curvaram, e ela ouviu o rangido dos dentes. Por um instante, pareceu que ele rosnava para ela.

Micheál começara a assustá-la. Tudo o que ele fazia — seus movimentos rápidos e imprevisíveis, seus gritos e guinchos para coisas que ela não conseguia ver — levava-a a lembrar das palavras de Mary.

Ele foi trocado. E todo mundo sabe disso, menos vocês.

— O que você é? — Nóra sussurrou.

Micheál olhou para as vigas e piscou. Seu queixo estava malhado, com flocos de saliva seca. Havia muco em seu nariz, e os olhos, franjados por cílios claros, marejavam. Nóra pôs uma mão firme em sua testa. Viu a mandíbula se enrijecer sob a pele.

— Você é uma criança de verdade ou um parasita? — Nóra sussurrou.

Sentiu a garganta se apertar com as batidas do coração em pânico.

Micheál fechou os olhos e deixou escapar um gritinho atordoado, corcoveando e batendo com a espinha na palha do cesto. Antes que Nóra pudesse recolher a mão, Micheál avançou e agarrou um punhado do seu cabelo solto. Ela tentou abrir-lhe os dedos, mas ele jogou o braço para trás e a dor chegou, quente e intensa.

— Micheál!

Nóra recuou e tentou se retorcer para se libertar, mas os dedos pequenos e grudentos do menino estavam agarrados ao seu cabelo. Ele puxou com mais força. Lágrimas brotaram dos olhos de Nóra.

— Me larga. Me larga, sua criatura atrevida!

Seu cabelo foi arrancado, e, na fúria da dor, ela avançou e tentou dar um tapa no rosto de Micheál. Errou o ângulo e não o acertou, atingindo-o no alto da cabeça. Em sua raiva, soltou os dedos do garoto e, segurando-lhe firme o queixo com uma das mãos, estapeou-o de novo com a outra, golpeando o rosto. A palma de sua mão ardeu.

— Maldito seja! — ela gritou, esbofeteando-o de novo.

O rosto de Micheál estava vermelho, a boca aberta e berrando. Nóra queria enchê-la com alguma coisa que o calasse. Queria enfiar a roupa de cama suja para dentro daquela boca e acabar com a gritaria.

— Sua coisa perversa — ela sibilou, segurando a cabeça dolorida.

— Ele não sabe o que faz.

Nóra se virou e viu Mary de pé na porta, o balde de leite apoiado no quadril.

— Ele estava arrancando o meu cabelo!

Mary fechou a porta, apagando o brilho branco da neve.

— Você está bem?

— Eu não consigo dormir por causa dele! Ele grita a noite inteira. — Nóra podia perceber a histeria na própria voz.

A criada concordou com a cabeça.

— Acho que é o frio. E ele tem uma assadura nas costas. De tanto se sujar.

Nóra sentou-se perto do fogo, a mão no couro cabeludo que latejava.

— Você poderia limpá-lo, você sabe.

— Eu limpo! — protestou Mary, e sua voz saiu tão baixinha que Nóra se envergonhou.

— Tudo bem. Como está o leite de Brownie?

— Não é grande coisa, não, dona. Você disse que ela dá muito leite, mas... eu tenho cantado para ela porque sei que elas gostam de música. Mas ela está secando.

Nóra fechou os olhos.

— Do jeito que vamos, o dinheiro não vai dar para pagar o arrendamento.

— Devo bater nata hoje?

— Tem que chegue?

— Por certo. Bem, pode ser só o que chegue para bater. Só o que chegue. Devo dar o leitelho para Micheál? Pode ser que o acalme. Eu não sei se é por causa de tanto frio, ou talvez ele esteja sonhando com coisas que o acordam e o fazem gritar. Eu também não consigo dormir com a gritaria.

— Bem, a estrada para Annamore está onde você a deixou.

— Eu não quis dizer isso! — exclamou Mary, ansiosa. — Não que eu queira ir para casa, nada disso. Só que ele parece estar passando por alguma mudança e eu não sei como dar paz pra ele. Ele está sofrendo, eu acho.

— Andam dizendo essas coisas lá no poço?

— Não, não andam, não — retrucou Mary. — As mulheres de lá não estão falando comigo. Nada. Eu vou, pego água e volto para cá, e não paro para mexericar nem falar de você ou de Micheál. Eu juro.

Nóra percebeu que a criada estava à beira das lágrimas.

— Uma das mulheres, quando me vê descendo a trilha, dá três passos para trás. Por causa do meu cabelo vermelho. Kate. Kate Lynch.

— Ela morre de medo de mau-olhado. Não ligue para ela. Ela se benze quando encontra qualquer coisa pelo caminho. Lebre, doninha, gralha.

— Ela cospe no chão e diz: "A Cruz de Cristo entre mim e o mal!".

Nóra revirou os olhos.

— Daqui a pouco, Kate vai se benzer para mim também, de medo da maldição de uma viúva.

Micheál estremeceu, respirou fundo e começou a gritar mais alto.

— Olhe as pernas dele — disse Mary, apontando. — Ele quase não está chutando. Você não acha que parecem quebradas? Como se ele não as sentisse. — Ela se debruçou sobre a criança que berrava e levantou a camisola para mostrar a Nóra. — Veja.

As pernas de Micheál eram tão finas quanto os galhos desnudos pelo inverno. A pele se colava ao osso, cheia de cicatrizes. Aquela visão embrulhou o estômago de Nóra.

Mary mordeu o lábio.

— Ele está sendo consumido por algum tipo de doença. Eu sei que ele não anda há algum tempo, mas agora ele mal encolhe os dedos dos pés.

Nóra se apressou em puxar a camisola sobre as coxas de Micheál.

— Eu me pergunto, Mary — ela murmurou —, quanto sofrimento uma pessoa consegue suportar sem que alguma coisa aconteça dentro dela?

A menina ficou em silêncio.

Nóra penteou com os dedos o cabelo embaraçado e olhou para Micheál. Quando o esbofeteou, ela se sentiu no limiar de alguma coisa sombria, alguma coisa da qual sabia que não conseguiria voltar. Não havia como saber o que poderia ter feito se Mary não chegasse naquele instante, e isso a assustava.

O que aconteceu comigo?

Nóra sempre se acreditou uma boa mulher. Uma mulher gentil. Mas talvez, pensou ela, só sejamos bons quando a vida torna fácil essa nossa bondade. Talvez o coração endureça quando a boa sorte não se apresenta para amaciá-lo.

— Você não acha que deveríamos mandá-lo ao médico? — perguntou Mary.

Nóra se virou para ela com ar cansado.

— O médico, você sabe... Existem médicos em cada trilha lá em Annamore? Eles aparecem e cuidam de você por nada? — Ela indicou com a cabeça o pote de barro em cima da mesa. — Ali está todo o dinheiro que eu tenho, e aquele pouquinho é precioso. Você acha que eu tenho moedas escondidas pela casa? Acha que eu sou uma mulher rica? Creme, manteiga e ovos, é isso que mantém corpo e alma juntos. — Começou a trançar o cabelo com pressa e negligência, repuxando os fios grisalhos. — Não sei como vocês todos vivem em Annamore, mas por aqui, neste vale, untamos a mão dos proprietários das terras com carne branca. Como é que você acha que eu mantenho nós três protegidos da chuva? Turfa na lareira? E agora a bendita vaca está na seca, e você quer que eu desencave uma fortuna para que um médico venha aqui e condene meu neto? Quando, no próximo verão, eu não tiver nenhum homem para ir trabalhar nos campos e ganhar o sustento da cabana, vão sobrar para mim o pé de cabra e a estrada solitária.

O tom de Mary era solene.

— Você não tem seus sobrinhos para trabalhar a terra para você?

Nóra respirou fundo.

— É. É, eu tenho sobrinhos.

— Talvez não seja tão ruim assim.

— Talvez não.

— E talvez exista um médico que venha ver Micheál de graça. Ou talvez por uma galinha. — A voz de Mary era suave. — Suas galinhazinhas são boas poedeiras. Foi você mesma quem disse. Um médico não viria por uma galinha?

Nóra sacudiu a cabeça.

— As galinhas não estão pondo como antes. E você acha que uma galinha tem valor para um médico que vive na cidade e come ovos todas as manhãs como se ele mesmo os pusesse? — Ela suspirou. — É o padre que queremos. Para gente como nós, o que há é o padre.

— Então eu devo ir buscá-lo?

Nóra se levantou e cobriu a cabeça com o xale.

— Não. Continue a bater o leite, Mary. Se alguém deve pedir ao padre que venha ver Micheál, que seja eu.

Nóra pegou a trilha da encosta do vale. O ar estava frio e puro, e a neve no chão picava seus pés descalços enquanto ela andava. Não havia ninguém pelo caminho. Tudo estava imóvel, exceto as gralhas que giravam acima dos campos vazios.

A casa do padre era uma pequena construção caiada no canto do vale onde cresciam magriças e a estrada circundava a montanha, levando a Glenflesk. Depois de ser recebida por uma robusta governanta, Nóra aguardou na sala de estar, com a lareira apagada, até que o padre se juntasse a ela. Ele estava tomando o café da manhã. Nóra percebeu a gema de ovo traçando uma linha grossa na camisa clerical.

— Viúva Leahy. Como tem passado?

— Bem, obrigada, padre.

— Meus sentimentos. Como costumam dizer, "lavar roupas é tarefa solitária quando não há entre elas uma camisa de homem".

Nóra piscou, com uma ponta de irritação.

— Obrigada, padre.

— Então, como posso ajudá-la?

— Desculpe-me por perturbá-lo. Eu sei que é muitíssimo cedo e que o senhor é um homem ocupado.

O padre sorriu.

— Diga-me por que veio.

— É meu neto. Vim porque a mãe dele, minha filha, morreu e eu tenho esperanças de que o senhor possa curá-lo.

— Seu neto, é? Que tipo de doença ele tem? — A expressão do padre Healy se fechou.— É varíola?

— Não é varíola, nem nenhuma doença desse tipo. É coisa pior. Eu não sei o que é.

— Você já procurou o médico?

— Não tenho meios. Não agora.

Nóra sentiu que enrubescia, e isso a constrangeu.

— Tudo o que eu tenho é gasto para pagar uma menina que me ajuda a cuidar dele.

— Desculpe, viúva Leahy, mas talvez aí esteja o problema. — O tom do padre Healy era gentil. — Contratar uma menina quando poderia chamar o médico e vê-lo curado.

— Eu não acredito que ele possa ser curado por um médico — disse Nóra.

— Então por que veio me ver?

— Ele precisa da cura de um padre. Ele não é bom da cabeça.

— Ah! Ele é retardado? — perguntou o padre Healy.

— Eu não sei. Ele mal chega a ser uma criança.

— Mal chega a ser uma criança? Que coisa estranha de dizer. Quais são os sintomas?

— Ele não usa as pernas, padre. Não diz uma palavra, embora há dois anos ele falasse como qualquer outro menino. Passa o tempo todo acordado e gritando. Ele não cresce.

O padre Healy olhou-a com compaixão.

— Sei.

— Ele nasceu bem. É por isso que seria bondoso de sua parte ir vê-lo. É por isso que venho pedir-lhe que vá. Padre. Eu acho... talvez alguma coisa tenha acontecido com ele.

— Que tipo de coisa?

Nóra trincou os dentes para impedir que seu queixo tremesse.

— As pessoas estão dizendo que ele foi trocado pelos seres encantados.

O padre Healy olhou-a por baixo das sobrancelhas franzidas, o rosto rubro.

— Isso é bobagem supersticiosa, viúva. Não dê ouvidos a esse tipo de coisas. Uma mulher como você... Você tem mais juízo do que isso.

— Padre — Nóra acrescentou depressa —, eu sei que há muita gente que não acredita em acontecimentos como esse, mas se o senhor pudesse vir comigo e ver o menino...

Fez-se silêncio. O padre pareceu apreensivo.

— Se o menino estiver sofrendo de algum mal incomum, ou se estiver morrendo, eu posso assisti-lo. Ficarei contente em ajudar. Mas se ele é um idiota...

— O senhor não rezaria por ele? Não o curaria?

— Por que *você* não reza por ele, viúva Leahy?

— Eu rezo!

O padre Healy suspirou.

— Ah! Mas você não vai à missa. Desde que seu marido morreu. Eu sei que são tempos de preocupação para você, mas acredite em mim quando lhe digo que é na missa que você vai encontrar consolo.

— Não é fácil ser viúva, padre.

A expressão do padre relaxou um pouco. Ele olhou pela pequena janela, estalando a língua.

— O menino é batizado?

— É, sim.

— Ele recebeu a Sagrada Eucaristia?

— Não, Padre, ele só tem quatro anos.

— E ainda não foi visto por nenhum médico?

— Uma vez. No verão passado. Martin levou um homem de Killarney, mas ele não fez nada, só tomou o nosso dinheiro.

O padre Healy assentiu, como se esperasse por isso.

— Viúva Leahy, acho que talvez seja o seu dever cuidar dessa criança e fazer o melhor possível.

Nóra secou os olhos. Estava zonza de frustração.

— O senhor não vai até lá vê-lo e fazer o sinal da cruz em cima dele, padre? Um padre como o senhor tem o poder de afastar...

— Não comece a falar de seres encantados, viúva. Eu não quero ouvir falar de seres encantados.

— Mas o padre O'Reilly...

— Bancava o médico de seres encantados? Fingia praticar o sacerdócio fantástico? O padre O'Reilly, que Deus guarde sua alma, não tinha o direito de se envolver com os remanescentes desses ritos pagãos. E eu não faria o mesmo sem uma permissão por escrito do bispo da diocese. — Seu rosto estava sério. — Viúva Leahy, é minha responsabilidade trazer o povo deste vale para uma moralidade que corresponda às exigências da nossa fé. Como podemos insistir nos direitos dos católicos quando os vales estão cheios da fumaça de fogueiras pagãs e do lamento de velhas megeras em velórios? Os que querem nos manter fora do Parlamento só precisam apontar para católicos pingando colostro em raízes de pilriteiros, dançando nas encruzilhadas, cochichando a respeito de seres encantados.

Nóra ficou olhando o padre Healy puxar um lenço para secar o cuspe que se juntou no canto da boca. Seus pés doíam de frio.

— Me desculpe, padre, mas sua camisa está suja de ovo — disse ela.

Sem esperar para ver a reação do padre, levantou-se e saiu da sala.

Nóra circundou a aleia da casa paroquial e andou cerca de um quilômetro e meio por uma trilha pouco usada, o rosto vermelho de raiva. O rio podia ser ouvido ao longe, e logo Nóra alcançou uma vala onde um lento gotejamento de água transformara a neve em lama. Afundou de joelhos ao lado de um muro de pedra caído ao qual se prendia uma moita de urtigas.

Era verdade o que tinha dito ao padre. Martin foi buscar um médico, embora não pudessem pagar. Pegando um cavalo emprestado com o ferreiro e saindo em meio à bruma da manhã seguinte para cavalgar até Killarney e encontrar aquele homem. Como ele parecia estranho, trotando ao lado de Martin. O médico tinha tufos de pelos brancos que se agarravam à cabeça calva e cobriam as costas das mãos como penugem, e seus pequenos óculos de arame escorregavam pela gordura do nariz comprido a cada solavanco do cavalo. Quando entrou na cabana, lançou um olhar para o teto como se esperasse que fosse cair sobre sua cabeça.

Nóra estava tão nervosa que seus dentes batiam.

— Que Deus o abençoe, doutor, e seja bem-vindo e obrigada por vir, senhor!

O homem pousou a maleta no chão, cutucando os juncos frescos com o pé.

— Sinto muito saber que vocês têm uma criança enferma. Onde está o paciente?

Martin apontou para onde estava Micheál, apático em seu berço.

O médico parou junto à cama e olhou para o menino.

— Quantos anos ele tem?

— Três, senhor. Não, quatro.

O médico inflou as bochechas, os bigodes tremulando quando ele soltou o ar.

— Não é seu?

— Da nossa filha.

— E onde ela está?

— Faleceu, senhor.

O homem se agachou no chão, pouco à vontade, o tecido da calça esticado nos joelhos. O couro de suas botas rangeu. Ele puxou a maleta para perto, abriu o trinco e tirou um instrumento comprido.

— Vou ouvir o coração dele — explicou, olhando para cima.

O médico trabalhou em silêncio. Encostou a ponta prateada daquele instrumento no peito de Micheál, antes de descartá-lo, inclinando-se e encostando a orelha peluda diretamente na pele branca do menino. Depois bateu no peito de Micheál, passando a ponta dos dedos pelas arestas de seus ossos salientes como se a criança fosse um instrumento que ele tivesse se esquecido de como tocar.

— O que é, doutor?

O homem levou um dedo aos lábios e, com expressão solene, mandou-a ficar calada. Apalpou a mandíbula do menino com os dedos grossos, ergueu-lhe os braços e examinou o côncavo leitoso das axilas, separou-lhe os lábios e analisou a língua. Depois, passou as mãos pelas costas da criança e, com delicadeza, como se lidasse com vidro, virou Micheál de bruços.

Pigarreou ao ver a assadura nas costas da criança, mas nada disse, e passou os dedos pelas pontas da espinha dorsal, virando pernas e braços para um lado e para o outro.

— É a varíola, doutor?

— Me digam, vocês conhecem esta criança desde que ela nasceu?

Martin respondeu:

— Ele acabou de nos ser entregue. Ele nasceu bem. Não havia sinal de doença nele. Nós o vimos uma vez, e ele parecia um rapazinho normal e saudável.

— Ele já falou?

— Falou, sim. Estava aprendendo as palavras como qualquer outra criança.

— E agora, ele fala?

Martin e Nóra se entreolharam.

— Nós sabemos que ele é terrivelmente magro. E esfomeado, senhor. Sempre esfomeado. Nós vimos na mesma hora que faltava alguma coisa nele, e achamos que era por causa da fome. Achamos que sua boca está tão cheia de fome que não há lugar para palavras.

O médico se pôs de pé, suspirando, alisando as roupas.

— Então ele não disse uma palavra desde que vocês estão com ele? Nem deu um passo sequer?

Silêncio.

O homem passou a mão em sua careca brilhante e olhou para Martin.

— Preciso falar com você.

— O que o senhor tiver a dizer, pode dizer para nós dois.

O médico tirou os óculos e limpou as lentes com um lenço.

— Receio não ter boas notícias. O menino não tem varíola, nem está tuberculoso. A assadura em suas costas não é sinal de doença, acredito que seja causada pelo desgaste da pele. Por ele ser incapaz de se sentar sozinho.

— Mas ele vai ficar bem outra vez? Isso vai passar? O que nós podemos fazer por ele?

O médico voltou a colocar os óculos.

— Às vezes, as crianças não vingam.

Ele guardou os instrumentos no estojo de couro.

— Mas ele nasceu bem. Nós mesmos vimos. Então pode ser que ele fique bem de novo.

O médico aprumou o corpo, os lábios apertados.

— Pode ser, mas *eu* acredito que ele vai continuar estropiado.

— O senhor não tem alguma coisa na sua maleta para dar a ele? Não está certo que um menino saudável fique desse jeito. — A língua de Nóra secou ao falar. — Olhe. Olhe ali. Esfomeado. Chorando. Sem dizer nada. Ele estava com frio, não tinha nada na barriga, e ele se desmanchou por causa disso tudo, eu sei.

— Nóra.

Os olhos de Martin estavam doces.

— Ele estava bem. Eu o vi andar! Com certeza existe alguma coisa na sua maleta, algum remédio. Você não vai lhe dar um remédio? Tudo o que você fez foi revirá-lo como um pedaço de carne no espeto.

— Nóra! — Martin a segurou pelo pulso.

— Acho que vocês devem se preparar para o pior — disse o médico, franzindo a testa. — Seria negligência de minha parte lhes dar esperanças onde não há nenhuma. Sinto muito.

— Você não pode nos dizer o que há de errado com ele?

— Ele sofre de cretinismo.

— Não compreendo.

— Ele é malformado.

Nóra sacudiu a cabeça.

— Doutor, ele tem todos os dedos nas mãos e nos pés. Eu...

— Sinto muito. — O médico vestia o sobretudo, óculos outra vez escorregando pelo nariz enquanto puxava o casaco para cima dos ombros. — O menino é débil mental. Não há nada que eu possa fazer.

O dia se tornara irritadiço, o horizonte indistinto sob a nevasca ao longe. Nóra sentia uma profunda saudade de Martin, de sua tranquilidade reconfortante. Mesmo depois que o médico se fora e Nóra sentira a raiva pulsando dentro dela, Martin a havia puxado ao calor do seu peito e murmurado: "Para o que não pode ser curado, o melhor remédio é a paciência".

Para o que não pode ser curado, pensou Nóra, encostando-se às pedras ásperas. Estou sobrecarregada com uma criança moribunda que não vai morrer. E desejou que Micheál morresse. Desejou que ele adormecesse e jamais acordasse e fosse levado pelos anjos para o Céu ou pelos seres encantados para a fortaleza, ou para qualquer lugar para onde vai uma alma muda. Melhor isso do que envelhecer num corpo que não poderia acomodar os anos. Melhor isso do que suportar o cabresto e o freio do mundo.

Não fazia sentido negar a verdade disso, pensou. Seria uma espécie de graça se ele morresse.

Nóra estremeceu. Sabia que, às vezes, mulheres matavam crianças. Mas as histórias que ouvia eram sempre de mães solteiras que davam à luz em locais ocultos e sujos e justificavam sua angústia em crises de violência culpada. Às vezes, eram apanhadas. Quando a mancha de sangue era encontrada, ou as pedras do leito do rio se moviam e o corpinho destroçado vinha à tona para surpresa e gritos das que lavavam roupa. Houve uma mulher que se afogou com o filho ainda na barriga em Lough Leane, e diziam que, desde então, a água se turvava no dia do aniversário de sua morte.

Mas eu não sou assassina, pensou Nóra. Eu sou uma boa mulher. Esfregou o rosto inchado com dedos enlameados. Não vou matar o filho da minha filha. Vou salvá-lo. Vou revivê-lo.

Uma neve fina começou a cair, e um corvo, as penas varrendo o ar parado, pousou no rochedo.

— Estou sozinha — explicou Nóra.

O corvo ignorou-a e limpou o bico cinzento na pedra. Enquanto Nóra o observava, maravilhada com a proximidade da ave, sentiu um repentino peso no ar, uma ferroada em sua nuca.

Então viu as urtigas.

Ocorreu-lhe uma lembrança. Martin empurrando a porta com o ombro numa tarde imunda de chuva primaveril, uma das mãos apertada de encontro ao peito. Sentia-a horrivelmente fria, ele disse. Como se o sangue não chegasse até lá.

Nóra examinara os dedos inchados.

— Parece estar cheia de sangue — ela disse. — Sangue demais.

Mas a mão continuou do mesmo jeito a noite toda e também no dia seguinte, e à tardinha Martin disse que iria procurar Nance Roche para curá-lo.

— Por certo, pois ela não tirou o verme da barriga de Patrick e o caroço do braço de John, sem que nada de mal acontecesse?

— Ela é esquisita — disse Nóra, mas Martin retrucou que qualquer coisa seria melhor do que viver o resto da vida com a mão como um bloco de gelo e saiu.

Martin voltou da casa de Nance na manhã seguinte com a mão ainda inchada e muito vermelha, mas flexível e com movimento.

— Aquela mulher tem habilidades maravilhosas. — Estava aliviado, cheio de admiração. — Você nunca vai adivinhar como ela fez. Urtigas — ele disse. — Ela devolveu o sangue para cá com urtigas. — E levou a mão ao rosto de Nóra, para lhe mostrar como seu calor tinha sido restaurado.

Agora, enrolando nas mãos a fazenda do vestido para impedir que as folhas lhe espetassem os dedos, Nóra arrancou as urtigas do chão, amontoando-as em seu avental. Sabia que devia estar parecendo uma louca, um vulto encapuzado catando urtigas na neve. Mas o coração vibrava em seu peito. Ela o curaria.

Vai funcionar, pensou. Funcionou com Martin, portanto vai funcionar com Micheál.

— Santa Mãe de Deus, faça com que funcione! — As palavras se desdobravam sobre si mesmas e se transformaram num círculo de oração. — Eu vou reaquecer a vida dentro dele. Vai funcionar. Virgem Maria, eu te suplico!

Nóra voltou à cabana, o avental cheio de urtigas, suas folhas dentadas úmidas pela neve derretida. Fechando a porta, encontrou Micheál no chão e Mary no meio da sala, erguendo o pesado pilão da desnatadeira e sussurrando "Vem manteiga, vem manteiga, vem manteiga, vem". Parou quando Nóra entrou, ofegante do esforço e massageando os ombros.

— O que o padre disse?

— Ele não vai fazer nada. Então eu fui colher urtigas.

Mary franziu as sobrancelhas.

— Foi colher urtigas? Na neve?

— Fui, e o que tem de mais? Continue a desnatar.

Enquanto Mary voltava a bater o leite, Nóra jogou o casaco sobre a viga perto da lareira, sacudiu as urtigas num cesto e ajoelhou-se ao lado de Micheál. Com delicadeza, arrastou o menino para perto dela pelos tornozelos e levantou-lhe a camisola para expor as pernas. Enrolando a mão numa ponta do xale, pegou uma urtiga e, com a outra mão, suspendeu o pé descalço de Micheál. Fez cócegas nos dedos com a planta, passando a ponta das folhas pela pele.

O som da desnatadeira parou. Nóra sabia que Mary a observava, mas nada disse.

O pé de Micheál estava em sua mão, estranhamente pesado. O menino não recuou nem um centímetro. Nóra se perguntou como Nance poderia ter posto as urtigas na mão imóvel e enregelada de Martin. Imaginou o marido sentado na escuridão do barraco de Nance com a palma da mão estendida enquanto ela sussurrava palavras e esfregava os espinhos em sua pele.

Nóra levantou a planta e desceu-a sobre a perna de Micheál, dessa vez com maior firmeza. Um longo golpe, para arrastar as folhas do joelho ao tornozelo.

Micheál apontou o queixo para o ar numa estranha expressão de desafio e então, ao sentir as agulhadas na pele, fechou os olhos e gemeu.

Mary pigarreou.

— O que você está fazendo?

Nóra ignorou-a. Ergueu mais uma vez a urtiga e desceu-a sobre os joelhos retorcidos de Micheál, dando leves batidas em seus tornozelos e nos pés descalços. Ele deve estar sentindo, pensou. Se chora, é porque está sentindo.

Mary continuava imóvel, as mãos crispadas na desnatadeira.

Nada. As pernas do menino, manchadas, não se moveram. Nóra sentiu o desespero invadi-la. Tinha funcionado com Martin. A mão do marido tinha sido consertada com urtigas. "É, doeu", ele disse, mas, quando a dor da picada diminuiu, ele sentiu que a carne tinha sido inundada de calor. Martin, segurando-lhe o rosto para provar que estava bom. A aspereza do polegar dele em sua bochecha, tranquilizando-a. "Como novo", disse ele. "É preciso muito mais do que isso para me derrubar."

Nóra acreditou ter visto os dedos dos pés de Micheál se encolher e, animada, bateu com maior força com as urtigas em seus joelhos.

— Por favor, pare com isso — Mary sussurrou.

Nós vamos fazer com que ele fique bom de novo, Martin lhe tinha garantido. Vamos tomar conta dele juntos, por Johanna. Ele será o nosso consolo. Nosso único neto.

O menino começou a gritar mais alto, e Nóra parou para olhá-lo. Seu rosto estava contraído. Ele parecia um diabinho contrariado e zangado, vermelho nos cabelos e no rosto. Os olhos estavam apertados, lágrimas brotando, e, ao se debater, ele bateu com os punhos no chão. Nóra estremeceu quando ele socou o barro.

"Este não é meu filho", tinha dito Johanna.

E no mesmo instante Nóra, o coração palpitando com aqueles gritos, viu que o menino não era, não podia ser a criança que ela tinha visto na cabana da filha. Seus olhos começaram a marejar, e ela viu claramente a estranheza maligna a que as pessoas se referiam. Durante todos aqueles meses, ela acreditara haver algum traço de Johanna no menino, uma semelhança que o prendia a ela. Martin vira, amara-o por isso. Mas agora Nóra sabia que nenhuma gota de Johanna corria no sangue daquela criança. Era como Tadgh tinha dito. Ela não o reconheceu como seu porque não havia naquela criatura nada de sua família. Ele era um estranho no ninho.

Não há nada deles ali, pensou Nóra. Ele não é Micheál. E virou o menino e bateu com outra urtiga em suas panturrilhas.

Ele gemeu, o rosto nos juncos do chão. Gotas de lama caíram das plantas, sujando a roupa dele e o avental de Nóra.

— Pare! — gritou Mary.

Ele é encantado, Nóra pensou. Ele não é meu neto.

Mary se jogou no chão e tentou arrancar-lhe a urtiga das mãos.

— Me deixe! — disse Nóra, dentes trincados, puxando a mão para longe da menina.

— Ele não gosta disso — choramingou Mary.

Nóra ignorou-a.

Sem avisar, a menina puxou de repente o cesto com o resto das urtigas e tentou jogá-lo do outro lado da sala. Nóra segurou a borda do cesto a tempo e puxou-o de volta, os lábios apertados numa linha decidida. Recusou-se a olhar a menina nos olhos. Mary ficou de pé e se agarrou ao vime, sem prender o choro, gritando com a boca aberta, o rosto tão vermelho quanto o do menino. As duas lutaram pelo cesto, cada uma puxando para um lado e empurrando a outra, até que, por fim, Nóra arrancou-o das mãos de Mary e colocou-o a seu lado, inflexível.

— É crueldade! — Mary soluçou.

A criança berrava tanto que começou a engasgar. Sua cabeça balançava de um lado para o outro.

Nóra continuou a espetá-lo com as urtigas.

Mary se inclinou e arrancou o resto das plantas do cesto com as próprias mãos, atirando-as no fogo. As brasas escureceram sob o peso úmido das urtigas. Então, antes que Nóra pudesse dizer alguma coisa, Mary correu para a porta, escancarando-a e fugindo para o pátio coberto de neve.

Capítulo Sete
Labaça

— O que é toda essa loucura?

Peg O'Shea parou à soleira da porta, olhando embasbacada para Nóra e Micheál. Nóra estava sentada no chão, ombros sacudindo, apertando as mãos até as unhas se enterrarem nas palmas. Micheál, quase nu, uivava de dor. Ao gritar, erguia a cabeça e a deixava cair no chão numa batida doentia e repetitiva. Tinha o rosto coberto de terra das urtigas.

Peg entrou, mancando, e tirou-o logo do chão.

— Ai, venha cá. Ai, pequenino. Fique quietinho agora. — Deixou-se cair num banquinho perto de onde estava Nóra, prostrada. — Nóra Leahy. Em nome de Deus, o que foi que você fez com este menino?

Nóra deu de ombros e limpou o nariz que escorria.

— Aquela sua criada, Mary, entrou correndo na minha casa, desesperada, gritando que você estava açoitando a criança com urtigas. Você perdeu a cabeça? O menino já não sofre o bastante? — Peg examinou Nóra de perto e bateu o pé no chão. — Chega! Pare de chorar e me diga algo que faça sentido.

— O padre Healy — gaguejou Nóra.

— O que tem ele?

— Ele não vai curar o menino. Eu pedi a ele. Ele disse que Micheál com certeza já ficou idiota e que não há nada a ser feito. Ele disse que eu não tenho que falar dos Bons Amigos e que isso tudo é superstição. — O queixo de Nóra tremia. — Onde está Mary agora?

— Mandei-a ir buscar folhas de labaça no rio Flesk. Abaixe a camisola dele, Nóra. Pronto, eu mesma faço, então. O rapazinho está gritando como se você o tivesse queimado vivo.

Peg deitou Micheál em seu colo e embrulhou-o em seu xale.

— Você tem que me dizer o que está acontecendo.

— As pessoas estão dizendo que ele é um parasita.

O rosto de Nóra se retorcia em desespero.

Peg estava em silêncio.

— Bem. Pode haver alguma verdade nisso. *Is ait an mac an saol*. A vida é uma estranha cria.

— Se você acredita que ele foi trocado, então por que você toca nele? — explodiu Nóra. — Por que se importa se eu o piquei?

— Você é fria como uma bendita truta, Nóra Leahy. Será que você não sabe que, se o pequeno for um parasita, o seu próprio neto sofre a dor que você inflige na sua cópia? Se os Bons Amigos estão com ele, não vão ficar contentes por você tratar um deles desse jeito. — Peg levantou a camisola de Micheál e examinou-lhe as pernas, virando-as nas mãos. — Você fez mesmo um bom trabalho. O que você estava esperando conseguir?

Nóra se içou para o catre.

— Achei que isso traria de volta a força das pernas dele. Achei que as picadas fariam com que ele se mexesse.

Tremendo, ela respirou fundo.

— Mas esse é o pior charlatanismo de que já ouvi falar. Você, a mulher que sabe tudo de ervas... — Peg estalou a língua.

— Foi isso que Nance Roche fez com Martin quando ele estava vivo e comigo. As urtigas devolveram o movimento à mão dele.

— Nance Roche tem o dom do conhecimento. Como você é arrogante, Nóra, com isso de achar que você tem as mesmas habilidades que ela. Teria sido melhor se você tivesse feito um chá de urtiga e lhe dado para beber, pobre coitado. — Ela puxou a cabeça de Micheál para perto de sua garganta esquelética e segurou-o com firmeza, murmurando em seu ouvido: — O que nós temos que fazer com você? De que lugar estranho você veio?

— Peg, eu sei o que estão dizendo de mim — explicou-se Nóra, a voz embargada. — Dizem que minha própria filha não foi chamada por Deus, e sim por Eles, lá do *ráth*. Dizem que seu próprio filho está com ela na colina e que deixaram comigo o filho dos seres encantados. Dizem que a má sorte do vale é culpa *dele* e que vou pagar por isso. Dizem que... — Sua voz falhou. — Dizem que Martin morreu porque ele estava aqui. E eu olho para ele e fico pensando, Peg.

— Nóra Leahy. Levante a cabeça e não dê a mínima para seja lá quem for que quiser desonrá-la — retrucou Peg. — *Vem o dia, mas vem também a noite, se Deus assim quiser.* Você deveria estar contente por este aqui ser um parasita, porque assim você não é responsável pelo que ele faz. Há maneiras de trazer Micheál de volta.

— Eu sei o que fazem para expulsar parasitas. — Nóra cuspiu. — Botam no monturo de estrume à noite, para que os seres encantados os reclamem! Ameaçam com fogo! Você quer que eu ponha este aqui numa pá quente e o asse? Quer que eu bata nele com o atiçador em brasa e lhe arranque o olho?

A expressão de Peg era séria.

— Chega! Chega de todas as suas curas loucas geradas pelo desespero, e chega de toda esta conversa funesta. Você precisa falar com alguém que entenda dessas coisas.

Ela olhou Nóra no fundo dos olhos.

— Você precisa falar com Nance.

Mary desceu a colina o mais depressa que pôde, as sarças lhe agarrando a saia e a pele das pernas enquanto corria. O sangue porejava com a dor repentina, mas ela não parou até ver o leito do rio depois de um emaranhado de galhos caídos. A correnteza parecia escura como um pesadelo. Quando chegou à margem, suas pernas sangravam, arranhadas pelas sarças.

Respirando aos arrancos, Mary mantinha a cabeça baixa, procurando as longas folhas de labaça em meio às ruínas invernais de gramíneas mortas e samambaias murchas. Avistou uma moita de labaça crescendo junto ao banco de areia desmoronado e rastejou de bruços para chegar até lá sem que o chão cedesse. Puxando as folhas com o braço esticado, olhou para a água e viu seu próprio reflexo deformado olhando-a de volta. Ficou chocada ao ver o medo em seu rosto, e a vontade de chorar voltou com força. Secou o nariz e os olhos molhados na manga do vestido.

Ver Nóra açoitar o menino com urtigas a perturbara. Havia naquilo uma feiura com que ela só se deparara poucas vezes na vida. Uma vez tinha visto um homem, o rosto envolto num halo escuro de desprezo, zombar de uma louca flagrada vagando e usando apenas as roupas de baixo. Em outra ocasião, viu um grupo de meninas mais velhas rastejar de costas, nuas, sobre urzes, numa manhã de maio. Alguma coisa em seus corpos pálidos se contorcendo sobre a grama, esquivando-se das picadas dos espinhos, perturbou-a intensamente. Na época, não compreendeu o que faziam e guardou aquela visão secreta nas profundezas do peito. Só mais tarde, quando ouviu falar dos poderes das urzes de raízes duplas, entendeu que as meninas estavam rastejando pelo arco do Diabo para amaldiçoar alguém. Nunca mais as encontrou. Mas a lembrança daquelas garotas voltou a fincar as garras em sua mente com a visão da viúva enlameada açoitando as pernas da criança.

Não foi a surra. Mary já tinha visto crianças menores do que Micheál levar coças muito maiores de suas mães em Annamore. Tinha sentido o peso do braço de um homem na fazenda do Norte.

Foi a crueldade dos golpes. A viúva parecia demente. Descia as urtigas na pele de Micheál como se, para ela, o menino não passasse de um cavalo teimoso ou de uma carcaça a ser desmembrada. Aquilo fez seu coração descompassar.

A surra de urtigas não pareceu uma cura. Pareceu um castigo.

A montanha estava escorregadia por causa da neve e da lama, e Mary sentia os pés deslizar no caminho de volta para a cabana. Mais de uma vez, precisou usar as mãos para escalar a colina e sentia gosto de lama no rosto quando enxugava os olhos inchados. Para ir até o rio, havia seguido pelo atalho que partia da trilha, mas, na pressa de voltar, acabou indo na direção da floresta, onde a encosta era mais íngreme. O ar lhe queimava os pulmões. De repente, o chão cedeu debaixo de seus pés, a dor a atingiu e ela caiu.

Mary soltou as folhas de labaça e agarrou o tornozelo com as duas mãos. Lágrimas brotaram, e ela se embalou sentada na lama, o peito arfando.

Eu quero ir para casa.

O pensamento correu pelo seu corpo como um fio, puxando-a com firmeza, até que se sentiu encolhida pela saudade.

Eu quero ir para casa.

Trincando os dentes, Mary tentou se levantar. Não conseguiu. Os tendões do tornozelo explodiam de dor. Sentada na lama, deixou as lágrimas cair. Odiava o vale. Odiava a criança frágil e antinatural e a solidão úmida que pendia da viúva como uma névoa. Odiava as noites em claro e o cheiro de mijo que impregnava a roupa do aleijado, e odiava a piedade no rosto da vizinha velha. Queria seus irmãos e irmãs. Queria a sensação dos dedos dos menores penteando seu cabelo junto ao fogo. Queria a barulheira alegre dos bebês, as bochechas rosadas e as mãozinhas em seu ombro, acordando-a pela manhã. Queria David e sua compreensão sincera.

É demais, pensou Mary. Por que o mundo é tão terrível e estranho?

— Nunca vi ninguém chorar com tanta amargura.

Mary se encolheu. Uma anciã estava de pé atrás dela, envolta num xale esfarrapado, arrastando um galho quebrado.

— Você está machucada?

A mulher se inclinou, preocupada. Mary, surpresa demais para se mexer, encarou-a. A pele da mulher era enrugada e os olhos enevoados, mas havia suavidade em sua voz. Ela se aproximou e pôs a mão envelhecida no joelho dobrado de Mary.

— Você está machucada — a mulher respondeu à própria pergunta. — Sente-se direito por um instante.

Puxou o galho quebrado, e Mary viu que ela o estava usando como um trenó. Em cima dele havia um monturo de pedaços de turfa, esterco e plantas. A mulher esvaziou-o com cuidado, colocando tudo no chão a seu lado, e quebrou os galhos menores. Logo tinha um cajado firme, que entregou a Mary.

— Tente se levantar, menina. Segure isto.

Mary se içou sobre o pé que não doía e firmou o bastão no terreno alagado.

— Agora, passe o outro braço pelos meus ombros. Vou levá-la para a minha casa. Lá, posso fazer alguma coisa por você. Veja, aquela é a minha cabana.

— E a sua turfa? — fungou Mary. Sentiu as arestas finas dos ossos da mulher em seu braço.

A mulher fez uma careta ao receber seu peso.

— Não se preocupe com isso. Você consegue ir mancando até lá?

Mary se apoiou com força no bastão e ergueu o pé dolorido.

— Eu não quero machucá-la.

— Eu sou forte como um touro. — A mulher sorriu. — Pronto. Por ali.

Desceram a ladeira aos tropeções até chegarem à clareira suja junto à floresta. Uma pequena cabana de barro erguia-se contra uma parede de amieiros, os galhos nus repletos de antigos ninhos de passarinhos. Não havia chaminé, mas Mary podia ver fumaça subindo por um canto, onde um buraco no colmo a libertava para o ar. Uma cabra amarrada, pastando na grama à entrada da floresta, levantou a cabeça ao ouvi-las e olhou fixamente para Mary.

— Você mora aqui?

— Moro.

— Achei que esta cabana estivesse abandonada.

Mary podia ouvir o rio, ao longe.

— Eu vivo aqui há uns vinte anos ou mais. Entre, menina. Entre e sente-se perto do fogo.

Mary se agarrou ao batente da porta e pulou para dentro da cabana. Da clareira, o *bothán* parecia inóspito e úmido, mas o cômodo era surpreendentemente aquecido. O chão estava coberto de pedaços de junco verde, que exalavam um cheiro adocicado de limpeza, e uma fogueira de turfa queimava sobre um grande forno, longe da parede. Não havia janela para deixar entrar a luz, mas o fogo brilhando no forno impedia a escuridão total. Mary, olhando para cima, viu um grande número de cruzes de santa Brígida, enegrecidas por anos de fumaça e presas nas vigas por todo o teto baixo. No canto do cômodo havia cestos de palha, alguns cheios de lã velha, por cardar.

— Você é uma *bean leighis*? — perguntou Mary, indicando com um gesto as ervas secas penduradas nas traves grosseiras.

A mulher, à soleira da porta, lavava a lama dos pés e das mãos.

— Você nunca tinha visto uma pessoa com amuletos?

Mary sacudiu a cabeça, a boca seca.

— Sente-se ali naquele banquinho. — A mulher fechou a porta e o lugar escureceu, o fogo lançando longas sombras pelas paredes. — Meu nome é Nance Roche — disse ela. — E você é a criada de Nóra Leahy.

Mary fez uma pausa.

— Sou. Sou Mary Clifford.

— É uma casa infeliz, essa onde você está. — Nance sentou-se perto de Mary. — Nóra Leahy é uma viúva infeliz.

— Todas as viúvas não são infelizes?

Nance riu, e Mary percebeu as gengivas nuas e os poucos dentes presos nelas.

— Nem todo marido morto é pranteado, *cailín*. Nem toda esposa.

— O que aconteceu com os seus dentes?

— Ah, eu tive tempo de sobra para perdê-los quando não havia nada para eles fazerem. Mas vamos lá, deixe-me dar uma olhada em você.

Mary esticou a perna em frente ao fogo, sentindo o calor na sola do pé descalço.

— É o meu tornozelo.

Nance examinou o inchaço, sem tocá-la.

— *Musha*, é isso mesmo. Você vai me deixar curá-lo?

Os olhos de Mary estavam muito abertos, no escuro.

— Vai doer?

— Não mais do que está doendo agora.

Mary fez que sim.

Nance cuspiu na palma das mãos e colocou-as gentilmente sobre o tornozelo.

— Cristo na Cruz. A pata de um cavalo foi deslocada. Ele juntou sangue com sangue, carne com carne, osso com osso. Assim como Ele curou aquilo, que possa Ele curar isto. Amém.

Mary se benzeu, imitando Nance, e, quando o fez, sentiu um leve calor subir pela sua pele, como se estivesse perto demais de uma chama. Mas a dor desapareceu, e ela respirou aliviada. Tentou se levantar, mas Nance esticou um dedo, em sinal de aviso.

— Ainda não. Você precisa de um cataplasma.

Ficou de pé e, enquanto Mary a observava, curiosa, encheu um alguidar lascado com plantas de um cesto coberto por um pano úmido.

— Que ervas são essas? — Mary perguntou.

— Ah, é segredo.

Nance pegou um ovo e quebrou-o com uma batida na borda da tigela, filtrando a clara com os dedos em garra. Quando o ovo se separou, ela deslizou a gema para dentro da boca e engoliu-a.

— Eu vou ter que comer aquilo? — perguntou Mary, apontando para o alguidar.

— Isto é para a sua pele, e não para o seu estômago. Samambaia-real, agrião, urtigas.

— Urtigas?

Mary não conseguiu disfarçar o pânico em sua voz.

— Elas não vão machucá-la. Eu as deixei de molho, e isso tira a maioria dos espinhos.

Nance amassou as plantas com um velho pilão de madeira.

Mary fechou os olhos e reviu os feios vergões nas pernas de Micheál, a mão coberta da viúva descendo as urtigas em sua pele. Aquilo lhe embrulhou o estômago e ela vomitou de repente, o jato fazendo o fogo assobiar.

— Desculpe — ela gaguejou. E vomitou de novo.

Mary sentiu mãos afastando o cabelo do seu rosto e os dedos angulosos de Nance acariciando-lhe os ombros.

— Tudo bem — dizia Nance. — Tudo bem.

Uma caneca de água fria foi levada aos lábios de Mary.

— Me desculpe — ela gaguejou. E cuspiu a bile ácida, sentindo o fedor nas narinas.

— Ai, coitadinha. Você passou por um choque.

— Não é por causa do tornozelo.

O toque da anciã fez Mary se lembrar da mãe. Limpando a boca com as costas da mão, sentiu os restos de espinhos na palma e soluçou.

Nance pegou as mãos de Mary e virou-as, examinando os arranhões. Suas sobrancelhas se uniram.

— Ela está maltratando você?

Houve um longo silêncio.

— Mary Clifford, foi Nóra Leahy quem fez isso em você?

— Não foi em mim — Mary acabou dizendo. — Foi nele. Micheál. Ela está machucando Micheál.

Nance assentiu.

— O menino aleijado.

— Você sabe de Micheál?

Nance soltou as mãos da menina e enrolou-se com firmeza no xale.

— Tenho ouvido muito a respeito dessa criança. Um monte de mexericos.

— Ele não é natural — desabafou Mary. — E ela sabe disso. Ela o esconde! Ela me manda escondê-lo porque morre de medo do que o povo vai dizer dele. Mas todo mundo já sabe, e dizem que ele foi trocado pelos seres encantados e que tudo o que acontece é culpa dele, e ela o está castigando por isso. — Mary sentia as palavras brotar de sua língua. — Ela o açoitou com urtigas. Ela bebe e tem uma expressão no olhar que me deixa apavorada. Estão perdidos, todos os dois. Eu tenho muito medo do que vai acontecer.

Nance segurou firme as mãos doloridas da menina.

— Está tudo bem — acalmou-a. — Agora você me encontrou. Você me encontrou.

Micheál parou finalmente de chorar. Nóra se ofereceu para tirá-lo do abraço apertado de Peg, mas a mulher mais velha apenas a encarou.

— Sente-se aí perto do fogo e respire fundo para ver se bota algum juízo de volta na cabeça.

— Eu queria que Martin estivesse aqui — ela soluçou.

Sentia como se sua alma estivesse sendo pulverizada sob o peso de sua própria infelicidade.

O tom de voz de Peg era inflexível.

— É claro que sim. Mas Martin está com Deus, e você precisa continuar com a sua vida da melhor maneira que puder.

— Eu queria que Martin estivesse aqui — Nóra repetiu. Podia sentir o sangue pulsar no rosto. — E eu queria que fosse Micheál que tivesse morrido.

Peg chupou os dentes.

— Eu levaria Micheál para o cemitério e o enterraria vivo se minha filha voltasse para mim. — Nóra caiu do banquinho, de quatro. — Levaria, sim! — gritou. — Eu queria que Johanna estivesse comigo!

— Chega!

Nóra sentiu dois dedos ásperos apertar seu queixo e puxar sua cabeça para cima.

— Chega! — sibilou Peg. O aperto era firme. — Nóra Leahy, você acha que é a única mãe que perdeu uma filha? Cinco crianças, eu enterrei no *cillín*. Cinco. — Sua voz era calma. — É uma grande desgraça baixar à terra dois caixões num só ano, mas isso não é razão para deixar o coração e a cabeça irem para o espaço nem para ficar gritando e se arrastando pela casa como um homem insensato dominado pela bebida. E não fique falando de assassinato aos gritos, para o vale inteiro ouvir. Não fique ameaçando esta criança com coisas piores do que as que já a atingiram.

Nóra afastou do rosto os dedos de Peg.

— Quem é você para me dizer que forma deve assumir a minha perda?

— Nóra, eu quero ajudar você.

Sons de vozes ecoaram pelo pátio. As mulheres trocaram olhares.

— Quem está aí? — sibilou Nóra.

— É Mary com as folhas de labaça?

— Não é a voz dela.

Nóra ficou de pé e passou a trava na porta. Depois, esperou encostada à parede, a orelha encostada à fenda que havia no batente.

Houve uma batida forte.

— Quem é? — gritou Nóra.

— Nóra Leahy, é melhor você abrir para mim. Tenho aqui a sua Mary, e ela também está num estado deplorável.

Os olhos de Peg se esbugalharam.

— Nance? Em nome de Deus, Nóra, deixe a mulher entrar.

Nóra secou os olhos na manga e tirou a tranca. A luz inundou a cabana.

Nance estava de pé diante dela, os olhos da anciã nadando em seu azul intenso e enevoado. Encolhida de frio, uma cesta de palha num dos braços.

— Você está indo pelo mau caminho — ela murmurou. — Segredos não combinam com você.

Nóra sentiu Nance inspecionar seu rosto manchado de lágrimas, os arranhões no pulso, as unhas roídas até o sabugo.

— O que você está fazendo aqui?

— A sua menina torceu o tornozelo no rio, e eu a encontrei lá. Vim para trazê-la a salvo para casa, mas acho... — Os olhos de Nance foram de Nóra para Peg e o menino em seu colo. — Eu acho, Nóra Leahy, que é você quem precisa mais de mim. — Pousou a mão livre no ombro de Nóra e, tirando-a do caminho, entrou na casa.

Mary seguiu-a, lançando a Nóra um olhar cauteloso ao passar pela porta.

— Você está muito machucada? — perguntou Nóra, apontando o curativo tosco.

A garota sacudiu a cabeça. Nada disse.

— Então esta é a criança espetada. Vamos ver. Deixe-me dar uma olhada nele, Peg O'Shea. O menino escondido. — Nance tirou o capuz da cabeça e pegou duas folhas de labaça da cesta. Afastando a camisola de Micheál, embrulhou-lhe as pernas com as folhas. — Você o marcou como um gato, Nóra Leahy.

— Eu não queria machucá-lo. Eu só queria que ele ficasse bem. — Ela respirou com dificuldade. — Você fez a mesma coisa com Martin. Ele me disse. Você devolveu a vida à mão dele.

Peg passou Micheál para os braços estendidos de Nance. A mulher segurou-o por um instante, estudando o rosto mudo.

— Seu Martin não era igual a esta criança.

Então, Nóra viu o menino como Nance o via. Uma criança irritada e confusa, pesando tanto quanto a neve sobre um galho. Um monte de ossos ondulando com o sopro do vento sobre a água. Cabeça oca. Queixo voluntarioso. Dedinhos que se fechavam à sua frente como se o ar estivesse cheio de assombros e não da fumaça da lareira e sua própria respiração viciada.

Observou Nance passar a ponta de um dos dedos na testa do menino.

O que tinha acontecido? O que sua filha havia feito para perder o filho? Não benzeu o rosto dele com cinzas? Não roeu as unhas dele até que completasse nove semanas de vida? Não polvilhou a boca do bebê com sal nem pôs barras de ferro no berço? Todas as mulheres sabiam como proteger os filhos da abdução. Um galho de aveleira na porta. Jogar leite no chão depois de tropeçar.

Nance deitou Micheál nos juncos a seus pés.

— Ele é muito magro — observou baixinho.

— Eu não o estou matando de fome, se é o que você está dizendo. Ele come sem parar.

— Quietinha. Não é isso que estou dizendo. — Nance olhou-a com expressão gentil. — Mary me disse que você recebeu esta criança quando sua filha morreu, que Deus tenha piedade de sua alma. Ele chegou neste mundo como uma criança normal, ou ele mudou?

— Ele era um menino lindo quando nasceu e nos primeiros dois anos de vida. Mas, quando minha filha adoeceu, ele enfeiou. — Nóra engoliu em seco. — Eles acharam que foram o frio e a fome que fizeram isso. Mas minha filha achou que o menino tinha sido tirado dela. Ela não reconhecia o próprio filho neste menino. Ela pediu... — Nóra respirou fundo. — Ela pediu que ele fosse tirado de casa nos seus últimos dias de vida.

Peg olhou-a com curiosidade.

— Você nunca me disse nada a respeito disso, Nóra.

— Ela não teve culpa — protestou Nóra. — Ela era uma boa mãe.

— Me diga — interrompeu Nance. — Me diga de que modo ele é anormal.

— Você não vê por si mesma? Olhe para ele. Nada nele é normal.

Houve um silêncio pesado. Uma rajada de vento soprou gelo por baixo da porta.

— Ele grita de noite — sussurrou Mary. — Ele não descansa e não para quieto nos meus braços. Ele me chuta e me morde.

— Não há nada da minha família neste menino.

— Pelas chagas de Cristo, Nóra! — Peg apertou as têmporas com os dedos. — Palavra, eu não sei, Nance. Ele não anda. Ele não fala.

— Ele tentou arrancar meu cabelo!

Nance examinou o menino mais de perto.

— Me arranje um barbante, Nóra — disse ela. — Preciso medi-lo.

— Por quê?

— Pode muito bem ser que ele esteja cheio de feitiço ou que tenha sido amaldiçoado.

— Por um mau-olhado? — perguntou Mary.

— Isso. Que alguém tenha lançado nele.

Nóra pegou o tricô e puxou a lã. Cortou um pedaço com os dentes e entregou-o a Nance, que o esticou entre os dedos e levou-o aos dedos dos pés e ao quadril de Micheál com mãos experientes, medindo cada perna. O vento soprava.

— É como eu pensei. Ele não cresceu por igual — disse Nance — e, com certeza, isso pode ser sinal de coisas estranhas.

— Santo Cristo! Nem mesmo o médico de Killarney viu isso.

— Você está querendo uma razão por ele ter mudado, Nóra. Você está querendo uma razão para a anormalidade dele.

O rosto de Nóra se contraiu de dor.

— Eu tenho medo... eu tenho medo de que ele tenha sido trocado.

A anciã esticou o corpo.

— Agora, isso pode ser, e pode não ser. Há como ver se os Bons Amigos só o amaldiçoaram e tiraram o crescimento e o desenvolvimento das pernas dele, ou se...

Nance encostou a mão no tórax do menino. O cabelo de Micheál caía para os lados, e o rosto estava afogueado.

— Ou se o quê? Nance?

— Nóra, os Bons Amigos podem ter atacado o seu neto e feito dele um aleijado, ou pode ser que realmente o tenham levado e deixado este parasita no lugar dele. Esta criatura aqui pode ser um filho dos seres encantados.

Nóra cobriu a boca com a mão, assentindo, cheia de lágrimas.

— Mary, você viu isso. Você viu na primeira vez que botou os pés aqui.

Mary desviou os olhos para o brilho de uma faísca.

— Johanna. Ela devia saber. Uma mãe sempre conhece o próprio filho. — Nóra ofegou, trêmula. — Eu também soube. Quando o vi pela primeira vez. Eu soube porque esperava amá-lo e... Eu achei que havia alguma coisa errada comigo. Que o meu coração... — Ela se agarrou ao xale, furando a malha com os dedos. — Mas isto... isto explica tudo. Não há pecado contra ele no meu coração de pedra.

Peg chupou a gengiva. Estava sentada, expressão inquieta.

— E como nós podemos saber se ele é um d'Eles ou se só está padecendo da maldição dos seres encantados?

— Uma criança substituta não para de comer e nunca cresce. E o silêncio numa criança é a marca da crueldade dos Bons Amigos para conosco, quando foram ofendidos. É pela mudez que podem ser conhecidos. E isso de ele gritar o tempo todo também pode ser um sinal de troca.

— Mas, Nance, com certeza os gritos de uma criança não são um grande sinal de que pertençam a Eles. Se fosse o caso, meus próprios filhos seriam mais encantados do que humanos — retrucou Peg.

Nance lhe lançou um olhar penetrante.

— Mas os seus próprios filhos tiveram o uso das pernas durante a vida inteira, Peg, e até eu, na minha casinha, os ouvia tagarelar ao vento.

— E também há o som do choro dele — acrescentou Mary. — Há alguma coisa estranha.

Nóra fechou os olhos.

— Como o uivo de uma raposa.

Peg pegou o atiçador e revolveu o fogo, cenho franzido. Uma constelação de centelhas subiu no ar.

— Existem maneiras de pedir a um encantado que revele a sua natureza. Para ver se é um parasita — disse Nance.

— Eu ouvi falar dessas maneiras — concordou Nóra, com um tremor na voz. — Pás quentes e carvão em brasa. — Ela sacudiu a cabeça. — Eu não quero matá-lo.

Nance voltou a se sentar sobre os tornozelos e lhe lançou um longo olhar.

— Nóra Leahy, não estamos falando de assassinato. Só de ameaçar o parasita, para mandá-lo embora. Eu traria o seu verdadeiro neto de volta para você.

— Meu irmão me contou que o povo do litoral deixa os parasitas na praia, sob a marca-d'água da maré alta, quando o mar está na baixa. — O rosto de Mary estava branco como leite. — Quando o choro da criança não pode ser mais ouvido, eles sabem que o parasita fugiu. É verdade — ela sussurrou, empalidecendo ainda mais diante da expressão de Peg. — Ele ouviu pessoalmente essa história.

— São muitos os que perderam os filhos para os seres encantados, ao longo dos anos — disse Nance. — Esposas e mães, também. Nóra, você precisa saber que é muitíssimo difícil recuperar alguém levado pelos Bons Amigos. Há quem, em vez disso, escolha cuidar dos parasitas, mesmo que sejam criaturas caprichosas.

Mary assentiu, veemente.

— Foi o que eu ouvi dizer em Annamore. — Sua voz baixou a um sussurro. — É uma vergonha terrível perder um bebê para os seres encantados, mas é melhor cuidar do pequeno ser que eles deixaram para trás e esperar que devolvam a criança um dia.

— Eu queria que Micheál me fosse devolvido — disse Nóra sem rodeios. — Como eu posso amar este aqui quando sei que a criança desejada está com Eles? Quando eu ainda poderia ver o seu rosto?

— Você não viveria com um substituto dele, um encantado?

Uma espécie de calmaria atravessou Nóra. Ela se sentou, perturbada, amassando as roupas, mal respirando.

— Eu não tenho família. Meu marido e minha filha faleceram, Deus se apiede dos dois. Só tenho meus sobrinhos e esta... criatura. Este parasita, se é isso o que ele é. Estão todos falando dele. Dizendo que ele é culpado da morte de Martin, dos presságios que veem, do inverno já ter secado as galinhas e as vacas. E se o que eles dizem é verdade... eu preciso fazer alguma coisa — sussurrou Nóra. — Preciso tentar ter o meu neto de volta.

Nance inclinou a cabeça para um lado.

— Se houve interferência dos seres encantados, Nóra, há uma possibilidade de que sua filha e o filho dela estejam juntos debaixo da colina, no *ráth*, dançando. Estão sendo cuidados e alimentados e sendo felizes juntos. — Ela abanou a mão na direção da porta. — É uma vida mais fácil.

Nóra balançou a cabeça.

— Se eu não posso ter Johanna... Se há uma chance de que eu tenha seu verdadeiro filho, o verdadeiro neto de Martin, em vez disso aí... ah, eu vou ter o verdadeiro filho dela.

O fogo crepitou. Chamas rastejaram pelo que sobrava das brasas. Nance fechou os olhos por um bom tempo, como se de repente exaurida pelo cansaço, e tirou a mão do corpo do menino. Nóra observou quando ele agarrou os dedos que partiam, enterrando as unhas nas costas da mão de Nance. Um minúsculo arranhão se abriu na pele apergaminhada da anciã.

— Pois que assim seja, Nóra Leahy — ela murmurou, olhando para as gotinhas de sangue. — Venha me ver na virada do ano, e então começaremos. Vamos expulsar o ser encantado de dentro dele.

Capítulo Oito
Milefólio

Dezembro se movia devagar. As mulheres cantavam para as vacas sob o céu coberto de nuvens, as vozes subindo em sopros de vapor. Enfiavam as mãos dentro das roupas para aquecer os dedos de encontro à pele e tirar o gelo do seu toque, e ordenhavam os animais com gestos firmes e súplices. Encostavam o rosto no ventre das vacas, cantavam e puxavam o leite, rezando a Deus para que estivesse cheio de manteiga.

Mas o leite escasseava, e, por todo o vale, só muita força e bastante tempo na desnatadeira faziam surgir alguma manteiga no tambor. Quando por fim as vacas não deram mais, as mulheres, aliviadas, pegaram uma bolinha de gordura e untaram com ela as paredes de suas casas. Giraram o pilão três vezes e o puseram atravessado sobre a boca do tambor, e algumas o amarraram com galhos de sorveira-brava. Outras salgaram as tampas de madeira.

À noite, à luz da lua minguante, as mulheres deixavam os bebês nos braços das filhas mais velhas e percorriam a trilha gelada até a encruzilhada, em *cuaird*. Como traças, deixavam-se cair em volta da fogueira da cabana de Áine, rostos brilhando.

— Você já tentou uma ferradura? — perguntava Áine. — Por certo, ele mesmo pode lhe conseguir uma, e, se você a amarrar à desnatadeira, ela vai chamar a manteiga.

— Acredite, só um pedacinho já resolveria.

— Ou três raminhos de milefólio no balde, quando ordenhar.

— E não fique cantando ou bebendo enquanto bate. Nem comece coisa nenhuma com o seu homem. Se vocês ficarem se agarrando, a manteiga não virá nunca.

As mulheres fizeram que sim com a cabeça. Havia seis delas agrupadas, enroscadas em torno do calor da lareira. Esfregavam os pés descalços nas pedras.

— Vocês viram o anel em volta da lua, hoje? — perguntou Biddy.

Houve um murmúrio de concordância.

— Sinal de chuva.

— E toda essa névoa. Nevoeiro na montanha, tempo ruim.

— Isto não é tempo para sair de casa, com certeza.

— Eu tenho visto Nance Roche se arrastando pelos campos pela manhã, tenho mesmo.

Muitos olhos se voltaram para onde Kate Lynch estava encolhida junto ao fogo, braços apertados em volta do corpo.

— O dia nem tinha nascido e ela já está no meio da névoa, andando daqui para lá, indo de vaca em vaca. Amaldiçoando-as. Botando olho gordo nelas.

Sorcha deu um sorriso nervoso.

— Mamãe, aposto que ela só as estava sangrando.

— Sei, ela deve estar ficando morta de fome, agora que o padre Healy pregou contra o povo ir procurá-la em busca de tratamento ou para carpir. De que outro jeito ela vai arrumar comida para pôr na boca?

— Eu a vejo muito por aí — disse Hanna. — Ela percorre o campo ao relento, colhendo ervas ao amanhecer ou ao anoitecer, para os remédios. Ela sabe quais plantas colher, onde e quando, e como conservar o poder da planta. E que mal pode haver se ela também estiver pegando a lã das sarças, se houver alguma? Por certo, eu não veria nada de mais.

— Bem, eu me importo se ela sangrar os animais, Hanna, se é essa a maldade que ela anda tramando, com o inverno enfraquecendo as vacas do jeito que está. — Éilís suspirou. — É verdade, não há manteiga para tirar do leite. Não adianta nada querer desnatar. Se aquela lá anda rastejando pela escuridão com a sua faca, picando o pescoço dos bichos e fervendo seu sangue com aveia roubada, bem, eu acho que isso é coisa que o padre deveria ficar sabendo.

— Ah, é sim, e o guarda também.

— Ela é capaz de nos roubar os olhos — sibilou Kate.

— Ela nunca fez nada contra você, e você fica aí jogando lama no nome dela. — Foi Áine quem falou. Houve um silêncio constrangedor.

Hanna assentiu quando Áine se levantou, o rosto rubro.

— Ela tem razão. Isso é uma desgraça. Aquela mulher doa todo o seu dom do conhecimento, e você tem motivos para acreditar nisso, pois Nance não curou minha própria irmã da febre há poucos meses? Minha própria irmã, doente e suando na cama com uma febre que eu achei que fosse deixá-la morta e fria. E, se não fossem os remédios que aquela *bean feasa* me deu, minha irmã já estaria no cemitério, debaixo de seis palmos de terra.

— Talvez sua irmã fosse ficar boa, com ou sem feitiço.

— Você é uma idiota de achar isso. Nance me deu o remédio numa garrafa e me disse para não ficar olhando para o *ráth* encantado na volta para casa e que fosse direto para perto da minha irmã. Bem, eu fiz o que ela disse, mas, e Deus sabe que não digo mentiras, quando passei por aquele pilriteiro, senti o remédio ser puxado das minhas mãos. Agarrei-o com força e mantive os olhos no chão, mas os Bons Amigos estavam lutando comigo para arrancá-lo. Foi só porque eu não os vi que tive o poder de chegar em casa e ver minha irmã. Fervi a erva e dei a ela três doses da infusão. E naquela mesma noite ela estava fora da cama e dançando ao meu lado.

— Você sempre foi de contar histórias.

Hanna se abespinhou.

— Você não tem respeito pelos mais velhos, Éilís?

— Só estamos rindo um pouco, Hanna — murmurou Sorcha.

O rosto de Éilís se contraiu.

— Eu não estou rindo. Do jeito que vejo as coisas, o padre Healy tem todo o direito de chamá-la de pagã.

Hanna se sentou muito reta, indignada.

— O padre O'Reilly dava crédito aos poderes dela. Ele mesmo ia se consultar com ela. Um padre. Como você também, antes de se casar com aquele seu professor. Eu me lembro de quando a vaca de Patrick ficou doente e ela disse que tinha sido corrente de ar e também encontrou um espinho posto pelo ser encantado no animal. O gelo começou a derreter na cocheira, embora do lado de fora estivesse tudo congelado. Por causa do calor da cura, segundo Patrick.

— O meu homem diz que, se for preciso, o padre Healy vai pregar contra ela em todas as missas.

— Ele vai aprender a mudar de toada — disse Hanna, sombria. — Havia boas razões para o padre O'Reilly defendê-la. É melhor você me ouvir, Éilís. Antes de viver aqui, Nance Roche viveu em muitos outros lugares. Costumavam dizer que ela estava em mais de um lugar ao mesmo tempo, vendendo suas vassouras e seus pigmentos pelas estradas e curando os males daqueles que encontrava. Um dia, ela passou por este vale, andando pela estrada que leva a Macroom, e parou um pouco. Estava dormindo debaixo do tojo, ao ar livre, pobre mulher. Exausta. Então, quem haveria de passar por ela na estrada senão o padre O'Reilly? E, sem sequer olhar para ele, ela disse: "Eu sei que o senhor tem um inchaço na mão e eu lhe digo, padre, que posso curá-lo". Bem, o padre perguntou: "E como seria isso?". E Nance respondeu: "O senhor passou pelo lugar encantado e pegou uma pedra de lá, e a mão inchada é a mesma mão que pegou a pedra". Bem, ela estava certa, e o padre O'Reilly não conseguiu nem falar, de tão surpreso que ficou. Nance continuou: "Agora o senhor já sabe que eu tenho o dom do conhecimento e sei qual o remédio e que não há mal nisso". E o padre O'Reilly, rápido como um chicote, retrucou: "Eu vi que você tem o dom do conhecimento, mas você não me deu nenhum remédio". E Nance disse: "O senhor está pisando nele". E, por certo, o padre olhou para baixo e estava pisando em milefólios. E ele deixou-a curá-lo com o milefólio, e todos nós vimos que a mão inchada do padre ficou curada. E essa foi a razão pela qual, até o dia da sua morte, o padre O'Reilly nunca disse uma única palavra contra Nance, só a elogiou e lhe deu todo o apoio de que foi capaz, inclusive ajudando-a a viver. É por isso que ela tem o *bothán* perto da floresta. Ele mandou construí-lo para ela e foi ela mesma quem escolheu o lugar, porque fica perto dos Bons Amigos e dos que lhe deram o dom do conhecimento. Perto da floresta e das ervas que crescem nela. Perto do encontro das águas. Com certeza, aquele é um lugar para uma mulher sábia, e o que Nance Roche tem é sabedoria.

Ouviu-se a risada de Éilís.

— Vocês ouviram isso? Sua língua não enferruja, Hanna, de tanto que você conta histórias.

— Essa é a verdade dos fatos como eles me foram contados, e quem me contou não era mentiroso.

— Eu nunca ouvi nada sobre o padre O'Reilly pegar uma pedra do *ráth*, se bem que minha mãe me disse que ele tinha reumatismo — argumentou Biddy.

— Por certo, era reumatismo e não havia nenhum feitiço nisso — afirmou Éilís. — Nance é uma velha de miolo mole, e os que acreditam que ela tem o poder de curar também não batem bem.

Hanna mordeu os lábios de raiva.

— Não se pode negar que ela é esquisita, Hanna — arriscou Sorcha, tímida.

— Você já viu alguém que lide com feitiçaria e não seja esquisito? A esquisitice vem com o dom. Não se pode querer que alguém que saiba das coisas que ela sabe vá tomar parte na conversa fiada que vocês têm todas as manhãs no poço. Se a gente for procurar um amigo sem defeito, vai passar a vida procurando um amigo.

— Ah, mas esse dom de que você fala foi dado por Deus ou pelo Diabo?

— Isso não tem nada a ver com o Diabo, Éilís — zombou Hanna. — Isso vem dela se entender com os seres encantados. Não tem nenhum Diabo nessa história!

— O padre Healy diz que seres encantados são para os pagãos e o que não é de Deus é do Diabo.

— Ei, os Bons Amigos são deles mesmos. Pertencem à água, ao solo e ao *ráth*. Diabo! Eles vivem no Piper's Grave com o pilriteiro, e não no Inferno.

— Não deixe que o padre pegue você dizendo isso.

Fez-se silêncio. Hanna sacudiu a cabeça.

— Bem, isso tudo deixou vocês em pé de guerra — observou Áine.

— Vocês não estão vendo que Nance está preparando alguma maldade? O padre a quer fora daqui. Suas palavras são contra ela, e, por certo, ela mal tem o que comer, e a promessa de um ano de fome é culpa dela. E ainda por cima ela agora deu para roubar o lucro do leite?

Kate mordeu o lábio.

— Eu a vi rondando no meio da névoa. Por Deus, há mulheres que se transformam em lebres para chupar leite das vacas durante a noite.

Algumas sobrancelhas se ergueram. Áine revirou os olhos.

— Juro, é verdade, e Deus é minha testemunha. Uma vez, um homem de Cork viu uma lebre mamando na vaca. Chupando, direto do úbere. E ele pegou o revólver e atirou na lebre, com uma bala feita de uma moedinha. Seguiu o rastro do sangue e, claro, encontrou uma velha sentada junto ao fogo, a perna sangrando.

— Uma pena o seu Seán ser tão ruim de pontaria — cochichou Hanna.

Ouviram-se risadinhas.

— Em mim, ele sempre acerta! — gritou Kate.

As mulheres se entreolharam, abafando o riso.

— Kate, você não... você e Seán. Vocês não estão se entendendo?

Kate ficou vermelha, olhos fixos no fogo diante delas. Não respondeu.

— Então é verdade? Ele anda batendo em você outra vez? — Foi Hanna quem falou.

— Kate?

Kate deu de ombros, trincando os dentes.

— Para o Diabo, vocês todas — murmurou.

O sorriso de zombaria abandonou o rosto de Áine. Ela se levantou e deu um tapinha no ombro de Kate.

— As vacas vão voltar a dar manteiga. Você vai ver.

— O que vamos fazer? — Kate sussurrou para si mesma, livrando-se da mão de Áine. — O que vamos fazer?

— Não pode chover para sempre. Assim que elas pastarem, voltarão a dar leite gordo.

As mulheres se juntaram em volta do fogo, trocando olhares. Lá fora, o vento, faminto, uivava.

A brancura macia dos campos derreteu, transformando-se em lama e grama morta, e com isso o vale escureceu. Chovia sem parar, e as pessoas ficavam junto às lareiras fumegantes e às intermitentes goteiras dos telhados de sapê. Murmuravam "Um Natal verde deixa o cemitério cheio", acendiam velas e pediam à Virgem que as livrasse das doenças do inverno.

Nance ficou dentro de sua cabana durante todo o dia santo, passando as horas quietas e chuvosas cortando vassouras junto ao fogo e tingindo os tufos de lã que retirava de espinhos e sarças e cardava para usar. Ver aquela criança trocada, aquele fenômeno ossudo e espancado com urtigas na cabana de Nóra Leahy, enchera sua mente de inquietação. Revolvera brasas de lembranças que imaginava mortas havia muito tempo. Coisas que gostaria de esquecer.

Nance parou de trabalhar para esticar os dedos e examinar a panela de mingau que fervia no fogo. Naquela manhã, ao acordar, encontrou turfa e um saco de farinha amarela na soleira de sua porta, protegido da chuva por um quadrado de oleado. Não houve batidas à porta por parte de quem deixou as sacolas, embora Nance suspeitasse da silenciosa generosidade de Peter O'Connor e seus hábitos de bondade discreta, sem alarde. Ou os presentes poderiam ser um gesto de gratidão de alguém que a tivesse procurado havia pouco tempo com o inverno incrustado no pulmão, um daqueles que continuavam a levar até ela suas queixas, apesar dos avisos do padre. A procissão de doenças à sua porta minguara desde que o padre Healy havia feito o sermão contra ela. Com certeza a preocupação de seus pacientes com suas almas era agora maior do que a angústia por causa das mãos rachadas ou da febre atacando seus filhos.

Seus dias se esvaziaram. Isso fazia Nance se lembrar de quando tinha fugido de Killarney pela primeira vez e, em sua dor, ido para os cantos silenciosos de rocha e charneca. Quando escalava paredes de pedra seca, andava pelos campos e dormia junto ao fogo de estranhos. Aqueles anos duros de muita fome depois da morte do pai e do desaparecimento da mãe e de Maggie. Longos anos de andanças sem rumo por todas as estradas entre Killorglin e Kenmare, de defumar coelhos em viveiros e esperar por eles com mãos rápidas, de envenenar rios com trovisco e, ao cair da noite, recolher os corpos dos peixes mortos que subiam à tona. De vender vassouras, de vender corantes de brotos de amieiro, amora e bétula. Murta do pântano para amarelo. Verde-escuro da raiz da urze. Juntando fel para os professores, alguns tão pobres quanto ela, para que pudessem fazer tinta. Nance das Ervas, era como a chamavam, Nance dos Encantados. E ela fez o melhor que pôde, até que os dentes começaram a cair de sua boca e quando, em algumas manhãs, acordava debaixo das sebes, os ossos doendo, sem saber se conseguiria enfrentar outro dia andando com fome, andando com frio ou debaixo de sol, andando com sede.

A dor e o medo tinham-na tirado da montanha Mangerton, mas a fome chamou-a de volta. Sempre há meios de sobreviver à custa dos turistas de Killarney, sabendo como fazer.

Nance não se lembrava de como havia começado a esmolar, mas se lembrava de como era tedioso. Dez anos assediando as estalagens, jogando-se em cima das diligências no instante em que paravam, bloqueando portas de lojas quando os donos estivessem ocupados e não pudessem se livrar dela com pontapés e ameaças.

— Ah, minha senhora, olhe para os pobres que não podem olhá-la. Que o paraíso seja seu leito e, se nos der alguma coisa, que as bênçãos a acompanhem pelo caminho. Ah, ajude esta pobre criatura que tem o coração morto de fome. Caridade, pelo amor de Deus.

Nance estremeceu. Foi boa coisa sair outra vez daquela cidade. Foi boa coisa ter ouvido o chamado dos Bons Amigos para o vale e para o padre que a protegeu, que viu o toque dos seres encantados em suas habilidades e a deixou pousar as mãos aduncas em sua própria carne enferma.

Esperava jamais voltar a Killarney.

Mesmo com toda a aceitação do padre O'Reilly, levou tempo até que as pessoas atravessassem a porta de Nance. Construíram o *bothán* para ela e deixaram-na lá. Semanas se passaram sem visitas, e ela achou que ia enlouquecer de solidão depois do barulho e das multidões da cidade. Mais moça, naquela época, escalava as encostas nuas das rochas para encontrar companhia nas nuvens que pairavam sobre as colinas. Lá, na presença de algo antigo e imutável, encontrava consolo. Podia ficar de cócoras na relva batida pelo vento, desencavar pedras do chão e jogá-las nos colonos desconfiados e com medo de qualquer mulher que não estivesse atrelada a um homem ou uma lareira. Ali, no alto da montanha, sua característica especial — mesmo com aquele grande peso, aquela dor aguda e insistente em seu coração — era, diante de tão indiscutível beleza, uma pequena e passageira sombra numa história maior.

Aqueles dias nas montanhas impediram que enlouquecesse de solidão. Escalava até que o fôlego se esgotasse em seus pulmões e observava a chuva varrer o vale com seu véu lento e cinzento, ou o sol despejar sua benevolência pelos campos. E compreendeu, então, as palavras de Maggie. A solidão, sua característica especial, lhe daria a liberdade.

Mas aqueles eram anos mais jovens, e agora Nance sentia a idade como uma pedra pendurada no pescoço. Na ausência de companhia, sem a distração de furúnculos, reumatismo, acessos de tosse ou ferimentos de difícil cicatrização, o passado se avolumava ao seu redor como uma onda, e não havia como recuar para terras mais altas. Não havia como fugir do lento fluxo das lembranças que se aproximavam. Era uma velha condenada a se sentar junto ao fogo, ossos cantando conforme o clima.

Nance cardava a lã roubada, e sua mente era invadida pelo pai e por seu cheiro de couro e ervas ribeirinhas. A madeira do barco rangendo, suas histórias do chefe O'Donoghue saindo dos lagos nas manhãs de maio. Tentou se lembrar do peso da mão dele em seu ombro.

Mas fazia tanto tempo... E como sempre, quando pensava no pai, vinham também à tona recordações sombrias e indesejadas da mãe.

Nance quase podia ver aquele rosto pálido, pairando sobre ela como a lua à meia-noite.

Mary Roche Maluca.

Quase podia ouvir de novo a voz da mãe.

— Eles estão aqui.

Dentes à mostra. Cabelo despenteado caído no rosto. A mãe à sua espera junto à porta da cabana enquanto ela se vestia. Em silêncio, para não perturbar o pai. A mãe guiando-a noite adentro.

Nance lutando para acompanhar as longas passadas da mãe. Saindo do pequeno pátio ao lado da cabana, atravessando a horta de batatas, descendo a trilha onde as outras cabanas de cocheiros, barqueiros e meninas vendedoras de morangos se amontoavam no bairro pobre, absorvidas pelo cenário noturno ao pé da montanha Mangerton.

Dez anos de idade e cheia de medo, seguindo as costas escuras da mãe por entre os troncos finos e prateados dos vidoeiros e pelos galhos espalhados dos carvalhos.

— Mamãe, aonde estamos indo?

A água de repente à sua frente, ondulando uma fina camada de névoa. Os lagos dirigindo seu espelho negro para o céu, segurando a lua e as estrelas, até que o repentino bater de asas de um pato nos caniços perturbasse a água e a noite refletida se enrugasse. Como os lagos a deixaram sem fôlego com sua beleza. Fitar sua superfície prateada naquela primeira noite tinha sido como se deparar com uma rara visão de santidade. Encheu-a de terror.

Sua mãe parando. Virando-se. Os olhos de repente esbugalhados de medo, como um porco que vê a faca.

— Eles estão aqui?

— Quem está aqui?

— Você não Os vê?

— Não vejo nada.

— Você não vai vê-Los lá. — Uma mão gelada em seu peito. — Aqui. Você vai vê-Los aqui.

Aquela primeira noite na floresta junto ao lago. Chorando, encolhendo-se num nicho da rocha coberta de musgo, vendo a mãe correr de árvore em árvore, falando sozinha, rabiscando símbolos no chão.

O pai sentado perto do fogo quando elas voltaram ao amanhecer, cabeça entre as mãos. Pegando Nance, abraçando-a até lhe tirar o ar dos pulmões. Acariciando seu rosto sujo quando a pôs na cama.

— Por favor, Mary.

Vozes no tremor da manhã que nascia.

— As pessoas vão dizer que você anda delirando.

— Eu não queria fazer aquilo.

— Eu sei.

— Eu não sou eu. Eu estive em outro lugar.

— Você está aqui agora.

Pálpebras pesadas, vendo-o tirar folhas do cabelo da mãe com seus dedos calejados.

— Estou? Eu estou aqui? Eu sou eu mesma?

— Você é a minha Mary Roche.

— Eu não sei. Eu não sinto que sou eu mesma.

— Mary...

— Não deixe Eles me levarem de novo.

— Não deixo. Não deixo.

Foi então que tudo começou? Foi então que Nance começou a perceber que existiam limiares estranhos no mundo, portais entre o que era conhecido e tudo o que havia além? Naquela noite, aos dez anos, ela compreendeu, por fim, a razão pela qual as pessoas tinham medo do escuro. Ele era uma porta aberta, e você poderia passar por ela e ser transformado. Ser tocado e modificado.

Antes, Nance amava a floresta. Durante o dia, à espera dos turistas, com latas de leite e *poitín*, a chuva da manhã deixava o musgo vivo sob os pés e as folhas lançavam sua sombra mosqueada sobre o barro, as pedras e a relva. Passarinhos se agitavam sobre as urzes carregadas de frutos. A visão do chão da floresta atapetado de bolotas a enchia de felicidade. Mas depois compreendeu que a floresta mudava com o crepúsculo; que se tornava intolerante para com estranhos. Os pássaros paravam de chilrear e fechavam os olhos à escuridão, e a raposa começava a procurar sangue. Os Bons Amigos queriam as sombras escuras só para eles.

Tantos anos passados e o tempo se alongando até desbastá-la, e Nance ainda se lembrava daquela noite na floresta e das noites que se seguiram. Acordar sacudida por uma mãe já meio fora de si, arrastada para a floresta onde os ramos estalavam sem serem vistos e ela engasgava de medo até a urina descer por suas pernas.

Já estava mais velha quando o pai começou a bloquear a porta à noite, prendendo a tranca com cordas. Ela o ajudava. Achavam que assim poderiam impedir a mãe de sair. Poderiam impedir o brilho selvagem em seus olhos, impedir sua transgressão. Mas mesmo assim a mãe era levada — para o vento, com as luzes —, e aquela estranha mulher deixada trancada na cabana, arranhando as paredes e o chão de terra até as unhas quebrarem e sangrarem, não era Mary

Roche. A mulher que Eles deixavam em seu lugar era uma cópia que jogava a comida na parede e não comia, não reconhecia Nance e lutava com seu pai quando ele queria mantê-la a salvo na cama.

— Eu sinto falta da mamãe — sussurrou Nance uma vez, quando a mulher que não era mais a sua mãe estava dormindo.

— Eu também. — A voz do pai era branda.

— Por que ela não me reconhece?

— Sua mãe está em outro lugar.

— Ela está ali. Está dormindo.

— Não, não está. Sua mamãe está em outro lugar. Com os Bons Amigos. — Sua voz falhou.

— Ela vai voltar?

O pai encolheu os ombros.

— Eu não sei.

— Quem é a mulher que está ali?

— Alguma coisa que Eles deixaram aqui. Um truque. Eles quiseram nos enganar.

— Mas ela é igual à mamãe.

A expressão em seus olhos era a mesma que Nance viu muitas vezes nos olhos de outros homens, nos anos que se seguiram. O brilho de um homem desesperado.

— É, ela é igual à mamãe. Mas não é ela. Ela foi trocada.

O que teria acontecido se sua mãe nunca tivesse ido para Eles? Se Nance tivesse podido se casar com o filho de um cocheiro, vivido por toda a vida entre as pessoas da sua infância? Se não tivessem precisado de Maggie? Se Maggie nunca tivesse chegado por causa de uma crise e apontado as diferenças que havia nela.

Com a mãe levada embora, Nance cresceu convivendo com sua ausência e chegou então à casa uma mulher alta, rosto marcado por uma longa mancha púrpura, como uma queimadura de ferro em brasa. Mesmo nas ruas de Killarney, em que abundavam crianças com o rosto esburacado pela varíola e homens que traziam nas maçãs do rosto os sinais de uma vida dura, a aparência da mulher era desagradável.

— Esta é sua tia, Nance. Ela trouxe você a este mundo.

A mulher ficou imóvel, examinando-a do alto.

— Você cresceu.

— Eu não sou mais criança.

— Maggie veio para trazer sua mãe de volta do lugar para onde ela foi levada.

Nance olhou para o amontoado escuro deitado no canto da cabana.

— Aquilo não é a sua mãe. Não é ela, ali. — A voz de Maggie era solene. Profunda.

— Como você vai trazê-la de volta?

Sua tia andou devagar até ela e se inclinou até seus rostos ficarem nivelados. Nance viu que, bem de perto, a pele na mancha era fina, como uma cicatriz.

— Você está vendo esta mancha que eu tenho, não está?

Nance fez que sim.

— Você sabe dos Bons Amigos?

Sim. Nance sabia dos Bons Amigos. Ela Os tinha sentido na floresta, perto do lago, onde a mãe se entregou a Eles. Onde ela, quando criança, se enroscou num ninho de raízes expostas, onde o luar fez o mundo parecer estranho e o ar estava denso, ocupado.

A tia sorriu, e no mesmo instante o medo de Nance a abandonou. Ela olhou dentro dos olhos cinzentos da mulher e viu que eram claros e gentis. E, sem pensar, ergueu um dedo para tocar a cicatriz.

Querida e misteriosa Maggie. Desde aquele primeiro dia, quando cortaram samambaias para sua cama, Maggie começou a lhe mostrar como o mundo era entretecido. Como nada vivia isolado. Deus em pessoa assinava os talos das folhas. O mundo vivia em secreta harmonia consigo mesmo. As flores de mostarda eram amarelas para indicar que curavam icterícia. Havia poder em locais nos quais a paisagem se deparava com seu próprio poder, no encontro dos cursos d'água ou no cadinho de montanhas. Havia força em tudo o que era novo: no colostro, no orvalho da manhã. Foi com Maggie que Nance aprendeu o poder de uma faca de cabo preto, da escura e rugosa mistura de cocô de galinha e urina, da peça de roupa usada sobre a pele. Foi Maggie quem — naqueles anos em que lutavam pela volta de sua mãe — lhe mostrou não só que ervas e plantas cortar, mas quando e quais puxar com a mão e em quais usar uma faca, e quais eram tornadas mais fortes pelas pegadas úmidas deixadas pelos santos quando, nos dias consagrados, caminhavam ao cair da noite, abençoando o chão sob seus pés.

— Há mundos além do nosso com os quais precisamos partilhar esta terra — lhe disse Maggie. — E há ocasiões em que interferem um no outro. Sua mãe não cometeu pecado algum para ser levada. Não se zangue com ela por não estar aqui.

— Você vai curá-la?

— Vou fazer tudo o que puder com tudo o que tenho, mas compreender os Bons Amigos é saber que eles não serão compreendidos.

Todas as outras famílias tinham um pouco de medo de Maggie. Seu pai, também. Havia na tia uma presença, uma calmaria como a que precede uma tempestade, quando as formigas correm para a terra e os pássaros encontram abrigo e param de cantar para esperar a chuva. Ninguém ousava falar mal dela, de medo que ela soubesse lançar maldições.

— Ela é esquisita — diziam. Aquela Maggie Maluca. A que sabe das coisas.

— Eu nunca amaldiçoei ninguém na minha vida — disse uma vez Maggie a Nance. — Mas não faz mal algum deixar o povo achar que sabemos como fazer.

Seu olhar ficou mais intenso.

— As pessoas não recorrerão a mim se não me respeitarem, se não tiverem medo de mim, só um pouco. Ah, há maldições que podem ser lançadas, tenha certeza. Mas não valem a pena. *Piseógs*[*] são chamas que queimam o rosto de quem as acende. Com o tempo, uma maldição sempre volta.

— Você conhece feitiçaria, Maggie? Você não faz *piseógs*, faz?

Aquele brilho nos olhos. O lento traçado da mancha púrpura em seu rosto.

— Seja como for, eu nunca afirmo isso aos que me procuram.

E as pessoas a procuraram. Apesar de sua marca estranha, apesar de ela fumar cachimbo, de suas mãos masculinas e da maneira fria com que olhava para os outros por mais tempo do que seria confortável, decidiram que ela tinha poderes e a procuraram. Por todo aquele longo ano a porta seria aberta para rostos que aguardavam no frio, rostos esperançosos embrulhados em xales, aprovando a visão das costas amplas de Maggie.

Perguntavam "A que tem o dom do conhecimento está em casa?", e era tarefa de Nance recebê-los à porta e fazer em voz alta perguntas sobre suas aflições, para que Maggie, cumprimentando-os com o cenho fechado, cachimbo aceso na boca, pudesse saber alguma coisa a respeito do que deveria tratar e surpreendê-los com previsões.

* Feitiços ou maldições — em irlandês no original. (N. T.)

O pai não ficava em casa quando Maggie recebia suas visitas. Sua mulher estava ausente, e sua casa lotada. Ele passava longas horas com seu barco e com os outros barqueiros, voltando para casa para consumir o *poitín* ofertado a Maggie em agradecimento pelo zimbro, pelas fezes de ovelha fervidas em leite novo, pelo ranúnculo esfregado em bolhas, pelas meias de lã cheias de sal quente.

— Cuide de não deixar Nance perto demais daqueles que vêm — ele disse. — Estão cheios de doenças.

— Ela está aprendendo depressa — disse Maggie. — Ela tem jeito para a coisa. Não é verdade, Nance?

— Que cheiro é esse?

— Raiz do riso. Íris fedorenta — murmurou Nance.

Maggie apontou para a garrafa.

— Não beba demais. Esta bebida é poderosa e põe tudo por água abaixo.

— Ah, eu sei, eu sei. "Beber faz você atirar no dono das terras."

— Pior do que isso, faz você errar o alvo — ralhou Maggie.

Os dias santos se foram, e Nance continuou perto do fogo. Não foi assistir à missa e ninguém foi procurá-la, com as palavras do padre ainda tão recentes em seus ouvidos. Ela se perguntava o que ele teria dito a seu respeito.

Só os garotos das cambaxirras, rosto oculto atrás de máscaras de fios de palha, aventuravam-se pelos campos escuros perto de sua cabana no dia de santo Estêvão, batendo seus *bodhráns** de pele de cachorro curtida. Ela os viu marchar sobre os campos meados, carregando num galho de azevinho o corpo de penas molhadas do pássaro morto. Seu canto ecoava no vento invernal: "Seja bem ligeiro e não faça mais birra, dê logo um dinheiro pra enterrar a cambaxirra".

Os garotos da cambaxirra não chegavam perto de sua cabana para pedir esmola ou trocados. Nunca. Nance sabia que a maioria das crianças tinha medo dela. Imaginava que era agora o que Maggie tinha sido para as crianças de Mangerton. Uma *cailleach* escondida na caverna em forma de cabana, capaz de lançar maldições com cuspe e cocô de galinha.

Nos primeiros tempos, quando Nance sabia que acreditavam em seus poderes mas não sabiam do que se tratava, o povo do vale a procurava para fazer

* Tambores — em irlandês no original. (N. T.)

trabalhos de maldade contra os outros. *Piseógs*. Numa manhã nevoenta, ela abriu a porta para uma mulher com o olho roxo, um dente mole na gengiva e vomitando palavras cheias de medo. Levava dinheiro para Nance.

Kate Lynch. Bem mais moça. Apavorada. Furiosa.

— Eu quero que ele morra — disse ela, tirando do rosto os cachos engordurados e mostrando a Nance o brilho da moeda na mão suada.

— Você vem se sentar aqui comigo? — convidou Nance. E, quando Kate lhe agarrou a mão e depositou a moeda em sua palma, Nance deixou-a cair no chão. — Sente-se — disse, enquanto a mulher lhe lançava um olhar de perplexidade e ia atrás do dinheiro que rolava. — Sente-se e fale.

— Por que você a deixou cair? — perguntou Kate, de joelhos. — É dinheiro bom, dos ovos. Eu mesma o ganhei. É honesto, não foi roubado. Eu o ganhei com minhas próprias galinhas, então não é dele. Eu o escondi dele.

— Eu não posso ficar com o seu dinheiro.

A mulher a encarou, o queixo caído no rosto pálido.

— Não vou aceitar pagamento em dinheiro. Eu perderia meu dom.

O entendimento desfez os sulcos na testa de Kate. Ela contou as moedas e, satisfeita, deslizou-as para dentro do bolso.

— Então você tem o dom.

— Eu tenho o poder da cura. E o dom do conhecimento.

— O tipo de conhecimento que enterraria um homem mau?

Nance, com a cabeça, indicou o hematoma em Kate.

— É maldade o que vejo aí?

— Você não sabe nem da metade.

Kate tinha mordido o lábio e então, de repente, antes que Nance pudesse impedi-la, despiu-se, rasgando as roupas de fora e erguendo a de baixo para revelar um corpo espancado.

— Seu marido?

— Com certeza não foi um tombo.

E puxou as roupas de volta, o rosto tenso de determinação.

— Eu quero me livrar dele. Você pode fazer isso. Eu sei que pode. Estão dizendo que você tem um pacto com Eles que fazem essas coisas e que você é poderosa.

E abaixou a voz.

— Eu quero que você o amaldiçoe.

— Mesmo que eu quisesse, eu não sei como.

— Eu não acredito em você. Eu sei que você não é do vale, mas eu poderia mostrar um poço abençoado. Onde você poderia andar contra o sol. Onde poderia virar as pedras contra ele.

— Um feitiço de maldade não faz bem a quem o lança.

— Eu mesma faria, mas eu não tenho capacidade. Veja. — A mulher dobrou o corpo, levantou a bainha da saia e, com os dedos em garra, revelou o leve brilho de uma agulha. — Todos os dias eu a enfio nas minhas roupas para me proteger dele. Todas as noites eu acordo e aponto o buraco para aquele maldito coração dele. Para lhe dar má sorte. — Ela sacudiu a agulha diante do rosto de Nance. — Mas não adianta nada. Você tem que me ajudar.

Nance levantou as mãos, guiando a agulha para longe.

— Agora me escute. Calada. Maldições entram numa casa para ficar. Você não vai querer lançar maldições no seu homem, não importa quanto ele a espanque.

Kate sacudiu a cabeça.

— Ele vai me matar. Não é pecado, se ele está querendo me matar.

— Há outras coisas que você poderia fazer. Você poderia deixá-lo.

Kate deu uma gargalhada.

— E amontoar todos os meus filhos nas costas, levá-los para a estrada e alimentá-los com cogumelos e *praiseach*?

— Longa solidão é melhor do que má companhia.

— Eu quero que ele morra. Não, eu quero que ele sofra. Quero que ele sofra como eu tenho sofrido. Quero que o corpo dele apodreça, quero que ele fique doente e quero que ele acorde de manhã e cuspa sangue como eu já cuspi.

— Eu vou lhe dar malva para os machucados.

— Você não vai lançar uma maldição nele?

— Não, não vou.

Kate afundou no banquinho.

— Então você precisa me dizer o que *eu* posso fazer para amaldiçoá-lo. Diga-me como posso fazer um *piseóg*. — Seu rosto se contorceu. — Eu já andei pelo poço. Já revirei aquelas pedras de feitiço no crepúsculo. Já apontei minha agulha para o peito dele e rezei a Deus para que ele fosse condenado. Mas nada acontece. Nada. Ele continua firme. Ele me espanca.

— Eu não posso ensinar.

— Mas você sabe como. E há outras maneiras. Eu sei que há. Mas ninguém vai me dizer. — A voz dela falhava. — Me diga como lançar um *piseóg* em cima dele, ou faça você mesma. Ou eu vou virar as pedras contra você.

Capítulo Nove
Erva-férrea

A véspera do novo ano devolveu a neve aos campos em rodopios de vento, os flocos se agarrando ao colmo e varrendo as fachadas, escondendo os respingos de lama e as marcas úmidas do bolor que manchavam a caiação.

Nóra, de sua roca, continuava a olhar para onde Micheál dormia na cama de armar, estremecendo como um cão.

— Você acha que está na hora, Mary?

A criada ergueu os olhos de onde estava enrolando devagar a lã e espiou para a faixa de luz que entrava pela folha da porta entreaberta.

— Acho que ainda não é o crepúsculo. Ela disse que seria no crepúsculo.

— Achei que já estivesse escurecendo.

— Ainda não. Talvez a gente deva esperar a volta das galinhas. As galinhas marcam as horas.

— É, eu sei disso — retrucou Nóra, limpando no avental os dedos irritados. — Você apanhou a erva? Onde está?

Mary, com as mãos ocupadas, indicou com a cabeça o ramo de hortelã no canto da sala, as folhas um pouco murchas.

— São irregulares. Onde você as colheu?

— No poço.

— Alguém viu você? As mulheres estavam lá? Éilís? Que Deus nos livre de Kate Lynch ter visto. Vai gritar que é coisa do Diabo.

— Ninguém estava lá.

— Não entendo por que Nance Roche não cortou ela mesma a hortelã.

Mary deu de ombros.

— Talvez não tenha hortelã na floresta. Ela é velha. É preciso andar muito, só para colher algumas ervas.

Nóra fez uma careta.

— Velha ou não, ninguém segura aquela ali. — E hesitou. — Ela disse se havia perigo em colhê-la?

— Não se eu a cortasse em nome da Trindade. — Mary olhou para Micheál, que se esticava, a mão subindo no ar e caindo de volta atrás da cabeça. — Eu abençoei a hortelã antes de encostar a lâmina.

Nóra apertou os lábios.

— Eu não entendo. Hortelã. Hortelã é bom para pulgas e traças. Como hortelã vai trazer uma criança de volta lá d'Eles?

— Eu sempre amarrava hortelã em volta dos pulsos de meus irmãos e minhas irmãs — disse Mary.

— E para quê?

— Afastar as doenças.

— E funcionava?

Mary balançou a cabeça, olhos fixos na lã à sua frente.

— Dois estão com Deus.

A expressão feroz de Nóra se enterneceu, e ela baixou os olhos para a roca.

— Meus sentimentos.

— Foi a vontade de Deus, mas Ele demorou muito tempo para levá-los.

— Eles sofreram?

— Tossiam o dia todo e a noite inteira. Desistiam da vida, uma tosse de cada vez. Mas agora estão com os anjos.

Houve um longo silêncio. Nóra olhou para a menina e viu que ela trincava os dentes, o queixo tremendo com fúria sob a pele.

— Mas você tem muitos outros irmãos e irmãs.

Mary fungou.

— Tenho.

— Minha filha era a única que eu tinha — disse Nóra. — Sua morte foi uma grande perda para mim. Eu perdi meus pais, minha irmã e meu marido, mas é de Johanna que...

Olhou para Mary e, de repente incapaz de falar, pôs o punho fechado sobre o peito.

O rosto da criada era impenetrável.

— Ela era sua filha — comentou ela, tristonha.

— Era.

— Você a amava.

— A primeira vez que eu vi Johanna... — A voz de Nóra estava embargada. Ela queria dizer que, com o nascimento de Johanna, tinha sentido um amor tão intenso que dava medo. Que o mundo tinha se aberto e sua filha era a essência em seu âmago. — É. Eu a amava.

— Como eu amava as minhas irmãs.

Nóra sacudiu a cabeça.

— É mais do que amor. Um dia você vai saber. Ser mãe é ter o coração arrancado e colocado dentro do filho.

O vento gemeu lá fora.

— Talvez eu vá acender a vela agora. Só por desencargo.

Nóra se levantou e fechou a porta, depois vedou a janela com palha, para impedir as correntes de ar. A sala ficou na penumbra. O fogo subiu. Enxugando os olhos, Nóra acendeu uma vela e colocou-a sobre a mesa para proteger a casa da noite que chegava com seu enxame invisível de espíritos. A chama estremeceu no pavio.

— Você pegou água quando esteve no poço ou a hortelã foi tudo o que trouxe?

— Só a hortelã — Mary respondeu.

Nóra franziu a testa.

— E o que você vai nos dar de beber amanhã, quando chegar o Ano-Novo?

Mary pareceu confusa.

— Vou voltar ao poço. Como faço todas as manhãs.

— Não vai, não. Eu não vou ter ninguém que dorme sob este teto indo ao poço pegar água no primeiro dia do novo ano. Vocês não se protegem lá em Annamore?

— Eu pego água do mesmo jeito que sempre.

Nóra empurrou a vela para um lado e puxou um saquinho cheio de farinha.

— Vou dizer como é. Amanhã as cinzas não serão jogadas fora. A água dos pés, deixe como estiver. Do nascer ao pôr do sol, não se tira nada de dentro desta casa. E você também não vai varrer o chão nem toda a sorte da casa.

Mary se levantou.

— Que mal há em ir ao poço?

Nóra fez uma careta, juntou leite, água e soda à farinha, misturando grosseiramente com a mão.

— Nada de bom vem de tirar a primeira água de um poço no dia de Ano-Novo, e isso é tudo o que eu sei. Não fique questionando os velhos hábitos. — Ela lançou um olhar ansioso para o menino adormecido. — Sobretudo não agora.

As duas mulheres ficaram em silêncio enquanto o pão do Ano-Novo era assado. Nóra se movia entre a porta, a lareira e o pão na tigela, prestando atenção ao lento declínio da luz lá fora, enquanto Mary acordava o menino e o embrulhava no cobertor para a caminhada que viria. Nóra beliscou o pão já assado, quebrando uma ponta para deixar o Diabo de fora, e todos o comeram perto do fogo, Mary amaciando a casca com leite e enfiando pedaços úmidos na boca do menino. Ele comia com voracidade, mordendo-lhe os dedos. Seus gritos pedindo mais continuaram depois que o pão tinha acabado.

— Sempre faminto, nunca satisfeito — bufou Nóra. — Não foi disso que Nance falou? A marca dos parasitas?

— Há uma fogueira na montanha — disse Mary, lambendo o polegar e tirando as migalhas da roupa. — Eu vi alguns rapazes empilhando tojo, magriça e galhos mortos por lá hoje de manhã. Você acha que vai ter dança?

Nóra cutucou os dentes com uma unha.

— Você tem que ir comigo à casa de Nance. Eu não pago para você ir dançar.

Mary olhou para o menino.

— Você acha que os Bons Amigos estão por aqui?

— Foi o que Nance disse. Assim como o dia se junta à noite, os anos também se emendam. — Nóra se levantou e abriu meia porta, espiando o vale. — E é quando Eles vêm. É quando mudam de morada. Na emenda dos anos. De que lado você acha que este vento está soprando?

A luz desaparecia. Para além dos mantos da neve que caía rápido, podia-se ver na colina o brilho de uma fogueira. Uma faixa escura subia dela, perfumando o ar com o cheiro inebriante da fumaça de madeira.

Mary se juntou a Nóra na porta, Micheál no colo, a cabeça descansando em seu ombro. Estava estranhamente quieto.

— Acho que está vindo do oeste. Vamos ter tempestade?

Nóra sacudiu dos ombros a neve que derretia e fechou depressa a porta, deslizando um ferrolho de madeira para dentro do vime.

— Dizem que há presságios na direção de um vento de Ano-Novo.

— O que traz um vento que vem do oeste?

— Por favor, Deus, um ano melhor do que o último.

Nance sentou-se na escuridão de sua cabana e, pela porta aberta, observou o ano que morria sucumbir à neve. A noite caía santificada, como se a glória de Deus estivesse na mudança da luz. Embrulhada no xale maltrapilho, sentia o silêncio tocar em seus ouvidos tão alto quanto o sino de um monastério.

Começariam naquela noite. As curas. As súplicas misteriosas. A remoção de magia antiga.

Nance sentiu a insidiosa ferroada do terror.

O menino não era a primeira criança que tinha visto com a marca dos Bons Amigos. Quando era nova no vale, depois de anos esmolando no frio, muito depois de Maggie e a mulher que não era sua mãe terem partido, uma mulher chegou à sua porta, arrastando uma criança pequena e encolhida. A menina, de cinco anos, não sorria desde o verão anterior e, enquanto antes cochichava com os irmãos e irmãs, agora se recusava a pronunciar qualquer palavra. A mãe torcia as mãos, beliscava a pele rachada entre os dedos.

— Ela não responde quando a chamamos pelo nome. Não se interessa em brincar. Nem em ir a lugar nenhum. Nem em me ajudar. E nossa casa está cheia de brigas.

Nance examinou com cuidado a mudinha. Era uma criança miúda, como um passarinho caído, joelhos cinzentos da poeira da estrada. Ficou sentada quieta, olhando-as sem expressão, ombros encolhidos.

— Quando começou? Aconteceu alguma coisa com ela?

A mulher balançou a cabeça.

— Eu me culpo. Eu a deixei com as irmãs mais velhas. Eu precisava ir buscar feno... Ela mudou. No fundo do meu coração, eu sinto que ela não é a minha filha. Ela não reage ao próprio nome.

A mulher disse que tinha deixado a menina na encruzilhada para resgatar sua própria filha da custódia dos seres encantados. Não tinha tido coragem, confessou, de segurá-la em cima do fogo, porque ela se parecia com sua própria filha. A mãe a amarrou ao mourão, mas ela deu um jeito de escapar e voltou para casa. Foi para a cama, no lugar da sua filha. O marido da mulher estava dizendo que agora precisavam espancar a substituta e marcá-la na testa com o sinal da cruz. Disse que precisavam enfurecer os seres encantados e obrigá-los a vir recolher o que lhes pertencia.

Nance pediu à mulher que fosse vê-la sete vezes, com a criança-trocada. Que, se não podiam usar o fogo, usariam as próprias plantas dos Bons Amigos contra Eles.

Sete manhãs de *lus mór*,* a grande erva. Nance colhia a dedaleira ao amanhecer e pingava três gotas do suco das folhas na língua da substituta, três no ouvido. Quando o coração da criança encantada começava a bater mais devagar e ela sabia que a planta tinha chegado ao sangue, ela e a mãe entravam e saíam pela porta, repetindo as palavras que ela ouvira Maggie usar, tantos anos antes.

— Se você é encantada, vá-se embora daqui.

Por sete dias ela dobrou o diabinho mudo com dedaleira. Sete dias o coração da substituta bateu mais devagar. Por sete dias sua pele suou frio.

— Ela está sofrendo? — perguntou a mãe.

— Ela se recusa a voltar para seu próprio povo.

No dia seguinte ao sétimo tratamento, a mulher voltou sozinha, o rosto brilhando.

— Ela fala! Ela fala!

Dois galos gordos e uma canequinha de manteiga. Mas, assim que a mãe saiu, Nance se encolheu sobre os juncos do chão e chorou até achar que ficaria doente. Não sabia dizer se estava aliviada ou apavorada.

Era prova de sua habilidade além das ervas. Era prova do seu conhecimento, prova de que havia poder no solo, no irracional. Tudo o que Maggie havia dito era verdade. Ela era diferente. Ela cavalgava o rio e sua correnteza encantada. Deixava pegadas nas duas margens.

Tarde demais para sua mãe.

Na semana seguinte, seus polegares viraram para trás. Nance acordou e viu o nó em suas juntas e soube que Eles a tinham marcado. Que lhe tinham dado o dom. E que a haviam libertado.

Eu fiz isso uma vez, então serei capaz de fazer de novo, Nance pensou.

Levantou-se para fechar a porta e preservar o calor do fogo. Através da nevasca silenciosa, podia ver as chamas no alto da colina e as sombras trêmulas de corpos que dançavam. Achou que ouvia a batida de um tambor.

Uma noite boa para rituais, pensou. E viu, então, dois vultos escuros descendo a trilha que ia dar em sua cabana.

* Dedaleira — em irlandês no original. (N. T.)

— Nóra Leahy, Mary Clifford.

As mulheres respiravam com dificuldade, a criada agarrando Micheál junto ao peito, escorregando um pouco sob seu peso.

— Alguém viu vocês?

— Estão todos no alto da montanha.

— Ótimo. Saiam do frio. Está piorando. — Nance guiou-as para dentro da cabana, apontando para um balde de água quente. — Lavem ali os pés.

Mary hesitou.

— Eu tenho Micheál... quero dizer, eu tenho o... Onde eu posso botar?

— Ele está dormindo?

Mary puxou o cobertor que prendia o menino ao seu peito e sacudiu a cabeça.

— Os olhos estão abertos. Ele gritou ao ser levado para fora, mas acho que o ar fresco o acalmou.

Nance percebeu que Nóra se demorava à soleira da porta, sacudindo o gelo do casaco.

— Entre e seja bem-vinda, Nóra. Está certo você vir aqui. Sente-se e tire o frio do corpo.

A viúva apertou os lábios e deu um passo indeciso para dentro, olhando em volta. Estremeceu ao ouvir um som vindo do canto escuro.

— É só Mora. Minha cabra abençoada. Vocês trouxeram a hortelã?

Mary colocou com delicadeza a criança perto do fogo e pôs a mão dentro do xale cruzado sobre o peito. Tirou a hortelã e ofereceu-a a Nance.

— São nove galhos?

Mary fez que sim.

— Estão um pouco murchos.

— Você precisa mastigá-los.

Nóra pareceu confusa.

— Você vai fazer ela comê-los?

— Comer, não. Mastigar. Mastigar as folhas para virarem uma papa. Vamos precisar do suco.

Nance abriu a boca e apontou para a gengiva escura.

— Eu mesma faria isso, mas...

— Então ande logo, Mary.

Nóra estava impaciente.

Mary hesitava, olhando para a hortelã na mão.

— Eu não quero.

— É só hortelã. Não nos faça esperar a noite toda.

Nance sorriu.

— Não estou pedindo que você faça nada que eu mesma não faria. *Musha*, é só a hortelã que você mesma colheu.

Mary, relutante, arrancou as folhas de um ramo e deslizou-as para dentro da boca.

— Não engula o suco — avisou Nance, pegando uma tigela de madeira e segurando-a debaixo do queixo de Mary.

A mocinha, rosto contraído, cuspiu ali a papa verde e limpou a boca com as costas da mão.

— Todas as folhas dos nove ramos — disse Nance, apontando com a cabeça para as plantas restantes.

Olhou de soslaio para a viúva e viu que Nóra encarava Mary, testa franzida.

Mary encheu a boca com a hortelã restante e mastigou-a até virar pasta, olhos revirados. Quando, por fim, cuspiu na travessa todo o pirão molhado, tinha língua e dentes manchados de verde.

Nance examinou a baba, agitando-a, e depois derramou-a num lenço velho, para coar o líquido. Mary tirava dos lábios as sobras da hortelã mastigada.

— Para que é tudo isso, Nance?

Nance entregou a tigela a Nóra e foi até um canto da cabana. Voltou segurando um dedal.

— Há sabedoria em começar com pequenos feitiços. — Andou até o menino. — Sente-se naquele banquinho ali, Mary, e segure firme o menino. Isso, assim mesmo. Agora, segure a cabeça dele. — Virou-se para Nóra. — Você não quer segurá-lo em cima do fogo? Bem, nós temos o direito de verificar se a criatura não foi atingida por uma moléstia do tipo simples. — Botou o dedal na frente do rosto da outra. — Suco de hortelã em cada ouvido, e logo saberemos se ele é encantado ou se os seres encantados apenas o deixaram surdo.

Mary deitou Micheál de lado em seu colo e girou nas mãos a frágil esfera do crânio do menino para expor a concha de sua orelha.

Nance mergulhou o dedal de osso na tigela e derramou o conteúdo no ouvido do menino.

— E agora o outro? — perguntou Mary, fazendo caretas enquanto Micheál se debatia, gemendo.

Girou as mãos, expondo a Nance a outra orelha.

O ar cheirava a erva. Elas observaram o líquido escorrer pelo cabelo acobreado do menino.

— E agora?

— Agora vocês vão esperar a manhã para ver se ele está curado, se ouve suas vozes, quem sabe se tenta falar. Ou se nada mudou.

— Isso é tudo?

Nance sacudiu a cabeça.

— A noite lá fora é poderosa. As horas são ainda mais poderosas pelas mudanças que contêm.

Limpou um pouco da hortelã da beirada da orelha do menino e depois se debruçou e tirou um saquinho do cesto junto ao fogo.

— Erva-férrea.

Nóra espiou no saquinho.

— Para dor de garganta?

— E para o sopro encantado. Para o ataque repentino.

Nance ajoelhou no chão e, descobrindo os pés do menino, amassou as folhas de erva-férrea nas solas. Os olhos de Mary e Nóra acompanhavam seus gestos enquanto ela esfregava a erva na pele da criança. Ela achou que podia sentir o desespero de Nóra em seu olhar de ódio, na luta entre a esperança e o medo.

A criança estava imóvel, cheia de espuma de hortelã, piscando de sono.

— Agora chega. Chega por hoje.

Mary cheirou a erva-férrea amassada, as narinas queimando.

— Quando vamos saber se funcionou? — Nóra arrancou as folhas das mãos de Mary e jogou-as no chão.

— Pela manhã — murmurou Nance. — Pode ser que você acorde e encontre o seu neto, ou pode ser que não. Há outros feitiços, outros rituais... — Sua voz falhou. — Vocês vão ver. Tudo vai ficar bem.

— Você acredita mesmo, Nance?

— Acredito, Nóra. Com o tempo, tudo vai ficar bem.

As fogueiras nas colinas brilhavam alaranjadas quando as mulheres saíram, bolsos cheios de cinzas para protegê-las da noite. Vendo-as desaparecer debaixo da neve cinzenta, Nance pensou ouvir a voz de Maggie. Um sussurro na escuridão.

Se você não conhece o caminho, ande devagar.

Ela mesma havia mastigado a hortelã naquela noite. Naquela primeira das muitas noites tentando mandar embora a mulher-trocada e obrigar sua mãe a voltar. O pai tinha saído em *cuaird*, e eram só Nance e Maggie, sentadas em tamboretes perto de onde estava deitada a mulher que não era Mary Roche. A criatura nem ao menos estremeceu quando as duas derramaram a erva em seus ouvidos.

— Eu acho que ela não vai voltar — disse Nance, infeliz.

Estavam sentadas perto do fogo, olhando para o borralho, esperando o pai chegar.

Maggie estava pensativa.

— Eu prometi ao seu pai fazer tudo o que puder por ele. — Ela hesitou. — Mas não é sempre que alguém raptado é devolvido.

— Por que os Bons Amigos não a devolvem?

— É difícil desistir do que é precioso.

— Maggie?

— Sim, Nance?

— Como é que você sabe todas as coisas que sabe?

— Algumas pessoas são levadas a extremos pela sua diferença. — Maggie levou sem querer a mão à cicatriz. — Mas é nesses extremos que encontram o seu poder.

Naquela noite, Nóra sonhou que estava no rio Flesk, lavando as roupas de Martin com o calor do sol nas costas. Era verão. As margens do rio estavam espessas, cheias de grama e samambaias altas e largas. Sonhou que tinha nas mãos a marreta de madeira, batendo-a várias vezes numa poça de pedra para tirar toda a sujeira. Quando bateu a marreta pela última vez, uma mancha de sangue brotou do tecido das roupas. Curiosa, bateu de novo nas roupas e o círculo de sangue aumentou, rastejando pelos fios.

Foi tomada de pavor.

Largou a marreta. Alguma coisa se movia debaixo da camisa. Arrepiada, puxou as roupas molhadas.

Era Micheál, o crânio destroçado. Se afogando na água avermelhada em que tinha lavado as roupas.

Nóra acordou banhada em suor. As primeiras luzes passavam por baixo da porta da cabana. Inquieta, foi passo a passo até o catre em que Mary roncava. O menino estava ao lado dela, um cobertor sobre a cabeça.

Nóra sentiu o coração dobrar as batidas. Estendeu a mão e puxou o cobertor do rosto da criança.

Estava viva, piscando para ela com olhos remelentos.

Aliviada, Nóra desembrulhou o menino dos panos e examinou os pés manchados e a crosta verde em suas orelhas.

— Você é o filho de Johanna? — Nóra perguntou. — Você é Micheál Kelliher?

O menino ergueu as mãos e agarrou seu cabelo. E em sons incoerentes veio dos lábios grossos a resposta.

Capítulo Dez
Canabrás

— Nóra Leahy me mandou. Ela me mandou dizer que a criatura não mudou e continua a cuspir e gritar e a ser o débil que era quando viemos aqui.

Nance levantou os olhos de onde estava sentada, à porta de casa, esfolando uma lebre. Tinhas as mãos ensanguentadas.

— É só isso, Mary Clifford?

— É. Não havia cura nas folhas. Nas ervas. — A menina hesitava, de pé, braços cruzados e o xale apertado em volta da cabeça. — Mas se por acaso você estiver pensando que fui eu que tirei o encanto da hortelã... Eu juro, eu a colhi em nome da Trindade. E tinha orvalho nelas. Eu fiz tudo como você mandou.

Nance secou as mãos na saia e estendeu a lebre para Mary.

— Segure isto para mim.

Mary segurou. Nance percebeu que a menina examinava os tendões e a carne crua do animal esfolado.

— Você não tem medo de comer isto?

— Por que teria?

Nance pegou a tigela de vísceras a seu lado.

— Toda a magia que deve haver aqui.

Nance fez um gesto para que Mary a acompanhasse até a cabana e fechasse a porta.

— Eu não tenho medo de comer nada que me caiba na boca. Lebres, coelhos, enguias.

Mary fez uma careta.

— Meu irmão diz que uma enguia pode atravessar o condado em um dia. Diz que ela bota o rabo na boca e se enrola como um anel. — Estremeceu. — Eu não gosto de nada que se disfarce desse jeito.

— E eu gosto bastante, se conseguir pegar alguma.

Mary se sentou junto ao fogo e apontou para a pele da lebre no chão.

— Você vai vender aquilo? Eu já vi garotos com bonés de lebre. Ainda com as orelhas.

Nance tirou a lebre esfolada das mãos de Mary e a pôs num pote vazio.

— Eu vendo tudo o que puder. Principalmente corantes, mas peles e vassouras também. E muito sabão.

— Eu gosto daquele preto ali — disse Mary, apontando para uma bola de lã numa cesta.

— Amento de amieiro. Ou raízes de eufórbia. Eu faço com líquen de cróton, água do pântano. E vendo. Até da magriça se pode tirar corante. Ah, existe cor a ser feita até mesmo da planta mais humilde que cresce no solo de Deus.

— Você sabe muita coisa.

— Eu já vivi muito tempo.

Mary olhou para Nance, na luz fraca.

— Não são os anos numa pessoa que dão sabedoria, são? São Aqueles que pertencem às matas. Dizem que você fala com Eles. Que você sabe onde estão os seres encantados e conversa com Eles, e é por isso que sabe dessas coisas. — Levantou o queixo para as plantas secas penduradas no teto. — É verdade? Que você aprendeu tudo com os seres encantados e é por isso que vai devolver o neto da viúva? Porque conhece os hábitos e as manhas d'Eles?

Nance lavou as mãos, gordurosas de lidar com as entranhas da lebre. Havia mais do que curiosidade juvenil na voz de Mary. Havia suspeita. Uma aguda desconfiança.

Houve um repentino som de botas lá fora, e Mary se levantou de um pulo, batendo a cabeça num ramo de erva-de-são-joão e espalhando flores secas pelo chão.

— Aqui! Aqui!

Era uma voz de homem.

— Ela está aqui! Tem fumaça, tem um fogo aceso. Ande logo, David.

Houve uma discussão do lado de fora e três fortes batidas na parede da cabana. Caiu lama do teto.

— Nance Roche!

— Abra a porta para mim, Mary.

A menina foi até lá e entreabriu a porta de vime.

— Que Deus, Maria e Patrício a abençoem, Nance Roche, porque você precisa vir comigo!

Era Daniel Lynch, rosto brilhante e suado, peito arfando com o esforço de respirar. Ele entrou, e outro homem, um jovem de ombros largos que se parecia muito com ele, entrou atrás, visivelmente constrangido pela intrusão.

— Daniel. Que Deus o proteja! O que há de errado?

— Precisamos de você. A mulherzinha está mal. Brigid. Minha esposa.

— A que horas começou? — perguntou Nance.

— Madrugada. Seu rosto está branco como cal, e ela está com dor. Eu disse a ela que vinha buscar você.

Nance se virou para Mary, que não tirava os olhos de Daniel, de queixo caído.

— Mary, corra até a casa de Nóra. Diga a ela para juntar mulheres e ir para a cabana dos Lynch. As primas de Brigid, as tias e qualquer outra parente que houver. Peça que levem toda roupa limpa que tiverem. Leite, manteiga. Benza-se quando sair e benza-as antes que elas pisem dentro da cabana dos Lynch. Eu vou estar lá, esperando por elas.

A menina assentiu com fúria e saiu ventando pela porta, pernas compridas correndo, xale escorregando da cabeça. Os irmãos a viram voar pela trilha, pés descalços salpicando lama.

Nance pediu-lhes que esperassem do lado de fora enquanto enchia a cesta com o que poderia precisar. Puxou punhados de ervas secas do teto e embrulhou-as em trapos. Margaridas e agrião secos. Milefólio. Juntou uma varinha de aveleira, fios pretos e o balde de água de forja, que tinha guardado coberto com um pano.

— Estou pronta — disse, entregando a Daniel o balde pesado. — Leve-me até sua mulher.

Quando Nance entrou na cabana dos Lynch, soube no mesmo instante que as coisas não estavam boas. Brigid estava deitada numa pilha de giesta e magriça junto ao fogo, e o cobertor que havia sido colocado debaixo do seu corpo estava ensopado de sangue. Nance voltou para fora e estendeu as mãos para impedir que os irmãos entrassem.

— Vocês fizeram bem indo me buscar. Agora, saiam daqui e não fiquem rondando a porta como moscas. Mandarei alguém avisá-los quando tiver notícias para dar. — E cuspiu no chão. — Que Deus esteja com vocês!

Os olhos de Brigid estavam apertados de dor. Ao ouvir a porta se fechar, jogou a cabeça para trás.

— Daniel?

— Que Deus a abençoe, criança. É Nance. Seu homem foi me buscar para ajudar você.

Ela se ajoelhou no chão ao lado da mulher e enfiou um cobertor dobrado sob suas costas.

O medo saía da moça em ondas. Ela é uma égua assustada, pensou Nance.

— Estou apavorada — gaguejou Brigid. — Era para ser assim? Não me parece certo!

— Vou cuidar de você.

Nance se debruçou sobre a mocinha e começou a sussurrar uma oração em seu ouvido direito.

Nóra chegou à cabana dos Lynch com Éilís O'Hare, Kate e Sorcha. Não queria chamar nenhuma mulher, de tão amarga se sentia em relação a elas e a seus constantes mexericos, mas aquelas eram as únicas mulheres ligadas a Brigid pelo casamento, e, se não havia sangue a buscar para cuidar dela, era bom que algum tipo de parente estivesse presente. Tinha mandado Mary levar Micheál para a casa de Peg.

Nóra abriu a porta e encontrou a sala cheia de fumaça e cheiros. Brigid gemia protestando enquanto Nance insistia que seu quadril ficasse de frente para o fogo. O calor dentro da cabana era insuportável.

O rosto de Brigid pingava de suor, e o cabelo da anciã estava colado à pele.

As mulheres pararam à porta, olhando fixo Nance recomendar a Brigid que ficasse deitada quieta e não se ajoelhasse, como queria. Escorria sangue pelas coxas da moça.

— Sorcha, entre e ajude sua prima a se acalmar. Preciso que ela fique de frente para o fogo.

Com a ajuda, Nance levantou os pés de Brigid e puxou-a para mais perto do fogo, atiçando-o com tojo seco até que a escuridão se afastou para os cantos da sala.

As pupilas de Brigid estavam negras, dilatadas e cegas. Éilís se encostou à parede, agarrada a uma jarra d'água, dentes trincados, tensa. Kate parou ao lado da filha, tirando uma longa fita vermelha do xale que trazia cruzado ao pescoço e segurando-a com a mão esquerda esticada.

— O que você está fazendo com esta fita, Kate? — perguntou Éilís. — Para que serve isso?

Kate não respondeu, mas começou a dar nós e desfazê-los sobre o corpo arfante de Brigid.

— Para facilitar o nascimento — Kate murmurou.

Nance lançou-lhe um longo olhar, mas nada disse.

— Nance, como está se saindo? — perguntou Nóra.

— Tem agrião naquela cesta. Faça um cataplasma com ele, por favor. E vocês duas podem ajudar. Peguem a lã preta lá dentro e a amarrem onde vou dizer.

Éilís e Sorcha se entreolharam.

— Depressa! Vocês precisam parar a saída do sangue. Amarrem aquela lã nos pulsos dela.

As duas mulheres perceberam a urgência em sua voz e se aproximaram.

— Cortem com os dentes, se precisarem, e amarrem em cada tornozelo, cada dedo. Cada dedo do pé. Apertado, prestem atenção.

Houve uma leve batida na porta, e o rosto de Mary espiou para dentro, olhos esbugalhando à visão do sangue no chão.

— Nance. — Nóra sacudiu o pilão na direção da menina.

— Mande-a ir. Buscar bosta de porco. Tente a ferraria.

— Você a ouviu — disse Nóra.

Mary desapareceu, e as mulheres continuaram seu lento trabalho com Brigid. Ela estava deitada, imóvel, dentes trincados. Nóra entregou a Nance o cataplasma e se ajoelhou atrás de Brigid, para que ela pudesse descansar a cabeça em seu colo.

Os lábios de Nance se apertaram em intensa concentração quando ela ergueu o vestido ensopado da jovem, expondo o volume do ventre. Ela espalhou o agrião por coxas, pele e pelos púbicos de Brigid.

O sangue espirrou de dentro dela. Todas as mulheres viram.

Uma hora se passou. Mary voltou da ferraria, mãos sujas de bosta de porco. Áine estava com ela, segurando um rosário e uma cruz de pano.

Nance olhou para cima ao ouvi-las entrar.

— Áine! — gritou. — Que Deus a abençoe, mas não posso deixar você ficar! — Levantou-se, o avental ensanguentado como o de um açougueiro, e segurou Áine pelos ombros.

— Eu quero ajudar! — protestou Áine.

Nance murmurou uma desculpa e levou Áine para fora, fechando a porta com firmeza.

— Por que Áine não pode entrar? — Mary cochichou com Nóra. — O que ela fez?

Nóra estalou a língua e continuou a molhar as têmporas de Brigid com água de forja.

— Ela só queria rezar por Brigid.

— Todo mundo sabe que Áine é estéril — cuspiu Kate. — Ela poderia lançar mau-olhado na criança.

— Ela não faria isso! Ela é uma boa mulher.

— Ser ou não ser boa não tem nada a ver com isso. A maioria dos que lançam mau-olhado nem sabe quando o lançou.

Kate lambeu os lábios.

— Você poderia estar fazendo isso, por tudo o que sabemos. As garotas de cabelo vermelho trazem mau-olhado. Má sorte.

Nóra acabava de abrir a boca para protestar quando Nance voltou com um potinho de barro. Um fedor de amônia encheu a sala.

— O que é isso? — quis saber Mary, pasma.

— Água do marido — murmurou Nóra.

Usando uma vassoura de magriça, Nance começou a salpicar a urina ao redor da sala e no rosto, barriga e partes baixas do corpo de Brigid, sacudindo o restante sobre o berço de vime num dos cantos.

— Uma antiga e sagrada bênção — murmurou Nance.

As mulheres nada disseram.

Durante todo o dia, cuidaram de Brigid sob a orientação de Nance. Misturaram bosta de porco com água de forja e, com as mãos nuas, passaram-na sobre seu ventre. Revezaram-se sem descanso fazendo e desfazendo nós na fita de Kate sobre o corpo da jovem, até os braços doerem e a fita ficar toda manchada com a gordura dos dedos. Viram os dedos dos pés e das mãos de Brigid crescer e inchar com o sangue preso em seus nós de lã, e pingaram em sua boca margaridas fervidas em leite novo.

Só quando o dia recuou para a escuridão a criança chegou.

Estava morta, lábios escuros.

Brigid, fraca como água, mergulhou na inconsciência.

Daniel foi introduzido na cabana e apresentado ao corpinho do filho. As mulheres o cercaram, rostos cinzentos de exaustão, cansadas demais para chorar. Ele olhou para a esposa inconsciente e levou a mão à boca como se temesse o que poderia ser aquilo.

Mary se afastou e viu quando ele voltou para o frio da noite para desabafar sua dor para o céu.

Nance disse a Sorcha para embrulhar o bebê e cobrir-lhe o rosto.

— Brigid está morta? — perguntou Kate.

— Ainda não. — Nance tirou um pedacinho de papel do cesto, desdobrou-o e despejou alguma coisa numa tigela de barro. — Me traga uma luz — murmurou.

Mary remexeu o fogo fumegante para expor as brasas e, com cuidado, pegou um tição com as tenazes.

— Ponha aqui.

Nance estendeu a tigela, e Mary viu que estava cheia de sementes de canabrás e bosta de cavalo seca. Pôs o tição na tigela, e uma espiral de fumaça subiu da mistura.

— Faça-a respirar isto — disse Nance.

Mary se agachou ao lado de Brigid e colocou a canabrás fumegante debaixo do nariz da jovem.

— Ela está se mexendo?

— Não sei dizer se ela está respirando.

A fumaça cobria o rosto da mulher como um véu.

— Puxe o queixo dela para baixo, menina.

Tirando a tigela das mãos de Mary, Nance soprou a fumaça para dentro da boca aberta de Brigid.

Nada aconteceu.

— Devemos dizer uma prece? — Mary perguntou.

As narinas de Brigid se inflaram, e ela começou a tossir.

— Louvado seja! — disse Nance, passando a mão na testa, onde deixou um rastro de sangue. — Ela ainda está viva.

A tarde foi estranha e silenciosa. Brigid acordou, chorou pelo filho e pelo marido e fechou os dentes na mão insistente de Nance, que lhe oferecia frutinhas de dulcamara. Só adormeceu quando vencida pela exaustão. Então, as mulheres rolaram seu corpo para remover a magriça ensanguentada e substituí-la por palha fresca. Nance empurrou a placenta para o fogo, que chiou e exalou um cheiro de carne.

— Onde está o homem?

— Lá fora — disse Mary, espiando pela porta. — Está ajoelhado no campo.

Nance estava sentada num banquinho, a cabaça entre as mãos.

— É preciso ir buscá-lo.

O rosto de Nóra estava branco.

— Deixe-o chorar, Nance. Deixe-o sentar na terra.

— Não. Os jovens têm espírito fraco. É difícil fazer com que se defendam contra os demônios que pairam sobre todos os lugares.

— Deixe que ele fique um pouco sozinho.

— Mary Clifford — disse Nance. — Vá e traga Daniel de volta. Ele tem obrigação de proteger a alma deste bebê.

Sorcha olhou para o embrulhinho em seu colo.

— Eu... eu o abençoei. Fiz o sinal da cruz em sua testa com a água de forja. Isso não é um batismo? Não é o bastante para mandá-lo para o Céu?

Kate fungou.

— Já estava morto antes de sair.

— Mesmo assim — protestou Sorcha. — Uma bênção é uma bênção.

— Vá buscar Daniel, Mary — Nance repetiu. Obrigando-se a ficar de pé, cambaleou até o poleiro das galinhas junto à parede da cabana dos Lynch. Examinando a fieira de galinhas que piscavam, esticou a mão e pegou uma, prendendo-a debaixo do braço para impedir que a ave, que se debatia, batesse as asas. — Traga Daniel! — ordenou.

Mary correu pelo campo, o tornozelo doendo no terreno irregular. A lama salpicava sua roupa.

O marido de Brigid estava ajoelhado no meio da plantação de batatas, cabeça nos joelhos. Áine, Peter, Seán, John e seu irmão David, de pé e em silêncio, imóveis em torno dele, faziam companhia. Lá em cima, as nuvens haviam desaparecido e o céu brilhava, com estrelas que começavam a piscar.

— Deixe-o em paz, garota — disse Seán.

— Nance disse que precisa dele.

— Ele está acabado.

— Ela está preocupada com os demônios.

A testa de Áine se franziu.

— O que é isto agora?

Mary mordeu as unhas. Tinham gosto de bosta.

Peter fez que sim com a cabeça.

— Nance tem razão. Aquela criança não foi para Deus. Brigid está sem proteção. O mal pode tentar entrar em sua casa, Daniel.

Seán cuspiu no chão.

— Peter! Não comece a falar dessas coisas.

Daniel ergueu os olhos, e Mary vacilou com a visão dos olhos vermelhos e o ricto perdido de sua boca.

— Ela me quer?

Mary assentiu.

— Ela pegou uma de suas galinhas e me pediu para vir buscá-lo.

Seán resmungou e pôs a mão no ombro de Daniel. — Ela já fez que chega, não acha, sobrinho?

Daniel se livrou da mão dele, com raiva.

— Vá logo, Daniel! — insistiu Peter. E virou-se para Seán. — Deixe o homem fazer alguma coisa pelo filho.

Nance foi ao encontro de Mary e Daniel na soleira da porta aberta e entregou a ele a galinha.

— Você sabe o que preciso que você faça — disse, pondo uma faca nas mãos dele. — Meus sentimentos! Mate-a.

Daniel não a olhou, mas aceitou a galinha e, num movimento rápido, cortou fora a cabeça. Entregou-a a Nance e ela a atirou no fogo, onde ardeu. As mulheres lá dentro levaram as mãos ao rosto quando o cheiro de penas queimadas encheu o ar.

Nance pegou a ave, que se debatia nos estertores da morte. Segurando-a com firmeza pelos pés, virou a galinha de cabeça para baixo e pingou o sangue no chão da cabana, perto da entrada. Devolveu-a a Daniel, secando as mãos na saia.

— Contorne a cabana com sangue. Proteja sua esposa.

Mary entrou e se sentou perto de Nóra, que tomava conta de Brigid com olhos molhados.

— Dona, para que é isto?

— Pela alma do bebezinho — respondeu Sorcha, benzendo-se. — Proteção.

Éilís se levantou de repente.

— Se sangue derramado pode tocaiar o Diabo, então por certo este lugar é sagrado, porque o sangue de Brigid está queimando com a palha no fogo, e o ar está cheio dele.

Ela cuspiu no chão e saiu em disparada pela porta aberta, sem olhar para trás.

Mary reparou que um dos cães da fazenda dos Lynch tinha aparecido lá fora. Estava parado à entrada da cabana, agachado no chão, cheirando o sangue da galinha.

Antes que Mary pudesse dizer alguma coisa, Nóra se levantou e chutou-o para longe da porta.

Depois do parto, Nance voltou para casa fedendo a sangue e tremendo de exaustão. Nenhuma comida passara pelos seus lábios desde a manhã e, andando pela estreita trilha a caminho de casa na noite estrelada, foi tomada de vertigens. A noite estava fria mas clara, e a lua cheia se projetava, límpida, sobre a névoa que cobria o chão, intocada por qualquer sopro de vento. O ar parecia incrivelmente úmido e fresco, depois do calor e da fumaça da cabana.

De repente, Nance esbarrou de lado no muro de pedra que beirava a trilha, caindo em cima dos espinhos das urzes e deixando tombar o cesto com panos sujos e restos de ervas.

Como queria que aquela criança tivesse nascido viva!

Pelas suas contas, havia ajudado toda uma geração de crianças do vale a nascer. Ela as via todos os dias: crianças pequenas e estridentes que enterravam o rosto ranhento nas saias da mãe, arranhavam os joelhos nos muros e cresciam fortes correndo pelos campos. Mas, entre as crianças que trouxe ao mundo e se agarravam à vida como carrapichos, havia outras que chegavam quietas demais, pequenas demais, enroladas no cordão. Havia as que não seguravam o tecido do mundo. Acontecia. Ela sabia que acontecia.

Então por que a morte da criança de Brigid Lynch a enchia tanto de pavor? Tinha feito tudo o que era preciso. Tinha feito tudo o que Maggie lhe ensinara a fazer.

A vassoura de giesta e a urina do marido.

O calor do fogo dirigido para a curva do quadril.

O fio de lã, quando veio o sangue, e o cocô de porco na barriga, a água de forja e o agrião e até os incessantes nós desatados da fita abençoada de Kate.

Então Nance se lembrou. Não tinha levado a faixa. A faixa branca que arrastava pelo orvalho em todas as manhãs do dia de santa Brígida para ser abençoada pela santa, para ser enrolada na mãe se o parto fosse demorado.

Teria aquilo salvado a criança?

Nance levantou o cesto e se afastou do muro. As sarças prendiam suas roupas. Não importava mais. Tinha feito tudo o que estava em seu poder, mas a criança não estava destinada a este mundo.

A floresta e sua pequena cabana antes dela pareciam frias e vazias no azul profundo da noite. Sua cabra, um fantasma ao longe, a observava, esperando ser levada para dentro.

Chegou à cabana e passou os braços em volta do animal, confortada pelo seu calor e pelo seu cheiro.

— Olha, você é uma menina paciente — murmurou, esfregando o rosto no pelo espetado de Mora. Levou-a para dentro e prendeu-a no gancho da parede, acendendo então o fogo. Tomou uns goles de leite, espalhou jacobeia e um pouco de farinha amarela para as galinhas, algumas já empoleiradas, e, exausta, deixou-se cair na cama.

Mas o sono não veio. Nance ficou deitada na magriça, embalada pelo próprio cansaço, mente irrequieta. Mais uma vez, tinha a sensação de que algo terrível estava acontecendo. Que, de alguma maneira irreparável, o mundo estava mudando, que girava para longe e que, no turbilhão das mudanças, ela estava sendo arremessada para algum canto abandonado.

O fogo estalava à medida que, devagar, os torrões de turfa se desintegravam em cinzas.

O que seu pai lhe diria agora, se estivesse vivo? Ele que conhecia os estranhos ventos que sopravam, que conhecia a anatomia das tempestades.

Lembrava-se dele murmurar, acomodando-lhe a cabeça em seu ombro:

— O bacalhau nada em águas mais profundas. Há uma paz poderosa nas profundezas, e é isso que o bacalhau busca. O fundo intocado. Mas uma tempestade vai sacudir as águas como um demônio. Peixes, algas, areia, pedras, até velhos ossos e pedaços de navios naufragados, tudo sacudido como se fossem penas, quando a tempestade chegar. Peixes que gostam das profundezas são jogados em águas rasas, e peixes que precisam de águas rasas são empurrados para o fundo.

As mãos dele acariciando seu cabelo. O cheiro de batatas fervendo enquanto esperavam o jantar.

— Acredite, eu não conto mentiras. E o que faz o bacalhau quando pressente uma tempestade na água? Engole pedras. Palavra, isso é verdade, ou eu não sou seu pai. Seu bacalhau vai se encher de pedras para ficar longe dos vagalhões do mar. Vai se afundar de propósito. Todos os peixes têm medo dos raios, mas só alguns sabem como se manter fora do seu alcance.

Nance fechou os olhos e seu coração se apertou, de saudades do pai.

Os mortos estão perto, pensou. Os mortos estão perto.

Um pouco antes da aurora, Nance ouviu um barulho lá fora. Pondo-se de pé, pegou da lareira um carvão apagado para se proteger dos seres encantados e espiou para a noite imprevisível. O som vinha de Piper's Grave. Nance se encaminhou para o *ráth*.

A lua fugira para o horizonte, mas sua luz ainda lançava um verniz sobre o vale, e Nance conseguiu ver um homem parado junto à grande laje de pedra do *cillín*, a mão pousada sobre a borda afiada. Parecia rezar. Estava de cabeça baixa.

Daniel.

Nance chegou mais perto e observou-o por trás do muro baixo que separava o espaço sagrado dos campos em volta. A seus pés havia uma caixinha.

Nance se perguntou se o próprio Daniel teria feito o caixão, pregando todos os pedacinhos de madeira não santificada que conseguiu juntar em casa, ou se algum vizinho, por generosidade, havia construído a caixa para acomodar a criança não batizada.

Observou Daniel andar pelo *cillín*, olhos no chão, e depois, tendo se decidido por um lugar e empunhado uma pá, começar a cavar uma sepultura. A terra estava dura e fria, e por muitos e longos minutos tudo o que Nance conseguiu ouvir foi o raspar da ponta de ferro da pá contra o solo abandonado. Nance viu Daniel pegar o caixãozinho e, de joelhos, colocá-lo dentro da terra. Ele ficou ali por algum tempo, antes de se levantar com dificuldade e encher a sepultura de argila.

Só quando andou até o muro para erguer uma grande pedra branca a fim de marcar o túmulo não consagrado foi que ele viu Nance. Parou e encarou-a ao luar, segurando a pedra com as duas mãos, como se não pudesse crer em seus olhos. Então, devagar, sem uma palavra, virou-se, pôs a pedra sobre o chão revolvido e se afastou, os braços suspensos na pá sobre os ombros, como um homem crucificado.

Nance ficou parada na escuridão que se desfazia até que o canto de um galo quebrou o silêncio do vale. Lançando um longo olhar para onde o recém-nascido jazia no solo silencioso e eterno, ela se benzeu e voltou para a cabana.

Capítulo Onze
Dedaleira

O medonho trabalho de parto de Brigid e a criança morta pareciam ser os únicos assuntos das mulheres nos dias que se seguiram.

Mary percebeu que elas iam ao poço em grupos maiores do que o habitual, usando roupas pretas como os corvos que se agrupavam nos campos. Algumas tinham no rosto expressões de solidariedade e tristeza, mães que haviam perdido os próprios filhos e compreendiam a perda da mulher, mas outras pareciam, aos ouvidos de Mary, mais interessadas em encontrar erros no que Brigid teria feito ou deixado de fazer para garantir a vida do bebê.

— David disse que ela não foi à casa de John O'Donoghue soprar os foles.

— Por certo, eu fiz isso seis vezes e agora tenho seis bons filhos neste mundo.

— Os foles são um jeito poderoso de garantir um bom parto.

— Ela estava no velório de Martin Leahy. Eu a vi. Ela se ajoelhou ao lado do cadáver. Você acha que pode ter sido isso?

— Ah, mas ela não estava lá quando o corpo foi posto no caixão.

— Não — concordou uma mulher com ar de conspiração. — Mas *onde* ela estava? Não estava com Peg O'Shea, que, eu soube, estava cuidando do neto de Nóra Leahy?

Houve um murmúrio de incredulidade.

— Eu não teria coragem de ficar no mesmo quarto que aquela criatura.

— Agora, me diga. Você sabe que tipo de doença ele tem? Eu soube que trouxeram a criança quando a filha dela morreu, mas eu nunca a vi com ele. Nunca vi a criança.

— Ela o esconde.

— Porque ele é um parasita! Não é criança coisa nenhuma!

— Por Deus, ouvi dizer que ele não anda se tiver gente perto, mas dança e canta quando está sozinho.

— E como é que você sabe disso, se ninguém esteve com ele para espiar toda essa dança?

Ouviram-se risos, e alguém cutucou a mulher que tinha falado e apontou para Mary.

— Você é a criada de Nóra Leahy, não é?

— O nome dela é Mary Clifford.

Mary levantou os olhos dos baldes d'água e viu uma mulher de rosto bondoso que a avaliava.

— É verdade, *cailín*? O que dizem daquele menino? Ele é um parasita?

Mary engoliu em seco. Todas as mulheres a olhavam.

— Nance Roche vai trocá-lo.

A mulher chupou as bochechas, pensativa.

— Sabe? Eu já vi uma criança-trocada.

— Hanna!

Ouviram-se algumas risadinhas de surpresa. A mulher girou nos calcanhares.

— Isso não é coisa para rir. Uma dor terrível para a mãe. Como é que vocês se sentiriam se seu próprio filho fosse roubado e tivessem deixado uma raiz podre e doente chorando no berço do seu próprio filho? — Os risos morreram, e ela estalou a língua. — Pois muito bem. Nance sabe o que está fazendo.

Ouviu-se um grito, e Mary viu Kate Lynch avançar para o grupo, o balde d'água vazio batendo na perna. Estava transtornada.

— Vocês deveriam estar se perguntando o que Nance teve a ver com o problema de Brigid.

— O que você está dizendo, Kate?

Uma das mulheres, garganta toda animada, levantou a voz.

— Eu sempre soube que ela era uma afoga-bebê.

— O que você quer dizer com isso?

A voz dela se transformou num sussurro, e as outras se aglomeraram num círculo mais fechado.

— É como essa gente é chamada. Depois do que faz. — Ela passou os olhos pelas mulheres, pálpebras apertadas. — Eu soube que foi por isso que ela veio para cá, há tantos anos... Para escapar dos que queriam vê-la enforcada.

— É verdade, eu sempre achei que ela veio para cá fugindo de alguma coisa.

— Ela é uma afoga-bebê. Conhece todos os jeitos.

— E que jeitos seriam esses? — perguntou Hanna, encarando as outras com repulsa.

A mulher revirou os olhos, lábios úmidos de escândalo.

— Acreditem, elas são chamadas de afoga-bebê porque sabem como fazer com que o bebê, ao chegar, caia direto num balde d'água. — Parou para ver se as mulheres compreendiam. — Por certo, se o bebê se afoga nesse balde antes de respirar, então nenhum juiz pode dizer que foi feito de propósito. — Ela estremeceu. — Ou então, assim que o bebê nasce, ela enrola o cordão em volta do pescoço. Assim, bem rápido. Estrangula o bebê com o próprio cordão e diz que ele veio desse jeito, o pobre coitado.

— Você está dizendo que Brigid Lynch pediu a Nance para matar o próprio filho?

A mulher ficou vermelha.

— Não. Só estou dizendo que você não pede a uma raposa para cuidar das galinhas.

Mary já tinha ouvido demais. Levantou-se e, enterrando o queixo no peito, fez força para abrir caminho entre as outras.

— Foram as ervas que ela deu.

Mary parou.

Era Kate Lynch quem tinha falado. Ela estava lá parada com os braços longe do corpo, o xale passado por baixo dos olhos, rosto sombrio.

— Daniel disse a Seán que foi ver Nance há algumas semanas. Brigid estava andando dormindo. Ele a encontrou no *cillín*.

Houve um arquejo. Muitas mulheres se benzeram.

— E não é tudo! Ele pediu a Nance um remédio para o sonambulismo, e Daniel contou a Seán que ela lhe deu frutinhas de *dulcamara*.

— E que mal faz dulcamara?

— É beladona! — Kate jogou o balde na estrada, e ele rolou pelas pedras. — É veneno. Nance Roche está corrompendo seus próprios tratamentos. Vocês não enxergam? Vocês estão cegas, todas vocês. Ela está provocando doenças para poder botar comida na boca.

— E o que você acha que aconteceu?

Mary estava sentada no chão com Micheál enquanto Nóra amassava batatas para sua refeição matinal.

— Só o que acontece com algumas crianças.

— Você não acha que foram as ervas de Nance que fizeram aquilo?

— Ervas?

— A dulcamara. Kate Lynch disse que Daniel foi ver Nance em busca de um remédio que fizesse Brigid parar de andar pelos campos durante o sono, e agora estão dizendo que foram as frutinhas que Nance deu a ele que mataram a criança dentro dela.

Nóra franziu a testa.

— Nós estávamos lá. Você viu com seus próprios olhos Nance Roche fazer tudo o que podia para fazer aquela criança sair inteira e viva.

Mary suspirou e, distraída, afastou o cabelo que caía na testa de Micheál.

— Você não acha que pode ser perigoso nós levarmos Micheál para ela curar?

Nóra olhou de lado para o menino.

— Isso não é Micheál.

— Mesmo assim, será que as ervas não podem fazer mal a ele? O que você acha?

Nóra pôs a massa de batatas na panela.

— Foi só um mingau de hortelã. E não adiantou nada! Não fez bem. Nem mal.

Afastou o rosto da nuvem de vapor.

— A hortelã, não — Mary murmurou. — Mas seja lá o que ela for usar depois. Por certo, Nance vai usar uma erva mais poderosa. Pode ser perigoso.

Micheál gargarejou para ela, e ela sorriu, batendo de leve em seus punhos agitados.

— Então o que você quer que eu faça? Crie este ser como se fosse meu? Aguente ele gritando como um *bean sidhe* todas as noites, sem fazer nada para acabar com isso? Os seus olhos parecem dois buracos queimados num lençol, e os meus estão do mesmo jeito.

Nóra pegou uma batata quente e deixou-a cair de volta na peneira de vime, chupando os dedos.

O sorriso de Mary se apagou.

— Eu me preocupo com ele, só isso.

— Não há por que se preocupar com essa criatura. Olhe.

Ela apontou para o menino, apertando os lábios.

— Viu? A coisa sorri.

Mary fez cócegas no peito de Micheál, e ele se contorceu de prazer.

— Essa coisa tem você na palma da mão.

— Por que você chama ele de *coisa*?

Nóra fingiu não ter ouvido.

— Quando ele não está chorando, gritando ou dormindo, quase parece um menino de verdade, você não acha?

Mary lhe deu um piparote no queixo, e Micheál deu guinchos de riso.

Nóra olhou para os dois, franzindo a testa. A criada parecia mais moça quando sorria. O rosto de Mary estava tantas vezes sério, tantas vezes inchado e com os olhos vermelhos de cansaço que Nóra se esquecia de quanto ela era jovem. De quanto estava longe de casa. Com a luz fria do sol que entrava pela porta aberta brilhando no cabelo vermelho de Mary e o riso da menina amainando seus traços, Nóra se lembrou de Johanna.

— Você deve sentir falta da sua família — comentou de repente.

Mary levantou os olhos, o rosto tenso.

— Minha família?

— Não sente?

— Sinto.

A menina voltou a olhar para Micheál e passou os dedos pelo cabelo do menino.

— Sinto uma falta enorme deles. De todos os pequenos. Era eu quem tomava conta deles, e me preocupo por estar longe e minha mãe não ter tempo nas mãos para cuidar de todos.

— Você pensa neles de vez em quando.

Mary escondeu o rosto, e Nóra viu que ela beliscava a pele das costas da mão.

Ela está tentando não chorar, pensou, e um pouco da dureza que sentia em relação à mocinha vendo-a brincar com o menino se desfez. Sem dizer uma palavra, Nóra se levantou e foi até o quarto. Erguendo o colchão do estrado, apalpou as bordas grosseiras até encontrar um embrulho. Abriu-o, o coração disparando.

Estava como a tinha deixado. Uma mecha do cabelo da filha. Cor de ferrugem. Amarrado, com os cachos da infância ainda nas pontas.

Um pente quase inteiro, um fio de cabelo ainda entre os dentes.

Uma escultura de Killarney, feita em medronheiro, suas iniciais gravadas em meio a um emaranhado de rosas esculpidas. O espelho que sustentava já se quebrara e caíra havia muito tempo, mas a madeira resistira. Presente de núpcias de Martin.

Nóra levou ao nariz a mecha de cabelo de Johanna, em busca do perfume da filha, mas nada mais existia ali. Era só palha da cama e poeira. Recolocou-a no pano com a escultura, passando um dedo gentil sobre as iniciais de Martin, e guardou o embrulho no esconderijo.

O pente, ela pegou e levou para junto da lareira. Antes que pudesse mudar de ideia, entregou-o a Mary.

— Toma.

A menina franziu as sobrancelhas, sem entender.

— Era da minha filha. O cabelo dela era igual ao seu. Bonito.

Mary segurou o pente com delicadeza e passou o polegar pelos finos dentes de osso.

— É presente.

— Eu nunca tive um pente.

— Bem, agora você tem.

— Obrigada, dona. — Mary sorriu, e Nóra levou a mão ao peito, com a dor repentina que sentiu ali. — Sua filha deve ter sido bonita.

Nóra apertou as costelas com os dedos, mas a dor aumentava.

— Bem, quem ama o feio, bonito lhe parece. — Sua voz tremeu. — Você vai ser mãe um dia, Mary Clifford. Vai descobrir.

Mary sacudiu a cabeça.

— Eu não vou me casar.

— Então você não quer ter seus próprios filhos?

— Há muitas crianças para eu cuidar neste mundo.

— Ah, mas elas vão crescer. Seus irmãos e suas irmãs vão crescer, e aí você vai ficar sozinha. — Nóra pegou uma batata fria e entregou-a a Mary. — Então dê de comer a essa coisa aí. Vamos. — Começou a tirar a pele de um *lumper* para ela mesma, observando como a criada alimentava o menino ajoelhado. Em vez de partir pedacinhos para a criança, Mary mordia a batata, cuspia o pirão mastigado na mão e o enfiava na boca de Micheál.

Ela percebeu o olhar de Nóra.

— Assim ele não engasga — murmurou.

— Você adora essa coisa.

Nóra mordeu a própria batata e mastigou, observando.

— Aquela hortelã. Não adiantou nada. Eu andei pensando. Hoje à noite, nós vamos levá-lo outra vez para Nance.

Mary empalideceu.

— Você não quer esperar para ter certeza de que a erva-férrea...

— Hoje à noite. Não há mudança nenhuma. Nada do meu neto voltou. Como você pode ficar aí sentada dando de comer a um encantado, sabendo que não há nisso nem uma gota de sangue para merecer seu lugar no Céu? Sabendo que o pobre Micheál de Johanna está lá com os seres encantados quando deveria estar aqui comigo?

— De qualquer jeito, ele precisa ser alimentado.

Nóra sacudiu a cabeça e engoliu.

— Não posso ficar esperando pela erva-férrea.

Estremeceu, levantou-se e pegou a garrafa de *poitín* no nicho da parede da lareira. Sentia os olhos de Mary presos nela.

— Agora, você não fique pensando que isto é meu. A bebida era de Martin e era só para os homens que vinham passar a noite. — Nóra fez uma careta quando puxou a rolha. — Mas eu preciso me acalmar... Eu preciso de... — Deu um gole hesitante, fechando os olhos, e teve uma visão da mecha de cabelo da filha no embrulhinho. Tossiu com o cheiro da bebida e ofereceu a garrafa a Mary.

A criada sacudiu a cabeça, pegando o pente.

Nóra se sentou, fechando a garrafa.

— Vamos levar o parasita hoje à noite, Mary. Não posso ficar esperando desse jeito. Ouvindo isso gritar, esperando uma mudança. Não posso ficar esperando. — Tomou outro gole. — Desde que Nance declarou que essa coisa é um encantado, eu não consigo parar de pensar em como será o filho de Johanna. Seu verdadeiro filho. Ele deve ter crescido. Eu quase posso vê-lo. — Nóra levou a garrafa aos lábios e tomou um trago bem maior. — Eu sonho com ele, Mary. Eu vejo o menino dela. Um rapazinho normal, rindo. Eu o escuto. A voz dele falando comigo. Bem como eu o vi pela primeira vez no colo da mãe. E eu o abraço e falo da mãe dele. Como ela era boa, como... como era bonita. Ah, ela era uma criança linda, Mary. Todas as noites eu penteava o cabelo dela com esse pente que agora é seu. Penteava até brilhar. Ela adorava. Eu sonho com os dois, Johanna e Micheál, os dois vivos, e comigo, e... — Fechou os olhos, e sua voz ficou amarga. — Mas então essa coisa aí começa com os berros.

Mary continuou em silêncio. Levou a mão à boca e cuspiu nela uma papa de batata.

Nóra sacudiu o *poitín* na direção do menino, que retorcia o corpo enquanto Mary o alimentava.

— Essa coisa aí não tem amor por mim. Nem sabe o que é isso. Tudo o que é... — Empurrou a rolha de volta ao pescoço da garrafa. — É só pedir, e nada de agradecer.

Mary limpou as mãos na saia e acomodou o menino no colo, prendendo sua cabeça com o lado do queixo.

— Mas o verdadeiro filho de Johanna... — Nóra respirou fundo. — Até nos meus sonhos ele é um consolo. É uma bênção. Um presente para mim. — Olhou para a criada e viu que tanto Mary quanto o menino a observavam. O parasita estava quieto, olhos deslizando pelo seu rosto. — Sabe, Mary, nos meus sonhos ele se parece com Martin.

Mary olhou para a garrafa de *poitín* nas mãos de Nóra e começou a pentear os cabelos do encantado. Ele piscou, com o leve puxão do pente de Johanna.

Nóra estremeceu.

— Hoje! — declarou, puxando a rolha e bebendo mais um gole. — Vamos levá-lo assim que anoitecer.

Voltaram à cabana de Nance naquele final de tarde, o menino embrulhado em trapos, as pernas pálidas balançando sobre o quadril estreito de Mary. O céu estava coberto de nuvens, ameaçando chuva, mas quando chegaram ao fim do vale o horizonte clareou, deixando passar um sol tardio. A luz caiu sobre as poças nos campos, até fazê-las parecer lagos dourados no meio da lama. Mary olhou para Nóra e notou que ela também tinha visto os repentinos feixes de luz no chão. Um bom presságio. As duas sorriram, e Mary pensou que a viúva parecia acalmada pela bebida. Antes de saírem, tinha visto Nóra guardar a garrafa dentro do xale.

Nance estava sentada num tamborete à porta de casa, fumando no fim do dia. Esperou até que Mary e Nóra entrassem em seu pátio para se levantar e saudá-las.

— Que Deus e Maria estejam com vocês!

— Você sabia que nós vínhamos.

As palavras de Nóra se arrastavam.

— Sua Mary Clifford me disse que não houve mudança alguma nele. Imaginei que vocês viriam numa destas noites.

— Nenhuma mudança.

Nóra deu um passo para tirar Micheál do colo de Mary, mas não teve forças para segurá-lo e tropeçou, quase deixando o menino cair. Mary pegou-o depressa e o pôs de volta no colo. A criança começou a berrar.

Nóra se aprumou, enrubescendo.

— Aí está, veja só. — Apontou para o modo como as pernas do menino caíam, inúteis, dedos virados para dentro. — Está vendo, Nance? Nenhuma reação.

— Hummm. — Nance apertou os olhos para Nóra, deu uma tragada em seu cachimbo e soprou a fumaça no rosto do menino. Ele encheu o ar de gritos. — Melhor vocês virem para dentro. — Enquanto entravam na cabana, Nance segurou o braço de Mary. — Aquela ali andou bebendo?

Mary assentiu, e Nance passou a língua na gengiva.

— Muito bem. Então ponha ele ali. — Apontou para a cama de magriça, no canto. — Nóra Leahy, eu não vou mentir para você. O tratamento com hortelã e erva-férrea foi coisa pouca, mas provou que a criança é um parasita, como desconfiávamos. Agora, quebrar o encanto pede medidas mais enérgicas.

Nóra se sentou no banquinho perto do fogo e olhou para Nance, expectante. Tinha o rosto vermelho e o cabelo desgrenhado pela caminhada.

— O que você vai tentar agora?

Nance esperou até que Mary acomodasse o menino na cama.

— *Lus mór*. A grande erva.

Mostrou às mulheres algumas folhas verdes, um pouco amassadas.

— Dedaleira — sussurrou Mary, os olhos faiscando para Nóra. — É veneno.

— Estragos encantados pedem plantas encantadas — ralhou Nance. — E nenhuma planta é venenosa para quem sabe como usá-la.

O coração de Mary começou a disparar de medo, como se o curso do seu sangue tivesse mudado de direção.

— Você não vai dar isso para ele comer, vai? É só para a sola dos pés, como antes?

Nance pousou os olhos enfumaçados em Mary.

— Você tem que confiar em mim.

Nóra, distraída, balançou a cabeça, concordando.

Mary mordeu o lábio. Estava enjoada. O ar da cabana estava quente e abafado, e ela sentia o cheiro do excremento da cabra escorrendo pela valeta.

Fechou os olhos e sentiu o suor brotar acima da boca. No canto escuro, Micheál berrava como um cordeiro separado da mãe. Um choro tenso e entrecortado, soando cada vez mais alto.

— É um banho que vamos dar nele hoje à noite — disse Nance, e mergulhou as folhas de dedaleira numa grande tigela d'água. Nóra se levantou para ajudá-la a botar o caldeirão preto em cima das brasas da fogueira.

— Vamos esperar até que esquente, para que a água absorva o poder da *lus mór* — disse Nance, de volta ao banquinho.

— Não há necessidade de deixar o menino na cama quando eu posso segurá-lo — disse Mary.

Sem esperar pela reação das mulheres, ela se levantou e deu um pulo até a criança. Quando se aproximou, os olhos do menino voaram para o seu rosto. Mary pegou-o no colo, desviando o olhar de sua cabeça pendurada e do rosto palpitante.

— Ela passa o tempo todo com ele no colo — Nóra cochichou para Nance.

— Faz com que ele não chore — disse Mary.

— Bem, isso lá é verdade — murmurou Nance. — Nenhum som sai dele agora.

Nóra fez uma careta.

— Mas você não fica carregando essa coisa aí a noite inteira e isso berrando como se você estivesse a ponto de lhe cortar a garganta?

Mary encaixou Micheál bem encostado ao seu peito e acomodou-lhe as pernas, para que caíssem naturalmente sobre seus joelhos.

— Acho que isto o acalma um pouco. Ser carregado no colo.

Nóra piscou devagar, encarando-os.

— Essa coisa não para de gritar.

Nance estava pensativa.

— Não há mal na menina botar o parasita no colo, Nóra. Por certo, é bom que ela seja boa para ele, pelo bem do seu Micheál que está com Eles. — Pegou um pedaço de trapo com um nó e mergulhou-o em leite de cabra, entregando-o a Mary. — Pegue, dê isso para a criatura chupar.

Esperaram que a água absorvesse a planta. Nóra sentou-se, olhando as folhas flutuar no caldeirão, as mãos tremendo. Quando Nance deu a Nóra um copinho de *poitín*, a viúva esvaziou-o em silêncio.

Quando a água esquentou, Nance e Nóra tiraram o recipiente de cima das brasas, e Nance se virou para Mary.

— Tire as roupinhas dele agora. Vamos colocá-lo no banho.

A boca de Mary estava seca quando ela deitou Micheál no chão e começou a desenrolar os panos do seu corpo. Podia sentir os olhos das mulheres presos nela, o frágil pescoço do menino apoiado em sua mão quando levantou seu crânio do chão para puxar os panos. Quando tirou os últimos trapos, o corpo branco estava todo arrepiado.

— A água não vai queimá-lo, vai? — perguntou.

Nance fez que não com a cabeça, esticando as mãos para o menino. Juntas, puseram as pernas inúteis dentro do caldeirão.

— Abaixe-o agora. Assim mesmo, menina. Segure os braços dele. Não deixe a água respingar na sua pele. Mergulhe-o.

Os olhos do menino esbugalharam com o calor da água e depois se fixaram nas sombras que se moviam na parede.

— Ele é muito grande — arquejou Mary, respirando fundo. — Acho que não vai caber.

— Por certo que cabe, o ser encantado é só ossos. Vamos botá-lo aí dentro.

A água transbordou pelos lados do caldeirão quando dobraram os braços do menino sobre o peito e o deslizaram para dentro da água. Os joelhos foram dobrados até a altura do pescoço.

— Solte-o agora.

Mary hesitava.

— Se eu soltar a cabeça, ela vai bater na beira do caldeirão.

A voz de Nóra saiu rouca.

— Faça o que Nance está mandando, Mary.

Mary tirou a mão, e a cabeça do menino pendeu para o lado, a orelha perto da água. As mulheres recuaram e observaram.

— O ser encantado é desconfiado — murmurou Nance.

E Mary viu a verdade daquelas palavras no instante em que foram ditas. A cabeça de Micheál se virou para trás, acima da água, o queixo apontado para as vigas manchadas de fuligem. Um tremor sacudiu-lhe o corpo como vento ondulando a água e ele ganiu, língua esticada.

— Isso é o uivo de raposa dele — Nóra sussurrou.

Mary sentiu um aperto no estômago e não soube dizer se era de medo ou excitação. A escuridão parecia zumbir ao redor.

— Agora precisamos lhe dar o suco.

Nance se debruçou e segurou o queixo do menino. Ao seu toque, os maxilares se fecharam de repente, músculos tensionados. Olhando para Nóra e Mary,

Nance tentou passar o dedo entre os lábios de Micheál e por trás dos dentes, mas o menino virava a cabeça, resistindo.

— Mary! Faça com que ele abra a boca, está bem?

— É como se ele soubesse — maravilhou-se Nóra. — Ele sabe que o estamos expulsando.

— Mary?

Mary se ajoelhou junto ao caldeirão e esticou a mão para a boca de Micheál. Ele gemeu quando ela o tocou, batendo os braços e espirrando água para fora do caldeirão. Ela recuou, esperando até o menino se acalmar e ela não correr o risco de deixar que o líquido respingasse em sua pele. Então voltou a se aproximar e, com delicadeza, introduziu a ponta dos dedos entre seus lábios. Micheál olhou para ela pelo canto dos olhos, cabeça caída sobre o ombro. O brilho rosado do lábio inferior encostou em seus dedos. Ela podia sentir a firme pressão dos dentes.

— Isso vai machucá-lo? — perguntou.

— Nem um pouco — tranquilizou-a Nance. — Lembre-se, menina, nós só estamos querendo mandá-lo de volta para sua espécie.

Mary procurou o espaço entre os dentes do fundo e, empurrando depressa os dedos na boca molhada de Micheál, pressionou os molares para baixo. O queixo se abriu. Nance prendeu a língua do garoto com um dedo recurvado e derramou o suco de dedaleira em sua garganta.

— Pronto! Está feito.

Mary puxou os dedos para fora da boca do menino como se tivesse sido queimada. Quando os olhou, viu neles a marca indistinta de dentes.

— O que fazemos agora? — perguntou Nóra.

Mary se virou e viu que a viúva se balançava atrás deles, o cabelo grisalho grudado na testa banhada de suor.

— Esperamos — disse Nance.

Micheál continuava encolhido no caldeirão, gemendo, agitando a água como um peixe num balde. Mary pensou que talvez o banho quente o tivesse acalmado, tirado o frio de sua espinha e aliviado a coceira na pele irritada de suas costas. Os olhos estavam vidrados e as bochechas brilhantes e vermelhas, e ela pensou que, pela primeira vez desde que tinha visto o menino, ele estava tranquilo. Suspirou de alívio.

Então, aos poucos, quase imperceptível no início, um tremor se apoderou dele.

— Está começando — Nance murmurou.

A tremedeira aumentou. Ele tremia como o amento fragmentado da bétula, como a semente palpitante de um freixo, e em poucos minutos as convulsões se tornaram tão violentas que parecia que ele ia pular para fora da própria pele.

O pânico inundou o peito de Mary.

— Nance?

— A erva está fazendo seu trabalho.

A água transbordava do caldeirão à medida que as convulsões se intensificavam. A cabeça de Micheál caiu para a frente, o queixo de repente apertando a garganta. A água engoliu seu rosto.

— Ele vai se afogar — sussurrou Mary.

Esticou a mão para o ombro de Nance, mas a mulher a afastou, com delicadeza.

— Nóra. Levante-o. Me ajude a levantá-lo.

Nóra, parecendo desnorteada, bêbada, fez o que Nance mandou. Juntas, as mulheres mais velhas tiraram o menino convulsionado, esquálido e pingando, do banho de ervas fervidas. Entre suas mãos, ele se sacudia como um cão raivoso, boca entreaberta numa expressão apavorante, braços esticados e trêmulos e cabeça se debatendo de um lado para outro, como se aterrorizado pelo que estava sendo feito com ele.

— Mary! Abra a porta para nós.

Ela prendia a respiração, horrorizada, incapaz de se mexer.

— Abra a porta!

Um ruído estranho começou a sair do menino. Um arquejar estridente, como se não houvesse ar suficiente no mundo e ele lutasse para respirar.

— Abra a porta! Mary!

Mary, dominada pelo medo, fez o que lhe mandavam. Correu para a porta e empurrou o vime, abrindo-o para a noite, e depois se encolheu, encostada à parede. Lá fora, o céu noturno estava coalhado de estrelas.

A expressão de Nance era solene, atenta. Ela encarou Nóra com seus olhos embaciados, tentando atrair sua atenção.

— Me ajude a balançá-lo — disse.

Nóra concordou, dentes trincados, concentrada. Segurando firme os ombros e as costelas do menino que tremia, as duas cambalearam até a porta.

— Eu vou dizer o que precisa ser dito, e você vai me ajudar a balançá-lo. Não o deixe cair, só o balance para fora da porta. Para a frente e para trás.

Nóra concordou, muda.

— Mary! Pegue a pá no canto do quarto. Ali. Ande depressa!

Mary, chumbo nas entranhas, fez o que lhe mandavam.

— Ponha debaixo das pernas dele. Debaixo dele, como se ele estivesse sentado nela. Nóra, segure firme. Agora vamos balançá-lo.

Nance fechou os olhos e respirou fundo.

— Se você é encantado, vá-se embora daqui!

Seguindo as ordens de Nance, Nóra balançou o menino na direção da escuridão. Seus dedos agarravam o nó musculoso do ombro que tremia.

— Se você é encantado, vá-se embora daqui!

Mary empunhava a pá com força, segurando-a sem resistência debaixo das pernas de Micheál, pedaços de ossos que oscilavam na direção da floresta, o vago brilho da pele irritada à luz da fogueira.

— Se você é encantado, vá-se embora daqui!

As duas o balançaram em direção à noite e sua morada de duendes; os astuciosos e vigilantes sentinelas do mundo invisível. Mary segurava a pá, e elas o balançavam como um corpo num cadafalso enquanto ele tremia em suas mãos. E quando elas o baixaram até o chão ela pôs de lado a pá, apanhou-o e enrolou seu xale em sua nudez trêmula e pegajosa. E quando o levou no colo para perto do fogo sentiu enfraquecer os batimentos do coração anormal, até parecerem se ajustar num ritmo que ela não reconhecia.

Capítulo Doze
Verônica

Uma semana depois do parto do filho imóvel e morto de Brigid, Nance voltou à cabana dos Lynch com os braços cheios de verônicas. Tinha sonhado com Brigid todas as noites desde aquele dia. Sentido o doloroso repuxar dos seios, cheios de leite não mamado, e acordado, irritada, indo à floresta em busca de ipecacuanha, verônica, agrião e todas as folhas que poderiam acalmar os chamados do corpo da mocinha.

Quando as primeiras luzes se refletiram no topo da montanha, ela desceu ao vale e bateu à porta dos Lynch.

Daniel abriu, rosto desfigurado pela falta de sono.

— O que você quer? — ele perguntou.

Nance sentiu a irritação em sua voz e apenas mostrou o que trazia no cesto.

— Para que é isto?

— Para diminuir a dor dela, é para isso que serve.

— Ela precisa de mais do que ervas — disse Daniel, encostando-se ao batente da porta, braços cruzados.

Quando Nance espiou para dentro da cabana, ele bloqueou-lhe a visão.

— Acho que você já fez o bastante por aqui, Nance.

— Deixe-me ver sua esposa, Daniel.

— Ela ainda não foi absolvida.

— Eu sei. Deixe-me vê-la. Eu posso ajudá-la.

— Mais dulcamara, não é?

A boca de Daniel se retorceu, e ele inclinou o corpo para a frente, os olhos duros, fixos nos de Nance.

— Eu avisei. — Ele cuspiu. — Eu avisei quando ela foi andando até o *cillín*, e você não fez *nada*. E agora nosso bebê está enterrado lá.

Nance sustentou o olhar.

— Acontece. Às vezes acontece, Daniel. Ninguém tem culpa quando acontece. Fizemos tudo o que pudemos, eu juro. São só as leis do mundo. É só a vontade de Deus.

Daniel passou a mão pelo queixo não barbeado, os olhos azuis gelados.

— Quem pode dizer que aquelas frutinhas não mataram meu filho?

— A dulcamara era para ajudá-la a dormir, e nada mais.

— Isso é o que você diz.

Nance aprumou o corpo.

— Daniel, eu vivo há muitos anos nesta terra. Ajudei mais crianças a nascer do que posso contar. Você acha que, no fim da vida, eu ia virar assassina de bebês?

Ele riu, o vapor da respiração subindo na penumbra.

— É... bem... Você não pode me culpar...

— Você vai me deixar vê-la?

— Como eu disse, Nance, ela ainda não foi absolvida. Você é quem vive falando de espíritos. Não tem medo de que ela possa envenená-la com sua respiração impura? O pecado do parto está dentro dela.

— Não tenho nenhuma intenção de absolvê-la. Isso é trabalho do padre. É coisa da Igreja, isso sim. Eu estou aqui como parteira dela.

— Sei, parteira dela. Grande parteira.

Ele indicou a trilha.

— Fora daqui.

— Então posso deixar as ervas com você?

— Fora daqui!

A voz dele ecoou pela manhã que nascia. Um bando de estorninhos levantou voo de um freixo próximo.

Nance o encarou e botou o cesto de ervas no chão.

— Use-as em cataplasma — aconselhou.

Mas, antes que as palavras terminassem de sair de sua boca, Daniel deu um passo à frente e chutou o cesto para longe. Estava ofegante, duas rodelas vermelhas de raiva nas bochechas.

Nance ficou petrificada, o coração de repente em suspenso. Olhou para o chão, olhou para os dedos dos pés, para as unhas amarelas.

O ar estava carregado. Nenhum dos dois se mexeu.

Houve um leve rangido na cabana, e tanto Nance quanto Daniel se viraram ao ouvi-lo. A porta se escancarou, e Brigid lá estava, de pé, cabeça encostada ao batente. Estava pálida, a cabeleira negra desfeita e emaranhada. Lançou um longo olhar para Daniel, e Nance achou que alguma coisa se passou entre eles. Então, sem uma palavra, ela voltou para dentro de casa, fechando a porta ao entrar.

— Eu posso ajudá-la — disse Nance.

Daniel continuou de cabeça baixa e depois andou devagar pelo pátio, até onde o cesto havia rolado. Nance o observou parar e, desajeitado, pegar as ervas da lama aos punhados e jogá-las de volta na cesta. Ele limpou as mãos na calça e estendeu-lhe o cesto.

— Vá para casa, Nance.

— Você não vai lhe dar as ervas?

— Por favor, Nance, vá para casa.

— Tudo o que você tem que fazer é lavar e amassar para fazer um cataplasma.

— Por favor, Nance, vá para casa.

Nance, língua seca, aceitou em silêncio as ervas sujas. Sem encontrar o olhar de Daniel, deu meia-volta e caminhou até a trilha.

Ocorreu uma mudança no menino, embora não fosse o que Nóra desejava. Todas as madrugadas, enquanto ainda estava escuro e o galo não tinha cantado, ela acordava, olhar turvo, e saía do quarto tateando até onde dormiam a criada e o parasita a seu lado. Nóra pairava sobre o catre, enrolada no casacão de Martin, tentando desvendar os traços da criança. Todos os dias ele parecia não estar dormindo nem acordado, mas num estranho atordoamento de olhos semicerrados. Às vezes se mexia, mas pouco restava dos violentos espasmos de antes. Em vez disso, parecia alternar entre a imobilidade de membros inúteis e uma perturbadora tremedeira, como o tremor de um choupo. Ela observava a boca, perguntando-se se estaria relaxada como a de qualquer criança que dormia ou se aquilo seria o bocejo de um encantado. Às vezes via a língua do menino sair por entre os lábios, e seu coração disparava na expectativa de ouvi-lo falar, da volta da linguagem.

Uma manhã, Nóra estava assim olhando para a cama, pensando que talvez a dedaleira tivesse funcionado, que a respiração vinda do menino era o começo de palavras, quando Mary acordou ofegante. Ela se encolheu com a visão de Nóra ali debruçada, olhar fixo.

— Você me assustou.

Nóra ficou de joelhos, aproximando a orelha da boca da criança.

— Eu achei que ouvi o som de uma palavra.

Mary se sentou, cabelo emaranhado pelo sono.

— Você ouviu ele falar?

— Falar, não. Mas um som. Uma respiração. Como se ele fosse me sussurrar alguma coisa.

As duas passaram algum tempo atentas, mas os lábios de Micheál não reagiam, imóveis.

— Ele passou mal outra vez durante a noite.

— Mal?

A criada apontou para um balde ao lado da cama, um pano boiando na água suja.

— Vomitando em cima dele mesmo. Está tudo cheio do vômito dele, do mijo dele.

Ela se aproximou, testa franzida de preocupação.

— E ele está tremendo.

Nóra se levantou, dedos puxando o lábio inferior.

— Com certeza é bom sinal.

Mary levantou uma das mãos moles de Micheál, avaliando-a.

— Ele não está igual ao que era antes.

— A *lus mór* está funcionando.

Mary acariciou a mãozinha.

— Ele está do jeito que minhas irmãs ficaram, antes de morrer. Todo mole. Não tem som nenhum saindo dele.

Nóra agiu como se não tivesse ouvido.

— Está frio, Mary. Levante-se e atice o fogo, sim?

A menina repôs a mão de Micheál debaixo do cobertor.

— Você não acha que ele vai morrer, acha?

— Se Deus quiser, o ser encantado vai morrer, se assim for preciso para a volta de Micheál.

Nóra abriu a porta e espiou a névoa da manhã.

Mary se acalmou.

— Você quer que ele morra? O ser encantado? — Ela se aproximou de Nóra. — Dona, por certo, isso não é pecado? A dedaleira envenenar ele desse jeito?

— Nada disso é pecado se o ser encantado for embora. Pouco importa. Não é pecado tentar se livrar do encantado e salvar Micheál. — Nóra se virou e segurou Mary pelo ombro. — É uma boa coisa, isso que estamos fazendo. Você não está vendo que os gritos sumiram? Os chutes e os socos? Se nós pudermos mandar embora o ser encantado e consertá-lo para que viva, os Bons Amigos vão ter o que é d'Eles de volta, e eu vou ter o que é meu. A dedaleira vai funcionar, e Deus seja louvado por isso! Agora, você não vai acender o fogo? Eu estou com muito frio.

A menina obedeceu, recuando até a lareira, onde começou a remexer os carvões.

Nóra se virou para a paisagem do vale enevoado. Por entre a cerração, podia ver o movimento das vacas já fora dos estábulos, ouvir o som de baldes de leite vazios e as vozes das mulheres. O rápido brilho de lareiras recém-acesas quando portas se abriam e fechavam. E lá embaixo, perto do rio, a massa escura das folhagens perenes e o contorno dos galhos das árvores nuas. Nóra achou ter visto o pilriteiro do Piper's Grave e, firmando o olhar, uma luz trêmula nas trevas que o cercavam. Como a chama bruxuleante de uma vela nas mãos de alguém que entrava e saía da escuridão. Como um lampejo que se desfazia em fumaça, acendia e se desfazia outra vez pela respiração de alguém invisível.

Um calafrio percorreu as costas de Nóra. Ela pensou no que Peter tinha dito na noite do velório de Martin.

Eu vi um brilho naquele pilriteiro. Escrevam o que eu digo, não vai demorar muito para ter outra morte nesta família.

Então, tão de repente quanto surgiram, as luzes desapareceram.

— Dona?

Mary a observava, o atiçador de ferro na mão, as chamas subindo na lareira.

— O que foi?

— O frio está entrando, e você disse que estava com frio, então...

Abalada, Nóra fechou a porta e voltou para seu lugar junto ao fogo. Embrulhando-se no casacão de Martin, ela sentiu um volume duro junto ao corpo e, pondo a mão no bolso do casaco, tirou um estranho pedaço de carvão. Aquilo ficou em sua mão, leve e se desfazendo.

Mary pôs um pouco de turfa no fogo. Como Nóra continuava em silêncio, ela levantou os olhos.

— O que é isso?

— Estava no casaco de Martin.

— Cinzas?

Nóra sacudiu a cabeça.

— Um tição apagado.

— Proteção.

— Proteção contra os *púca*.

— Foi Nance quem deu?

— Não, não foi. Estava aqui, no casaco de Martin.

A garota, distraída, fez que sim e prendeu melhor o cobertor debaixo dos ombros do menino.

— O cabelo dele está crescendo.

Nóra olhava para o carvão em sua mão. Martin nunca o tinha mencionado, nunca tinha ido à casa de Nance, a não ser para o inchaço frio na mão. Era o ferreiro que ele procurava por causa dos dentes que o incomodavam, da costela quebrada que ainda doía anos depois de ter caído de um cavalo. Nunca Nance.

— E as unhas também — Mary estava dizendo. — Dona?

Nóra girou o carvão entre os dedos. Ele teria ido lá escondido? Teria ido em busca de alguma coisa para proteger o menino? Ou teria ido para se proteger contra ele?

— Dona?

— O quê? — Nóra pulou, enfiando o carvão de volta no bolso do casaco.

— As unhas de Micheál. Estão muito grandes. Ele pode se arranhar.

— Essa coisa aí não é Micheál.

Nóra pegou o xale e começou a enrolá-lo na cabeça.

— Quero dizer... do menino.

— Eu vou ordenhar a vaca hoje.

— Corto as unhas dele?

— Faça o que quiser com isso.

Nóra saiu batendo a porta e parou no pátio, deixando a umidade da manhã esfriar seu rosto afogueado. Agarrou a alça do balde de leite até enterrá-lo na pele, balançando-o de encontro à perna até sentir a borda lhe machucar a coxa.

Olhou na direção do Piper's Grave, de onde o pilriteiro emergia à luz da aurora. Ela o teria queimado, enchido as roupas de cinzas, se a ajudassem a se proteger dos seres encantados e de sua lenta crueldade.

Deixe que trema, pensou. Deixe a dedaleira sacudir o ser encantado para fora da minha casa e me devolver o filho da minha filha. Por favor, Deus, expulse o ser encantado!

— Nance Roche, você está aí?

Era uma voz de homem, tingida de impaciência. Nance parou de esfolar a enguia e a pôs de volta no balde de água do rio.

— Você vem da parte dos vivos ou dos mortos? — perguntou.

— Por favor, mulher, não é um dos seus pacientes que veio ser enganado. É o padre Healy. Vim falar com você.

Nance se levantou e foi até a porta. O padre estava do lado de fora, pés separados, casaco batendo com o vento.

— Padre. Que prazer.

— E como você tem passado, Nance?

— Ainda viva.

— Você não assistiu à missa nos dias santos?

Nance sorriu.

— Ai, é muito longe para uma velha.

— Mas recebeu sua comida e sua turfa?

Nance parou, secando as mãos ensanguentadas no avental.

— Então foi o senhor, é?

— Você achou que fosse um presente pelo charlatanismo? — O padre Healy espiou para dentro da cabana. — Está sozinha?

— Não, se cabras contam como companhia.

— Não contam.

— Então venha para o calor. Deixe-me lhe dar as boas-vindas para agradecer pela comida. Por certo, foi gentil de sua parte se lembrar de uma velha como eu, sozinha no dia de Nosso Senhor.

O padre balançou a cabeça.

— Não, obrigado. Eu não vou entrar.

— Então faça como quiser, padre.

— Vou fazer.

Nance esperou que o padre falasse. O sangue da enguia começava a secar, criando manchas cor de ferrugem em sua pele.

— Pois bem, padre. Diga o que tem a dizer. Visita sem motivo logo deixa de ser bem-vinda.

Ele cruzou firmemente os braços.

— Você devia saber, Nance, que é com o coração pesado que venho vê-la hoje. — Ele mudou o peso do corpo de um pé para o outro. — Vim tratar de um assunto sério.

— Então é melhor dizer logo do que se trata e resolver o caso, padre.

O padre Healy engoliu em seco.

— Eu soube de fonte segura que foi nas suas mãos que Brigid Lynch perdeu o bebê. Há uma acusação contra você. Algumas pessoas vieram me dizer que você tentou envenenar Brigid Lynch.

Nance olhou para o padre.

— Essa é uma acusação bem forte.

— Você lhe deu ou não bagos de dulcamara?

— Dulcamara não é veneno. Não quando usado do jeito certo.

— Me disseram que é beladona.

— O homem dela veio me pedir um remédio. Ela estava andando dormindo, e ele temia por ela. Eu não sou assassina, padre. As ervas que uso são colhidas com orações. Em nome do Senhor.

O padre Healy balançou a cabeça.

— Bem, eu posso dizer agora, Nance Roche, que colher ervas dessa maneira... Isso é um abuso da sagrada lei de Deus. Não posso concordar com isso. Há pessoas nesta paróquia que se cansaram de você lhes trazer desgraças com suas práticas pagãs e inúteis.

— Diga o que quiser das minhas práticas, padre, mas elas são muito úteis.

— Essas pessoas não aguentam mais suas choradeiras.

— Ah, é verdade, o senhor já me disse que é contra a carpidura.

O padre Healy fitou-a com ar sinistro.

— Não, Nance. Não. Isso já foi além da carpidura. Estamos falando de panaceias e *piseógs*.

O corpo de Nance doía, e ela lutou contra um repentino desejo de se deitar na grama e virar o rosto para o céu. *Piseógs* e maldições. Era disso que se tratava. *Piseógs* e as coisas tenebrosas que as pessoas faziam umas às outras quando seu coração se turvava de ódio e a ponta de sua alma se retorcia de amargura. *Piseógs*. Súplicas murmuradas ao Diabo antes do nascer do sol num dia santo.

Maldições forjadas para destruir o bem-estar alheio. A barganha secreta e ardilosa da vingança e das más intenções.

— É. *Piseógs*. E não foi só por causa de Brigid Lynch que vim aqui. Seán Lynch encontrou uma coroa de sorveira-brava em seu portão — continuou o padre Healy.

— Encontrou, é?

— E está dizendo que é um *piseóg*.

— Olha, padre, eu conheço algumas coisas deste mundo em que estamos, e uma coroa de sorveira-brava não é um *piseóg*. Para fazer um fogo bom e limpo, um bastão de *hurley** e uma cerca, são esses os usos da tamargueira. Não serve para fazer nenhum tipo de *piseóg*.

Os olhos do padre Healy se animaram.

— Ah, você sabe o que é bom para um *piseóg*, não é, Nance?

— Eu não ponho a mão em *piseógs*. Não trabalho com feitiçaria. Não mexo nisso.

— Então você pode me dizer, Nance, por que tanta gente tem vindo falar comigo agora dizendo que é um hábito seu? Dizem que é assim que você sobrevive aqui, Nance. Tirando dinheiro das pessoas por maldade. Roubando do leite o lucro da manteiga. Amaldiçoando desnatadeiras. Jogando vizinho contra vizinho e amaldiçoando os que não deixam você os roubar?

— É para isto que estou roubando manteiga? — Nance fez um gesto em direção ao *bothán*. — Nadando em dinheiro, eu estou?

— Nance, as pessoas acham que você as está roubando com maldições, ou que as está roubando furando o pescoço dos animais... — Ele se interrompeu, como se para observar a reação dela. — Não posso tolerar roubos. Vou chamar a polícia para cuidar disso. Por certo, o guarda vai prendê-la se for isso que você anda fazendo.

Nance ergueu as mãos manchadas para o padre.

— São as enguias que enchem a minha barriga, e não manteiga roubada.

— Olhe para você, de mãos vermelhas como o Diabo.

— O senhor sabe tão bem quanto eu que ninguém se incomoda com algumas enguias pescadas.

* *Hurley* ou *hurling* — jogo nacional irlandês de origem celta, semelhante ao hóquei, sem tradução para o português. (N. T.)

— Nance, vá em frente e pegue quantas enguias quiser. Você tem razão, ninguém se incomoda com isso. Mas não fique roubando o sangue dos animais, e não amedronte o vale com seus *piseógs*!

Nance riu, exasperada.

O padre deu um passo na direção dela.

— Não há motivo algum para risos. Nance, eu estou avisando, minha paciência com você está por um fio. Se as carpiduras são pagãs, isso de fazer coroas de tamargueiras e dar ervas a mulheres em estado interessante para garantir seu lugar aqui é crueldade.

— Padre...

— Nance! Eu avisei que você podia servir de aparadeira para as que precisassem, e mais nada. — Sua expressão se suavizou. — Se dulcamara é um remédio e a morte do bebê de Brigid Lynch foi obra de Deus, então não se fala mais nisso. Mas... — Ele apontou um dedo, em sinal de aviso. — Não fique lançando feitiços.

Nance jogou as mãos para cima.

— Padre, eu não ponho a mão em *piseógs*! Eu não lido com feitiçaria.

— Só lida com *Eles que lidam com isso*. Eu sei que é da sua boca que sai essa conversa de seres encantados. — O padre Healy virou a palma das mãos para cima, num gesto eclesiástico. — Nóra Leahy foi me procurar implorando por magia, tagarelando sobre superstições. Dizendo que o coitado do menino de quem ela toma conta é a fofoca do vale, que ele é encantado. Isso não seriam minhocas postas na cabeça dela, seriam, Nance? Por certo, as pessoas pagam caro quando estão desesperadas. Não faz mal ficar alardeando curas quando elas trazem comida e turfa para a sua porta.

Nance sentia a raiva subir.

— Aquele menino não é normal.

— E você é médica de anormais?

— Sou.

— E você pretende curá-lo.

— Pretendo expulsar o ser encantado e trazer de volta o neto de Nóra Leahy.

O padre Healy olhou-a com ar de cansaço e frustração.

— Seria bondoso de sua parte dizer a Nóra Leahy que ela tem o dever de cuidar do débil mental e de não esperar qualquer outra coisa.

— Não há bondade na impotência, padre.

— Mas há numa esperança falsa? — O padre suspirou e olhou para o vale. — As pessoas estão sofrendo, Nance.

— Sim, padre.

— Estão preocupadas com a manteiga. Com a possibilidade de serem despejadas. Com não terem dinheiro para pagar o arrendamento. Com os vizinhos que se voltam contra elas, desejando-lhes mal. Querendo que fiquem doentes e morram.

— Sim, padre.

Ele voltou a encará-la, testa franzida.

— Se eu descobrir que você tem alguma coisa a ver com isso, não serei mais gentil como tenho sido, Nance. Botarei você na rua. Botarei você para fora do vale.

Capítulo Treze
Dipsacácea-do-diabo

A véspera do dia de santa Brígida chegou ao vale, e com ela a garantia da primavera. Exaurida pelo inverno, a véspera do dia santo atraiu as pessoas para fora de suas cabanas abafadas, para os campos onde o junco crescia e tremulava ao vento.

Ao fugir do confinamento da cabana da viúva e descer correndo a encosta da montanha até a faixa de grama da charneca, Mary achou que quase podia sentir o despertar da terra sob seus pés. Fazia frio, mas o sol brilhava, e ela sentia que nos campos alagados havia uma promessa de vegetação. Mesmo da escuridão da terra encharcada, onde a neve velha trazia marcas do voo da meia-noite dos coelhos, já emergiam os primeiros dentes-de-leão. Acompanhou o voo dos pintarroxos, manchas vermelhas contra o céu, e imaginou que eles a levavam até os juncos, que estavam contentes sabendo que o calor voltaria à luz.

Era um alívio estar ao ar livre. Um alívio sair de perto de Nóra e sua constante observação do menino, encarando-o como um gato vigia um pássaro morto. Um alívio não olhar para a criança se retorcendo e gemendo como se o Diabo estivesse dentro dela, disputando sua posse. Para Mary, o próprio ar da cabana parecia deprimente. Sufocava com o peso da expectativa da viúva.

Caminhando na direção das moitas de juncos, Mary respirava fundo para limpar a poeira dos pulmões, para absorver os aromas dos campos ondulantes. Grama molhada, esterco de vaca, fumaça de turfa e barro. Discos dourados de tussilagem e as flores esfiapadas das verônicas aglomeravam-se sobre o marrom e o verde. O dia estava fresco, com rajadas de frio, e os olhos de Mary se banharam de luz.

Deixara a criança aos cuidados de Nóra, tão ansiosa estava por um momento sozinha ali fora, sem o peso espasmódico do menino em seu colo. Sugeriu a Nóra que levasse Micheál para o pátio. Que o agasalhasse contra o frio e deixasse o sol bater em sua pele pálida, enquanto ela ia até os juncos e fazia a cruz de santa Brígida para a casa. Mas a viúva, de olhos vermelhos, disse que o manteria longe dos olhos alheios e que Mary se apressasse e não demorasse, que voltasse direto para casa.

Em casa, os irmãos de Mary sempre faziam as cruzes de santa Brígida. Percorriam quilômetros de pântano para encontrar os melhores juncos, arrancar as folhagens emaranhadas e limpar toda a lama antes de voltar para casa, sentar e tecer as folhas, enquanto Mary e as crianças menores os observavam.

— Vejam, é importante puxá-los, e não cortá-los com uma faca. É assim que se mantém a santidade dos caniços. Por certo, a cruz é montada ao sol.

Mary imaginou David sentado no pátio, as varetas verdes no colo, língua aparecendo entre os lábios, de concentração, enquanto dobrava os juncos uns sobre os outros.

— O que acontece se a gente fizer a cruz à sombra?

David tinha franzido a testa.

— Mas por que você faria isso? Isso é incoerente, Mary. Acredite, é no sol que você tem que fazer a cruz, para manter o poder do amuleto.

Eles observavam os dedos rápidos trabalharem os caules cônicos até conseguirem ver a imagem verde se formando. Uma cruz de quatro pontas feita em nome da santa, a ser abençoada e pendurada acima da porta como proteção contra o mal, o fogo e a fome. Ela os manteria a salvo, mesmo depois que o brilho do junco verde secasse e virasse palha e a fumaça da lareira a deixasse negra de fuligem.

Mary queria uma cruz para a casa da viúva. Queria saber que estaria uma vez mais protegida por uma bênção pendurada na porta. A visão do menino sob o domínio da dedaleira encheu-a de um horror tão profundo e inquietante que ela se sentiu endurecida. Havia alguma coisa de ruim nas convulsões, ela sabia. Alguma coisa que fazia seu estômago embrulhar todas as manhãs, ao acordar sabendo que teria que carregar a criança enquanto seu corpo estremecia com o sobrenatural.

Nóra estava debruçada sobre seu tricô quando Mary voltou, nas mãos um punhado de juncos brilhantes. Mas o menino não estava mais em seu lugar junto ao fogo. Mary parou à porta, os olhos percorrendo a cabana.

Ela fez alguma coisa com ele, pensou de repente. Deixou-o na montanha, enterrou ou largou na encruzilhada. Seu estômago deu um nó de pavor.

— Onde está Micheál? — perguntou.

A viúva fungou e inclinou a cabeça para o canto da sala. Mary, então, viu o menino deitado na magriça que Nóra guardava para acender o fogo, de costas, imóvel. Seu alívio, correndo até lá e vendo-o vivo, vendo aquele pequeno monte de ossos ainda subindo e descendo com a respiração, foi estarrecedor.

Prendeu os juncos debaixo do braço e usou as mãos livres para colocá-lo no colo.

— Vou levá-lo lá fora para pegar ar — disse a Nóra, puxando o cobertor de cima da cama de armar. — Eu tomo conta dele enquanto faço a cruz.

Os olhos de Nóra a seguiram.

— Se você vir alguém chegar, traga-o na mesma hora para dentro.

Com o sol no rosto e a brisa sacudindo seu cabelo, Micheál pareceu despertar da sonolência amorfa em que vivia desde o banho de dedaleira. Mary colocou-o sobre o cobertor a seus pés e, ao se empoleirar num banquinho e começar a tecer o junco, percebeu que os olhos do menino se arregalaram, o azul refletindo o céu acima dele.

— Está um dia ótimo para ficar ao ar livre — murmurou.

E ele piscou, como se a tivesse ouvido e concordasse. Ela parou para olhá-lo, sorrindo ao ver as pequenas narinas inflar, a ponta rosada da língua surgir entre os lábios. Ele quer sentir o gosto do ar, pensou.

Apesar de todos os anos que tinha de vida, Micheál parecia um recém-nascido deitado ao sol. A dedaleira o tinha deixado mais pálido, como se sua pele nunca tivesse visto o céu. Deitado ao sol, os raios penetravam na frágil cartilagem de suas orelhas, e Mary viu como ficavam rosadas, como sua transparência se avermelhava. Percebeu os pelinhos louros em seu rosto.

— Amanhã é dia de santa Brígida — ela disse. — A primavera chegou.

E, pondo os juncos no chão, andou até onde crescia um dente-de-leão, a cabecinha felpuda ondulando com a brisa.

— Está vendo?

Mary segurou o pompom acima do menino e ele olhou, a boca se abrindo. Ela soprou as sementes, que se espalharam pelo ar. Micheál gritou, as mãos de repente no ar, tentando pegar as penugens.

— Aquela dedaleira não adiantou nada.

Mary se virou. Nóra os observava, parada em frente à porta.

— Olhe para isso! Como antes. Acabou a tremedeira toda. Toda a resistência foi embora.

— Ele parece melhor.

Nóra passou a mão no rosto.

— Melhor? Essa coisa aí gritou a noite toda de novo.

— Eu sei.

— Não há melhora enquanto isso estiver gritando. Não há melhora se o parasita lutou contra a dedaleira e venceu! Não há melhora enquanto o comportamento e a doença estiverem aí, depois do tempo que passamos com Nance, depois de tanto acreditarmos que estava funcionando.

— Mas, dona, com certeza é melhor ter uma criança com ar nos pulmões do que tremendo como ele estava. — Os lábios de Mary tremiam. — Eu ficava com medo, vendo o jeito que ele estava.

— Com medo? Menina, você deveria ter medo de ver a força dos encantados. Você deveria ter medo de ter um d'Eles entre nós. — Ela piscou várias vezes. — Não há como saber, mas esse aí, isso mesmo que está aí, botou mau-olhado no meu homem e na minha filha. E aí está você, brincando com isso. Paparicando isso. Cortando o cabelo, roendo as unhas e alimentando-o como se fosse seu.

— Ele gosta dos flocos dos dentes-de-leão — sussurrou Mary.

— Tem mesmo é que gostar, filho dos encantados. — Nóra fez menção de entrar, mas parou, virando-se. Tinha os olhos cheios de lágrimas. — Eu achei que estava funcionando — murmurou. E olhou para Mary com uma expressão de tristeza tão desesperada que a menina lutou contra o impulso de correr até ela, botar as mãos no rosto da viúva e consolá-la, como às vezes consolava a mãe.

Mas, tão depressa quanto surgiu, o impulso desapareceu, e Mary continuou ajoelhada ao lado de Micheál. Ficou em silêncio, e depois de algum tempo Nóra voltou para a cabana, cabeça caída como a do Cristo morto.

Mary acordou cedo no Dia de Santa Brígida, o som abafado da chuva caindo lá fora. Rolando com suavidade o corpo do menino e verificando que seus trapos não estavam sujos, levantou-se e espiou a lareira. Em casa, ela e os irmãos sempre brigavam entre si para ver quem dava a primeira espiada no fogo abafado, procurando a marca da passagem de santa Brígida.

— Olha ali! — gritavam os pequenos, e todos viam um pequeno arco na cinza dos tições que era sem dúvida a pegada do sagrado calcanhar da santa.

— Ela veio e nos abençoou!

Mary ficou de cócoras na cabana da viúva e examinou as cinzas alisadas da lareira. Nada. O borralho estava do jeito que ela o tinha deixado.

Com saudades de casa, Mary foi até a porta do pátio, destrancou a parte superior e empurrou-a. Debruçou-se na parte inferior, aspirando o cheiro da chuva. Um dia difícil, pensou. Um dia de temporal. Gotas barulhentas caíam nas poças do pátio.

Ouviu-se um pequeno ruído atrás dela, e Mary se virou, esperando ver Micheál — acordado, irritado, irrequieto.

A cruz de santa Brígida. Caída de onde ela a havia amarrado, acima da porta.

Mary ficou olhando para as tranças de junco. Alguma coisa estava errada. Tinha prendido a cruz direito, ansiosa pela proteção, pelo olho familiar que velaria por ela à noite, impediria que o fogo atingisse o teto, garantiria a cura caso fosse necessária. Afastaria os seres encantados da casa.

O medo deixou-a com a boca seca. Ela se encostou à porta e chamou Nóra. Nada. Chamou de novo.

Houve um rangido baixo no quarto ao lado e a viúva apareceu, rosto cheio de sono. Segurava a cabeça nas mãos.

— O que é? Qual é o problema? Você vai deixar a chuva entrar. Veja, já está entrando.

Mary apontou para cima da porta.

— O quê?

— A cruz de santa Brígida. Caiu.

Nóra se inclinou e pegou a cruz do chão para onde havia escorregado.

— Eu a amarrei, amarrei, sim — gaguejava Mary. — O que você acha que quer dizer, ela ter caído? Eu nunca ouvi falar de uma cruz caída. A proteção...

Nóra girou o junco nas mãos, depois tirou a sujeira da cruz com o xale e devolveu-a a Mary.

— Bote lá em cima. Isso não quer dizer nada. Foi o vento. Ela ainda traz sorte.

Mary aceitou a cruz, em silêncio. Apesar das palavras tranquilizadoras da viúva, ela soube, pela expressão estranha no rosto de Nóra, que a patroa compartilhava de sua dolorosa sensação de que algo estava errado. Não havia vento. Nenhum.

Alguma coisa mexeu na cruz. Alguma coisa jogou-a no chão.

Nóra parou ao lado do menino adormecido, expressão sombria.

— Aquilo se sacudiu durante a noite? Estava doente e vomitando?

— Não, dona.

— Está se sujando todo?

— Não como antes. Não tem nada saindo ou escorrendo de dentro dele. E não tem febre.

Um ricto de dor cobriu o rosto de Nóra, e seus olhos se vidraram.

— Nunca vamos nos livrar daquilo com ervas.

Mary empalideceu ao ver a expressão de Nóra.

— Estive pensando, Mary. Os seres encantados não gostam de fogo. Nem de ferro. — Os olhos de Nóra foram até o borralho liso da lareira. — Nas histórias, as pessoas os ameaçam com isto. Dizem para ir embora ou vão lhes arrancar os olhos com um atiçador em brasa. Botá-los em cima de uma pá.

— Nós o pusemos em cima de uma pá — sussurrou Mary.

— Vamos botar em cima de uma pá *quente*.

— Não.

Nóra olhou para Mary, surpresa, e a estranheza se manifestou em seus gestos.

— Não, eu acho que não devemos fazer isso.

— Nós não vamos queimá-lo. Só ameaçá-lo. — Nóra mordia a pele em volta das unhas.

— Acho que tem pecado nisso, dona. Não quero, não.

— Aquilo não vai embora se continuarmos a lhe dar ervas, Mary. Micheál não vai voltar nunca só com dedaleira e hortelã.

— Por favor, dona. Não o queime.

Nóra arrancou a pele da unha, olhou para a mão e espalhou o sangue.

— Só a ameaça já vai resolver — murmurou consigo mesma. — Ferro e fogo. Com certeza, é isso que é preciso.

— Nance. Como você tem passado?

— *Musha*, um dia bem e um dia mal, graças a Deus. Eu já estava me perguntando quando você viria me ver.

Nance apontou para o banquinho forrado de palha junto ao fogo e Áine se sentou, esticando as pernas.

— Acho que estou doente do peito.

— Do peito, Áine?

— Eu sinto um chiado. — A mulher levou a mão frágil à garganta e enrubesceu. — Acho que é gripe.

— Peito ruim, é? E há quanto tempo está sentindo isso?

Áine passou os olhos pela cabana.

— Ah, já faz um tempo. Desde o Ano-Novo. Abrimos a porta para deixar sair o ano velho e entrar o novo, e acho que ele chegou acompanhado de uma doença. — Ela tentou rir. — Agora tem alguma coisa em mim. Eu tusso, às vezes.

— Que tal a umidade da sua casa?

— A umidade?

— Como você e seu marido John lidam com o frio e o molhado? O chão da sua casa é seco?

Áine, distraída, puxava um fio solto do xale.

— As tempestades do ano passado estragaram o colmo do telhado. E os melros o arrancam. Chove um pouco lá dentro. Vamos consertar este ano.

— E vocês têm o que comer?

— Deus provê bastante, embora não se tenha como fazer manteiga. O lucro não vem do leite.

— É verdade — concordou Nance. — Não há lucro em todo o vale, pelo que ouvi dizer. Mas fico contente sabendo que vocês têm o que comer. Vocês merecem, isso e muito mais. Você vai me deixar sentir o tal chiado?

Áine fez que sim, e Nance encostou a mão espalmada no peito da mulher. Fechou os olhos e procurou o entupimento nos pulmões. Não sentiu nada. A respiração de Áine parecia normal, embora o coração estivesse acelerado.

— Está sentindo?

— Quieta, agora. Feche os olhos, Áine. Respire fundo.

Por cima das roupas da mulher, Nance sentiu sua mão esquentar. Sentiu o desejo de Áine por um filho. Sentiu quanto ela queria aquilo, mais do que qualquer outra coisa. E como, quando Áine sangrava, corpo encolhido de dor, a mulher imaginava que seu corpo a estava traindo, castigando-a por sua esterilidade.

Nance viu Áine se obrigando a sair da cama e pôr a água para ferver na lareira, para o café da manhã de John. Viu-a varrendo o chão da cabana enquanto seu corpo se retorcia e contorcia numa ferocidade inútil. Viu como Áine odiava as visitas que chegavam para a ronda noturna, os homens com violinos ensebados nas mãos; viu como ela odiava o modo como as mulheres se apoderavam do precioso calor do fogo, como os homens jogavam pedaços de batata para os seres encantados no canto da sala que ela, cheia de dor, quase desmaiando, precisava varrer, ajoelhada, depois que eles saíam.

Nance viu Áine rastejando para a fossa atrás da casa, para trocar seus trapos, surpreendendo-se com a violência de sua feminilidade. O lembrete sangrento da sua inutilidade.

Houve uma tosse. Nance abriu os olhos. Áine a encarava, assustada.

— O que foi? — ela perguntou, a voz trêmula.

Nance tirou a mão do peito de Áine e puxou o banquinho para mais perto.

— Você é uma boa mulher, Áine. Acredite, Deus sabe que todos nós temos problemas com que lidar. E Deus sabe que há muita gente neste mundo que joga sua raiva em cima dos que estão à sua volta. Mas algumas pessoas, eu acho, dirigem a raiva para si mesmas. Acho que talvez o seu corpo esteja doente porque você está triste.

— Palavra, não estou, Nance.

— A mente é uma coisa poderosa, Áine. Uma coisa muito poderosa.

— Por certo, mas que razão eu tenho para estar triste?

Nance esperou. O silêncio se instalou.

Áine puxava as beiradas do xale.

— Eu sei no que você está pensando, Nance.

— É numa criança.

A mulher hesitou, depois fez que sim, infeliz.

— Foi uma vergonha para mim. Na noite em que o bebê de Brigid morreu. Foi uma vergonha ser posta para fora de lá como se eu fosse inútil. Como se eu não fosse mulher.

Nance não respondeu.

— Por certo, eu sei o que dizem de nós — Áine sussurrou. — "Uma vara de teixo num feixe de gravetos."

— Você quer um filho. Não há vergonha nisso.

— Há vergonha numa esposa não ser capaz de dar a seu homem o que ele quer. — Áine ergueu os olhos, cheios de dor. — John é um bom homem, mas a família dele pensa mal de mim. Suspeitam de mim porque eu sou estéril. Me culpam pelas colheitas fracas. Dizem que as batatas estão de combinação comigo. As vacas... — Trincou os dentes e sacudiu a cabeça. — Todas as mulheres deste vale vão para a minha casa em *cuaird* e... às vezes elas levam os filhos, e as crianças fazem buracos no meu chão e espantam as minhas galinhas. Me fazem sentir a minha esterilidade. Nance, eu acho que elas zombam de mim. Uma das mulheres... A filha dela se recusou a pegar a comida das minhas mãos porque a menina achou que eu tinha andado com Eles e era por isso que eu não tinha filhos! — Áine engoliu um riso estranho. — Não é por isso, é? Não são os Bons Amigos que têm alguma coisa a ver com... — E levou as mãos ao ventre.

— Você ficaria assustada se achasse que é isso?

— Seria um motivo. Mas eu nunca fiz nada contra Eles. Eu tenho um enorme respeito pelos Bons Amigos. — Hesitou. — Kate Lynch me falou de uma mulher cujo próprio marido bateu nela com um galho de olmo para prender um filho dentro dela.

Nance deu um sorriso amarelo.

— Áine, você está querendo levar uma surra de olmo?

— Eu não sei.

— Você fez muito bem vindo me ver. Não fique se culpando. Existe uma harmonia natural no mundo. Para cada coisa ruim que pode nos atingir, há um remédio para afastá-la. Todas as curas estão ao nosso alcance. — Nance se levantou e estendeu a mão para Áine. — Vamos, venha comigo.

As duas mulheres saíram do *bothán* e foram para a tranquilidade fresca da tarde. Tudo estava imóvel, a não ser por uma neblina que escorregava das montanhas para o vale.

— Este lugar é estranho — sussurrou Áine. — Casada com um ferreiro, eu me esqueci do que era o silêncio.

— Por certo, é tranquilo aqui. Até os pássaros ficam quietos com o nevoeiro.

Ao chegarem mais perto da floresta, Áine recuou.

— Talvez eu deva esperar por você na cabana, Nance. Talvez eu volte numa outra hora. John deve estar se perguntando para onde eu fui.

— Eu não vou deixar que nada de ruim aconteça com você.

— Como você consegue saber o caminho? Tem tanta névoa.

— Melhor assim. Ninguém vai nos ver.

Continuaram por entre as árvores. O chão estava macio, coberto de folhas, e o carvalho e o amieiro, surgindo da bruma à medida que andavam, deixavam um lento chuvisco cair dos galhos mais altos. Áine levantou o rosto, deixando as gotas bater em sua testa e a água escorrer pelo nariz e pelo queixo.

— Fazia muito tempo que eu não andava desse jeito.

— Por certo, uma mulher com marido divide o casamento com a lareira.

— Você nunca se casou, Nance?

Nance sorriu.

— Ah, nunca houve ninguém que me quisesse. Passei todo o meu tempo de menina nas montanhas. Meu namorado era o sol.

— Eu costumava subir as montanhas quando era mocinha. Para oeste.

— É mesmo?

— O vento lá em cima sempre tinha um perfume mais doce.

— Por certo, eu sei disso. — Nance ficou de cócoras e começou a remexer num emaranhado de heras e samambaias. — Você sabe que planta é esta?

— *Dearna Mhuire.**

Nance colheu as folhas macias e plissadas de manto-de-senhora, colocando-as no chão a seu lado. Ao reunir uma boa pilha, benzeu-se, e Áine ajudou-a a se levantar.

— Para que servem?

— Você já vai ver.

De volta ao calor do *bothán*, Nance atiçou o fogo com tojo seco e pôs seu caldeirão de barro, cheio de água do rio, sobre as chamas.

— Você saberia reconhecer esta planta no mato? Colhê-la direito?

Áine fez que sim.

— Eu colhia manto-de-senhora para a minha mãe.

— Quando o ar esquenta, as folhas guardam as gotas de orvalho, e o melhor jeito de prender um bebê dentro de você será misturar esse orvalho com água e se banhar com ela. Até lá, vamos esperar que uma infusão faça o mesmo efei-

* Alquemila, também conhecida como manto-de-senhora ou pé-de-leão — em irlandês no original. (N. T.)

to. — Ela entregou as folhas a Áine. — Então. Ferva estas aqui num pouco de água limpa e beba, vinte manhãs seguidas.

— Mas então para que é o caldeirão?

— Tanásia.

Nance arrancou várias folhas murchas de uma erva seca pendurada na viga e esmigalhou-as na água.

— Se você não puder ir longe de casa para procurar a *dearna Mhuire*, um chá de folhas de tanásia também vai ajudá-la.

A água fervente tornou-se aromática, e Nance coou o líquido fumegante, entregando uma caneca a Áine.

Ela hesitou.

— Não há nenhuma verdade no que estão dizendo, há, Nance?

— Em quê? O que estão dizendo?

— As frutinhas de dulcamara. Brigid.

Nance sentiu o coração pular, mas manteve o rosto calmo.

— No que você acredita, Áine?

A mulher do ferreiro olhou para a canequinha em suas mãos e então, como que se decidindo, deu um grande gole.

— É amargo.

Nance ficou aliviada.

— Como a vida. Ponha a quantidade de erva que preferir, mas tome cuidado para não usar demais. Beba isso durante sete dias. Hoje será o primeiro dos sete.

Áine levantou o nariz e esvaziou a caneca.

— Você vai se lembrar, Áine?

— Vou.

— Vinte dias de manto-de-senhora destilada e sete de chá de folhas de tanásia. E você vai precisar fazer outra coisa.

Áine parou.

— O quê?

— Quando você levar sua vaca para pastar, deixe-a comer as flores do campo e depois recolha a água dela. É água-de-todas-as-flores. Todo o bem das ervas que ela comeu vai estar ali, e se você se banhar com isso vai absorver sua cura.

— Obrigada, Nance.

— E eu vou mandar todos os bons fluidos da minha mente para você, Áine O'Donoghue. Saiba disso. Ferva as ervas num fogo alto de turfa, e durante todo esse tempo eu estarei mandando bons fluidos para você, e nós vamos vê-la com um bebê antes que este ano acabe. — Nance apertou a mão de Áine. — E então você vai poder dizer a elas que não havia nada de ruim naquela dulcamara.

Por muito tempo depois de Áine sair, Nance continuou meditando em frente ao fogo.

Pela primeira vez desde que se mudara para o vale, sentia uma ameaça contra ela, um desafio para provar suas habilidades. Quando era mais moça, bastava às pessoas saber que era sobrinha de Maggie Maluca, que tinha aprendido a curar, que conhecia os hábitos dos Bons Amigos. Depois, quando estava ao relento, acreditavam que sua competência resultava da ausência de um marido, de suas mãos encurvadas, do hábito de fumar, de beber como um homem. Confiavam nela porque era diferente dos outros.

Mas agora Nance percebia as dúvidas. As desconfianças.

Preciso trazer aquela criança de volta, pensou Nance. Se eu devolver Micheál a Nóra, eles verão que não há uma única mentira quanto a meus acordos com Eles. Se eu der um filho a Áine O'Donoghue e devolver Micheál Kelliher a sua avó, todos voltarão a me procurar.

Nance estremeceu, pensando no tratamento com dedaleira. Não tinha recebido outra visita de Nóra Leahy e imaginava que isso queria dizer que o parasita ainda estava por lá. Aquilo também não funcionou com sua mãe, embora tivessem tentado. Maggie fez Nance se sentar em cima do peito de Mary Roche para segurar-lhe os braços e derramou a dedaleira em sua garganta enquanto ela regurgitava e as xingava, enquanto cuspia tudo de volta no rosto de Nance. Foi uma batalha demorada até que a encantada engolisse o líquido, mas, quando o fez, a mudança foi inquietante. O coração da substituta desacelerou e passou a bater sem ritmo. Sua apatia aumentou e ela espumou pela boca, revirando os olhos vazios e vomitando a noite inteira. Mas a *lus mór* tornou-a dócil. Deixou-a calma e acabou com os gritos. Deixou-a plácida e pálida, acabando com a vermelhidão e as coceiras.

Seu pai não gostou de ver a mudança, por mais desesperado que estivesse pela volta da esposa. Tirou de Maggie todos os presentes de *poitín*, saiu andando sem rumo e só voltou algumas noites depois.

— Seu pai só está precisando ficar algum tempo sozinho — Maggie explicou. — Não é fácil ter sua mulher levada embora e presenciar a violência necessária para trazê-la de volta.

Nance, então mais velha, esforçava-se para se lembrar de como era a mãe antes que os Bons Amigos a levassem. Tinha se acostumado à encantada deixada em seu lugar.

— O que você vai fazer se a *lus mór* não trouxer mamãe de volta?

— Há outros métodos.

Nance passou algum tempo em silêncio.

— Maggie, eu quero perguntar uma coisa.

— O quê?

— Como foi que você arrumou esta marca no rosto? Você nunca me contou.

— Eu não gosto de ficar falando nisso.

— Eu ouvi um homem dizer que você ficou assim depois que bateram no rosto da sua mãe com uma amora. Quando ela estava grávida, parece.

Maggie revirou os olhos e começou a mexer no cachimbo.

— Não foi nada disso.

— Você nasceu assim?

Plumas de fumaça azul no ar da tarde. O zumbido de uma noite de verão.

— Eu fui levada. Uma vez. Exatamente como a sua mãe. Eles me trouxeram de volta com um atiçador em brasa.

— Queimaram você?

— Eu estava em outro lugar. O fogo me trouxe de volta na mesma hora.

— Você nunca contou.

— Foi quando eu estava em outro lugar que aprendi o que sei.

— Maggie, você nunca contou. Todos estes anos vivendo aqui conosco, e você nunca contou que tinha sido levada.

A tia deu de ombros e, distraída, tocou a mancha no rosto.

— Papai sabe?

A tia fez que sim.

— Devíamos fazer isso com mamãe.

Maggie puxou a fumaça do cachimbo e soprou-a com força.

— Nunca na minha vida!

— Mas funcionou!

— Nance, nós não vamos tirar a encantada de dentro dela com fogo!

O silêncio se instalou entre as duas. Lá fora, os codornizões grasnavam.

— Doeu?

Mas Maggie nunca respondeu. Houve uma batida na porta e lá estavam os barqueiros do lago, carregando o corpo do pai. Afogado, disseram. No fundo, antes que pudessem tirá-lo. Acidente terrível. Terrível desgraça para a família. Para Nance. Sua mãe de miolo mole, e agora como ela e a tia poderiam pagar o arrendamento? Como impedir que os pés de cabra arrombassem a porta e arrancassem o colmo do telhado? Fariam tudo o que pudessem, mas tinham suas próprias famílias para cuidar. Terrível desgraça. Que ficassem com Deus.

Na cabana, Nance fechou os olhos e descansou a cabeça nos joelhos. Tanto tempo passado, tantos anos vividos, mas a visão de Maggie ajoelhada ao lado do pai e os uivos das duas naquela noite, gritos repetidos pela mulher encantada na cama, a sombra de sua mãe, tudo ecoando em seus ouvidos como se ainda estivesse naquela sala com os pulmões do pai cheios d'água. Aquele som, o pranto de três mulheres tocadas pelos seres encantados, todas sem nenhuma proteção.

Depois disso, Maggie não dispensou ninguém mais, pouco importava a doença que tivessem ou a maldade que quisessem fazer. A tia nunca falava, mas Nance sabia. Quando chegavam os de olhos raivosos, pedindo que mudassem as marés da sorte, Maggie começou a mandar Nance fazer coisas fora de casa.

— Deixe-os entrar. — A voz de Maggie emergia da penumbra da cabana. — Pode ser que eu possa ajudá-los, afinal de contas. E por que você não vai colher dipsacácea-do-diabo? É uma flor, estou precisando dela.

A tia devia saber que aquilo não poderia durar. Que, de qualquer maldade sendo provocada por suas batatas ou suas turfas do pântano, o cancro acabaria voltando para quem a fazia.

Piseógs *são chamas que queimam o rosto de quem as acende.*

Três meses se passaram. Nance chegou em casa e encontrou uma lareira apagada, nenhuma mulher encantada na cama, nenhuma Maggie a seu lado. A cabana gelada e vazia. Acendeu o fogo e esperou que voltassem. Viu as horas escoar, preocupada.

Só quando percebeu que as coisas de Maggie não estavam lá — o cachimbo, os estoques de ervas e unguentos, o *poitín* —, deu-se conta de que a tia se fora. Nance se sentou sobre os juncos e chorou até dormir.

Voltou para os seres encantados, disseram depois. E levou Mary Roche com ela. Uma tão louca quanto a outra, de volta aos Bons Amigos, nenhum sinal delas desde então. E aquela pobre Nance, tão moça e tão sozinha no mundo. Sem um gato para puxar pelo rabo e sem família. Iria viver ao relento, sem nada de seu além das ervas.

O estômago de Nance doía de fome. Tantos anos se passaram, mas seu destino seria o mesmo se não viessem em busca de tratamentos, se ela não banisse o parasita. Fome, barriga vazia e dores. De volta às espreitas em valas e sombras para acalmar animais que tivessem sido levados para pastar. Furar suas veias para sangrá-los, cobrir as feridas com gordura e as folhas bentas de dipsacácea-do-diabo. Roubar turfas caídas de pilhas, só se aproximar de casas onde as famílias ainda dormiam, de onde a fumaça ainda não subia. Recuar para a dura escalada das colinas quando começava a agitação matinal, as meninas da ordenha surgiam, olhos inchados, e os homens começavam a longa caminhada para cortar turfa ou cuidar dos animais e das colheitas.

Nance se lembrava daquela vida ao relento. Juntando amoras e *fraocháin*,* tirando bolos de lã de galhos espinhosos de tojo e cortando agrião e tussilagem, alho de três pontas e trevo-d'água. Noites dormindo debaixo de abrunheiros floridos, botões claros nos galhos escuros, como rostos na escuridão. Usando sua faca em samambaias, para que lhe servissem de cama. Cortou a fronde e encontrou as iniciais de Deus embutidas no interior do caule.

Maggie tinha lhe ensinado a sobreviver diante da desgraça. Antes de desaparecer, contara a Nance como uma mulher faminta pode conseguir um pouco de sangue para ferver com grãos. Qual a melhor maneira de suplicar leite para a mulher de um fazendeiro. Como pescar e esfolar uma enguia, ou caçar uma lebre, ou pegar um pouco de turfa de onde não faria falta. Como raspar bosta de vaca com uma foice e invocar a generosidade da manteiga, murmurando: "Tudo pra mim. Tudo pra mim. Tudo pra mim".

Mas nunca lhe ensinou como dormir ao relento quando não há mais nada e só se pode contar consigo mesma. Isso, Nance aprendeu sozinha.

* Mirtilos — em irlandês no original. (N. T.)

Capítulo Catorze
Escolopêndrio

— Que Deus abençoe!

Mary e Nóra olharam pela porta aberta da cabana e viram Peg O'Shea vindo em sua direção, apoiada em seu cajado de abrunheiro.

— Ah, os diabos estão querendo bicar seu colmo! — Parou e sacudiu o cajado para os pássaros que rondavam o telhado de Nóra. — Palha roubada faz ninhos mais aconchegantes.

— Você está bem, Peg?

— Estou. Vim ver como vocês têm passado. Céus, Nóra, você está um trapo.

Nóra deu um passo à frente para ajudar Peg a entrar na casa.

— É o parasita. Ah, Peg, essa coisa aí voltou a chorar e gritar a noite inteira. Esses pulmões, isso não é normal. Por Deus, Peg, eu não prego o olho, nem a criada. Não estamos nos aguentando de tanta falta de sono.

Peg se acomodou perto do fogo e olhou para a criança deitada no colo de Mary, braços pendurados, boca insolente.

— Coitadinho. Uma tigela vazia faz mais barulho.

Nóra se sentou ao lado dela.

— Você vê alguma mudança nele? Eu achei que estava vendo, mas...

— Nance está tratando dele?

Nóra fez que sim.

— Só misturas de ervas até agora. — Baixou a voz. — Você deveria ter visto essa coisa aí na semana passada, Peg. Era como se algo estivesse acontecendo. O corpo todo se sacudindo.

Peg franziu a testa.

— Sacudindo? Nance o sacudiu para que o ser encantado saísse de dentro dele? Sacudindo para a frente e para trás, foi isso?

— Não foi assim, não — explicou Nóra. — Foi uma erva que ela deu a ele, e foi como se uma tremedeira tomasse conta do corpo. Espumando pela boca e tudo.

Olharam para Mary, que cuspia numa ponta do avental e limpava o queixo do menino.

— Eu nunca ouvi falar de uma coisa dessas.

— Foi *lus mór* — disse Mary.

Peg pareceu apreensiva.

— Dedaleira? Ai, essa é uma planta muito poderosa.

— Foi horrível — continuou Mary, olhos presos em Micheál. — Primeiro foi um banho da erva, e depois pusemos o suco na língua dele, e ele ficou que nem um cachorro louco com aquilo tudo. Como se estivesse morrendo.

— Santo Deus! Pobrezinho.

Peg olhou para a criança, preocupada. Havia em seu rosto uma expressão de desalento e dor.

— Só que agora a tremedeira já saiu de dentro dele — acrescentou Mary. — Ele não ficou doente, Deus seja louvado!

— Não funcionou! — exclamou Nóra, brusca, agarrando o ombro de Peg. — Peg, foi como se tivéssemos chegado perto de fazer o ser encantado sair de dentro desse corpo e então... nada! Eu estou um caco!

— Ah, Nóra... — murmurou Peg. — Não é coisa fácil de conseguir. Como Nance já disse, se você não conseguir se livrar dele, às vezes é melhor cuidar do parasita que ficou no lugar do seu neto.

Nóra sacudiu a cabeça, veemente.

— Eu vou me livrar dele. Eu nunca poderia me perdoar se não tentasse encontrar meu neto, Peg. Pelo bem de Martin. Pela minha filha. Eu vou trazer Micheál de volta. Estou procurando outros meios.

— E que meios seriam esses? — perguntou Peg em tom cauteloso. — Você não está pensando em outra surra de urtigas, está, Nóra Leahy? Estou avisando, é melhor você seguir o conselho de Nance, ou então... — Ela se interrompeu e chupou os dentes. — Tem muita falação rolando a respeito dessa aí.

— De Nance?

— Com certeza você já ouviu. Estão dizendo que ela fez algum trabalho contra o padre Healy e aqueles que a querem fora daqui. Seán Lynch. Kate Lynch.

Éilís e o homem dela. Arre, aquela mulher só fala mal dela. E Brigid, e toda aquela história das frutinhas, espalhada por Kate. E agora Seán está contra ela.

— O que está acontecendo agora?

— Bem, eu disse que ele está contra ela, mas é mais do que isso. Seán Lynch andou criando caso com o ferreiro hoje. O genro me contou. Houve alguma discussão entre Seán e Peter O'Connor por causa de um cavalo, e o nome de Nance foi mencionado.

Mary pegou o menino e colocou-o em cima da cama de armar.

— Culpa de Seán? — perguntou Nóra. — Ele tinha bebido.

— Parece que não. O marido da filha foi à minha casa agora, e diz ele que houve algum tipo de briga no pátio de O'Donoghue.

— O que aconteceu?

Peg levantou uma sobrancelha.

— Seán tinha ido buscar o cavalo de Peter para formar a parelha. Foi assim que começou.

Nóra fez uma careta.

— Martin sempre dizia que Seán era bem pão-duro quando se tratava de cavalos. Quem ficasse com o dele por muito tempo era chamado de preguiçoso. Se alguém lhe devolvesse logo a égua, ele tinha um ataque e dizia que ela tinha sido explorada como um diabo. Seán cuida do que é dele.

— E com "cuidar do que é dele" você quer dizer que ele só cuida do que é dele — ironizou Peg. — Pelo que ouvi, Seán estava alimentando o cavalo de Peter com feno sem sementes e o dele mesmo com a melhor aveia. Então, quando Peter viu Seán na ferraria, pediu que ele desse aos dois cavalos a mesma comida, e Seán... bem... lhe deu um olhar de murchar grama e lhe disse que fazia como bem entendia e que o cavalo não tinha força nenhuma, e perguntou se ele queria roubar um vizinho quando não havia dinheiro entrando. E Peter disse que a seca era geral em todo o vale e não era culpa dele. E então... — Peg se interrompeu, lambendo os lábios. — E foi então que apareceu o nome do seu menino.

Nóra empalideceu.

— Do parasita? O que foi que disseram, Peg?

— Seán disse que Kate está de cabeça virada por causa do parasita na casa de Nóra Leahy e que ele sabe que Nance está maquinando alguma tramoia no vale. Disse que ela é a verdadeira culpada pela seca. Disse que Kate acha que o menino é um d'Eles, convocado por Nance para nos deixar todos cegos de raiva contra o padre Healy. Ah, e o rapaz me contou que Seán ficava cuspindo e sapateando. Cuspindo no chão como se estivesse vomitando fogo. Dizendo que quer descobrir tudo o que pareça ser *piseóg* nas terras dele. Dizendo que alguém anda fazendo trabalhos para amaldiçoá-lo. Os cavalos começaram a ficar nervosos com a barulheira que ele fazia, e Peter esticou um braço para acalmá-los, para não deixá-los entrar em pânico, mas Seán achou que ele ia atacá-lo e agarrou a camisa de Peter. Puxou o rosto de Peter para perto do dele. Disse: "Eu sei que você foi até o covil dela numa dessas tardes. Eu sei que você se dá muito bem com aquela *cailleach*". E depois disse... — Peg respirou fundo para tomar fôlego, sacudindo a cabeça com ar desgostoso. — E ele disse: "Por certo, é mesmo um estado de coisas muito triste quando um homem que não consegue arrumar esposa vai procurar ajuda com o Diabo".

"Bem. Você conhece Peter, quieto como um camundongo de igreja em dia santo, tão incapaz de bater num homem quanto um padre. E agora você não vai acreditar. Pois não é que ele ficou todo vermelho e agarrou Seán pelo colarinho e disse que ele não tinha nenhum direito de xingar assim uma mulher pobre e honesta quando ele era o diabo em pessoa?"

— A boca de um homem quebra seu próprio nariz.

— Mas Peter O'Connor! Nóra, você já ouviu falar de coisa parecida? Peter O'Connor passando sermão em Seán! Ele disse: "Você é um demônio! Mijando em Nance e matando de fome o cavalo dos outros homens, menos o seu!". E então Peter começou a falar de Kate. "E todo mundo sabe que você anda outra vez batendo a poeira da sua mulher. Maravilha de homem durão que só cai em cima de quem não pode reagir." E ficou repetindo: "Você é mesmo muito homem, Seán Lynch! Um homem durão!".

— E depois, o que aconteceu?

— Seán arrancou todas as penas de Peter. Socou-o em todos os lugares, menos no céu da boca e na sola dos pés, segundo ouvi. Derrubou-o na lama e bateu tanto no rosto dele que, depois que os homens conseguiram arrastar Seán, que não parava de chutar, para fora de lá, o rapaz do fole estava no pátio, catando dentes como quem colhe flores.

— Santo Deus! Como está o rosto de Peter?

— John e Áine o levaram e cuidaram dele do melhor jeito que puderam. Mas, se o homem já era solteirão antes, dizem que agora ficou feio para o resto da vida, dá muita pena mesmo. Boca que nem janela quebrada. Nariz quebrado. Vão usar a jaqueta dele para vestir o espantalho na próxima malhação do judas, escreva o que eu estou dizendo.

— Ele tem razão — disse Nóra, pensativa, coçando o queixo. — Seán Lynch é um demônio.

— Minha aposta é que Peter vai direto ver Nance hoje à noite. Ele vai precisar dela.

Nóra hesitou.

— Eu queria ir falar com Nance hoje. Conversar a respeito de outro tratamento para o parasita. De como poderemos mandá-lo embora de uma vez por todas.

Peg lançou um longo olhar ao menino.

— Se isso puder esperar até amanhã, eu não iria hoje, Nóra. Deixe Peter conversar com Nance. Se Seán ou algum deles vir você e a criança junto com Peter e a *bean feasa*, isso vai deixar as línguas mais agitadas do que o rabo de um cachorro de açougueiro. Eu não gosto de ficar falando mal dos outros, mas por certo os problemas estão no ar, e você não vai querer Kate Lynch ou Seán vindo aqui e pedindo para ver o parasita, ou dizendo que você está contra eles. Você não tem mais um homem, Nóra. Se você mesma não cuidar da sua reputação, o que vai ser de você?

Nance andou por toda a extensão do rio, arrastando um galho quebrado. Era um raro dia de sol de fevereiro, e ela podia ver que a primavera mandava seus primeiros sinais para o mundo. Apesar do frio, era possível sentir o cheiro da mudança de estações.

As árvores logo teriam pontinhos verdes. Dentro de um ou dois meses, campânulas brotariam para santificar o chão da floresta. Galhos nus se enchiam de vida, e havia névoa sobre os campos. Os amieiros brotavam, e os homens começavam a preparar os terrenos para o plantio. Logo haveria movimento no solo, pólen na água.

Nance afofava a terra recém-desperta e puxava os tenros brotos das ervas antes que o orvalho secasse. Para ela, eram um presente. Ela conhecia o cheiro de sua seiva como uma mãe conhece os filhos. Poderia encontrá-los no escuro.

Enquanto andava, Nance pensou no parasita, lembrando-se da longa mancha purpúrea no rosto de Maggie. Bastaria balançar o ferro quente perto da pele? Bastaria dizer à criança encantada o que pretendiam fazer se ela não fosse embora de uma vez por todas? Maggie falara de outras coisas que poderiam tentar para forçar a volta de sua mãe abduzida, se a dedaleira não funcionasse. Erva-de-são-joão. Doses controladas de meimendro. O encontro das águas.

Mas nunca o atiçador em brasa. "Nunca na minha vida!", Maggie tinha dito. Mesmo que aquilo a tivesse trazido de volta do mundo encantado. Nance fechou os olhos e reviu a cicatriz, a pele enrugada no meio da face. Imaginou o ferro encostado ao rosto, o chiado, a fumaça e a queimadura profunda ao toque do atiçador ardente. E estremeceu.

Um ruído estranho interrompeu os pensamentos de Nance. Uma respiração pesada e irregular, ecoando na brisa. Pondo de lado o trenó improvisado, ela se arrastou por entre as árvores até enxergar a fumaça de sua cabana. Havia um vulto descendo a trilha. Um homem, tossindo, quase correndo até a porta. Tinha os braços cruzados sobre as costelas enquanto pulava por cima de raízes expostas e galhos caídos.

Peter O'Connor.

Nance saiu de trás do amieiro e do carvalho e entrou na clareira. Sentindo o movimento, Peter se virou e diminuiu o ritmo.

— Nance! — ele chamou, rouco.

— O que está havendo, Peter? O que aconteceu com você?

O homem arrotou alto, caiu de joelhos e vomitou. Ficando de quatro, vomitou outra vez, depois limpou um longo fio de saliva da boca e se sentou, de cócoras.

Com gentileza, Nance encostou a mão em suas costas.

— Tudo bem — ela disse. — Fique calmo. Respire fundo agora, Peter. Respire fundo.

Peter olhou para ela, secando os lábios. Um dos olhos estava roxo, inchado, cílios espremidos entre as pálpebras intumescidas e machucadas. As narinas estavam cobertas de sangue seco, e sua expressão era de tamanho ódio e fúria que Nance se benzeu.

— Venha, Peter. Vamos para dentro.

Ele fez que sim, incapaz de falar. Ela o ajudou a se levantar e levou-o para dentro da cabana. Depois de olhar em volta para ver se havia alguém por perto, fechou a porta e amarrou-a com uma corda de palha.

Peter ficou de pé, cabeça e braços pendendo do corpo, como um homem condenado.

— Sente-se. — Nance puxou-o pelo braço e apontou a pilha de magriça. — Melhor ainda, deite-se. Deixe-me pegar uma bebida. — Pegou uma garrafa.

A mão de Peter tremia quando ele puxou a rolha e levou a garrafa aos lábios.

— Mais um gole. Agora, quando puder, conte-me o que aconteceu.

— Seán Lynch. — Peter cuspiu. Vasculhou o casaco e tirou seu cachimbo e fumo. Nance esperou que ele enchesse o fornilho com um polegar trêmulo e acendesse as folhas secas. — Ele se virou contra mim. Tinha alugado uma égua. Maltratou-a. E, quando eu fui tomar satisfações, me enfiou a mão. — Puxou a fumaça do cachimbo com força, estremecendo quando a haste raspou seus lábios cortados. — Por certo, Seán não é um homem fácil de lidar, mas você precisava ter visto. Parecia um monstro. Por ele, teria me matado.

— Ele tem algum outro motivo de queixa contra você?

Peter soltou uma grande golfada de fumaça, encolhendo os ombros.

— Eu falei na mulher dele, Kate. Aquilo o enfureceu.

— Eles não estão se dando bem.

Ele sacudiu a cabeça.

— Ela anda parecendo um cachorro chutado.

— Ele vai ter o que está guardado para ele.

— Vai mesmo? — Peter estreitou os olhos para Nance entre a fumaça. — Eu estou preocupado com você, Nance. Seán anda dizendo ao padre Healy que você é contra Deus. Este começo de ano está difícil, Nance. Tomas O'Connor perdeu uma vaca, e não havia razão para isso. Encontrou-a morta e inchada perto do rio, e ninguém sabe como ela foi parar lá. Foram necessários cinco de nós para tirar o corpo da água, e ainda por cima ela estava com um bezerro no bucho. A mulher de Daniel Lynch. Brigid. O pequenino morto. Eu não entendo de galinhas, mas não é que a Velha Hanna encontrou todas as aves dela mortas e sem a cabeça? Alguns dizem que foram raposas, mas só levaram a cabeça? As coitadas das mulheres estão doidas por causa das desnatadeiras. Eu estive na casa dos O'Donoghue e havia um monte delas por lá, querendo que John lhes arrumasse cascos, pedaços de ferro e feitiços para trazer o lucro de volta ao leite. Uma mulher do alto da montanha está dizendo que quebrou um ovo no outro dia e não tinha gema dentro dele. Estava cheio de sangue! Tem gente dizendo que é tudo obra dos nossos Vizinhos Bons Amigos. Tem gente dizendo que é o menino Leahy. — Ele ofereceu o cachimbo a Nance. — Tem gente dizendo que é você.

Nance estava em silêncio. Aceitou o cachimbo de Peter, limpou o sangue da haste e deixou sua boca se encher da fumaça amarga.

— Você não tem nada a ver com *piseógs*, tem, Nance? Seán anda dizendo que tem encontrado vestígios de *piseógs* em suas terras. Pedras viradas em posições estranhas. Pederneiras apontando para o terreno de plantio.

— Lançar uma maldição é plantá-la dentro da própria cabeça.

Peter concordou.

— Palavra, eu sabia que você era uma mulher cristã. Você sempre foi boa para mim.

— Você vai dizer isso aos outros, Peter? Dizer que eu não tenho nada a ver com essas maldades?

— Nem contra Seán Lynch? — Ele a olhou de lado.

— Seán Lynch me persegue há anos. Se eu tivesse feito alguma coisa contra ele, ele já estaria mijando abelhas e tossindo grilos há muito tempo.

Peter sorriu, e Nance viu que vários dentes lhe faltavam. Ele deu outra longa tragada.

— Você acha que é culpa do menino encantado dos Leahy?

— Diga a eles que vou conseguir recuperar o menino. Vou expulsar o ser encantado e trazer o menino de volta.

— Você acha que ele traz má sorte? É que faz sentido, Nance. A criatura vem para o vale, e desde então só temos visto coisas ruins. E de um tipo estranho. Ovos de sangue, homens morrendo nas encruzilhadas e boatos de lebres chupando vacas que não dão leite. — Ele lançou a Nance um olhar sombrio. — Aqueles sonhos de que falei. Continuo com eles.

— Você sonha que está se afogando.

— Isso. Estou com o corpo todo debaixo d'água, e as mãos de alguém me prendem lá. Me seguram firme. Meus pulmões queimam e eu não consigo respirar, mas ao mesmo tempo estou olhando para cima e vejo o sol acima da superfície, e as árvores, e também tem um rosto ali.

— Quem é o seu assassino?

Peter sacode a cabeça.

— Não consigo saber quem é. Mas, Nance... — Ele se sentou nas magriças, baixando a voz a um sussurro. — Depois de hoje, estou pensando que pode ser Seán.

— Isso é uma coisa muito séria para se pensar de um homem.

Peter insistiu.

— Eu não podia imaginar que ele fosse me surrar do jeito que fez. Como se quisesse me matar, acredite. E depois eu fiquei sentado lá com John e Áine, mais batido do que um *sliotar*,* e pensei no assunto. Ele sabe que eu penso bem de você, Nance. Até falou nisso. E se ele está achando que você está por trás das maldades deste lugar, de todas as desgraças que estão acontecendo, bem...

* Bola — em irlandês no original. (N. T.)

— Ele se recostou, levando a mão ao olho inchado. — Ele poderia achar que eu também estou metido nisso.

Nance suspirou.

— Peter, Deus o abençoe, ninguém acha que você tem alguma coisa a ver com *piseógs*. Ninguém acredita nisso.

— Podem achar que você me ensinou.

Nance pensou em Kate, tantos anos antes. A agulha faiscando na bainha de sua roupa. Sua conversa sobre virar pedras, andar contra o sol.

— Se alguém quer fazer mal a outra pessoa, os *piseógs* aparecem mesmo. Que Deus os perdoe, eles sempre pensam em alguma coisa.

Peter a observava, cauteloso, depois bateu a cinza do cachimbo. Estava a ponto de reenchê-lo quando parou, dando uma olhada para a porta.

— Você ouviu isso?

Nance apurou o ouvido. O som se repetiu, e os dois se entreolharam, olhos esbugalhados. Em algum lugar do vale, uma mulher gritava.

Parecia que todos os que estavam nos campos haviam ouvido. Indo da cabana até o caminho que levava ao vale, Peter e Nance viram homens deixar correndo o trabalho, jogando as ferramentas no chão e soltando as rédeas. Mulheres emergiam das cabanas na estrada para Macroom, piscando à luz do sol, crianças agarradas a seus aventais.

— O que foi isso?

— Você ouviu?

— Santo Deus, você acha que alguém está sendo morto?

— De onde vem isso?

Um grupo de pessoas se formava pelo caminho, medo no rosto.

— Não é um despejo, com certeza — diziam. — Hoje não é dia de pagar arrendamentos.

Então um dos homens apontou para o rapaz dos foles dos O'Donoghue, em corrida desabalada, subindo a estrada até onde estavam. Seu rosto estava transtornado, o cabelo sujo colado à testa banhada de suor.

— Socorro! — ele gritava. Tropeçou numa pedra e caiu, voando pelo ar, depois se levantou e continuou a correr, braços girando em pânico, joelhos arranhados. — Socorro!

Os homens correram ao seu encontro, agarrando-lhe o braço. O rapaz soltou um uivo.

— É Áine O'Donoghue! — ele gritou. — Ela botou fogo no corpo.

***

Havia uma multidão no pátio da ferraria quando Peter e Nance chegaram, rostos ansiosos e atentos. Todos olharam para Nance de sobrancelhas erguidas enquanto Peter a puxava por cima da sujeira e dos cascalhos até a porta aberta da cabana dos O'Donoghue.

— Estou com Nance Roche aqui! Eu trouxe a doutora! — gritava Peter, cuspindo sangue e empurrando Nance porta adentro.

Por um instante, Nance não conseguiu ver nada na sala escura. Então, viu dois vultos no chão. Áine se contorcia enquanto o marido tentava acalmá-la e segurá-la para que não se levantasse.

Havia um cheiro medonho de carne queimada. A barra do vestido de Áine estava escura e queimada, o tecido carbonizado colado às suas pernas. Nance podia ver a pele através do pano, já empolada e com um horrendo brilho úmido e rosado. Parecia que haviam arrancado a pele de suas canelas. Os olhos de Áine estavam fechados, e de sua boca escancarada saía um som infernal.

— Que Deus tenha piedade dela — sussurrou Nance.

Havia cheiro de vômito, e Nance viu que John, no chão, botava tudo para fora. A visão do ferreiro vomitando e segurando a esposa pelos tornozelos cobertos de bolhas arrancou-a do seu silêncio horrorizado, e ela se viu dizendo a Peter para arranjar manteiga e *poitín* e para dar a John um gole d'água.

Nance caiu de joelhos.

— Áine — chamou em tom tranquilo. — Áine, é Nance. Você vai ficar bem. Eu estou aqui para ajudá-la.

A mulher continuava se contorcendo no chão. Nance segurou um de seus braços.

— Áine, fique parada. Fique parada.

Houve um silêncio repentino, e Áine parou de lutar e pareceu perder os sentidos.

— Ela morreu? — gaguejou John.

— Não morreu — respondeu Nance. — É demais para ela suportar. Isto é um desmaio, John. John, me escute. Eu preciso que você vá lá fora e diga a todos para irem embora. Diga para irem rezar por ela. E depois eu preciso que você vá colher folhas de hera.

John, no mesmo instante, se levantou e saiu cambaleando de lado pelo pátio, na desorientação do horror.

O rapaz dos foles estava encostado à parede, rígido.

— John e eu ouvimos ela gritar. Nós estávamos lá fora na forja e ouvimos um berro. Achamos que ela estivesse sendo assassinada ou algo assim. Entramos, e ela estava toda incendiada. John pegou o cobertor da cama e bateu nela até o fogo apagar.

— Foi bom ele ter pensado tão rápido.

Peter estava calado havia algum tempo.

— Olhe as pernas dela. Nance, ela vai morrer disso?

Nance ficou de cócoras.

— Eu vou lhe dizer se for preciso chamar o padre para os sacramentos. Mas agora precisamos levá-la para o rio. Você acha que consegue carregá-la?

Peter e o rapaz dos foles levantaram Áine do chão e a levaram para fora da sala. John tinha mandado algumas pessoas embora, mas muitas ainda estavam por lá, observando, com as mãos cobrindo a boca, enquanto os homens, tropeçando, desciam a colina até o leito do rio.

Peter e o rapaz puseram a mulher inconsciente dentro d'água, segurando-a pelo pescoço e pelos pés. A água estava gelada e os homens tremiam, mandíbulas cerradas de frio, roupas molhadas até a cintura. John, olhos fechados, rezava à margem do rio, murmurando baixinho. Peter segurava Áine com determinação ferrenha, gentilmente mergulhando suas pernas na água, num ritmo constante e regular. Cinzas se desprendiam do vestido da mulher e eram carregadas pela corrente, engordurando a superfície do rio.

Nance, de cócoras à margem, observava os homens com olhar atento.

— Você não vai morrer — ela anunciou a Áine. — Você não vai morrer.

Levantou a bainha da saia até a cintura e encheu-a de folhas de hera e escolopêndrio, arrancando-as com John de onde as plantas cresciam, junto aos pés de carvalho, amieiro, freixo e azevinho.

A multidão não havia se dispersado. Quando voltaram do rio, pingando e tremendo de frio, muita gente do vale ainda teimava em permanecer no pátio da ferraria. Os curiosos se benzeram diante da visão das queimaduras de Áine, mas ninguém se aventurou a entrar na cabana atrás deles. A lareira já tinha esfriado, e a sala estava cheia de fumaça e do cheiro de cabelo queimado.

Peter e John colocaram Áine na cama no canto mais distante do cômodo, e quando a deitaram sobre as cobertas ela gemeu, a pálpebra de um dos olhos se erguendo molemente antes de cair fechada. Nance mandou Peter voltar ao rio para buscar mais água e pediu a John que acendesse o fogo. Só quando a turfa ardeu e as chamas lançaram uma débil claridade na sala eles viram os presentes e as lembranças deixados em cima da mesa da cabana. Potinhos de manteiga e uma cesta com turfa e palha. Alguém pusera um pedacinho de toucinho salgado perto de alguns ovos. Flores amarelas para proteção: botões de tojo e uma cruz tecida com palha. E, na ponta da mesa, limpo e dobrado, um paninho de linho de enxoval.

Aquela noite foi longa como o uivo de um cão. Nance se sentou curvada sobre Áine durante todo o lento passeio da lua, pingando água em sua boca, depois que a hera e o escolopêndrio foram fervidos no fogo. Insistiu com Peter para continuar a dar *poitín* a John até fazê-lo ir dormir sobre os juncos e manteve o fogo aceso, só se levantando para encher o copinho de água do poço, alimentar as chamas com turfa e, uma vez, para limpar o sangue e as cinzas das pedras. A mulher tinha deixado uma sombra de si mesma na laje.

Pouco depois da aurora, Nance coou a hera e as samambaias e, com o punho fechado, amassou as folhas em manteiga amolecida. Saiu para a manhã gelada e deixou que os raios nascentes do sol banhassem o cataplasma. Voltou então para dentro e cobriu a carne viva de Áine, untando as feridas da mulher com a gordura de ervas, com orações e uma bênção de sua própria língua, acalmando-a com uma torrente de palavras que não carregavam outro significado senão uma tranquila insistência para que continuasse viva. Fechou os olhos e pensou no pai e em Maggie, no padre O'Reilly e em todos os que tinham visto em suas mãos um poder maior de cura, que acreditaram que ela trazia consigo uma luz. E pensou na sua luz, em seu dom do conhecimento e seu poder de cura, e sentiu as mãos se aquecer, até que tudo de repente se crispou e havia dedos ásperos agarrando seus pulsos e o som de tigelas de barro se quebrando no chão, e quando abriu os olhos lá estavam o padre Healy e Seán Lynch levando-a para fora, puxando-a com tanta força que seus músculos se enrijeceram com a dor provocada por eles, e seus dedos dos pés raspavam as pedras, e havia o ar fresco da manhã e lama e ela deitada na lama. E lá estava o padre Healy, rosto pálido, boca dizendo alguma coisa a John, que argumentava desesperado, e acima dela os pássaros giravam e o sol nascia cor de sangue, nascia vermelho da carnificina da noite.

Capítulo Quinze
Carvalho

— Dá para pensar que nunca ninguém morreu, de tanta gente que está lá!

— Assistindo à missa!

Peg concordou, dando uma olhada no cesto de vime a seu lado, onde estava o menino. Ela e Nóra estavam sentadas no pátio, tricotando, tomando um pouco do sol ralo de um dia nublado, enquanto Mary lavava os trapos sujos da criança, vapor subindo do barril.

— É o medo — disse Peg. — São tempos nervosos, os bichos prenhes de potro e bezerro e as batatas no ponto de serem postas na terra. O povo está irritado. Querem garantias de que tudo vai ficar bem. Estão rezando para que não aconteçam mais coisas estranhas. Há os que podem não acreditar nessas coisas, mas depois de tudo o que tem acontecido...

— Áine.

Peg se benzeu.

— Que Deus a proteja! É Áine, mas também o seu Martin. Brigid. Há coisas muito esquisitas acontecendo no alto das montanhas, se a gente for acreditar na metade do que corre por aí. E estão querendo ver sinais em tudo. Querem descobrir razões para as coisas.

O menino soltou um grito estridente de dentro do cesto, e as mulheres se entreolharam.

— Isso está igualzinho a antes — murmurou Nóra, indicando a criança com um gesto. — Batendo a cabeça no chão, socando o ar. A *lus mór* tirou todas essas manias, mas agora essa coisa está outra vez berrando por leite e arranhando a criada. — Nóra se esticou para trás e empurrou o braço estendido do menino para dentro do cesto. — Você acha que ela vai viver?

— Áine?

— É.

— Rezo a Deus para que assim seja. Tem um médico de Killarney com ela. O próprio padre o trouxe. Ele está perseguindo Nance agora, e foi ela quem teve a sabedoria de levar Áine para o rio.

— Aquilo sim foi pensar rápido.

— Pois é, e eu digo que foi o que a salvou. Mas o padre Healy não quer saber de nada disso. Arrastá-la para o pátio daquele jeito! Veja só, eu até entendo que ele não tenha tempo para uma mulher como Nance, que fique pensando que ela é uma fabricante de espetáculos. Mas por certo é um dia triste esse em que um padre joga uma mulher na lama, ainda mais uma de idade avançada como ela.

— É vergonhoso!

— Jogar em cima dela todas as ervas levadas de boa-fé. — Peg fungou. — John O'Donoghue pediu a ele que deixasse Nance cuidar de sua mulher, mas não se pode discutir com um padre. Por certo, o padre Healy vai conseguir tirar Nance deste vale. Ele já está virando as cabeças contra ela. Nóra... — Peg parou de tricotar e descansou as agulhas no colo. — Há muitos que costumavam ir procurar Nance para tratá-los e agora nem mesmo a olham. Outro dia, chegou um homem à procura dela. Disse que a mãe lhe falou de uma mulher que poderia tirar o amarelão do seu filho. Mas, veja só você, o homem a quem ele perguntou era Daniel Lynch, e o seu próprio Dan não lhe disse onde ela mora. Disse que ele voltasse para casa e que por aqui não tinha ninguém que soubesse fazer feitiços.

— Dan está em choque por causa da criança, que Deus o proteja.

— E Brigid também, tenho certeza. É muito triste isso de ficar esperando a absolvição e ninguém falar com ela além do marido, quando sem dúvida o que ela precisa é de companhia.

— Palavra, eu não consigo imaginar Dan falando mal de alguém.

— Pode ser que ele esteja querendo acreditar no padre Healy. O homem fica pregando contra Nance no altar. Na missa, ele estava dizendo que ela não passa de uma bruxa charlatã degenerada que se mete na vida dos outros para conseguir comida para pôr na boca.

— Por certo, Kate Lynch estava contando tudo a respeito da dulcamara que Nance deu a Brigid — disse Nóra, indicando Mary com a cabeça. — A própria menina ouviu isso no poço. Falando de envenenamento. Eu não acredito em nem uma palavra disso.

Peg assentiu.

— Eu também não acredito. Mas, Nóra, é o que o povo anda dizendo de Áine. — Ela esticou a mão e colocou-a sobre o joelho de Nóra. — Alguém a viu ir à casa de Nance. Sozinha, ao que parece. Encontraram tanásia e manto-de--senhora dentro da cabana.

Nóra balançou a cabeça.

— Por certo, Nance estava tratando de Áine com ervas antes do padre Healy jogá-la para fora. Na noite em que ela se queimou. Eram só para as queimaduras.

Peg abaixou o tom de voz.

— Mas não é tudo o que estão dizendo. Nóra, como você acha que Áine se incendiou?

— O vestido pegou fogo. Na lareira. — Nóra afastou a mão de Peg e continuou a tricotar. — Quantas mulheres você conhece com aventais chamuscados? Por Deus, Peg, coitada dela, mas, quando uma mulher passa todo o seu tempo junto ao fogo, ela corre o risco de se queimar. Áine não teve sorte pela coisa ter sido tão séria, e possa Deus amá-la e curá-la.

Peg respirou fundo.

— Nóra, estou com você. Eu não tenho nada de ruim a dizer contra Nance. Acredito que ela tenha o dom do conhecimento. Mas o povo anda dizendo que não era um fogo comum que Áine estava atiçando quando se queimou. Encontraram mijo de vaca no caldeirão.

— No caldeirão?

— No fogo. O médico encontrou e contou ao padre, e o padre Healy perguntou a John o que Áine estava fazendo, fervendo batatas na água de um bicho. John, que Deus o abençoe, disse a eles: "Era um remédio ensinado por Nance. Água-de-todas-as-flores".

Do outro lado do pátio, Mary levantou a cabeça e encarou-as, boquiaberta.

— Áine foi procurar Nance para prender uma criança dentro dela, assim diz John, e Nance lhe deu as ervas. A tanásia. O manto-de-senhora. E também disse a ela que se banhasse em água-de-todas-as-flores. Foi quando Áine estava preparando um banho com isso que se incendiou. Era para isso que o fogo estava alto. Foi quando ela estava seguindo o conselho de Nance.

Nóra olhou para o vale além do pátio. Havia na colina uma leveza que transformava a distância em névoa dourada. Ela podia ouvir o zumbido das ferramentas no ar.

— Foi um acidente, por certo. Não é culpa de ninguém.

— Eu sei disso, mas o padre Healy está dizendo que o pecado está em Nance. Cochichando a respeito de *piseógs* e tudo o mais. E, Nóra, os que ainda relutam em botar a culpa nas mãos de Nance estão encontrando o motivo em outro lugar.

Nóra percebeu os olhos de Peg passarem pelo cesto e sentiu seu estômago embrulhar.

— Estão dizendo que é o parasita?

— Estão apavorados, Nóra. Estão todos com muito medo. — Peg, pensativa, chupou os dentes. — Não estou contando isso para assustá-la. Mas acho que você deveria saber o que está sendo dito, para o caso de alguém vir lhe fazer uma visita ou coisa parecida.

— Eu vou à casa de Nance hoje, Peg. Ela vai me devolver o meu neto. Ela vai trazer Micheál de volta, e eles não poderão mais jogar a culpa na minha porta.

— Rezo para que assim seja, Nóra. Santo Cristo crucificado! Mas tome cuidado com o povo. Eu não deixaria que soubessem que você vai pedir ajuda a ela. Não sei o que eles vão pensar, mas, posso garantir, boa coisa não vai ser. — Peg estremeceu. — Não agora. Qualquer um que ainda tenha vontade de pedir ajuda a Nance deve esperar que tudo exploda em cima de sua cabeça.

— Nada está funcionando — disse Nóra. Ela estava de pé à porta da cabana de Nance, relutantemente carregando o parasita em cima do quadril. — Você disse que podia mandá-lo embora, Nance. Por que os Bons Amigos não me devolvem o meu neto? O que foi que eu fiz? — Estava quase chorando. Podia sentir os ossos do peito do parasita encostados nela, sentir sua respiração chorosa.

— Leva tempo — respondeu Nance. Ela estava de pé na escuridão dentro da cabana, o cabelo branco desgrenhado, braços afastados do corpo como um homem que se prepara para lutar. — Não se pode apressar o mar.

Nóra sacudiu a cabeça.

— Você fala com Eles. Eles lhe deram o dom do conhecimento. Por que você não pergunta a Eles onde está Micheál? Peça a Eles que me devolvam meu neto. Diga a Eles para levarem *isto* de volta.

Empurrou o menino para a frente, mãos agarrando os ossos arredondados do tronco. Os dedos dos pés do parasita se viraram para dentro, descalços e frios.

— Estou trabalhando na cura — disse Nance, espiando Nóra com cautela.

— Você não está fazendo nada! Tudo o que você fez foi rechear essa coisa aí com ervas que o fizeram cagar e tremer. Ficou vazando as suas ervas. Os lábios disso se abriam para toda a água que passou por dentro. — Nóra encaixou o parasita de volta na curva do quadril e baixou a voz a um zumbido. — Por favor, Nance. O que você fez com as ervas e a dedaleira não foi o bastante. Tudo o que isto tem feito é gritar mais alto e se sujar todo. Primeiro ficou quieto e se sacudindo, mas agora está tudo como era antes. Eu pedi a você que os fizesse pegar de volta o que lhes pertence, não para que a coisa ficasse mais fraca e doente, e depois forte e bem de novo. Acredite, se isso antes era um fardo, agora o parasita está me sobrecarregando.

Nance fechou os olhos, balançando-se um pouco. Não respondeu.

Houve um longo silêncio.

— Você está fedendo a bebida — cuspiu Nóra, por fim.

Nance abriu os olhos.

— Não estou.

— Olhe para o seu estado.

Nance suspirou e deu um passo incerto para a frente, oscilando em direção à porta. Agarrou a madeira e içou-se até a entrada.

— Nóra.

— O que foi? Olhe para você.

— Sente-se comigo.

— Aqui? Eu não vou me sentar na lama.

— Sente-se comigo ali. Naquele toco ali.

Nóra, relutante, seguiu a mulher trôpega até o tronco de árvore podre, caído e cheio de musgo à entrada da floresta.

Nance se acomodou em cima dele. Respirou fundo e deu tapinhas no espaço a seu lado.

— Sente-se, Nóra Leahy. Bote o ser encantado no chão. Ali, na grama. Debaixo do carvalho.

Nóra hesitou, lábios retorcidos, mas seus braços doíam de carregar o parasita. Botando a criança em cima de uma moita de grama nova, sentou-se a contragosto ao lado de Nance.

A anciã espiou por entre os galhos nus do carvalho.

— *Quando o freixo brota antes do carvalho, o verão será de poeira e fumaça.*

— O quê?

Nance fungou.

— Uma musiquinha antiga. Por certo, as árvores sabem o que vai acontecer, muito antes de acontecer.

Nóra resmungou.

— Você está vendo aquilo ali? — perguntou Nance, apontando para além de sua cabana.

— Piper's Grave.

— Isso mesmo. O carvalho. A sorveira-brava. O pilriteiro. É onde Eles estão.

— Isso não é novidade para mim, Nance Roche. Nós todos sabemos onde fica a casa dos Bons Amigos.

— Eu Os vi. Eu Os ouvi. — Nance piscou devagar, deixando cair o braço. — Minha mãe foi uma grande favorita d'Eles. Eles vieram buscá-la. No vento encantado. Eles lhe deram um corcel de jacobeia, e ela foi com eles para os lugares bonitos. Minha tia, também. Palavra, foi para lá que elas foram. E me deixaram. Mas me deixaram com o dom do conhecimento.

Nóra olhou para a velha. Seus olhos estavam semicerrados, e suas mãos arranhavam o musgo do tronco. Parecia enlouquecida.

De repente, Nance abriu os olhos e fez uma careta.

— Eu sei o que você está pensando, Nóra Leahy. Você acha que os vermes dos anos entraram na minha cabeça e cavaram túneis no meu juízo. Acha que a idade acabou comigo. — Aproximou o rosto do de Nóra, o hálito quente. — Você está errada!

Silêncio. As duas mulheres olhavam para a floresta.

— Achei que bastaria ouvir alguém como você declará-lo encantado — Nóra acabou dizendo. — Desde que minha filha se foi, tenho pensado em como foi que o menino se perdeu. A ideia de que poderiam ter sido Johanna e Tadgh, a fome... — Sua voz falhou. — Achei que eles poderiam ter feito isso com o próprio filho. Talvez o estivessem negligenciando. Talvez minha própria menina não tenha sabido ser mãe dele. Fiquei me perguntando será que eu não a ensinei como proteger uma criança? Quando Martin morreu, fiquei pensando comigo mesma que devia haver alguma coisa que eu tivesse feito para atrair tanta má sorte para cima de mim. Que a culpa pelo menino não estava na alma de Johanna, e sim na minha.

— Não há pecado em você, Nóra.

— Mas eu sinto que de algum jeito é assim. E as pessoas ficavam falando! Eu tinha tanta vergonha dele. Um aleijado! Quando Peter e John me trouxeram Martin, o corpo do meu próprio homem em seus ombros, a única coisa em que consegui pensar foi em tirar o menino da casa. A vergonha de ter gente lá dentro espiando as pernas tortas dele e se perguntando por que eram daquele jeito. Pensando que pecado teria tirado o juízo de dentro dele, quando eu o tinha visto bem e crescendo sadio havia menos de dois anos. Pensando mal de mim. Me culpando.

— Nóra, agora me escute. Aquele menino não é o filho de Johanna. Aquilo não é o seu neto. É um encantado. Você sabe disso! A aparência dele, a decadência dele. Eu lhe digo agora que a criatura não passa de um duende velho e murcho, trocado por Micheál. E por que Eles levaram o menino da sua filha? — Nance pôs a mão sobre a de Nóra. — Porque ele foi o rapazinho mais adorável que puderam encontrar.

Nóra sorriu, olhos marejados.

— Eu vi Micheál uma vez, antes que fosse trocado. Ele era lindo. Um encanto. — Ela olhou para o parasita. — Não como esta falsa criança.

— Nós vamos devolvê-lo para os Bons Amigos, Nóra. Eu conheci uma mulher que foi levada e voltou.

— Conheceu?

— Eu conheci duas mulheres que foram levadas. Uma não voltou, mas a outra... — Nance franziu a testa. — Ela foi trazida de volta com um atiçador em brasa. Encostaram o ferro quente no rosto dela, e isso foi o bastante para expulsar para sempre o ser encantado e devolvê-la ao próprio corpo.

Nóra a interrompeu, pensativa.

— O fogo a trouxe de volta?

— Era a minha própria tia, e é por isso que eu sei que é verdade — disse Nance. — Eu vi a mancha no rosto dela com meus próprios olhos. A cicatriz. Como uma marca de ferro.

— E funcionou?

Nance esfregou os olhos, balançando-se no toco de árvore.

— É. Funcionou.

Nóra se aprumou de repente.

— Então nós precisamos tentar um atiçador em brasa.

— Não. — A voz de Nance soou firme. — Não, nós não precisamos fazer isso.

— Mas você mesma acabou de dizer que funcionou!

— Minha tia me disse que nunca faria isso com outra pessoa. "Nunca na minha vida", foi o que ela disse, e eu faço questão de dar ouvidos a ela.

Nance se calou.

A boca de Nóra se retorceu.

— Não precisamos escaldar ou marcar com ferro. Deve bastar ameaçar a criatura com as chamas. Assustar o ser encantado para que ele volte para sua própria espécie. — Ela apontou para a pá encostada à fachada do *bothán* de Nance, perto do monturo de estrume. — Botar a criatura sentada na pá e fazer de conta que vamos jogá-la no fogo.

— Ameaçar não vai adiantar.

Os lábios de Nóra tremiam.

— Então nós o queimamos. Só uma queimadurazinha. No rosto.

Nance a encarou.

— Nós não vamos fazer isso!

— Eu quero que aquilo vá embora!

Silêncio.

— Nóra, pense em Áine. Você não ouviu os gritos? A pele foi arrancada das pernas dela. A carne queimada até os ossos. Só bolhas. — Nance apertou os lábios numa linha sinistra. — Com fogo, não... Eu sei que você quer se ver livre da criatura, mas nós não podemos queimá-la.

— Áine não é um ser encantado.

— Eu não posso desobedecer à ordem da minha tia.

— Você diz que nós não podemos queimá-lo, mas o que mais você tem para mim? Me diga! É você quem tem o dom do conhecimento!

Nance ficou imóvel. Nóra viu que seus olhos estavam outra vez fechados. Os cílios ralos e claros se colavam ao rosto. Ela está velha, concluiu Nóra. Havia nela uma exaustão arraigada. Uma vulnerabilidade. Nóra percebeu o lento subir e descer do peito, os minúsculos ombros arredondados. A mulher usava tantas camadas de roupa que Nóra nunca tinha pensado em Nance como frágil. Mas ali sentada tão perto dela, à luz do dia, via que a *bean feasa* era magra. E fraca.

Os olhos de Nance se abriram, inexpressivos, nublados.

— Há um outro jeito. Nós podemos levar o parasita até onde os seres encantados ficam e expulsá-lo lá.

— No Piper's Grave?

Nance sacudiu a cabeça.

— Onde as águas se cumprimentam. Um lugar de poder. O encontro das águas.

— O rio.

— Você, eu e a menina. Três mulheres no lugar em que três cursos d'água se encontram, por três manhãs seguidas. Nós três vamos depressa. Levamos o parasita ao Flesk antes do sol nascer. Três vezes antes do nascer do sol por três manhãs seguidas, e, quando vocês voltarem para casa na última manhã, o parasita terá ido embora. E pode ser que você encontre Micheál de volta. Pode ser que os Bons Amigos o devolvam a você. O ser encantado vai desaparecer.

— Nós vamos para dentro da água?

— No encontro das águas. Vamos esconder o parasita na água que tem poder. Um poder imenso.

Nóra encarou Nance, perplexa. Então, como que se decidindo, apertou os lábios e assentiu, apressada.

— Quando vamos começar?

Nance hesitou.

— Agora ainda estamos em março, a água vai estar fria — murmurou, como se para si mesma. — A água vai estar fria, e a corrente vai estar forte. — Olhou para Nóra, expressão indecifrável. — Será melhor se for mais perto do dia da chegada da primavera. É quando os Bons Amigos vão mudar de casa. Eles estarão inquietos. Seus olhos se voltarão para nós.

— Primeiro de maio? Mas ainda falta muito.

— É só porque agora vai estar frio.

— Mas os dias estão mais quentes do que antes. Por certo, dizem que vamos ter um bom mês. Nance, eu não posso esperar até primeiro de maio.

Nance fez uma pausa, antes de concordar.

— Amanhã pela manhã, então. Antes do nascer do sol, e em estado de fome. Não vá comer nada depois do pôr do sol, nem deixe a menina comer. Nem Mary, nem você. E não deixe a criança-trocada perto da água e nem um grão de comida. E eu também vou estar em jejum. — O olhar de Nance desceu a colina até onde corria o rio. — Encontrem-me ali. Estarei esperando.

Havia chovido durante toda a noite e o chão estava suave e macio, cedendo sob os pés descalços de Mary. Estava escuro, e ela andava desajeitada pela trilha cheia de mato alto, sem poder empurrar as samambaias e os galhos baixos por causa do menino em seu colo. Carregava-o sobre o osso do quadril, as pernas sem movimento batendo em suas coxas enquanto andava, olhos fixos no vulto indistinto e escuro de Nóra à sua frente. Nance as guiava até o rio, o branco dos cabelos descobertos balançando na penumbra como um fantasma.

Mary se sentia meio tonta e faminta. Seus braços doíam.

— Falta muito? — sussurrou.

Nenhuma das mulheres respondeu. Seu estômago se encolhia de medo.

A viúva voltara do encontro com Nance, na tarde da véspera, num estado de alta ansiedade. Entrou pela porta da cabana como um furacão e, com grosseria, empurrou a criança para o colo de Mary, respirando com dificuldade, olhos brilhando.

— Amanhã — ofegou. — Vamos levar ele para a água, para o rio. Encontro das águas, diz Nance. Há mais poder lá do que nas ervas. Lugares de encontro onde ficam os seres encantados. Eles não podem atravessar água corrente, diz ela. Reúnem-se lá, mas não podem atravessar.

Micheál começou a chorar. Com suavidade, Mary encostou a mão no cabelo macio e guiou a cabeça até seu ombro.

Nóra andava de um lado para o outro da cabana.

— Você não vai comer nada — disse, apontando para Mary. — E não vai dar de comer a essa coisa aí. Jejum, é preciso estar em jejum.

— O que nós vamos fazer no rio?

A viúva se sentou perto do fogo e quase no mesmo instante ficou outra vez de pé. Foi até a porta aberta e espiou o vale.

— Vamos dar banho nele. No rio, onde as três águas se encontram.

Mary acariciou o cabelo de Micheál, sentindo no pescoço a respiração quente e as lágrimas do menino.

— Vai estar gelado.

Nóra não pareceu ouvir. Respirou fundo o ar da tarde e fechou a porta, passando a tranca.

— Três manhãs. Três mulheres.

— E nós vamos passar três dias em jejum?

— Não me coma nada! Nem uma migalha!

— Nós vamos morrer de fome.

— Eu acho, Mary, que logo, logo eu terei comigo o filho da minha filha. E você... — ela apontou um dedo esticado para a criança no colo de Mary — você terá ido embora.

Não havia brisa da manhã, e as árvores estavam imóveis. A floresta prendia a respiração nas horas que antecediam a aurora, e havia um silêncio expectante, o som do silêncio da ausência do canto dos pássaros. Mary sentia o ar ficar mais úmido à medida que se aproximavam do rio, nas sombras escuras lançadas pelos olmos. Então, de repente, ela ouviu o borbulhar da água e o dossel se abriu, revelando um céu descorado. A lua e poucas estrelas remanescentes brilhavam lá em cima.

— Por aqui — disse Nance.

Ela se deteve para, antes de continuar, se certificar de que Mary e Nóra ainda a seguiam. As mulheres passaram pela grama alta e o som da água mudou, ficou mais suave. Aqui, a correnteza é mais funda, pensou Mary. Nance lhes tinha dito que havia um lago no encontro dos três rios, onde o Flesk encontrava seus irmãos e as águas se enroscavam em sombria trindade. As samambaias e a vegetação rasteira diminuíram, e Mary parou para mergulhar os olhos no rio. O céu do começo da manhã estava preso na superfície trêmula.

— É este o lugar — Nance sussurrou. Virou-se para Mary e esticou os braços para o menino. — Me entregue ele agora. Você vai primeiro. Você vai dar banho nele.

O estômago de Mary se apertou. Ela olhou para Nóra. A mulher encarava a água, cabeça baixa.

Nance a chamou.

— Depressa, agora. Precisamos banhá-lo antes que o sol apareça.

— Por certo, a água não vai estar fria demais para ele?

— Vai ser bem rápido. Você pode enrolá-lo outra vez depois que o tiver mergulhado.

Mary entregou Micheál a Nance. Ele estava enraivecido, gemendo.

— Assim! Boa menina.

— Os Bons Amigos estão aqui? — sussurrou Nóra. Seus ombros estavam tensos, o pescoço arqueado como um cavalo selvagem, olhos fuzilando a corrente rápida do rio.

Nance assentiu.

— Ah, você vai saber quando Eles estiverem aqui. Você vai saber quando Eles vierem buscar o que é deles. — Ela apontou para os lírios sem flores que cresciam junto à margem do rio. — Lírios amarelos em flor são um sinal seguro de que um parasita foi expulso para dentro d'água. Vocês vão ver. Ele vai se transformar em lírios amarelos na terceira manhã, quando voltar para sua própria espécie.

Virou-se para Mary.

— Agora você vai precisar tirar o xale.

Os braços de Mary estavam fracos, por ter carregado o menino por um caminho tão extenso, e tremiam quando ela desenrolou o xale dos ombros. Ela pensou, por um instante, em sua família em Annamore, no que diriam se a pudessem ver agora, prestes a se banhar numa manhã de março com uma criança aleijada. *Piseógs*, era o que diriam. Mary dobrou o xale e colocou-o em cima de uma pedra coberta de musgo. Começou a tiritar.

— É preciso que seja eu quem vai fazer isso?

Nance foi firme.

— Todas nós vamos nos revezar no banho. Uma manhã cada uma.

— Não vai machucá-lo?

— Isso é um ser encantado — Nóra sussurrou. — Mary, entre na água. Vamos logo com isso, antes que o sol apareça.

Agarrando-se a um galho baixo para se equilibrar, Mary desceu até a beirada da água, usando as raízes expostas das árvores como degraus.

— Ainda não! — exclamou Nance. E chamou Mary de volta. — Você precisa tirar o resto das roupas.

Mary ficou parada na escuridão, os nós dos dedos brancos apertando o galho e sua capa verde-musgo. Seus dentes, descontrolados, batiam.

— Não posso entrar de roupa?

— Você precisa estar despida.

Mary achou que ia chorar.

— Eu não quero — sussurrou.

Mas voltou à margem e tirou a saia e a blusa até ficar nua naquela semiclaridade pré-aurora, encurvada de pudor e tremendo. Mary observou Nance tirar os trapos de Micheál e, com cuidado, inclinou-se para segurá-lo. Prendeu-o depressa ao quadril, a pele nua da criança pegajosa junto à sua, e, com passos cautelosos, desceu até o rio.

Como queria estar de volta em casa! Pensou nas meninas que tinha visto naquela manhã de maio, nadando nuas por entre os galhos de urze.

Que Deus me perdoe, pensou.

O rio estava muito frio, negro de tanino. Seu toque levou um estrondo de choque a seus lábios, e ela olhou para cima e viu as duas mulheres de olhos fixos nela. Os dedos de Nóra agarravam o pano do avental.

— Não vai demorar — Mary a ouviu dizer, como para si mesma. — Não vai demorar.

Ofegando com o choque da água gelada, Mary podia ver o branco de sua pele espelhado na superfície. Segurou a criança no alto, pernas balançando.

— O que eu faço?

Precisou levantar a voz acima do zumbido do rio. A corrente empurrava seu quadril, e, para se equilibrar, ela firmava os dedos dos pés na lama do leito.

— Ponha ele na água, três vezes — respondeu Nance. — A cabeça debaixo d'água. O corpo inteiro.

Mary olhou para o rosto do menino. Seus olhos reviravam, a cabeça tombando para um lado enquanto um braço socava o ar.

Ele está cheio de feitiço, pensou. E mergulhou-o no rio.

Capítulo Dezesseis
Lírio amarelo

O dia nascia quando Nóra e Mary avançavam colina acima pela trilha que levava à cabana, depois da ida ao rio. A pele de Mary, debaixo das roupas, estava dormente de frio, e ela imaginava, preocupada, que Micheál também estivesse congelando. O menino estava quieto em seu colo, rosto afundado em seu pescoço, respiração lenta.

— Ele está gelado demais — Mary murmurou.

Nóra a olhou, arfando ao subir a trilha com longas passadas.

— Depressa agora. Não queremos que ninguém nos veja. Nem fique se perguntando o que estamos fazendo fora de casa de manhã tão cedo.

— Ele não está se mexendo. Ele se resfriou.

— Já vamos estar dentro de casa. — Fez um gesto apressando Mary, evidentemente frustrada com sua lentidão. — Rápido!

Dentro da cabana, Nóra agarrou o balde e foi ordenhar a vaca, deixando Mary acendendo o fogo. O estômago da menina roncava enquanto ela punha gravetos nas chamas que crepitavam. Três dias de jejum, pensou. Já estava tonta.

Micheál estava deitado na cama de armar, olhos deslizando de um lado para outro. Quando o fogo subiu, Mary pegou o xale com que o tinha enrolado e segurou-o perto da lareira para aquecer a lã. Antes de cobri-lo, examinou a pele do menino e viu que estava azul de frio. Sem pensar, pegou uma das mãos de Micheál e pôs seus dedos gelados na boca, para aquecê-los.

Tinham gosto da água do rio.

***

Depois de ter ordenhado a vaca e atiçado o fogo com uma pilha de tições crepitantes, Nóra sugeriu a Mary que voltassem para suas camas, para algumas horas de sono. Mary, estômago roncando e olhos doendo por ter acordado tão cedo, concordou. Enfiou Micheál, embrulhado em seu xale, dentro do cobertor dobrado, e, enfim aquecido, ele se rendeu ao sono. Mary se deitou a seu lado e estudou seu rosto. Nunca tinha visto seus traços com tantos detalhes. Em geral, estava escuro quando se deitava perto dele e, nas horas de vigília de Micheál, estava ocupada demais pingando água em sua boca, alimentando-o, limpando a sujeira dura de suas nádegas magras ou acalmando a irritação de sua pele com sebo para parar e examiná-lo com cuidado. Mas agora, com a luz do sol matinal atravessando as fissuras da porta, percebia como seu nariz era pontilhado de pequenas sardas e a descamação de suas narinas. A boca se abrira, e ela reparou que um dente inferior, no centro da boca, estava num ângulo estranho. Com delicadeza, para não acordá-lo, pôs a ponta do dedo em sua minúscula borda ondulada. O dente balançou e depois, quando ela pressionou um pouco mais, soltou-se da gengiva e caiu em cima do colchão.

Micheál se mexeu, pálpebras apertadas, mas não acordou.

Mary pegou o dente e segurou-o contra a luz. Uma pérola, pensou. Uma perolazinha. Passou o dedo pela cavidade, de repente maravilhada com o fato de que uma criança encantada pudesse ter uma coisa tão comum quanto um dente humano.

Levantando-se, Mary foi até a porta, abriu a parte de cima e — como já havia feito tantas vezes com seus próprios irmãos e irmãs — jogou o primeiro dente caído na sujeira do pátio, por cima do ombro direito.

Isto vai mantê-lo protegido, pensou. E voltou para a cama de armar, caindo num sono sem sonhos.

— Mary, acorde! Acorde, agora!

Uma mão áspera sacudia seu ombro. Mary, exausta, abriu os olhos e viu o rosto de Nóra — pálido, sobressaltado — acima dela.

— Mary!

De repente com medo, ela se sentou e procurou o menino. Ele dormia a seu lado, os braços acima da cabeça. Ela respirou aliviada.

— Que horas são?

— Nós dormimos a manhã inteira. Passa muito do meio-dia.

Nóra estava vestida com o casacão do marido, os ombros amplos fazendo seu corpo parecer menor e mais frágil. Tufos de cabelos grisalhos lhe caíam sobre o rosto.

— Mary, encontraram um *piseóg*.

— Um *piseóg*?

Ela sentiu o estômago revirar.

— Eu estava lá fora jogando minha água e vi Peg vindo pela trilha. Ela me contou. Está contando a todo mundo na montanha. Há um mundo de gente indo ver. É um ninho de alguma coisa. Um feitiço. Alguma coisa má.

O medo palpitou no peito de Mary.

— Alguma coisa má?

Nóra fez que sim, tirando o xale de cima do menino e jogando-o para ela.

— Levante-se! Eu quero que você vá ver a coisa e me diga como é.

Mary esfregou os olhos e começou a enrolar o xale na cabeça.

— Quem fez?

— Ninguém sabe. É o que todos querem descobrir.

— Onde?

— Na casa dos Lynch — cochichou Nóra. — Kate e Seán Lynch. — Ela ajudou a menina a ficar de pé. — Vá lá e descubra o que é.

Mary encontrou o caminho para a fazenda dos Lynch seguindo a multidão de pessoas que andavam pelos campos. Corria entre elas uma espécie de exaltação nervosa, de mexerico ansioso.

— Ele estava nos limites da propriedade quando viu. Dizem que ele acha que não é o primeiro que é posto nas suas terras.

— *Musha*, eu o ouvi falando de outros, lá na ferraria.

— Pedras viradas de cabeça para baixo, galhos e plantas amarrados no portão.

— Ah, mas agora é um bom e velho *piseóg* do mal. É um ninho de palha e uma bagunça danada lá dentro. Apodrecendo. Nada dessas suas pedras e plantas. É alguma coisa nova sinistra. E, pelo visto, também era para ser encontrado.

— Seán está dizendo que foi deixado lá por Nance Roche.

— Chamaram o padre para ver. Isso é muito ruim, muito preocupante.

— Ah, eu não gosto nada disso.

Aproximavam-se do sítio, e Mary se espremia no meio da multidão para conseguir ver o *piseóg* mais de perto. Estava no chão, atrás da cabana caiada dos Lynch, parcialmente obscurecido por um monturo de estrume. Era uma coisa pequena, um ninho, mas sem nenhuma dúvida feito por mão humana. Nada havia do emaranhado criado por bicos, e sim uma trama cuidadosa e deliberada. Dentro do ninho, havia uma massa escura de material ensanguentado, em estado de decomposição. O cheiro fez arder as narinas de Mary.

As pessoas observavam, horrorizadas, benzendo-se e cochichando entredentes.

— Não se pode dizer que isso está aí por acidente.

— Por certo, isso foi feito de propósito. Com muita maldade.

— O que você acha que tem lá dentro? A coisa podre?

— Pode ser um pedaço de carne, você não acha?

De repente, uma voz masculina calou os cochichos.

— O padre está aqui! O padre Healy está aqui!

Houve um zum-zum de movimento quando o grupo se abriu para deixar passar o padre.

Ele veio correndo, pensou Mary. Suas roupas estavam salpicadas de lama.

— Ali está, padre.

Mãos irritadas apontavam para o chão onde estava o *piseóg*.

O padre olhou aquilo por algum tempo, dedos apertando as narinas.

— Quem fez isto?

Fez-se silêncio.

— Quem foi que perdeu o juízo?

O padre Healy encarava a multidão, os olhos azuis deslizando sobre rostos temerosos e agitados.

— Padre, nenhum de nós sabe quem botou essa coisa aí.

— Por certo, só viemos para ver de perto.

— O que o senhor vai fazer, padre?

Os olhos do padre lacrimejavam com o fedor.

— Tragam-me uma pá.

Um dos trabalhadores mandou o filho buscar uma ferramenta, e, enquanto esperava, o padre tirou da batina uma garrafinha clara de água benta, puxando a rolha com cuidado. Com ares de grande cerimônia, pingou um pouco sobre o *piseóg*.

— Mais uma gota, não é, padre? — palpitou uma voz.

Houve risadinhas entre a multidão.

O padre Healy trincou os dentes, mas fez o que foi pedido e borrifou o ninho e o chão em volta dele, com liberalidade. Quando a pá foi trazida, o padre Healy arrancou-a das mãos do rapaz e, com expressão de impaciência, deslizou-a sob o *piseóg*, levantando-o no ar. A multidão recuou vários passos quando aquilo balançou na ponta do metal.

— Onde fica sua fossa mais próxima, homem? — ele perguntou.

Seán, rosto sombrio de indignação, apontou para um lugar no campo. O padre, no mesmo instante, se encaminhou para lá, a multidão de gente atrás dele. Mary andou com ela, sangue sibilando nas veias.

O fundo da fossa estava molhado e cheio de urtigas. O padre Healy baixou com cuidado o *piseóg* na parte mais seca da parede da fossa e depois limpou a pá na grama.

— E agora, padre?

— O senhor vai benzer a pá, padre?

— O senhor não deveria ter usado um espeto? O *piseóg* não vai envenenar o trabalho da pá?

O padre Healy esfregou os olhos, depois tirou do bolso a água benta e jogou um punhado na lâmina da pá, murmurando entredentes uma oração.

— Queime, padre!

— A pá?

O padre pareceu um tanto confuso.

— O *piseóg*. O senhor não vai queimar o *piseóg*?

Um homem deu um passo à frente, animado, oferecendo-lhe o cachimbo fumegante.

O padre Healy, enfim compreendendo, sacudiu a cabeça.

— A terra está molhada demais. Seán, você consegue algum combustível seco? Feno, tojo. Qualquer coisa que queime. E um fogo.

Por algum tempo, houve um zum-zum de atividade frenética, enquanto a multidão seguia Seán até sua cabana, servindo-se de seus estoques de gravetos, tojo e comida dos animais. O próprio Seán nada dizia, embora parecesse espumar de raiva. Mary manteve distância dele, embora em determinado momento ele a tenha visto e encarado, lançando-lhe um olhar de tanta aversão e hostilidade que ela desviou depressa os olhos e voltou sua atenção para os gravetos. Kate, ela reparou, estava longe da multidão, o xale enrolado bem junto ao rosto. Parecia atordoada, um olho roxo. Ao ver Mary, encolheu-se, deu três passos cautelosos para trás, cuspindo no chão e se benzendo.

***

Queimaram o *piseóg* à luz fria e azul do crepúsculo, numa pilha de madeira, turfa, tojo seco e palha. O fogo faiscava no ar rarefeito, as chamas se elevando em torno de um coração violeta. Um sinal da terrível maldade da coisa, pensou Mary. Foi invadida por uma sensação estranha ao ver queimar o ninho ensanguentado, enquanto o padre subia em seu burrico e o povo continuava lá, sentinelas em volta da fogueira.

Sua cabeça caraminholava pensamentos desagradáveis. Quem teceu aquele ninho de palha? Que tipo de bruxaria havia ali?

Continuou a sentir cheiro de podre muito depois de o fogo se extinguir e de as pessoas voltarem para suas cabanas, anestesiadas pelo ar frio do anoitecer. Muito depois de ter voltado para a cabana de Nóra, ainda sentia no cabelo o cheiro da maldade ensanguentada do *piseóg*, apesar de toda a água benta do padre.

Naquela noite, os homens se reuniram em frente ao barracão de Nance Roche, cheios de bebida, brandindo galhos de freixo.

Nance os ouviu chegar. Seus passos soavam alto quando pisavam a vegetação rasteira, destruindo as samambaias. Espiando por uma fenda em sua porta de vime, viu Seán Lynch cambaleando à frente do bando, parando para desabotoar a calça. Alguns homens vibraram quando ele começou a mijar, apontando o jato lento para o barracão.

Ouviu-se o som de alguma coisa sendo esmagada. Um dos homens tinha atirado um jarro de *poitín* no tronco do carvalho.

— Você é uma cadela preta! — exclamou Seán de repente, um fio de cuspe escorrendo da boca.

Diante da fúria em sua voz, os homens silenciaram. Pela fresta da porta, Nance podia ver cinco deles parados a menos de dez metros de distância, rostos brilhantes de suor e álcool.

Seán Lynch balançou para um lado, desequilibrado e sacudindo sua vareta no ar.

— Você é uma cadela preta, Nance Roche, e que o Diabo a carregue!

Silêncio. Nance prendia a respiração. Seu coração martelava como o de um homem queimado vivo.

Os homens ficaram muito tempo por lá, todos de olhos fixos em seu barraco. Ela sabia que estava escuro, sabia que não conseguiriam ver o brilho do seu olho na fresta da porta de vime, mas parecia que cada um daqueles homens olhava diretamente para ela. Cinco rostos cheios de força e pragas. Cinco paredes de ódio.

Depois do que pareceu ser um cerco de uma hora, os homens afinal deram meia-volta e voltaram desequilibrados pela trilha, conversando entre si.

Quando desapareceram na escuridão e Nance não conseguia mais ouvir nada além do som do vento se movendo pela floresta e do leve zumbido do rio, ela recuou e se encostou à parede, respirando com dificuldade, aterrorizada. Seu corpo, descontrolado, tremia.

Homens haviam entrado à força em sua cabana dois dias depois de quando ela chegou em casa e descobriu que Maggie e a mulher encantada tinham desaparecido. Ela encontrou a sala revirada, as tigelas de barro esmagadas no chão, as cinzas da lareira chutadas e reviradas como se alguém tivesse procurado alguma coisa queimada na poeira do fogo extinto.

Estava escuro quando os homens voltaram, botas batendo na porta, punhos nas paredes caiadas.

— Onde ela está?

Nance arrastando os pés, tentando abrir a porta dos fundos para fugir, encontrando-a bloqueada com barro.

— Nada disso, *cailín*. Onde ela está?

— Quem?

— Onde está a maluca? A mulher que faz trabalhos?

— Tratamentos?

Um dos homens cuspiu, encarou-a.

— Maggie Maluca de Mangerton.

— Ela não mexe com *piseógs*.

Ele riu.

— Não lida não, é?

Nance pensou no que Maggie lhe tinha ensinado dias atrás. Maneiras de pegar a sorte destinada aos outros e usá-la em proveito próprio. Maneiras de deixar um homem estéril. As coisas que podem ser feitas com a mão de um homem morto, se houver necessidade.

— Ela não está aqui.

— Não está escondida ali dentro da fossa?

Nance sacudiu a cabeça.

— Ela foi embora.

Lágrimas caíram de medo dos homens parados na cabana do pai morto, o desaparecimento da única parente que lhe restava no mundo.

Os homens apontaram dedos para o seu rosto.

— Se a puta louca da sua titia voltar, você diga a ela que ela vai ter o que está guardado pra ela. Diga que eu sei que foi ela que amaldiçoou minhas vacas. Diga que eu vou cortar a garganta dela do mesmo jeito que tive que cortar a delas.

Agora, caídas em seu minúsculo *bothán*, as mãos de Nance tremiam exatamente como haviam tremido durante toda a noite, depois que os homens a deixaram em paz.

Virgem Mãe, me salve, Nance pensou. Eu sou um freixo debaixo de uma tempestade. Apesar da floresta, só eu atraio o raio.

Quando Nóra acordou na segunda manhã, entranhas formigando de ansiedade, Mary já estava vestida e esperando junto ao fogo aceso com Micheál no colo, mãos firmes cruzadas sobre a barriga do parasita. A cabeça do menino contorcia-se sobre seu ombro. Ele estava aflito como um cão.

— Veja só você, já de pé e pronta. Você devia ter me acordado. Já poderíamos estar no meio do caminho.

Mary deu a Nóra um olhar de súplica.

— Mas qual é o seu problema, hein?

— Eu não quero ir.

— E por quê? — Nóra perguntou, irritada.

Toda ela estava tomada de inquietação. Queria já estar no rio. Queria sua vez de afundar a criança encantada na água. Queria sentir sua relutância em partir.

— Estou apavorada — disse Mary.

— Apavorada com o quê? Que medo pode haver em se banhar no rio? Você fez a sua parte ontem pela manhã. Pode ficar olhando dessa vez.

— Está frio demais para ele. Você viu como ele ficou tremendo e se sacudindo, e como ficou azulado. Tenho medo por ele. E hoje de manhã ele ficou uivando, pedindo leite, dona. Ele está com fome!

— Eu também. Você também.

— Mas, sem alguma coisa no estômago, eu tenho medo de que ele não aguente o frio e acabe morrendo.

— Mary, não tem nenhuma criança sentada no seu colo. E não haverá salvação para Micheál se não fizermos o que Nance manda e pusermos essa coisa aí dentro d'água.

A menina parecia à beira das lágrimas.

— Estou com um mau pressentimento — gaguejou.

Nóra tomou um gole d'água da concha e espirrou um pouco no rosto.

— Chega, Mary.

— Estou, sim. Estou com um mau pressentimento. E fico imaginando o que o padre diria, se soubesse.

— O padre já teve a chance de me ajudar.

— Mas, dona, você não acha que isso é pecado? Eu contei do *piseóg* de ontem. Tenho a impressão de que estamos mexendo com o mesmo tipo de coisa. Nos levantando antes do dia clarear e indo para lugares selvagens. Eu não quero ficar pecando. Eu não quero ficar maltratando a criança.

— Você só está com medo porque viu o *piseóg* ontem e isso virou a sua cabeça.

— Estão dizendo que foi Nance quem fez.

— É mentira.

— Estão dizendo que ela quer espalhar doença no vale porque o padre Healy pregou contra ela na missa!

— Mexerico e falatório!

— Mas talvez não se possa confiar nela, dona. Talvez ela...

— Mary! — Nóra esfregou o rosto com o avental e amarrou-o na cintura. — Você pode trazer o filho da minha filha de volta para mim?

A mocinha ficou em silêncio. Puxou o menino para mais perto.

— Não há pecado nisso — afirmou Nóra. — Não há pecado em devolver aos Bons Amigos o que já é deles.

Mary olhava fixo para o barro debaixo dos pés de Nóra.

— Posso levar o cobertor para aquecê-lo depois?

— Você carrega, se quiser levar.

Andaram até a cabana de Nance debaixo de um céu ainda negro, uma leve sugestão de rosa a leste. Nóra percebeu que Mary cambaleava ao carregar o parasita embrulhado. Ela deve estar com fome, pensou. O jejum da véspera deixara Nóra se sentindo eufórica. Andando no escuro, sentia como se seus sentidos estivessem mais aguçados do que o normal. O ar frio entrava em seus pulmões e deixava suas narinas vibrando com os habituais cheiros de terra, lama e fumaça, mas também da umidade crescente do rio e da bolorenta vegetação rasteira da floresta. Sentia-se entusiasmada e desperta.

Nance estava sentada junto ao fogo quando chegaram. Teve um sobressalto de surpresa quando abriram a porta, e Nóra ficou acabrunhada ao ver que a anciã parecia distraída. Viam-se círculos escuros e profundos sob seus olhos, e o cabelo branco, em geral preso com cuidado num coque na nuca, caía solto e emaranhado sobre os ombros.

— Nance?

— Está na hora? — ela perguntou.

E, quando ninguém respondeu, pôs-se devagar de pé.

— Vamos então ao encontro das águas.

O silêncio, ao entrarem na floresta, era opressivo. Nóra só conseguia ouvir o ruído suave e amortecido dos passos das três e o esforço da respiração de Mary, exausta sob o peso do parasita. As sombras debaixo das árvores pareciam horrivelmente imóveis.

De repente, um chiado estridente ecoou por todo o vale, e as três mulheres pularam ao ouvi-lo.

Um pato, pensou Nóra. Só uma raposa matando um pato. Mas aquilo deixou sua nuca arrepiada.

— Você ouviu falar da coisa medonha na casa dos Lynch? Do *piseóg*? — sussurrou, tentando fazer sua voz soar o mais firme possível.

Na escuridão, Nance estava em silêncio.

— Um *piseóg* — repetiu Nóra. — Chamaram o padre. Ele jogou água benta na coisa, e depois queimaram. Assim disse Mary.

A voz de Mary, à sua frente, se elevou.

— Era um ninho, com sangue.

— Por certo, a menina me disse que fedia como o Diabo. Foi por isso que Seán o encontrou. Pelo fedor.

— Problemas à vista — murmurou Nance. Parecia preocupada. Só voltou a falar quando chegaram ao rio, no mesmo lugar da véspera.

— Nóra, é a sua vez.

Nóra não sabia se a cólica em suas entranhas era de excitação ou de medo.

— O que eu tenho que fazer, Nance?

— O ritual é o mesmo de antes. Faça o que a menina fez. Dispa-se e leve o encantadinho para dentro d'água. Tenha o cuidado de mergulhá-lo de corpo inteiro, três vezes, os fios de cabelo da cabeça dele debaixo d'água. Que ele todo fique sob o poder do encontro das águas. Cuidado para não escorregar. O rio parece muito alto esta manhã.

Nóra assentiu, a boca seca. Tirou as roupas com dedos trêmulos.

— Talvez eu deva fazer isso de novo — disse Mary.

Estava de cócoras em cima de umas raízes e segurava o menino junto ao peito. Ele gemia ouvindo o barulho da água, a cabeça batendo em seu ombro.

Nóra esticou os braços na direção dele.

— Chega disso, você sabe que é a minha vez. É como deve ser. Me entregue isso, Mary.

A criada hesitava.

— Você vai tomar cuidado com ele?

— Ninguém quer fazer mal a ele — tranquilizou-a Nance. — Só queremos mandar a criança encantada de volta à sua própria espécie.

— Ele ficou tão frio ontem... É um frio terrível para ele. Ainda mais ele sendo tão pequeno, tão magro.

— Entregue-o a Nóra, Mary.

— Rápido! — Nóra deu um passo à frente e tirou a criança dos braços de Mary. Deixando o cobertor cair, deitou-o no chão e puxou o camisolão pela cabeça.

— Você o botou em cima das urzes! — protestou Mary.

Nóra fingiu não ouvir. Segurou-o de novo e o menino de repente ficou furioso, grasnando, punhos balançando. Nóra sentiu a cabeça bater em sua clavícula.

— Para dentro do rio agora, Nóra. Assim. Segure-se naquele galho como Mary fez ontem. Não escorregue agora.

O parasita, quando Nóra o mergulhou pela primeira vez na correnteza, abriu a boca de surpresa. Mas não foi mais do que um batismo, um jato do rio na boca, e Nóra o levantou no ar antes de afundá-lo de novo.

— Em nome de Deus, você é ou não é Micheál Kelliher, filho da minha filha?

Ela teve a impressão de que o parasita a encarava quando a água cobriu-lhe o rosto pela terceira vez, bolhas subindo de sua boca. Ela o ergueu, pingando, e o sol faiscou na superfície. Não tinha percebido a claridade. Nóra encostou a criança encantada ao peito nu e segurou-a ali até que cuspisse toda a água sobre seus seios e os pulmões funcionassem melhor. Ficou parada, tremendo dentro da água mosqueada, e sentiu que era verdade, que em mais um dia ela teria de volta o filho de sua filha, membros sadios e falando. De pé no rio, sentiu aquela promessa na silenciosa insistência da corrente e nas cotovias ao alto, de repente saudando o céu com seu voo.

Havia um sombrio amontoado de mulheres no poço, mais tarde naquela manhã, cabeça coberta com capuz, apesar do clima límpido de março. As vozes ferviam de conspiração.

Mary olhou-as de onde se abaixou para descansar o balde e percebeu vários pares de olhos se voltarem para ela, alguns descaradamente. De repente, o bando de mulheres se moveu na sua direção. Mary aprumou o corpo de um pulo, levantando o queixo e cambaleando com uma repentina vertigem.

— Você é amiga de Nance Roche, não é, Mary Clifford? — Foi Éilís O'Hare quem falou, tom de acusação na voz.

— Estávamos aqui conversando entre nós, pensando em quem poderia ter plantado aquele *piseóg* nas terras de Seán.

— Bem, não fui eu quem fez aquilo, se é isso que vocês estão pensando.

Éilís riu alto.

— E não é que a menina é orgulhosa, achando que está sendo acusada? Mijou na urtiga hoje de manhã, é?

As mulheres riram. Mary sentiu um calafrio na espinha.

— Seja quem for que fez aquilo, saiu da cama enquanto ainda estava escuro. Nem o cachorro tinha começado a latir, pelo que diz Seán.

— Talvez não tenha sido há tão pouco tempo — opinou outra mulher. — Quem pôs o *piseóg* lá pode ter deixado aquilo ainda fresco no campo, para apodrecer com o tempo.

— Kate disse que tem visto Nance roubando pelos campos no comecinho da manhã, sem ninguém ainda andando por aí.

— Por certo, mas meu homem é um madrugador e diz que poderia jurar sobre o túmulo da mãe dele que viu uma velha acompanhada pelos Bons Amigos andando pelas trilhas no escuro. Perto do Piper's Grave, lá perto da floresta virgem. E os olhos dele são bons.

— Bons o bastante para enxergar seres encantados, é?

— Palavra, muitos homens enxergam coisas pelo fundo de uma garrafa de *poitín*.

Ouviram-se risos.

— Não era bebida! Ele nunca bebeu uma gota na vida inteira.

— Ele anda querendo acreditar que eram Nance e os espíritos?

— Ah, bem, dizem que ela fala mesmo com Eles.

— Por Deus, é verdade. Ela *conspira* com Eles. Ela tem pedido a Eles o dom do conhecimento para roubar manteiga, secar galinhas e queimar esposas de ferreiros.

— Um negócio medonho!

— Eu me pergunto o que era aquele sangue — disse uma mulher, piscando nervosa na direção de Mary.

As mulheres se entreolharam.

— Podia ser de algum animal — sugeriu uma.

— Podia ser uma lebre, morta e sangrada.

Mary olhava para o chão. Achou que fosse vomitar.

Éilís falou de novo.

— Se você encontrar Nance, Mary, melhor dizer a ela para tomar cuidado com quem anda querendo amaldiçoar. Não tem ninguém aqui disposto a tolerar maldades iguais a essas. Pondo fogo em Áine. Sangueira na fazenda de Seán.

— Diga a ela para cair fora daqui.

— Ela tem o poder da cura — disse Mary com voz débil.

— Por certo, eu fui atrás dela em busca de cura no passado, não fui? — zombou Éilís. — E não é que ela quase me furou o olho com o bico de um ganso? Ela tem o miolo mole.

— É o caso de miolo mole ou de coração duro, Éilís?

Mary viu que Hanna se aproximava, testa vincada.

— É melhor você esclarecer essa história.

— Só mesmo uma idiota iria procurar uma bruxa das ervas como ela.

— E você ainda é uma idiota, Éilís? Ou deixou de ser quando se casou com aquele seu grande homem?

Éilís fechou a cara, mas se afastou, deixando Mary tremendo.

Hanna se aproximou e pôs uma mão no ombro da mocinha.

— Não ligue para ela — falou. — Vocês andam levando aquele menino Leahy para Nance, não andam?

Mary fez que sim.

— Você diga a Nance que a Velha Hanna sabe que aquele *piseóg* não foi coisa dela. — Ela baixou a voz. — Qualquer mulher pode dizer o que havia naquele ninho. Por certo, há sangue de sobra entre as mulheres, e o próprio Deus sabe que, para Nance, isso já ficou no passado. Para mim também! Não, aquilo foi coisa de gente mais perto da casa, é o que eu acho.

Mary encarou-a, cheia de horror.

— Pois é — disse Hanna, inclinando a cabeça para onde Kate Lynch tirava água do poço. — Ele a chuta pela casa inteira. Preste atenção no que eu digo, jovem Mary Clifford. Se alguém está de miolo mole, é ela. De tanto ser socada por ele.

Nance estava de pé em cima da tussilagem escura e fumegante, observando a trilha. Havia três dias não comia e, faminta, sentia-se inquieta, alerta. O fumo aceso do cachimbo era dolorosamente brilhante, seus ouvidos reagiam ao menor ruído, à menor sugestão de movimento na escuridão. A fome a esvaziara até fazê-la se sentir como um *bodhrán*. Uma pele esticada, todas as impressões do corpo amplificadas. Vibrava como um tambor, que a tudo repercutia.

E então Nance ouviu. Ecoando pela ainda quase aurora, o grito áspero de raposa do parasita. Estremeceu, aspirando o cachimbo. Muitos e longos minutos se passaram até que Nóra e Mary a alcançassem, guiando-se pela pouca luz da folha ardente que havia colocado onde estava, à porta de sua cabana. A viúva caminhava de um jeito estranho, punhos fechados, pernas duras como madeira. Quando chegaram mais perto, Nance viu que a mulher estava batendo queixo, ainda que não houvesse gelo no chão. Parecia agitada.

— Que as bênçãos de Deus estejam com vocês duas!

— Mas como a manhã está escura!

A voz de Nóra soou alta, carregada de expectativa.

— Esta manhã é a última. A última manhã é sempre a mais escura.

— Não fosse aquele fiapo de lua, nós nos teríamos perdido.

— Mas aqui estão vocês. E você, Mary, ficou com medo de errar o caminho?

A menina não respondeu, só o branco do avental aparecendo na escuridão. Nance avançou, pôs a mão em seu ombro e sentiu-a se encolher.

— Vamos, fique calma. Não há do que ter medo. Eu estou aqui para proteger vocês, e logo estará claro.

Mary fungou, e o parasita gritou outra vez, assombrando as três.

— Nance esticou os braços.

— Ele sabe que vamos devolvê-lo para o lugar de onde veio. Me entregue ele, Mary. Vou levá-lo para a água.

— Ele é muito pesado.

— Eu sou forte.

— Eu quero levá-lo. Deixe que eu o carrego.

Nance viu Nóra agarrar o ombro da menina.

— Entregue-o a Nance. — A viúva se virou e falou com ela: — É melhor você ter uma conversinha com a menina. Ela passou a noite inteira choramingando e reclamando.

— Mary! Me deixe levar o encantado.

— Ele sabe — cochichou a mocinha, relutante, enquanto entregava o menino.

— Sabe o quê?

— Ele sabe o que estamos fazendo — respondeu ela, com tristeza na voz. — Ele começou a gritar quando percebeu que estávamos a caminho da sua cabana.

— Por certo, o parasitazinho não quer voltar para debaixo da colina. Ele agora tem você para cuidar dele. Mas chegou a hora de trocá-lo pelo neto da viúva.

— O que vai acontecer com ele?

— Ele vai voltar para os da sua espécie.

— E isso não vai machucá-lo?

— *Musha*, de jeito nenhum — respondeu Nance, mas uma imagem de Maggie passou pela sua cabeça. A longa cicatriz.

Com o parasita apertado de encontro ao peito, a ida até o rio parecia absurdamente extensa. Enquanto caminhavam, a grama alta e orvalhada batendo em suas saias, a criança, assustada com as estranhas mãos de Nance, gritava para dentro da pele enrugada do pescoço da anciã. Ela o sentiu urinar, mijo escorrendo pelas suas roupas, calor se espalhando pela sua mão.

A viúva, animada, cochichava com Nance enquanto andavam.

— Eu tive um sonho esta noite. Não foi um sonho comum. Você se lembra de Peter O'Connor falando das luzes no Piper's Grave na noite em que Martin morreu? Eu sonhei que estava andando pelos campos no comecinho da manhã... havia uma espécie de luz azul... e, quando me aproximei do lugar encantado, eu vi três luzes debaixo do pilriteiro. Primeiro fiquei com medo de ver, mas as minhas pernas não paravam de andar e, por certo, quando me levaram mais para perto, vi o espinheiro em flor e as pétalas estavam ao vento e, debaixo da chuva de todas aquelas flores esvoaçantes, eu vi que as luzes não eram luzes, eram Johanna, Martin e Micheál.

Sua foz falhou ao mencioná-los.

— Eram os três, Nance, parados debaixo da árvore. Esperando por mim. E havia música tocando, um tipo de música que a gente nunca ouviu.

— Uma música encantada?

— Como alguma coisa que fosse tocada por anjos. Cantada, também. E eu podia ver os Bons Amigos dançando atrás deles. Que dança! — Havia fervor na voz da viúva. — O que você acha que isso quer dizer, Nance? Por certo é um bom presságio. Você não acha que é um bom presságio?

— Vamos descobrir logo, Nóra Leahy. É isso, vamos descobrir.

O vale foi clareando até ficar claro o suficiente para que se visse o rio, marrom-escuro e debruado pelos cachos verdes das samambaias, batendo nas pedras ao passar. Nance, respirando com dificuldade, entregou Micheál a Mary e se despiu, puxando pela cabeça suas várias camadas de lã e feltro e deixando-as dobradas no chão. Seus seios eram da cor da lua à luz do amanhecer, a pele retesada pelo ar frio.

— Então esta é a última vez — disse Nance.

Ela olhou para Nóra e viu a viúva de pé, rígida, braços cruzados sobre o peito, olhos vazios. Todo o seu corpo tremia.

— Mary, espere até eu entrar no rio e então me passe o menino.

Mary encarou-a, rosto lívido, sem nada dizer. Estava à beira das lágrimas.

O frio do rio arrancou-lhe o ar dos pulmões. Nance avançou devagar, peito chiando, tropeçando quando a lama da margem cedeu sob seu peso, ofegando quando a linha-d'água cobriu a pele flácida de suas coxas e de sua barriga. Deus Todo-Poderoso, o frio era aterrador! A correnteza estava forte. Seu quadril doía. Sentiu o rio empurrar suas pernas, da mesma maneira como deslocava as pequenas pedras desalojadas pelos seus pés e as revirava em silêncio.

— Entregue-me ele agora, Mary.

Seus dentes batiam, e Nance se perguntou o que aconteceria se caísse na água. Sentiu-se velha. Repentinamente frágil.

A menina não se mexeu. Agachou-se na margem do rio e apertou ainda mais o menino de encontro ao peito.

Nóra deu um passo na sua direção.

— Mary, entregue logo isso para Nance!

A menina empurrou o rosto para o alto da cabeça do menino, desviando o olhar. Ele soltou um gemido baixo.

— Me entregue ele!

— É pecado o que vocês estão fazendo com ele — ela sussurrou.

Nóra avançou para pegar o menino, que guinchou mais alto, mas Mary o segurava com firmeza, braços prendendo-lhe o peito. Ela começou a chorar. Furiosa, Nóra puxava seus dedos, arrancando-os do tórax da criança.

— Você é uma menina muito audaciosa fazendo isso. Que vergonha!

Ela estapeou o rosto de Mary e a menina gritou, soltando-o. Nóra jogou o menino choroso em cima do ombro, cobriu seus berros com a mão e, toda vestida, foi direto para a água. Caminhou com dificuldade até Nance, lutando contra a pressão do rio, e entregou-lhe a criança que chorava.

— Por favor! — gritou Mary, da margem. — Por favor! É pecado isso que vocês estão fazendo com ele!

Nance, tremendo descontroladamente na água gelada, pegou o parasita e fez o sinal da cruz em seu peito, na pele colada aos ossos. Olhou para Nóra, parada no rio, de costas para Mary. A viúva fez que sim com a cabeça, e Nance mergulhou no rio a criança que berrava.

Mary caiu na beirada da margem cheia de musgo, lágrimas descendo pelo rosto.

— É frio demais para ele! — gritou. Suas mãos esgaravatavam a terra, e ela começou a engasgar com os soluços. — É pecado!

— Calada, Mary — murmurou Nóra, acenando para Nance enquanto ela o erguia.

— Em nome de Deus, se você é encantado, vá-se embora daqui!

— Por favor, Nóra! Por favor, não continue a fazer isso com ele!

Nance enfiou-o outra vez no rio, depois ergueu-o acima da superfície, o cabelo cor de cobre colado à testa, água borbulhando da boca e dos olhos. Por fim, antes que ele pudesse respirar para gritar de novo, apertou as mãos em seu tórax e mergulhou-o pela terceira vez na correnteza impetuosa. Deu uma olhada em Nóra e soube que a mulher podia ver o vulto branco do menino abaixo da espuma da água do rio, o reflexo do seu cabelo agitando-se como um peixe. Nóra encontrou seus olhos, assentiu mais uma vez e pôs as mãos no peito de Micheál, enquanto Mary soluçava. Nance imobilizou os braços e olhou para o salgueiro com seus amentilhos como longos dedos e a rampa de agriões aconchegados à margem. Sentiu as mãos cada vez mais doloridas e dormentes na água corrente e as unhas do menino em sua pele enquanto ele se debatia, e olhou para os lírios em botão, folhas entrelaçadas em torno das folhas amarelas como mãos postas em prece, sentiu em seus cabelos o vento que de repente abraçou as árvores e mandou folhas e sementes rodopiar até a superfície do rio, agora quebrada pela criança que erguia a mão e ansiava pelo ar lá em cima. Nance fechou os olhos, sentiu a resistência do menino arrefecer e soube então, sem olhar para a luta que desaparecera dele, para os olhos vidrados ou para a água, que o rio recebera o encantado como algo que lhe pertencia, que o rio cumprira sua missão.

Parte Três

Quando a bruxa está em perigo, precisa correr

Annair is cruadh d'n chailligh caithfidh si rith

1826

Capítulo Dezessete
Sarça

Mary corria como se o Diabo a perseguisse. Chapinhando pelas poças brilhantes dos campos, percorrendo a trilha e subindo a encosta, com o sílex da colina lhe resistindo aos pés, a dor ferroando os calcanhares e a claridade do amanhecer inundando o vale. Corria, olhos turvos de lágrimas e pulmões quentes e tensos, câimbras lhe cortando o corpo. Corria. Corria com o terror impulsionando seu sangue.

Só quando viu o contorno da cabana de Peg na montanha, Mary soube para onde ia. Seu instinto tinha sido apenas fugir, abandonar o horror no rio e a visão da cabeça pálida de Micheál pendente sobre o corpo arqueado de Nance.

Elas o tinham matado.

Ai, meu Deus do Céu, elas o assassinaram e ela assistiu, ela deixou acontecer.

A imobilidade daquele corpinho quando foi erguido acima d'água, costelas pressionando a pele do tronco, gotas escorrendo dos pés, caindo de volta no rio. O berro feliz e triunfante de Nóra, saia estufada até a cintura, ar preso na trama do tecido, quando se virou e, exaltada, apontou para um lótus em flor. A cabeça caída para um lado, a garganta exposta ao céu. E os pássaros: os pássaros lotando de repente as árvores, abafando os protestos de Mary com seu coro de saudação da aurora. Todos os pássaros gritando para a luz.

Mary correu até que, tropeçando numa pedra escondida, caiu, mãos no mesmo instante porejando sangue dos arranhões pelo chão. Ela se sentou no chão coberto de sílex e uivou, encharcada da lama do pântano, aterrorizada.

Uma hora se passou antes que Peg O'Shea conseguisse acalmar Mary e compreender o que ela dizia.

O som do berreiro da menina havia acordado a casa, e seu genro correra para ver o que estava acontecendo. Voltou trazendo no colo a criada de Nóra. Ela estava enlameada e histérica, incapaz de falar, respiração acelerada e o corpo tremendo tanto que Peg fez a filha enrolar a menina num cobertor e segurá-la firme.

— Mary, o que aconteceu com você? Conte-nos o que aconteceu.

A menina gemia, nariz escorrendo, boca aberta.

— Minha querida, você está a salvo agora. Você está entre amigos. Diga-nos, Mary, o que aconteceu com você.

— Eu quero ir para casa. — Sua voz estava cheia de medo. — Eu quero ir para casa.

— E você vai. Mas primeiro nos conte, Mary. Por favor, estamos todos preocupados vendo você desse jeito.

— Vão me enforcar.

Houve uma troca de olhares entre a família de Peg.

— Enforcar? — Peg perguntou.

— Ela botou ele lá dentro. — A criada soluçava. — Ele morreu.

— Quem?

— Micheál.

— Respire fundo, Mary. Assim, respire fundo e me conte agora. Você está dizendo que Micheál está morto?

A menina puxou os braços de dentro do cobertor e agarrou os cabelos, puxando-os para o rosto. No chão da cabana de Peg, ela se balançava para a frente e para trás.

— Mamãe! — murmurou. — Eu quero a minha mãe.

— O que foi que você viu, Mary?

— Eu quero ir para casa — soluçou a menina. — Eu não quero morrer. Vão me enforcar por isso. Vão me enforcar por isso.

— Não fique pensando em forca. Calma. Me diga, Mary, o que foi que você viu? O que foi que aconteceu?

Mary, estremecendo, tomou fôlego.

— Foi Nance — gaguejou. — Ela o afogou, e agora ele está morto.

Peg encontrou Nóra sentada sozinha junto à lareira, olhando fixo para as cinzas mortas. A viúva estava sentada muito rígida, o casacão abaulado em volta dela, mãos fechadas em torno de uma garrafa de *poitín* no colo.

— Nóra? É Peg que veio ver você.

A viúva se virou, rosto impassível. Peg percebeu que ela havia chorado: os olhos estavam vermelhos e o nariz, molhado.

— Ele não está aqui...

Seu corpo tremeu, e então ela puxou depressa a rolha da garrafa e tomou um gole, babando, limpando a boca.

— Nóra! Em nome de Deus, o que aconteceu?

— Eu procurei por ele, mas... — Nóra fechou os olhos, apertando as pálpebras, e estremeceu. — Eu vim direto para cá, vim, sim. Eu corri para cá, Peg. Eu corri. Eu achei que ele podia estar com medo de ficar aqui sozinho.

— Você está falando do menino, Nóra?

— Ele não está aqui — ela continuou, descrente. — Eu voltei porque pensei...

Peg se acomodou num banquinho.

— Você está toda molhada. Suas roupas estão encharcadas e sujas.

Nóra olhou para baixo, como se surpresa por ver sua saia úmida coberta de folhas, lixo e lama. Espinhos de sarça se agarravam ao avental.

— Eu estava no rio.

— O que você estava fazendo no rio?

— E depois eu vim para cá. Para ver se o filho de Johanna...

— Nóra. Mary disse que a criança-trocada está morta. Ela está fora de si e dizendo que o menino foi afogado no rio. Isso é verdade?

A expressão de Nóra se fechou.

— Você o viu? — Ela agarrou os ombros de Peg, aproximando o rosto. — Mary. O que foi que ela disse?

— Nóra, você está me assustando.

O hálito da viúva cheirava a uísque azedo.

— Me conte o que foi que ela disse. Me conte o que foi que ela disse.

Peg, com delicadeza, afastou Nóra.

— Mary Clifford me disse que Micheál está morto. Está dizendo que ele foi afogado.

Nóra ficou em silêncio, dentes trincados.

— Não, Peg. Micheál, não.

— Ela está dizendo que viu Nance afogar o menino. Foi isso que aconteceu, Nóra? Nance afogou a criancinha aleijada?

— Era o encantado — reagiu Nóra.

— E Nance afogou o encantado?

— Mary correu. Nós nos viramos e a vimos sair correndo.

— Nós? Eram você e Nance?

— Eu achei que Micheál estaria aqui — disse Nóra. — Achei que ele seria devolvido para mim.

Peg respirou fundo.

— Nóra. O pequeno retardado foi afogado?

Ouviu-se uma batida, e as duas mulheres pularam. O padre Healy estava parado à soleira da porta aberta, o genro de Peg logo atrás dele. A expressão do padre era severa, carregada de preocupação.

— Nóra Leahy? O que você fez?

Nóra sacudiu a cabeça, incapaz de falar.

— Sua criada acabou de me dizer que testemunhou o afogamento do seu neto hoje pela manhã.

— Não.

— Nóra, trata-se do mesmo rapazinho a respeito do qual você foi me falar? Do menino aleijado? Você esteve no rio e o afogou?

— Ele era encantado.

O padre parou diante dela, horrorizado.

— Que Deus a perdoe. Onde está o menino? O que vocês fizeram com ele?

— Ele não está aqui.

— Nóra, você esteve lá e assassinou aquela criança? Diga a verdade agora, ou... estou avisando, Deus vai condená-la pelo que você fez.

Nóra apertou os lábios e continuou em silêncio.

O padre estava branco como cal.

— Santo Deus! Ela enlouqueceu?

— Ela sofreu um choque — murmurou Peg. — Ela está fora de si.

O padre Healy pôs a mão sobre a boca.

— Vocês me escutem agora. Eu mandei um homem ao quartel. Ele vai voltar com a polícia. Vocês estão me entendendo? Viúva Leahy, me escute. Os homens estão vindo para que você lhes dê informações. Informações sob juramento. Você está me ouvindo? Viúva Leahy? — Seus olhos caíram sobre o *poitín* no colo de Nóra. — Não me digam que ela está bêbada. Agora eu não vou conseguir mais nada. — Ele fez um gesto para Peg, que tirou a garrafa dos dedos de Nóra.

— Eu...

O padre se inclinou para Nóra.

— O que foi, Nóra? O que está dizendo?

— Eu... eu não quero sair deste lugar.

— Eles vão mandar um guarda falar com você. E depois pode ser que eles a tirem daqui.

— Eu não vou querer ir. Eu não posso ir.

— Nóra, vai ser só por um tempinho — engabelou-a Peg. — Eu vou cuidar da sua vaca. Das galinhas.

Nóra sacudiu a cabeça.

— Não, eu preciso ficar aqui. Pode ser que Micheál esteja vindo. Se ele não chegar hoje, talvez ele seja devolvido amanhã. Eu preciso ficar esperando por ele.

O padre Healy, exasperado, elevou a voz.

— Se a sua criada está dizendo que ele está morto, ele não vai voltar. Você sabe onde está o seu neto? O corpo dele?

— Micheál está com os Bons Amigos, mas agora ele vai voltar logo. Agora ele vai ser devolvido para mim. Nance disse que vai ser assim.

O padre nada disse. Andou até a porta aberta, parou e voltou a olhar para Nóra com um misto de repugnância e compaixão.

— Se eu fosse você, Nóra Leahy, começaria a rezar. — Ele fez um gesto para Peg. — Faça com que ela não saia daqui até a chegada do guarda.

Quando Nance se viu de volta à cabana, seu tremor de frio era incontrolável. A água do rio a encharcara até os ossos, e todo o seu corpo doía. A fome que sentira com tanta intensidade nos últimos dias se transformou em náusea, e, agora que estava tudo acabado, só o que queria era dormir. Rastejando até a cama de magriça, Nance puxou o cobertor sobre o corpo e fechou os olhos.

Então sonhou. Sonhou que era jovem e descia a rua alta de Killarney, a lama do caminho endurecida pelo calor de um verão fora de época.

De repente, viu-se cercada. Moças. Rostos bronzeados pelo trabalho ao ar livre. Cestos de peixe às costas, escamas úmidas.

Chamavam-na pelo nome, boca aberta ao pronunciá-lo.

— Nance!

— Nance, pare de andar! Nós queremos falar com você!

Suas pernas pararam. O chão aqueceu a sola dos pés.

As mulheres a cercaram.

— Nós achamos ter visto você na Noite de Santa Valburga.* Lá nos campos.

— É, sim, você estava lá. Andando sozinha, e disfarçada.

— Eu não fiz nada disso.

— Mas você foi vista, Nance Roche.

— É, sim.

— É, sim, você foi vista escalando urzes.

— Eu, nunca.

— Mas você foi vista, sim. E a pessoa que viu você jurou por Deus que era verdade.

— Quem foi que disse?

— Ele disse que você tirou a roupa e rastejou sobre a sarça, e que depois ele também ouviu você dizer umas coisas estranhas.

— Digam-me quem contou essas mentiras.

— Eu não tenho coragem, Nance. Você seria capaz de amaldiçoá-lo.

— Eu nunca fiz uma coisa dessas.

— Isso é um pecado horroroso, por certo, Nance.

— É verdade que você já foi à terra dos Bons Amigos?

— Não é, não! Nunca na minha vida.

— Nós todos sabemos que a sua mãe foi levada por eles.

— É, sim, e sua tia é a Maggie Maluca. Ela está com Eles. Ela é das grandes entendidas em maldição agora.

— Elas são todas loucas. A sua mãe, também. A loucura está no sangue.

— É isso mesmo, e foi por isso que seu pai se afogou.

— Foi um acidente.

— Você é uma mentirosa, Nance. Foi a loucura que fez ele fazer aquilo.

— Ou foram os seres encantados?

— Você logo vai ficar vagando pelas ruas. É isso que acontece com os que lançam maldições. Com quem se mete com isso.

* Véspera de 1º de maio, quando, na Irlanda, se comemora a chegada da primavera. (N. T.)

— Por certo, você não vai ter mais nada com que viver na cabana, agora que seu pai se foi.

A raiva a invadiu até o ponto em que se sentiu pegar fogo. As mulheres a cercavam, e mesmo assim lá estava ela, parada na rua, queimando.

— Vocês são muito cruéis — murmurou.

E, quando elas riram, Nance sonhou que avançava para elas e, com o dedo ardente como um pavio, tocava cada uma no coração.

— Eu as amaldiçoo — disse, e elas gritaram. — Que a grama cresça alta à sua porta, que vocês morram sem padre numa cidade sem párocos, e que os corvos disputem a sua carcaça! *Imeacht gan teacht ort!* Que vocês partam e jamais retornem.

E elas gritaram. Gritaram e continuaram a gritar, até que o barulho a acordou e ela se sentou, ofegante.

Sua cabana estava sombria, com a pouca claridade de uma tarde nublada. Ela ouvia passos e conversas em voz baixa lá fora. O cheiro era de grama pisada.

São os Bons Amigos, Nance pensou. Estão chegando para me levar.

Por algum tempo, nada conseguiu fazer além de olhar fixo para a lareira fumegante, as manchas de fuligem na parede caiada, os juncos no chão.

Estão vindo me buscar, pensou. Como foram buscar mamãe. Como foram buscar Maggie.

— Nance Roche! Abra a porta!

— Vocês vêm da parte dos vivos ou dos mortos?

— Abra a porta!

Não havia tempo para se proteger. Nenhum tempo para cuidar do corpo e da alma com ervas ou amuletos. Só o borralho da fogueira.

Quando o guarda e seus homens empurraram a porta de vime com os ombros, encontraram Nance de quatro, enchendo os bolsos de cinzas.

A chegada de dois policiais do quartel de Killarney lançou todo o vale em especulações. As pessoas se reuniram nas ruas e observaram os homens cavalgar até a pequena capela e depois, acompanhados pelo padre, subir a colina, passar pela ferraria, pelo poço com seu amontoado de mulheres boquiabertas, chegando ao sopé da colina e parando depois das cabanas dos Leahy e dos O'Shea. A multidão caminhava atrás, sem tirar os olhos dos policiais que entregaram as rédeas ao padre e subiram a trilha a pé. Um deles foi até a cabana dos O'Shea, o outro à de Nóra Leahy.

Quando surgiram, vários minutos depois, segurando entre eles a viúva desnorteada e sua criada aos prantos, um cochicho exaltado se fez ouvir. O povo observou os homens conduzir as mulheres trilha acima, de volta à capela, antes de subir correndo a colina para falar com os O'Shea e descobrir o que havia acontecido. Apanharam a criada roubando? A viúva teve algo a ver com a morte do marido?

Ao avistarem a polícia voltar para buscar Nance, todos se perguntaram se as três tinham estado mancomunadas com os seres encantados, amaldiçoando o vale e fazendo desaparecer a manteiga das desnatadeiras, matando animais para fazer bruxaria. Lançando *piseógs* no padre.

Não demorou muito. Ao cair da tarde, o vale fervilhava. Uma acusação fora feita contra Nóra Leahy, Mary Clifford e Nance Roche. O encantado débil que Nóra escondia dos olhos alheios tinha sido afogado no rio, e aquilo estava sendo chamado de assassinato.

Capítulo Dezoito
Pilriteiro

O investigador de polícia transpirava, o pescoço vermelho contrastando com a túnica verde-escura do uniforme.

— É importante que a senhora me diga a verdade agora. A senhora contratou esta mulher — ele baixou os olhos para uma folha de papel à sua frente —, *Anne Roche*, para matar seu neto?

— Nance — murmurou Nóra.

O policial olhou outra vez para o papel.

— Aqui diz Anne.

— Ela atende por Nance. Nance Roche.

Ele a fitou por baixo das sobrancelhas bastas. Suas narinas se inflaram.

— A pergunta é simples. A senhora pagou a essa mulher em dinheiro para que matasse o seu neto, Micheál Kelliher?

Nóra olhou fixo para o pomo de adão do homem movendo-se sobre o colarinho apertado. Levou à própria garganta uma mão trêmula.

— Não paguei nada a ela.

— Então se tratou de um favor? A senhora pediu a ela para matar Micheál?

Nóra sacudiu a cabeça.

— Não pedi. Não foi nada disso. Ela ia curá-lo. Banir o encantado.

O guarda levantou uma sobrancelha.

— O encantado?

Nóra passou os olhos pela sala do quartel. O lugar cheirava a suor, graxa de sapatos e gordura de toucinho. Seu estômago roncava. Só lhe tinham dado uma tigela de mingau aguado por dia, desde que a tinham tirado do vale e levado para lá. Quatro noites maldormidas num colchão úmido de palha, trancada num quarto de pedra. Quatro tigelas de sopa de aveia entregues em silêncio. Nenhum dos homens que lhe levaram a comida respondeu às suas perguntas. Ninguém quis lhe dizer se um menino pequeno tinha sido encontrado no vale. Estaria procurando por ela, disse aos guardas que lhe entregavam as tigelas. Tinha cabelo vermelho. Tinha quatro anos.

— Eu preciso de uma resposta sua, sra. Leahy. Foi *encantado* que a senhora disse?

Nóra observava uma mosca que caíra da chaminé. O inseto pairou sobre a lareira apagada e depois se esmagou de encontro à janela pequena e suja.

— Sra. Leahy?

Nóra pulou.

— Sua criada, Mary Clifford, está dizendo que essa Anne Roche queria botar o seu neto no rio, por ele ser retardado. Não foi essa a palavra usada por ela. Ela se referiu a ele como "raquítico". — Ele se inclinou, aproximando-se, voz mais baixa. — Por certo, não é fácil ter em casa uma criança assim. A senhora estava à procura de algum tipo de graça, sra. Leahy?

Quando Nóra não reagiu, ele se recostou e enrolou um cigarro, lambendo o papel sem tirar os olhos dela.

— Eu tenho um cachorro, sabe? Todos os anos aquela cadela tem uma ninhada. Oito filhotes, todos os anos. Eu vendo o que consigo, mas às vezes, a senhora sabe, sra. Leahy, sai um bichinho nanico. — Ele empurrou a cadeira para trás com um rangido e revirou o bolso em busca de fósforos. — Ninguém quer um nanico.

Nóra olhou-o acender o cigarro e sacudir o fósforo no ar até que se apagasse. Ele apontou para ela com o cigarro.

— Então, o que eu faço todos os anos com os nanicos que não consigo vender? A senhora sabe, sra. Leahy?

— Não.

Ele deu uma tragada e soprou a fumaça no ar, jogando-a para cima, olhos ainda fixos em Nóra.

— Eu os afogo. Eu os levo para o rio e afogo aquelas coisinhas antes que percebam o que aconteceu. Mas, sra. Leahy... — Ele puxou outra tragada do cigarro, o papel seco colando-se ao seu lábio. — Sra. Leahy, um filhote não é uma criança. — Ele balançou a cabeça, olhos sem deixar os dela. — Eu não me importo se aquele menino não passava de um nanico para a senhora. Se a senhora o afogou de propósito, será enforcada por isso, ah, será, sim.

Nóra fechou os olhos e viu mais uma vez o trêmulo reflexo lívido do parasita sob a água escura do rio. As manchas longas das primeiras luzes na margem. Os galhos cheios de pássaros por testemunha.

— Não era um menino.

— Que idade tinha a criança, sra. Leahy?

— Aquilo... ele tinha quatro anos.

— A senhora disse outra vez "aquilo". — Ele escreveu alguma coisa no papel. — E há quanto tempo ele estava sob os seus cuidados?

— Desde que minha filha faleceu, que Deus proteja sua alma.

Nóra gostaria de poder entender o que o policial estava escrevendo. Perguntava-se como sinais tão delgados poderiam sair de uma mão calosa e de dedos tão grossos.

— E há quanto tempo foi isso, sra. Leahy?

Nóra parou para pensar, pálpebras vibrando.

— Desde a última colheita. Agosto passado.

— A senhora pode descrever o estado de Micheál?

— O estado?

— A saúde dele, sra. Leahy.

— Eu poderia por favor beber um pouco d'água?

— Só responda à pergunta.

— Aquilo... Ele não andava. Não falava. Perdido...

— Desculpe? A senhora precisa falar claro.

— Perdido dentro da própria cabeça.

O guarda lhe lançou um olhar duro, depois jogou devagar o cigarro no chão. Pegou a folha de papel.

— Mary Clifford nos deu uma declaração sob juramento. Ela...

— Onde está Mary? Onde está Nance?

O guarda passou a mão pelo colarinho, puxando o tecido engomado.

— No presente momento, as mesmas acusações foram feitas contra vocês três, sra. Leahy. Prisão por assassinato intencional. Nós soubemos que... — Hesitou e pegou outro documento da mesa, examinando o texto manuscrito. — Todas as três foram acusadas devido à declaração do legista. "Concluímos que o falecido, Micheál Kelliher, encontrou a morte em consequência de afogamento no rio Flesk, na segunda-feira, dia 6 de março de 1826, perpetrado por Anne Roche, e que Honora Leahy, avó da criança, e Mary Clifford agiram como cúmplices do mesmo."

Nóra aprumou o corpo na cadeira, confusa, ciente do repentino pulsar opressivo do coração.

— Micheál? Eles o encontraram? Ele foi à cabana?

— Dada a natureza de tais acusações, sra. Leahy, o caso será encaminhado ao Tribunal de Verão, em Tralee. A senhora será levada para a prisão de Ballymullen e julgada por juiz e um júri. E, a não ser que as acusações contra elas sejam retiradas, Mary e Anne também serão submetidas a julgamento.

— Vocês encontraram Micheál?

— A senhora compreende o que digo? Sra. Leahy?

— Vocês encontraram o meu neto? Eu estava perguntando...

— O corpo do seu neto foi encontrado num local muito próximo à residência de Anne Roche. O Piper's Grave, como é conhecido na região.

— No Piper's Grave?

Nóra imaginou o pilriteiro no azul profundo do começo da manhã, a dança da luz em seus galhos.

— Quando Anne foi confrontada pela força policial, ela os levou até onde havia deixado o corpo de Micheál.

— Micheál? Por favor, eu posso vê-lo?

O policial a encarou longamente.

— Vocês três afogaram Micheál Kelliher, sra. Leahy, e foi Anne Roche quem ocultou o corpo. — Ele passou outra vez os olhos pelo papel. — Uma cova rasa. Nem se pode chamar de sepultura. Mal chegava a trinta centímetros de profundidade.

Nóra começou a respirar mais depressa, apertando as têmporas.

— Eu acho que não era Micheál.

— Seu neto. Enterrado como um cachorro.

— Não. Eu acho que não era Micheál. — Ela começou a soluçar. Um lamento que encheu a sala.

— Sra. Leahy?

— Eu acho que não era Micheál.

— Por favor!

— Era um encantado.

Nóra pôs os cotovelos em cima da mesa e chorou dentro das mãos.

— Sra. Leahy, é importante que a senhora se controle e me diga o que aconteceu. Anne Roche lhe disse que o seu neto, Micheál Kelliher, era um ser encantado?

Nóra assentiu, rosto ainda oculto nas mãos.

— E a senhora está arrependida, porque compreende que não era esse o caso?

Ela secou o nariz na manga do vestido e ficou olhando o muco brilhante.

— Não foi Micheál que encontraram — sussurrou. — Aquela criança não era o meu neto.

— A senhora com certeza reconheceria seu próprio neto.

Ela balançou a cabeça.

— Não. Ele estava diferente. Eu o vi, e quando ele me foi trazido estava diferente.

— E essa Anne lhe disse que a mudança nele era porque ele agora era um ser encantado?

— Ela disse que Micheál tinha com certeza sido levado pelos seres encantados. O aleijado era um d'Eles. Ela me disse que iria me devolver o meu neto.

O guarda observava Nóra com cuidado. Enrolou outro cigarro.

— Sra. Leahy, a senhora, uma mulher que sempre gozou de boa reputação, acreditou nessa mulher quando ela lhe disse que o seu neto paralítico era um espírito do outro mundo?

— Paralítico?

— Ele não tinha o uso das pernas.

Nóra usou o xale para secar os olhos.

— O quê? Que palavra é essa?

— Paralítico. É um termo médico, usado para descrever crianças como a sua, que não têm o uso das pernas, ou dos braços, ou de todo o corpo. É uma enfermidade conhecida, sra. Leahy. Uma doença da imobilidade. E é disso que o legista e seus pares estão dizendo que Micheál sofria.

— Não. Não era sofrimento. Aquilo não era ele, de jeito nenhum.

— Era, sim, sra. Leahy.

De repente, o homem inclinou o corpo.

— Toda essa conversa de seres encantados. Por certo, as pessoas afirmam qualquer coisa para desviar os olhos da verdade.

— Ele vai ficar esperando por mim. — Nóra recomeçou a chorar. — Ele vai ficar esperando por mim e não vai ter ninguém lá para recebê-lo em casa. Ai, meu Deus do Céu!

— Sra. Leahy, a senhora contou a si mesma algo em que queria acreditar? Ou foi algum outro tipo de arranjo que vocês fizeram? Dar uma galinha a uma pobre velha. Um pouco de combustível. E em troca ela a livraria de um nanico enquanto tagarelava a respeito de seres encantados.

— O senhor está errado. — Nóra cerrou os punhos. — Micheál vai estar lá, de volta. E depois de tudo o que eu fiz, tudo para tê-lo de volta comigo. E vocês ficam me prendendo aqui! Isso era tudo o que eu queria, tê-lo de volta comigo.

O guarda apertou os olhos e deu uma longa tragada, observando-a. O papelzinho brilhou em seus lábios.

— Por certo que era, sra. Leahy. Por certo que era.

Nance levantou os olhos de onde estava sentada na carroça que chacoalhava na estrada para Killarney. Todas as pedras e sulcos sacudiam seus ossos, a ponto de ela sentir que seus últimos dentes tremiam nas gengivas. Não estava acostumada a viajar tão depressa. Não estava acostumada à tração rápida de um cavalo de orelhas em pé, atento à instigação do homem de casaco preto sentado à frente, colarinho sujo no pescoço.

Perdera a noção do tempo.

A viúva estava sentada diante dela, imprensada entre o canto da carroça e os ombros largos de um policial. Nance não saberia dizer se Nóra estava acordada — um xale cobria-lhe o rosto, e sua cabeça pendia para a frente. Quando as tiraram do quartel e as puseram na carroça, a viúva — pálida, aparência frágil — se inclinara e cochichara para Nance:

— Eles não vão acreditar em mim.

Mas nenhuma palavra desde então.

Nance olhou além do volume do guarda a seu lado e fixou-se nas ruas de Killarney. As hospedarias e os albergues, o traçado fino da rua principal e as trilhas e os pátios sujos e estreitos que saíam dela. Enfumaçada e ensolarada Killarney, com crianças sifilíticas cuspindo nas aleias e homens carregando cestos de torrões de relva e solo. Depois de cinco noites na minúscula cela do quartel, havia de repente barulho demais, rostos sujos demais encarando-as, torcendo o nariz. Ela já havia fugido duas vezes daquele lugar. Daquela cidade inóspita. Maggie Maluca, Nance Maluca: duas em uma. Pai perdido para as águas, mãe para os seres encantados, não há como saber para onde irá esta aqui, mas está claro que irá para Eles. Ela será d'Eles, que lá estão. Ela pertence aos Bons Amigos.

Nance fechou os olhos com força e protegeu-se dos solavancos da pista. Quando voltou a abri-los, a sujeira da cidade havia desaparecido e estavam no antigo caminho da diligência do correio para Tralee, entre as montanhas de rocha e grama, a uma bendita distância do imponente horizonte de árvores, dos lagos e do enxame apinhado de Killarney. Havia homens nos campos, semeando batatas, enquanto outros tubérculos brotavam e se elevavam acima da terra. O mundo, enfim, cobria-se de flores. As valas resplandeciam de amores-perfeitos e tojeiras, dentes-de-leão e agriões-dos-prados rastejando pelos campos. Os solitários pilriteiros encantados entregues a si mesmos em meio ao solo cultivado, florescendo em grandes tufos brancos. Seu coração pairava nos ares para ver as árvores polinizadas e cobertas de pétalas.

Logo chegará a Noite de Santa Valburga, pensou Nance. E imaginou como, no vale, as pessoas logo arrancariam as flores amarelas em busca da generosidade que extraíam do sol, colhendo prímulas, calêndulas e botões-de-ouro, esfregando-os nos úberes das vacas para abençoar a manteiga que dariam, colocando-as na entrada e na soleira das casas, esses limites nos quais o mundo desconhecido poderia fluir para o conhecido, flores para selar as fissuras pelas quais a sorte poderia escorrer, naquela noite das fogueiras de *Bealtaine*.*

Trinta quilômetros de Killarney a Tralee. Cinquenta, a contar do vale. Mesmo quando ela era mais moça e acostumada a caminhadas difíceis, percorrer uma estrada como aquela teria ido do nascer ao pôr do sol.

A claridade diminuía. A tarde se aquietava, e os grilos começavam a cantar em resposta ao chamado distante de um cuco que piava ao crepúsculo. Nóra tinha começado a chorar baixinho. A carroça fazia chacoalhar os ferros em seus pulsos.

Aqui está Deus, pensou Nance. Eu o vejo, em silêncio.

Mary estava sentada no chão da salinha do quartel de Killarney com a cabeça encostada ao canto de pedra, dedos beliscando a pele dos braços. Desde que o policial a trouxera da cabana de Peg O'Shea, um tremor se instalara em suas mãos e ela adquirira o hábito de puxar a pele para acalmar a tremedeira.

* Festival celta celebrado em 1º de maio pelos irlandeses como parte das comemorações da Festa da Primavera. (N. T.)

Sua cabeça doía. Ela havia chorado nas duas primeiras noites, soluçando entre as mãos, ainda suja da lama do rio, até que seus olhos incharam e ela ficou tonta de exaustão. O guarda que a interrogou pareceu pouco à vontade diante do seu desespero. Entregou-lhe um lenço e esperou com paciência até que ela pudesse responder às perguntas.

Mas agora Mary se sentia seca, sem lágrimas. Olhou para o pano embolado em seu colo e levou-o ao rosto. Cheirava a sabonete industrial, a fumaça de tabaco.

A tarde estava mais escura. Havia uma pequena janela quadrada no alto da cela, e durante todo o dia Mary concentrara sua atenção na luz do sol descendo sobre a parede, hipnotizada pela lentidão do movimento. Fechou os olhos. Podia ouvir homens conversando lá fora, no pátio do quartel, e depois o eco de passos percorrendo o longo corredor até depois de sua cela.

Houve um súbito ruído quando a porta foi destrancada e aberta, e Mary, esperando ver um guarda, surpreendeu-se com a visão de um rosto familiar.

Antes de falar, o padre Healy esperou até que a porta fosse fechada e trancada às suas costas.

— Boa tarde, Mary Clifford.

— Padre.

O padre olhou em volta, buscando algum lugar onde se sentar, e, ao ver apenas o chão nu de pedra, foi até Mary e ficou de cócoras.

— Este é um assunto lamentável.

— É, sim, padre.

Ele ficou em silêncio por alguns instantes.

— Eu soube que você deu uma declaração sob juramento.

Mary assentiu, puxando os joelhos de encontro ao peito. Tinha consciência da sujeira dos pés, da bainha enlameada da saia.

— Eu tenho boas notícias para você. A Promotoria da Coroa gostaria que você fosse sua principal testemunha.

Mary, em pânico, sentiu a boca seca.

— Sua principal testemunha?

— Você compreende o que isso significa?

— Não, padre.

— Significa que desejam retirar a acusação de homicídio doloso contra você, se você se tornar testemunha. Se você disser à corte, aos jurados e ao juiz o que foi que você viu. O que você fez.

— Eu não queria que ele morresse, padre.

Ela baixou os olhos para o lenço em suas mãos, para os pequenos hematomas da parte interna do pulso.

— Mary, olhe para mim. — O rosto do padre Healy estava sombrio. — Eles vão libertar você. Tudo o que você vai precisar fazer é prestar juramento e dizer à corte o que você disse aos policiais. A mesma coisa que você já jurou quando revelou o que sabia. Responda às perguntas deles da melhor maneira que puder.

Mary piscou.

— Se você se tornar testemunha, eles não vão acusá-la. Você entendeu? Você poderá voltar para casa, para sua mãe e seu pai.

— Eu não vou ser enforcada?

— Você não vai ser enforcada.

— E Nóra? E Nance? Elas vão ser enforcadas?

— Elas foram hoje para Ballymullen. — O padre Healy mudou de posição, puxando o tecido de sua calça. — Você compreende que Micheál Kelliher não era uma criança encantada, não é, Mary? Ele era um meninozinho que sofria de debilidade mental. Ele não foi levado pelos seres encantados, e sim pela ignorância de sua própria avó e de uma anciã. Ele não foi despachado. Ele foi *assassinado*. Você compreende isso, não é?

Mary cerrou os dentes contra as lágrimas que de repente ameaçavam cair. Fez que sim.

O padre Healy continuou, em voz baixa:

— Deus a protegeu, Mary. Mas aprenda uma lição com os erros de Nóra Leahy e Nance Roche. Reze pelas suas almas, e pela alma de Micheál Kelliher.

— Eu posso ir para Annamore?

O padre Healy se levantou, estremecendo.

— É de lá que você vem, não é? — Ele esfregou a perna dormente. — Não antes do final do julgamento. Você vai comigo para Tralee. Lá, a Promotoria da Coroa, os advogados, vão querer falar com você. Você tem algum lugar para ficar naquela cidade? Algum parente?

Mary sacudiu a cabeça.

O padre parou para pensar.

— Deixe-me ver se consigo arranjar alguma coisa para você. Um lugar onde você possa trabalhar para se manter pelos próximos meses, até que o julgamento acabe. Depois você vai ficar por sua própria conta, você entende?

— Obrigada, padre.

Ele se virou, bateu com força a porta, e ouviu-se o som de botas. Quando a chave girou na fechadura, o padre Healy olhou para trás.

— Dê graças a Deus por isso, Mary. Só pela Sua misericórdia você está salva. Voltarei aqui amanhã.

E então ele se foi.

Mary fitou as mãos sujas, coração disparado. Estou livre, pensou, e esperou que o alívio se acomodasse em seu corpo.

Mas não aconteceu. Ela se sentou, puxando a pele com os dedos.

Beliscando o pão para deixar o Diabo de fora, pensou.

Chegaram a Tralee ao anoitecer. Nance se encolheu no assento diante da visão da cidade e suas ruas comerciais, das belas casas ao longo da avenida. Diligências do correio, apinhadas de cavalheiros, chacoalhavam pelo caminho em meio a multidões de criados, comerciantes e à habitual escória de mendigos. A viúva inclinou um pouco a cabeça para ver a cidade, até se aproximarem dos portões de calcário da prisão de Ballymullen, quando olhou para Nance, apavorada.

— Nós nunca mais vamos sair deste lugar — cochichou, olhos esbugalhados.

— Caladas! — interrompeu um dos policiais.

Nance, então, se apavorou. Passaram pelos portões, e no mesmo instante o ar pareceu mais pesado, úmido. Sob o peso das sombras lançadas pelos muros altos, seu corpo começou a tremer.

Encerrada em pedra, cercada de grades. A prisão era escura, e os guardas a levaram do portão às galerias à luz de lampiões. A garganta de Nance se encheu de bile, e ela pensou em sua cabana e em Mora, que com certeza a esperava, o úbere pesado de leite.

Os carcereiros seguraram Nóra e pesaram-na primeiro. Então, depois de alguma discussão com os policiais, carregaram a viúva para o corredor escuro. Nóra olhou para trás por cima do ombro, lábios se abrindo de terror antes que as sombras caíssem sobre seu rosto, e Nance sentiu mãos que a seguravam com firmeza pelos braços e a levavam para a balança.

"Anne Roche. Idade desconhecida. Um metro e vinte e cinco centímetros. Quarenta e quatro quilos. Cabelo branco. Olhos azuis. Características especiais incluem: olhos inflamados; articulações hipertrofiadas, polegares direito e esquerdo; dentes da frente; cicatriz de corte na testa. Católica. Mendiga. Acusada de homicídio doloso."

As mulheres na mesma cela que Nance eram mudas e sujas. Estavam deitadas na palha empilhada no chão delimitado, olhos abertos para a escuridão. Uma delas, pele esburacada como a terra da montanha, murmurava consigo mesma. De tempos em tempos, sacudia a cabeça, como se não acreditasse em sua prisão.

Naquela noite, Nance acordou com um grito lancinante e, quando o guarda chegou para ver que confusão era aquela, erguendo um lampião, ela viu que a mulher que murmurava se jogara na parede, quebrando a cabeça na pedra. O guarda levou-a dali. Quando saíram e o lugar voltou a mergulhar na escuridão, uma voz falou, de um canto da cela:

— Estou contente por aquela lá ter ido embora.

Houve uma pausa, e então outra voz retrucou:

— Ela não era boa da cabeça.

— Escaldadura cruel em água quente — disse a primeira mulher. — É por isso que ela está aqui. Tentou ferver o filho como se fosse batata.

— E você foi apanhada por quê?

Houve outra pausa.

— Mendicância. E você?

— Roubei um pouco de turfa.

— Bebida.

— E você, carcaça velha? Perturbação da ordem pública, é?

Ouviram-se risinhos de deboche.

Nance ficou calada, coração acelerado. Fechou os olhos para a escuridão e os ouvidos para as vozes sem rosto e pensou no rio. No rio que deslizava, no auge do verão. Pensou na luz verde absorvida pelo musgo e nas frutinhas das sarças, inchadas de doçura, nos ovos em lugares escondidos sendo quebrados por bicos insistentes. Pensou na vida que seguia seu próprio curso fora da prisão e, quando conseguiu vê-la, ver o mundo inconquistável, enfim adormeceu.

Uma claridade cinzenta deslizava pela parede, como uma mancha. Nóra não conseguiu descansar no ar opressivo da cela, com a percepção de corpos à sua volta, sua tosse e seu choro, e os sons apressados que não conseguia localizar e a enchiam de terror. Era um alívio ser poupada do negrume em que tinha chorado a noite inteira. Esfregando os olhos, viu que havia sete outras mulheres na mesma minúscula cela que ela, a maioria dormindo. Nance não estava entre elas.

Uma moça, cabelo preto salpicado de brancos prematuros, dormia perto de Nóra, cabeça encostada à parede. Outra estava escarrapachada a seus pés, roncando. As duas eram magras, pés negros.

Só uma das mulheres estava acordada. De cabelo cor de rato, sentava-se com as pernas dobradas debaixo do corpo, observando Nóra com atenção. Depois de capturar o olhar de Nóra, deslizou para a frente, rastejando pelo chão até chegar a seu lado. Nóra se sentou depressa.

— Mary Foley — disse a mulher. — Dormiu bem?

Nóra puxou a roupa de lona que tinham lhe dado. Estava úmida.

— Eu sei por que você está aqui. Você assassinou uma criança.

Nóra podia sentir o ranço do hálito da mulher.

— É melhor você pedir para falar com o padre. Eles estão enforcando as mulheres que cometeram assassinatos. — A mulher inclinou a cabeça, examinando Nóra com olhos frios. — Johanna Lovett. Penduraram ela na frente da prisão, não faz um mês, pelo assassinato do marido. — Ela piscou. — Como um peixe na linha, ela ficou. Balançando como um maldito peixe no anzol.

Nóra encarou-a.

— Eu entro e saio daqui mais vezes do que um marinheiro numa puta — explicou ela. — Eu sei de tudo.

— Eu não o assassinei.

Mary sorriu.

— E eu não bebi. Mas, por certo, o Diabo consegue de qualquer jeito enfiar a bebida pela minha garganta abaixo.

Ela voltou a se sentar sobre os calcanhares.

— Afoga-bebê, é isso que você faz?

Nóra sacudiu a cabeça.

— Então como foi que ele morreu?

— Não tinha criança nenhuma.

Mary Foley ergueu as sobrancelhas.

— Era um parasita.

Mary fez uma careta.

— Você é maluca. Tudo bem, melhor maluca do que malvada. Aquela ali? Fazendo uma barulheira danada? — Apontou para a moça que roncava. — Mary Walsh. Tentou esconder o nascimento do filho. Só vai pegar uns três meses, a não ser que decidam acusá-la também de abandono da criança. Aí vai pegar mais. Aí se trata de maldade.

Nóra olhou para a mocinha e pensou em Brigid Lynch, sangue escorrendo pelas pernas. A criança tão esperada no *cillín*. O parasita enterrado no Piper's Grave. Trinta centímetros de terra em cima daquele corpinho.

— E aquela ali com a cicatriz de queimadura no rosto. Moynihan. Tentativa de suicídio. — Mary fungou, secou o nariz com as costas da mão. — Tentou se afogar. Ficou boiando que nem uma rolha, daí foi pescada.

Nóra olhou para a moça sardenta para quem Mary apontava, dormindo encolhida no canto, mãos enfiadas debaixo do queixo.

— Incrível a quantidade delas aqui depois de se enfiarem na água. É para estas pedras que vem quem estiver pensando em se afogar. Não é desse jeito que vou querer ir. A não ser que me afogue numa garrafa. — A mulher apontou para si mesma. — Por certo. Só quem nasceu para ser enforcado não tem medo da água.

Capítulo Dezenove
Hortelã

A blusa de Mary pinicava suas axilas, e ela podia sentir o suor pingar da gola. O tribunal de Tralee era o prédio mais bonito e o maior no qual já havia posto os pés, mas fervilhava de gente, e Mary achou que fosse desmaiar por conta do calor, do ar abafado e do medo que pairava na corte, exalado por todos os que já tinham estado de pé no estradinho cercado, acusando ou protestando contra as maldades do mundo. Contra a violência. Espancamentos, arrombamentos, roubos e estupros.

Mary procurou o padre Healy na multidão. Ele a tinha levado ao tribunal, da casa de uma família de comerciantes onde havia sido colocada pelos últimos três meses, mas, no meio de tanta gente, ela perdera o seu rosto de vista.

Eu cresci, pensou Mary, passando os dedos pelas costuras apertadas. Isto vai ser a primeira coisa que vou fazer quando voltar para casa. Vou desmanchar estas roupas e criar espaço para mim mesma.

Gostaria de tê-las queimado. Queimado a saia, as roupas de baixo, o xale e tudo o que usava quando foi para a casa da viúva. Posto tudo no fogo e queimado até não restar nada, e vestido uma roupa nova que Micheál nunca tivesse tocado. Apesar de ter esfregado muito suas roupas ao chegar a Tralee, ainda podia sentir em si mesma o cheiro do menino. O mijo e o azedo dele. O cheiro das noites sem dormir, da boca molhada dele gritando em seu peito. Do sabão. Da hortelã. Da lama escura da margem do rio.

Mary deu uma olhada nos homens que haviam sido convocados como jurados. Mais de vinte. Um cardume de cavalheiros, vestimentas negras e barba aparada, sentados placidamente junto à horda apinhada e inquieta dos que foram ouvir os vereditos pronunciados para os prisioneiros levados ao estrado dos réus. O padre Healy e Mary demoraram muito para conseguir chegar à frente da multidão. O povo se amontoava em grupos tensos ao redor dos advogados, puxando suas mangas, pedindo justiça. Repórteres do tribunal se alinhavam por perto, olhos de águia, alguns chupando lápis. Mary respirou fundo. Tinha as mãos úmidas de nervoso.

Um dos jurados lhe devolveu o olhar e deu um sorriso gentil.

Mary desviou a atenção para a cadeira em que se sentava o juiz. O honorável barão Pennefather. Parecia cansado.

No final daquela corda de palavras, havia Annamore. Era do que precisava se lembrar. Precisava responder às perguntas e lhes falar do seu medo, das estranhas e tristes coisas que elas fizeram com o menino. De quanto ficava apavorada com toda aquela conversa de seres encantados, de como não tinha compreendido o que estavam fazendo. De que era temente a Deus e rezava para que Ele a perdoasse.

Deus a perdoou. Por não dizer nada, por não fazer nada, por não se jogar no rio para esbofetear a viúva, arrancar dela o menino e levá-lo para casa com seus irmãos e irmãs. Eles teriam brincado com ele, pensou. Não se importariam se ele chorasse de fome, já que eles também estavam sempre gritando por comida. Numa cabana com tantos, mais um não teria feito diferença.

Mary teve um sobressalto. Fez-se silêncio, embora uma onda de sussurros continuasse a passar pelas pessoas ainda se aglomerando no tribunal. Houve um esticar de pescoços, e ela viu que traziam Nance e Nóra para a sala, pulsos presos por ferros.

Os meses passados pelas mulheres na prisão as tinham mudado, emagrecido. Nance parecia muito mais velha. Vestida com o uniforme da prisão, parecia ter encolhido ainda mais. Seu cabelo branco adquirira um tom amarelado pela falta de lavagem, e seus ombros estavam curvados. Os olhos de Nance, enevoados como sempre, olhavam em volta, cheios de confusão e medo. Ela parecia apavorada com a visão de uma multidão tão grande.

Nóra, atrás dela, choramingava. Mary ficou chocada com a mudança em sua aparência. Adeus, atitude de honradez, adeus, queixo voluntarioso. Agora, a pele de Nóra estava pálida e tensa, e ela parecia ter envelhecido muitos anos. A testa tinha rugas profundas. Apesar do calor no tribunal, ela tremia incontrolavelmente.

Talvez eles decidam enforcá-las aqui, Mary pensou, e o medo afundou seu estômago. Poderia ter sido ela, ali de pé.

Queria sair daquela sala. Como poderia falar diante de toda aquela gente? Todos aqueles homens em suas roupas elegantes, e o juiz vindo de longe, lá de Dublin. Ela era só uma menina do pântano. Uma menina dos juncos e da terra de turfas, onde o solo porejava lama negra e debaixo dos pés só havia grama, poeira e barro, nunca seixos, nunca assoalhos de madeira.

O promotor examinava Mary com atenção. Afastou da testa o cabelo brilhante de transpiração. Ela podia sentir suas pernas se transformar em água.

— Passemos a registrar que, no caso de homicídio doloso contra Honora Leahy e Anne Roche, a primeira testemunha chamada é Mary Clifford, de Annamore.

Mary subiu no estrado das testemunhas. Apresentaram-lhe a Bíblia, e ela a beijou, dedos agarrando de leve a capa de couro.

— Mary Clifford, pode, por favor, identificar as prisioneiras?

Mary olhou para o mar de rostos que a encaravam e, por fim, viu a testa alta do padre. Ele sustentou seu olhar. Cumprimentou-a com a cabeça.

— Ali está Nance Roche. E Nóra Leahy, a quem servi como criada.

— Mary, com suas próprias palavras, por favor, diga à corte como veio a trabalhar para a sra. Leahy.

— Foi a sra. Leahy quem foi ao meu encontro quando eu estava na feira de empregos em Killarney, novembro passado. Ela me ofereceu trabalho, disse que tinha um neto e me ofereceu dinheiro para ajudá-la a cuidar dele e ajudá-la com a limpeza, a cozinha e a ordenha. Então eu fui com ela.

— Ela lhe deu alguma indicação de que a criança era aleijada?

Mary hesitou.

— O senhor quer saber se ela disse que ele era aleijado?

O promotor lhe deu um sorrisinho.

— Sim. Foi essa a pergunta.

Mary olhou para Nóra. Ela a encarava, boca entreaberta.

— Não disse, não, senhor.

— Você pode, por favor, descrever o estado de Micheál Kelliher quando o viu?

— Ele estava na cabana de uma vizinha, e eu fiquei assustada ao vê-lo. Eu nunca tinha visto uma criança daquele jeito. "O que há de errado com ele?", eu perguntei, e a sra. Leahy disse: "Ele é delicado, só isso".

— Você pode descrever o que ela quis dizer com "delicado"?

Mary respirou fundo. Suas mãos tremiam.

— Ele estava fazendo um som estranho e, mesmo já tendo idade suficiente para falar, não conseguia dizer nem uma palavra. A sra. Leahy disse: "Ele também não consegue andar". Perguntei: "É uma doença contagiosa?", e ela disse: "Não, ele é delicado. Não tem nenhuma doença contagiosa aí".

— A sra. Leahy alguma vez descreveu o menino como outra coisa além do seu neto?

Mary olhou de novo para Nóra. Ela estava com os olhos vermelhos.

— Ela disse: "Ele é o filho da minha filha".

— Em sua declaração, sob juramento, você disse que, embora ela lhe tenha apresentado a criança como seu neto, com o tempo Honora Leahy passou a acreditar que a criança não era seu neto, e sim... — o promotor fez uma pausa, voltando-se para o júri. — ... um *parasita*. Está correto?

— Está. Ela achava que ele era um parasita. E havia outros que também acreditavam nisso.

— Você pode dizer à corte o que quer dizer com "parasita"?

Mary sentiu os olhos dos jurados fixos nela. Aprumou-se, vacilante, de repente consciente das batidas aceleradas do coração.

— Quero dizer um ser encantado.

Ouviram-se risos na multidão, e Mary foi tomada de vergonha. Podia se sentir enrubescendo, sentir a picada do suor debaixo dos braços. Era assim que a viam, uma garota estúpida que se assustava com sombras, demente de medo. Lembrou-se de como se sentiu mortificada quando o guarda lhe pediu para assinar a declaração sob juramento e ela rabiscou uma cruz desajeitada no papel, sem conseguir segurar direito a caneta.

— Quando a sra. Leahy começou a se referir ao neto, Micheál Kelliher, como um *ser encantado*?

— Ela acreditou que ele era um parasita quando Nance Roche declarou que ele era.

— E quando foi isso?

— No Ano-Novo. Ou foi em dezembro. Foi no Ano-Novo que levamos o menino à casa de Nance para o primeiro tratamento.

Mary viu, com um pavoroso sobressalto de reconhecimento, vários homens do vale em meio ao mar de rostos. Daniel e Seán Lynch estavam lá, olhos imóveis.

— Mary, você pode nos dizer por que vocês foram procurar Anne Roche?

— Ela foi nos procurar. — Mary hesitou. — Foi antes do Natal. Eu estava fora da casa ordenhando a vaca e entrei e vi a sra. Leahy batendo em Micheál. "Maldito seja!", ela estava dizendo. Ela estava surrando ele.

Um murmúrio passou entre os espectadores.

— Ela o estava surrando?

— A mão dele tinha agarrado o cabelo dela e estava doendo. "Ele não sabe o que faz", eu disse, e a sra. Leahy disse que ia chamar o padre para ele. Mas quando a viúva voltou não havia padre, e sim um avental cheio de urtigas. Então ela ficou de quatro, apoiada nas mãos e nos joelhos em cima do menino, e o açoitou com as urtigas. "Isso está machucando ele", eu disse, mas ela não me ouviu. Então eu joguei as urtigas no fogo e corri para pedir ajuda a Peg O'Shea.

— Alguma vez Honora Leahy explicou por que estava "urtigando" Micheál Kelliher? Você acha que ela queria machucá-lo?

Mary hesitou. Não se ouviam mais risos, e havia agora na sala uma tensão silenciosa.

— Eu não sei.

— Por favor, fale mais alto.

— Eu não sei.

— Como foi que esse incidente levou ao envolvimento de Anne Roche?

Mary passou a língua nos lábios. O padre Healy continuava de olhos fixos nela.

— Peg me disse para ir ao rio pegar folhas de labaça para o menino, e eu fui, mas foi na volta que eu machuquei o tornozelo. Não conseguia andar. E então uma mulher foi até mim. Era Nance Roche. Ela me levou à sua cabana para cuidar do tornozelo, e foi lá que eu contei a ela o que a sra. Leahy tinha feito. "Eu tenho obrigação de ir falar com essa mulher", ela disse, e então nós voltamos juntas para a cabana e ela viu Micheál.

— O que foi que Anne Roche disse a Honora Leahy quando viu o menino?

— "Esta criatura aqui pode ser um filho dos seres encantados", ela disse.

— E como foi que a sra. Leahy pareceu reagir quando Anne disse isso?

— Eu achei que ela ficou aliviada ao ouvir aquilo, senhor.

— Diga-nos, Mary, por que você acha que Honora Leahy, um reconhecido membro de sua comunidade, uma mulher de boa reputação com um falecido marido de excelente situação, preferiu ouvir a opinião de Anne Roche, uma mulher que, como a corte ouvirá, era pobre, solteira e, segundo todos os depoimentos sob juramento, uma forasteira com pouca ou nenhuma influência financeira, comercial ou familiar?

Mary olhou embasbacada para o promotor, sem compreender. Podia sentir a transpiração porejar acima dos lábios.

O advogado limpou a garganta.

— Mary, por favor, nos diga por que você acha que a sra. Leahy deu ouvidos a alguém como Anne Roche.

Mary ergueu os olhos para Nance. Ela estava jogada em cima do estrado dos réus, testa franzida. À menção do seu nome, porém, esticou as costas e deu a Mary um olhar de desconfiança.

— Porque ela é uma mulher que lida com Eles.

— Eles?

— Os Bons Amigos. Os seres encantados. — Mary esperou mais risos, mas nenhum se fez ouvir. — Ela tem o dom do conhecimento d'Eles e de suas ervas. Ela disse à viúva que poderia expulsar o ser encantado de dentro dele.

Pelo canto dos olhos, Mary percebeu um movimento. Um repórter se levantou, anotando depressa alguma coisa.

— Mary, referindo-nos agora à informação fornecida em testemunho sob juramento em relação ao tratamento de Micheál, você pode, por favor, dizer à corte como essas mulheres tentaram "expulsar o ser encantado de dentro dele" e qual foi o seu envolvimento nisso, se é que houve algum?

Mary empalideceu.

— Eu só fiz o que me pediram. Eu não queria perder meu salário.

O promotor sorriu.

— Nós sabemos disso. Você não está em julgamento aqui.

— Elas... nós... tentamos expulsar o ser encantado de dentro dele com ervas, para começar. Teve a hortelã que foi posta nos ouvidos dele, e aquela outra erva foi esfregada nos pés.

— Você conhece a erva? Era "lusmor"?

— A *lus mór* foi dada no tratamento seguinte. Quando a hortelã não funcionou, eu fui mandada pela sra. Leahy de volta à casa de Nance. "Não houve nenhuma mudança no menino", eu disse, e então ela nos falou para voltar e foi então que elas... nós... demos a dedaleira a Micheál.

— E quando foi isso?

— Em janeiro, senhor.

— Que a corte observe que a dedaleira, *Digitalis purpurea*, é venenosa. — Ele encarou Mary. — Você acredita que as prisioneiras sabiam, ao dar dedaleira a Micheál Kelliher, que estavam lhe dando uma substância capaz de provocar a morte ou enfermidades?

Houve um grito abafado. Nóra havia levado as mãos ao rosto.

— Eu sabia que era veneno e eu disse que era. Mas Nance disse: "É uma planta poderosa", e eu sabia que a *lus mór* pertence a... — Mary se interrompeu. — Dizem que a *lus mór* pertence aos seres encantados, e por isso eu pensei que haveria uma cura. Mas agora eu sei que é só superstição.

— Por favor, descreva como a dedaleira foi ministrada a Micheál Kelliher.

— Foi num banho. E o suco foi posto na língua dele. E quando ele começou com uma tremedeira, e a boca estava espumando, fomos mandadas botar ele numa pá e fazer de conta que íamos jogá-lo para fora da porta, dizendo: "Vá-se embora daqui!".

Houve outro burburinho na multidão. O repórter do tribunal escrevia furiosamente. Mary secou na saia a palma das mãos suadas.

— No seu depoimento, Mary, você afirmou que a dedaleira *fez* um efeito ruim na criança nos dias seguintes à sua aplicação. Você disse que temeu pela vida dele.

Ela, então, viu outra vez o menino, à luz fraca da lareira da cabana. Viu-o tremer sem parar encostado a ela, a cabeça apática no colchão. Lembrou-se da sensação da língua dele em seu dedo quando conseguiu fazê-lo vomitar, garantindo que ele não engasgasse.

— Nos dias seguintes eu fiquei apavorada de medo que ele fosse morrer, de tanta água que saía dele, e ele não conseguia ficar com a comida dentro do corpo. — Ela piscou para afastar uma repentina vontade de chorar. — Ele passou o tempo todo tremendo, senhor. Eu achei que ele fosse morrer.

— Deve ter sido terrível de ver. A sra. Leahy ficou tão perturbada quanto você?

Nóra soluçava abertamente.

Ela está apavorada, Mary pensou.

— A sra. Leahy ficou contente, senhor. Ela achou que iria ter seu verdadeiro neto devolvido para ela. "Não há pecado se isso for um ser encantado", ela disse. Mas, quando ele não morreu daquilo, ela mesma foi ver Nance, e as duas decidiram levar Micheál para o rio.

— Isso foi outro "tratamento"?

— Foi, sim, senhor. Eu tinha que levar o menino na manhã seguinte à casa de Nance, com a sra. Leahy, e juntas nós íamos para o rio para botá-lo no encontro das águas. É o lugar em que os três rios se encontram. Nance disse que o poder da água iria expulsar o ser encantado. "Vai estar frio", eu disse, mas estava decidido, e, mesmo com medo, eu fiz o que mandaram. E eu espero que Deus me perdoe por isso.

— O que aconteceu depois?

— Nós o banhamos no rio por três manhãs seguidas. — Mary se interrompeu. O suor escorria pelas suas costas. — E... na última manhã, Nance e a sra. Leahy seguraram ele debaixo d'água por mais tempo do que das outras vezes.

— E foi então que Micheál Kelliher morreu?

— Sim, senhor.

— O que você fez quando viu as prisioneiras afogando a criança?

Nance estava dobrada para a frente, no estrado dos réus, a boca se movendo, murmurando alguma coisa entredentes.

— Naquela hora, eu não tinha certeza se a criança estava afogada. Eu só pensava que a água estava fria. Eu não queria que ele se resfriasse. E então eu vi que ele não estava se mexendo e eu pensei: "Elas o mataram", e foi então que eu me horrorizei.

— Você disse alguma coisa às prisioneiras quando percebeu que a criança estava, de fato, afogada?

Mary parou. Seu coração batia na garganta.

— Acho que sim, senhor.

— Você jurou ter dito, no seu depoimento.

O menino levantado acima do rio. A água escorrendo dele, a pele cheia de gotas, os pingos escorrendo dos dedos e brilhando na claridade.

— O que foi que você disse, Mary?

— Perguntei: "Como vocês podem esperar ver Deus algum dia, depois disto?".

No mesmo instante, um murmúrio se elevou da multidão.

— E as prisioneiras responderam à sua pergunta?

Mary fez que sim.

— Nance disse: "Não há pecado em mim".

— Algo mais foi dito?

— Eu não sei, senhor.

— Você não sabe?

— Foi nessa hora que o medo tomou conta de mim. Eu me virei e corri até a casa de Peg O'Shea e disse a ela que o menino tinha sido morto. Eu estava apavorada comigo mesma.

— Mary, antes que a defesa a interrogue, você pode, por favor, me dizer como era tomar conta de Micheál Kelliher? Você acredita que ele era uma sobrecarga para a avó?

— Não era culpa dele.

— Mas ele era uma carga para a sua patroa? Ele era uma criança difícil e desagradável?

As noites de choradeira. Os gritos altos e rascantes. A cabeça batendo na argila, batendo em seus dedos quando ela tentava acalmá-lo, desobstruir seu nariz, facilitar sua respiração.

— Era — Mary sussurrou. — Era, sim, ele era uma carga.

— Honora Leahy queria se livrar dele?

— Ela queria que o ser encantado fosse embora. Ela queria seu neto de volta, senhor. Um menino que não gritasse e não a perturbasse.

A sala do tribunal se encheu do barulho de conversas assim que o promotor voltou ao seu assento. Mary, aliviada por não estar mais sendo encarada pela multidão, secou o suor do pescoço com a manga. Olhou para o padre Healy, e ele lhe deu um leve aceno de encorajamento.

Depois de um minuto de algazarra, o advogado de defesa se levantou. Erguendo a voz acima da barulheira, apresentou-se como sr. Walshe e esperou algum tempo antes que as conversas morressem.

Quando o silêncio foi total, ele falou. Sua voz saía aos arrancos, as palavras arrebatando a sala.

— Mary Clifford, você acredita que Honora Leahy e Anne Roche levaram Micheál ao rio Flesk porque pretendiam afogá-lo e matá-lo?

Mary hesitou.

— Se eu sabia que ele iria ser morto?

— Você acredita que as prisioneiras pretendiam afogar a criança desde o momento em que decidiram banhá-la no rio?

— Eu não compreendo, senhor.

O sr. Walshe lhe deu um olhar frio.

— Você acredita que o assassinato estava presente em seus pensamentos desde o começo?

O coração de Mary estremeceu.

— Eu não sei.

— Você não sabe se a sra. Leahy e Nance Roche pretendiam matar o menino?

— Eu acho que elas queriam se livrar do parasita.

— Mary, desculpe a minha insistência, mas, se elas pretendiam se livrar do "parasita", como você o chama, e se você sabia que isso significaria que o menino seria afogado, por que você deixou que elas o banhassem? Por que não avisar a vizinha da qual você falou, como você fez quando viu a sra. Leahy "urtigando" Micheál? Por que não mandar um recado para o padre?

— Eu não achei que elas quisessem matar Micheál.

Mary podia ouvir a incerteza em sua própria voz. Suas mãos haviam recomeçado a tremer, e ela agarrou a saia.

— Então por que levar um menino pequeno e indefeso e banhá-lo no rio?

Mary olhou para o estrado dos réus. Tanto Nance quanto Nóra a encaravam, cabelos escorridos e soltos. Nóra tremia, como se estivesse com febre.

Mary respirou fundo, vestido repuxando no peito e coração batendo desenfreado.

— Foi feito com a intenção de curá-lo, senhor. De expulsar o ser encantado de dentro dele.

O sr. Walshe sorriu.

— Obrigado, Mary.

Capítulo Vinte
Sabugueiro

Nóra pensou que nunca mais se sentiria aquecida. Via o brilho do suor na testa dos advogados, apesar de ser ainda tão cedo, via as pessoas na imensa e variada multidão abanar o rosto e secar a testa com lenços e, ainda assim, tremia como se estivesse de pé na neve, batida por um vento forte.

Perguntou-se, não pela primeira vez, se estaria enlouquecendo. O tempo não parecia mais avançar num ritmo pausado, e sim se jogar para a frente e para trás. O julgamento no tribunal se estendera da véspera até o dia seguinte, mas quando Nóra se levantou, tensa com a ameaça premente de uma bexiga cheia e dolorida, não conseguiu se lembrar de quem havia testemunhado. Mal uma testemunha dava um passo à frente para ser inquirida, ela olhava e via outra pessoa no mesmo lugar.

Só do depoimento de Mary Clifford se lembrava em detalhes. Estava de pé no estrado dos réus, tremendo, e viu de novo a menina se apoiando uma vez em cada pé, sob o tormento do interrogatório.

Seu olhar, quando encontrou o de Nóra, pareceu firme. Por um breve instante, Nóra poderia ter jurado que ali estava sua própria filha ruiva beijando o livro, jurando e dando testemunho contra ela.

Minha mãe, que matou meu filho.

Eles vão me enforcar, Nóra pensou de repente, e agarrou os grilhões que lhe prendiam os pulsos. Em meio ao zum-zum da Promotoria da Coroa, acreditou ouvir seus próprios dentes batendo.

Nóra tentou concentrar a atenção na nova testemunha que gesticulava para a corte. Reconheceu o policial que a prendeu, lá na cabana. Observou que ele havia se barbeado para o julgamento e imaginou-o de pé diante de um caco de espelho, naquela manhã, correia e navalha na mão, enquanto ela estava deitada na cela, puxando a pele dos pés. Nauseada. Doente de ansiedade. Será que ele tinha uma esposa para aquecer a água para que se barbeasse? Alguém lhe teria preparado o café da manhã? Nóra imaginou o policial deslizando com cuidado a lâmina pelo pescoço, até que sentiu um aperto em sua própria garganta e, enjoada, prendeu os olhos no chão.

— E me informe — dizia o promotor ao guarda — em que estado estava Anne Roche quando você a prendeu?

— Eu entrei na casa e vi a prisioneira de quatro no chão. Ela estava tirando a cinza da lareira. Achei que fosse uma mulher desequilibrada, indaguei: "Anne Roche, você sabe por que eu estou aqui?", e ela não me respondeu. Eu lhe disse que tinha um mandado de prisão contra ela e perguntei-lhe se sabia onde estava o corpo de Micheál Kelliher, que ela era acusada de ter afogado naquela manhã. Ela me respondeu: "Os Bons Amigos levaram Micheál e deixaram o encantado no lugar dele", e foi só quando perguntei em que lugar estava o corpo do *encantado* que ela me levou até o falecido.

— E onde estava o túmulo?

— O túmulo estava numa área abandonada, conhecida na região como o "Piper's Grave". Não era uma cova funda, senhor. O corpo estava parcialmente visível.

— A prisioneira parecia angustiada?

O guarda limpou a garganta.

— Ela pareceu surpresa ao ouvir que a sra. Leahy também havia sido presa e perguntou se não havia um menino com ela. Quando lhe perguntei a que criança ela se referia, Anne Roche respondeu: "Micheál Kelliher".

— Ela disse isso, apesar de tê-lo levado até a sepultura e ao corpo do falecido?

— Está correto, senhor.

— Houve alguma outra coisa digna de nota na aparência ou na atitude das prisioneiras quando você as prendeu?

— As roupas da sra. Leahy estavam todas molhadas. Encharcadas. Deduzimos que ela havia estado no rio em algum momento, naquela manhã. Havia nela o cheiro da lama do rio.

— As roupas de Anne Roche estavam também encharcadas?

— Não, senhor. E achei o fato curioso, considerando que tanto Mary Clifford quanto a sra. Leahy me disseram que ela também havia estado no rio, até que a prisioneira explicou que ela banhara a criança, o *parasita*, como ela o chamou, em estado de nudez.

O corpo de Nóra doía. Todas as noites, na prisão, ela pensava em sua cabana vazia no vale, imaginando o rangido da porta e Micheál entrando na sala, procurando por ela. Perguntava-se o que ele poderia estar vestindo. Como os seres encantados o teriam arrumado. Talvez estivesse nu. E imaginava o neto rastejando para baixo do casacão de Martin, enroscando-se no frio colchão de palha, ou perto do borralho da lareira, e esperando a sua volta. Imaginava o contorno do rostinho espiando pela janela, imaginava-o de pé no pátio com o vento lhe despenteando o cabelo, percorrendo a amplidão das encostas do vale em busca da visão de sua avó subindo a trilha.

Ele vai ficar com muito medo, pensou. Talvez ele tenha voltado e esteja com muito medo. Ele é só um menininho.

O que aconteceria se ela fosse enforcada? Ele ficaria na cabana até que a grama crescesse e cobrisse a porta? Ele sairia e perambularia, perdido, até ficar tão magro quanto aquele que tinham posto na água?

— Honora Leahy?

Nóra estremeceu e levantou o rosto, mordendo o dedo. Toda a corte a encarava.

O policial que tinha falado não estava mais ali. Em vez disso, os advogados e o juiz a olhavam, expectantes.

— Honora Leahy?

Ela olhou para o sr. Walshe, que fazia gestos urgentes para que ela se movesse para a ponta do estrado dos réus.

— Sim?

— Você pode beijar o livro e prestar juramento?

Nóra fez o que lhe pediram. Segurou a Bíblia nas mãos trêmulas e sentiu o peso das páginas.

— Honora Leahy, pode, por favor, descrever o estado de Micheál Kelliher quando, pela primeira vez, ele foi entregue aos seus cuidados?

Nóra passou os olhos pela sala do tribunal, olhos pousando no rosto dos jurados. Eles a fitavam com interesse, testas vincadas.

— Sra. Leahy, a senhora precisa que eu repita a pergunta? Como foi que a senhora começou a tomar conta de Micheál?

Nóra se virou para o advogado. Na multidão, alguém tossiu.

— Estávamos juntos, eu e meu homem. Minha filha, Johanna, tinha falecido, e foi o marido dela quem o trouxe. Ele era pele e osso, e nós nos preocupamos com ele. Ele parecia faminto. Não andava, mas eu achei que talvez aquilo fosse só fraqueza.

— E essa foi a primeira vez que a senhora viu o seu neto?

— Eu vi Micheál uma vez antes. Dois anos antes. Mas daquela vez ele era um menino sadio. Estava falando e tinha o uso das pernas. Eu vi que ele estava bem, com os meus próprios olhos.

— Sra. Leahy, o seu marido morreu pouco tempo depois de Micheál ser levado para a senhora, não é verdade?

— Ele morreu em outubro.

— Foi sem dúvida uma grande desgraça para a senhora se ver viúva e única responsável por um menino aleijado?

Martin, olhos cobertos por moedas, ventre oferecendo o prato de ervas secas, beliscado e empurrado por cachimbos de barro e fumaça soprada sobre sua pele acinzentada. Martin cheirando a céu, ao vale, caindo no chão com uma das mãos sobre o peito enquanto luzes piscavam debaixo do pilriteiro.

— Sra. Leahy? — Era o juiz quem falava. — A senhora pode, por favor, responder às perguntas que lhe são feitas?

O promotor franziu as sobrancelhas.

— A senhora diria que foi difícil estar viúva e ser a única responsável por um aleijado?

Nóra passou a língua nos lábios.

— Foi uma grande tristeza para mim.

— Mary Clifford disse que o menino era uma carga para a senhora sem a assistência do seu marido. É verdade?

— É, ele era uma carga. Foi por isso que eu a contratei. Para ter duas mãos a mais.

— Sra. Leahy, Mary Clifford também disse que, quando estava a seu serviço, a senhora parou de se referir ao seu neto como Micheál e passou a chamá-lo de "encantado". Disse também que a senhora se referia à criança como "essa coisa aí". A senhora pode, por favor, dizer à corte por que parou de se referir a Micheál Kelliher como seu neto?

Nóra hesitou.

— Eu tinha visto o meu neto antes. Não havia semelhança entre o que eu conheci e o que me foi entregue. No começo, eu achei que ele só estivesse doente e tentei curá-lo, mas os tratamentos não funcionaram, e isso aconteceu porque o menino era um parasita.

— Onde a senhora acreditava que o seu verdadeiro neto estivesse, se não era ele quem estava aos seus cuidados?

— Raptado. Na fortaleza dos encantados. Com a música, a dança e as luzes.

Ergueu-se, da multidão, uma onda de conversas sussurradas.

Nóra fechou os olhos. Debaixo da colina. Debaixo do pilriteiro. Ao sabor do vento encantado com uma erva que vai nos carregar, nos levar aos lugares limítrofes, ao limiar entre este mundo e o outro. Longe de qualquer perigo, de qualquer sofrimento. Locais não tão bons quanto o Céu, não tão maus quanto o Inferno. Em todos os lugares. No ar, no solo, na água.

— Sra. Leahy?

Nóra estava tonta. Abriu os olhos e de repente reconheceu o sobrinho, Daniel, pálido e de pé atrás de um mar de cabeças. Encarou-o, o coração mais leve, mas ele baixou o olhar.

— Sra. Leahy, ter uma criança aleijada em casa pode ser uma vergonha terrível. Uma carga muito triste. Sua própria criada disse que Micheál chorava o tempo todo, era incapaz de se alimentar ou se banhar, incapaz de falar e, de fato, de amar. Ele não a deixava dormir. E a senhora, viúva havia pouco tempo e sem dúvida ainda nas garras da dor! — O tom de voz do homem mudou. — A senhora, com certeza, sentia-se frustrada com a debilidade mental de Micheál, sra. Leahy. Zangada, talvez. Tão zangada que não viu nada de errado em surrar um menino indefeso com urtigas que a senhora havia intencional e *deliberadamente* colhido com o propósito de aplicá-las sobre a pele da criança.

Nóra balançou a cabeça.

— Era para restaurar o movimento das pernas dele.

— É o que a senhora diz. Mas não adiantou, sra. Leahy. E por isso, como disse Mary Clifford, a senhora foi em busca dos serviços de Anne Roche. Antes disso, a senhora já havia alguma vez procurado Anne Roche em busca de "curas"?

— Se eu já tinha ido lá fazer tratamento?

— Sim, é o que estou perguntando.

— Não tinha, não.

— E por que não?

— Nunca precisei. O meu marido...

Ela se lembrou do tição apagado no bolso do casacão de Martin. Tições carregam proteção. De onde viera aquilo? De que lareira, de que fogo?

Um carvão ardente carregado três vezes no sentido do movimento do sol em volta da casa, para dar sorte. Um tição jogado no campo de batatas na véspera de São João. Um carvão jogado três vezes num ninho no qual aves estão prestes a chocar. Um carvão em brasa posto na água dos pés para resguardar um homem durante uma ausência do lar.

Uma brasa para proteger contra a invasão de espíritos malignos.

— A senhora pode, por favor, repetir o que disse, sra. Leahy? A corte não conseguiu compreender.

— Meu marido foi à casa de Nance. Uma vez. Por causa da mão.

— Da mão?

— Estava gelada. Fria como gelo e sem movimento. E ela o curou.

— Então a senhora sabia quem ela era e estava ciente de sua posição na comunidade como uma médica charlatã?

— Eu sabia que ela possuía o dom do conhecimento. — Nóra sentiu então que Nance a olhava, e um repentino clarão de incerteza acendeu-se dentro dela. — Foi ela quem disse que aquilo era um ser encantado, e foi ela quem se ofereceu para expulsá-lo.

Por alguns instantes, o promotor ficou pensativo.

— Deve ter sido um grande alívio para a senhora, sra. Leahy. Uma criança indefesa e incômoda enchendo-a de vergonha, tristeza e problemas... E eis que uma mulher lhe diz que não havia criança alguma, e sim um ser encantado. Como a senhora deve ter ficado aliviada ao descobrir que não tinha nenhuma obrigação para com ele! Como foi fácil ter sua própria repugnância e seu horror sancionados pelo conhecimento de que *não era o seu neto*!

Nóra olhava fixo para o advogado que erguia as mãos no ar, gesticulando para os jurados, que pareciam pouco à vontade. Balançou a cabeça, incapaz de falar. Nenhum deles tinha visto a grande transformação da criança. Não havia nada de humano no menino, nos ossos cheios de feitiço, no cheiro de pele azeda que emanava dele. Se pelo menos pudesse voltar para sua cabana e encontrar o filho de sua filha, mostrar a eles a criança que lhe tinha sido devolvida.

— A senhora pode dizer à corte, sra. Leahy, se concordou em pagar Anne Roche por essa grande atenuação de culpa e perturbação?

— Ela não aceita dinheiro.

— Por favor, fale mais alto!

— Nance não aceita dinheiro. Ovos, galinhas...

— Ela aceita pagamento em espécie, é o que a senhora está dizendo, sra. Leahy? Foi esse o acordo feito entre as duas? Que ela declararia o seu neto aleijado como sendo um *ser encantado* e depois trabalharia para *expulsar o ser encantado de dentro dele* através da aplicação de panaceias e ervas venenosas e, por fim, *afogando-o*, e em troca a senhora lhe forneceria a comida e o combustível de que ela precisava para sobreviver?

— Eu não...

— A senhora precisa responder sim ou não, sra. Leahy.

— Eu não sei. Não.

Tudo em que Nóra conseguia pensar, ali de pé, ouvindo o promotor repetir as perguntas, era que seu corpo a estava deixando na mão. Tremia descontroladamente, os pés descalços cheios com câimbras, enquanto tentava compreender as perguntas. Ficou contente ao ver a dedaleira fazer efeito na criança? Ficou triste quando a planta não o matou? Estava no rio na manhã em que Micheál foi afogado e, se Nance estava desnuda, por que ela estava toda vestida? Por que ela havia insistido em se referir à criança como um ser encantado quando, como ela ouvira, o corpo de Micheál tinha sido encontrado? Tinha entrado em pânico e fugido quando percebeu que ele havia sido afogado, ou o afogamento era sua intenção desde o início?

Ele estava dizendo que ela o matara. Sentiu uma ferroada entre as pernas e, horrorizada, Nóra sentiu gotas quentes de urina descer por suas coxas. Levou as mãos ao rosto e começou a chorar de vergonha.

Fez-se um grande silêncio. Quando Nóra abriu os olhos, viu o sr. Walshe se levantar do assento, lábios apertados, atento.

— É verdade que a senhora desejava o melhor para o menino aos seus cuidados, sra. Leahy?

A língua de Nóra não quis se mover. Ela abriu a boca, mas nenhum som saiu.

O sr. Walshe repetiu a pergunta, como se estivesse falando com uma inválida:

— Sra. Leahy, não é verdade que a senhora prestou cuidados ao menino quando ele chegou à sua casa? Que a senhora buscou a ajuda de um médico?

Nóra fez que sim.

— Foi. Em setembro.

— E que tratamento o médico prescreveu para o seu neto?

— Nada. Ele disse que não se podia fazer nada.

— Isso deve ter lhe causado muita angústia, sra. Leahy.

— Causou, sim.

— Mary Clifford, a testemunha da Coroa, disse que a senhora também pediu ajuda ao seu pároco, o padre Healy.

— Pedi.

— E que ajuda ele lhe ofereceu?

— Ele disse que não se podia fazer nada.

— Sra. Leahy, estou certo, então, ao afirmar que, quando os mais intensos cuidados não conseguiram restaurar a saúde e a força do menino, quando nem o médico nem o padre foram capazes de lhe ser úteis, com remédios ou ajuda, a senhora pensou em buscar tratamento mediante os únicos outros métodos disponíveis para a senhora? Por intermédio da *doutora* local, Anne Roche?

A voz de Nóra saiu num sussurro.

— Foi.

— E, quando a srta. Roche lhe disse que acreditava ser capaz de lhe *devolver* o seu neto, em perfeita saúde e com todas as habilidades e mobilidade com que a senhora o tinha visto quando visitou sua filha havia dois anos, a senhora teve *esperanças*?

— Tive.

— E quem poderia censurá-la por isso, sra. Leahy? Foi a *esperança* que a levou a acreditar que o menino aleijado que agora sabemos ser Micheál Kelliher era um *ser encantado*? Foram a *esperança* e o *desejo* de preservar a vida do seu neto que a levaram a acompanhar Anne Roche em seus "tratamentos"?

— Eu... eu não estou entendendo.

O advogado hesitou, secou a testa.

— Sra. Leahy, a senhora tinha esperanças de preservar a vida de Micheál Kelliher?

A cabeça de Nóra girou. Ela agarrou os grilhões dos pulsos. Os seres encantados não gostam de ferro, pensou. Fogo, ferro e sal. Tições frios, tenazes em cima do berço e leite novo derramado na terra em maio.

— Sra. Leahy? — Era o juiz, inclinando-se para a frente, olhos azuis úmidos e remelentos, voz profunda e preocupada. — Sra. Leahy, a corte está perguntando se a senhora tem mais alguma declaração a fazer?

Nóra levou uma das mãos tremulas ao rosto. O ferro estava gelado, ao contato de sua face rubra.

— Não, senhor. Nada mais, a não ser que eu só queria ter meu neto comigo. Nada mais, a não ser isso.

Nance ouviu quando o homem que chamavam de Legista se apresentou como testemunha e puxou o bigode ruivo pronunciando palavras que ela não compreendia.

— Nossa averiguação descobriu que Micheál Kelliher chegou à morte por asfixia, causada pela inalação de fluidos e consequente obstrução de suas vias aéreas. Os sinais encontrados foram consistentes com afogamento. Os pulmões estavam cheios d'água, e havia indícios de plantas aquáticas no cabelo do falecido.

Não houve menção aos lírios amarelos na margem, ao ouro enfunado contra o verde ou toda a insinuação trazida pelo seu florescimento. Não mencionaram o poder existente no encontro das águas, na estranha luz que inundava a terra antes do nascer do sol, nos gestos feitos por mãos famintas.

— Em sua avaliação profissional, senhor — perguntou o promotor —, quanto tempo o finado foi mantido debaixo d'água para que ocorressem o afogamento e a morte?

O legista estava atento.

— Considerando que o finado parecia paralítico, no todo ou em parte, o tempo decorrido pode ter sido menor do que o que se poderia considerar habitual. Eu me arriscaria a propor três minutos.

— Isso significa três minutos de submersão ininterrupta?

— Está correto, senhor.

— E há outros aspectos que o senhor se sinta compelido a incluir em seu depoimento de hoje?

O homem fungou, torcendo o bigode.

— Havia marcas que indicavam a possibilidade de luta.

— E por *marcas* o senhor se refere a hematomas?

— Sim, senhor. No peito e no pescoço. Inconclusivas, mas suficientes para levar a suspeitas de que a criança foi mantida debaixo d'água à força.

O promotor juntou a ponta dos dedos, olhos faiscando na direção dos jurados.

— Dr. McGillycuddy, em sua opinião profissional, o senhor acredita que os indícios encontrados na autópsia indicam que o falecido foi assassinado de modo proposital? Que foi o caso de morte violenta?

O homem olhou para Nance e levantou o queixo. Fez um aceno breve e seco.

— Acredito, senhor.

Nance estava pronta quando a corte enfim chamou-a para depor. Tinha estado à espera da oportunidade de contar sua história, de revelar à sala a verdade contida em meio àquela massa de versões, depoimentos sob juramento e minuciosos contrainterrogatórios. Estava de pé, ereta como Maggie teria estado, costas retas, olhos apertados, e, quando lhe entregaram o livro para beijar, ela o fez com sinceridade. Não seriam capazes de pegá-la em erro. Mostraria a eles a verdade do seu dom do conhecimento, do seu poder de cura.

— Srta. Roche, por favor, diga à corte o que faz para ganhar o seu sustento.

— Faço tratamentos.

— Fale alto, por favor, a corte não consegue ouvi-la.

Nance respirou fundo e tentou levantar a voz. Mas a sala estava quente, o ar parecia colar em seus pulmões, e, quando voltou a falar, elevou-se um grunhido da multidão.

— Sr. Juiz, Vossa Excelência permite que a prisioneira preste depoimento no estrado das testemunhas a fim de que se possa ouvi-la?

— Permito.

Um oficial de justiça conduziu Nance ao estrado no qual ela vira os vários depoentes acusá-la. Depois de um dia e meio de pé no estrado dos réus encostado à parede da sala do tribunal, era estranho estar agora de pé em outro lugar, tão perto dos homens vestidos de negro e sentados com os sapatos refletindo o brilho das vidraças. Antes, pareciam nublados, mas agora Nance conseguia distinguir seus traços: os lábios secos e as sobrancelhas grisalhas, as linhas em volta dos olhos. Alguns, observou, eram com certeza da sua idade, e ela se perguntou se, quando menina, os teria visto com os respeitáveis pais em excursões a Mangerton. Teriam suas próprias mãos colhido os morangos que as mães compraram e levaram à sua boca rosada?

— Anne Roche, pode, por favor, dizer à corte o que faz para ganhar o seu sustento?

— Eu ajudo as pessoas com o dom do conhecimento que me foi concedido, e elas me dão presentes em troca.

O promotor lançou um olhar aos jurados, e Nance percebeu a sombra de um ricto de desdém em seus lábios.

— E pode, por favor, explicar o que é esse "dom do conhecimento"?

— Tenho o dom do conhecimento para curar todo tipo de males e doenças, tanto os do tipo comum quanto os produzidos pelos Bons Amigos.

— Pode, por favor, descrever a diferença entre ambos?

— Há aqueles que são do tipo comum, mas existem alguns males que são a marca dos Bons Amigos, e esses pedem um tratamento diferente.

O promotor avaliou-a por alguns instantes.

— Mas, srta. Roche, qual é a diferença entre os dois?

Nance calou-se, confusa. Já havia explicado a ele que ela adivinhava a marca dos Bons Amigos entre os doentes, que cuidava dos hematomas comuns e dos inchaços extraordinários.

— Poderia ser que um homem tenha construído sua casa num caminho encantado, e é isso que traz a doença para ele, ou poderia ser outra coisa completamente diferente.

— Então o que a senhora está dizendo é que as pessoas vão à sua procura com doenças e é só então que pode *diagnosticar* se a doença é ou não provocada pelos *Bons Amigos*?

— Essa é a verdade.

— E como aprendeu tais coisas?

— Tudo me foi ensinado pela minha própria tia quando eu era uma menina e, depois, enquanto crescia.

— E onde foi que sua tia aprendeu tais panaceias e mistérios?

— Quando ela viveu com os Bons Amigos.

O advogado ergueu as sobrancelhas.

— E com Bons Amigos a senhorita quer dizer os "seres encantados"?

— É, os Bons Amigos.

— Perdoe a minha *ignorância*... — Ouviram-se risos abafados na audiência. — ... mas por que a senhora chama os seres encantados de *Bons Amigos*? No meu entendimento, não se trata de pessoas com quem se possa travar amizade.

— É por respeito que eu os chamo de Bons Amigos, porque eles não gostam que se pense neles como criaturas más. Eles querem ir para o Céu, por certo tanto quanto o senhor, Promotor.

— Srta. Roche, estou familiarizado com as histórias contadas ao pé da lareira, mas devo dizer que não lhes dou crédito. Como a senhora sabe que os seres encantados existem?

— Porque eles levaram minha mãe e minha tia. Sei que não existe entre Eles uma única mentira, pois não foram Eles que me conduziram para fora de Killarney quando eu era pobre e não tinha do que viver e me mostraram o caminho do vale onde tenho vivido nos últimos vinte anos?

— A senhora os viu? Como foi que eles "lhe mostraram o caminho"?

— Ah, eu Os ouvi falar, e é verdade que eu Os vi em forma de luzes vindo até mim e me guiando, e foram muitas as vezes em que eu Os ouvi dançando ou lutando.

— Eles lutam?

— Os Bons Amigos gostam muito de lutar, gritar, dançar e cantar. E é verdade que Eles às vezes fazem travessuras e causam problemas, e é por isso que as pessoas me procuram: porque eu tenho o dom do conhecimento da maneira pela qual é possível desfazer o dano causado. Eu tenho o dom do conhecimento e o poder de curar as pessoas se os Bons Amigos baterem nelas ou se estiverem lhes tirando o lucro obtido com os animais ou as colheitas, ou o movimento de suas pernas.

Um murmúrio crescente elevava-se da audiência, e Nance percebia vários espectadores sussurrando entre si por trás das mãos.

Eles a ouviam. Aliviada por estar sendo afinal ouvida, começou a falar das formas como os Bons Amigos pressionavam o mundo conhecido. Falou do poder existente na saliva, na urina, no estrume, na água dos poços sagrados ou da que recebia as sobras de ferro. Nas pedras furadas e ocas, na fuligem e no sal.

— Os Bons Amigos têm um enorme medo do fogo e do ferro, e, por certo, é a ameaça desses elementos que servirá para expulsá-Los, porque Eles não têm poder contra um atiçador em brasa. E, embora Eles reivindiquem como suas as árvores e as plantas, como o sabugueiro e a dedaleira, algumas plantas, se forem colhidas sem a interferência d'Eles, o poder que existe nelas pode ser voltado contra aqueles que reivindicam a sua posse. Por certo, o sabugueiro tem *crostáil** e é uma poderosa fonte de problemas, e os Bons Amigos cavalgam seus ramos, mas, por certo, posso extirpar o mau humor que provocam. E há ainda um grande número de coisas, remédios que me foram ensinados pelos Bons Amigos, de que não posso falar, porque se o segredo do tratamento for revelado não haverá mais nenhum poder nele.

* Péssimo humor — em irlandês no original. (N. T.)

Quando terminou, Nance respirou bem fundo e examinou os jurados. Os homens a olhavam com uma expressão que não soube decifrar. Não havia lábios torcidos em rictos amargos como o do advogado, nenhuma sobrancelha franzida ou olhar cauteloso que já presenciara. Nenhuma raiva, nenhum medo. Compreendeu, então, que eles a olhavam com a mesma expressão daqueles a quem pedira esmolas: piedade, sombreada de desdém. Suas entranhas se encolheram.

O advogado sorria para si mesmo.

— Srta. Roche, a senhora aceita pagamento pelos seus... serviços?

— Não recebo dinheiro, porque com certeza perderia o dom do conhecimento e da cura.

— Mas é verdade que aceita presentes de combustível e comida? Mercadorias?

— Por certo, isso é verdade.

— A senhora afogou Micheál Kelliher no rio Flesk, na segunda-feira, dia 6 de março, em troca de mercadorias?

Nance franziu a testa.

— Eu não pretendia afogar Micheál Kelliher. Não.

— Tanto Mary Clifford quanto a sra. Leahy declararam que a senhora ordenou-lhes que banhassem Micheál Kelliher naquela piscina formada pelo rio Flesk, onde deságuam três rios. Dizem elas que por isso o banharam por três manhãs seguidas e que, na última manhã, a senhora manteve a criança debaixo d'água por mais tempo que das outras vezes.

— Era para expulsar a coisa. O ser encantado.

— Não era *a coisa*, srta. Roche. Era ele. Micheál Kelliher.

— Aquilo não era um menino normal.

— Ele era paralítico, nós sabemos. Não podia andar nem falar.

— Era o ser encantado ali dentro.

— Ele era seu paciente?

— Era.

— Mas a senhora não é médica. É ignorante em termos de conhecimento médico. Seu aprendizado se baseia apenas em *panaceias*. Velhos tratamentos populares. Não é verdade?

Nance sentiu um aperto de raiva no peito. Não paravam de andar em círculos com aquelas perguntas. Já não tinha sido clara?

— Eu tenho o dom do conhecimento. Dos feitiços e dos tratamentos. Das ervas.

— A sra. Leahy disse que a senhora levou-a a acreditar que era capaz de curar o menino, srta. Roche. Se a senhora tem o *dom do conhecimento*, então por que Micheál Kelliher está morto? Por que a senhora não o curou?

Nance pensou em Maggie, fumando junto ao calor da lareira à noite, enquanto os codornizões enchiam o ar lá fora com seus gritos longos e rascantes. *Não é fácil arrancar do osso o que está preso na medula.*

— Quem está morto não é Micheál Kelliher — disse ela por fim.

— A senhora realmente acredita nisso, srta. Roche?

Nance levantou os olhos até encontrar os do promotor.

— Aquela criança morreu há muito tempo.

Houve exclamações vindas do público presente no tribunal. Nance percebeu que os jurados se mexiam em suas cadeiras e trocavam olhares cúmplices.

— Há alguma outra declaração que a senhora gostaria de fazer à corte?

Nance hesitou.

— Já lhes contei a minha verdade.

— Então isso é tudo, obrigado.

Nance foi tirada do estrado das testemunhas e levada de volta ao seu lugar no estrado dos réus, junto a Nóra. Quando o promotor fez seu arrazoado final, Nance passou as almofadas dos dedos sobre os polegares tortos, inchados e doloridos no calor da sala do tribunal. Latejavam, e ela os prendeu na palma das mãos, fechando-as.

Houve um gemido a seu lado, e Nance viu que Nóra tremia, olhos fixos no sr. Walshe, que levantava a mão numa tentativa de acalmar a multidão. Um clima de exaltação nervosa emanava da audiência. Ela ouviu o juiz, com ar cansado, pedir ordem, e um dos jurados mandou um homem abrir a porta da sala. Houve um murmúrio de alívio quando o ar fresco penetrou no recinto.

Nance observou que, durante todo o arrazoado do advogado de defesa, o rosto do sr. Walshe brilhava de suor, a camisa visivelmente molhada debaixo da toga. Ele se dirigia aos jurados de rosto severo.

— Senhores, este caso, embora incomum e repugnante ao extremo, não se qualifica como homicídio doloso. A testemunha principal da Coroa, Mary Clifford, que estava presente no momento em que ocorreu o acidente, que presenciou *em primeira mão* o tratamento de Micheál Kelliher, não apenas no rio Flesk na manhã de segunda-feira, dia 6 de março, mas também nos meses anteriores à sua morte, apresentou-se perante os senhores e, sob juramento, admitiu não acreditar que as prisioneiras tivessem deliberadamente afogado a criança. Haja vista seu depoimento, Anne Roche e Honora Leahy não podem ser justamente condenadas por homicídio doloso.

"Senhores, Micheál Kelliher perdeu a vida devido a superstições. É verdade que as circunstâncias envolvendo seu tratamento nas mãos da acusada são extraordinárias. É verdade que a imensa ilusão sob a qual estas mulheres agiram é horripilante. O grau de sua ignorância é aterrador. Mas não pode ser desconsiderado o fator acidental. As acusadas agiram na crença de que a criança falecida, Micheál Kelliher, era um espírito encantado. Um *parasita*, nas palavras da testemunha da Coroa. Anne Roche escolheu um trecho especial do rio Flesk que se acredita serem águas habitadas por seres encantados e ali o banhou, assistida por Honora Leahy, por três manhãs consecutivas, alegando que o erroneamente considerado parasita retornaria ao seu reino sobrenatural."

Nance recordou a selvageria com que Nóra se precipitara para fora do rio quando ambas ergueram da água o parasita expulso. "Vou lá ver se ele voltou!" O coque grisalho da viúva se desfazendo e caindo sobre suas costas enquanto ela se agarrava ao musgo e às raízes das árvores para se içar do leito do rio. "Vou ver se ele está lá!" Descontrolada, pendurando-se em frondes e samambaias, galhos vergando-se ao seu peso.

Enterrando o corpo do parasita no Piper's Grave, arrepiado de frio.

— Nenhuma das acusadas sabe escrever, senhores. Anne Roche, em especial, é analfabeta e ignorante do mundo moderno, e sua declaração de que "a criança morreu há muito tempo" é prova de sua obtusa crença de que o menino que tratava era um *ser encantado*. Uma vez mais, permitam-me recordar-lhes que até mesmo Mary Clifford, que foi testemunha do ato, afirmou sob juramento que a criança foi banhada não com intenção de matar, e sim para *expulsar o ser encantado de dentro dela*. Haja vista tal testemunho, a lamentável ignorância moral e intelectual e a idade avançada das acusadas, recomendo aos senhores considerarem a improcedência da acusação e a absolvição das acusadas.

Nance, medo subindo à garganta, continuou de olhos fixos quando o advogado voltou ao assento. Eu não tenho ignorância dentro de mim, queria dizer a ele. Não fique dizendo a esses que querem me enforcar que não há em mim o poder do conhecimento.

O barão Pennefather limpou a garganta. Esperou até que se fizesse silêncio absoluto antes de se dirigir ao júri.

— Senhores. Permitam-me enfatizar que, embora uma acusação de assassinato intencional possa ser comutada por homicídio doloso quando uma vida foi tirada sob a influência de paixão súbita, tal fato não se aplica ao argumento da defesa de que a vida de Micheál Kelliher foi tirada como decorrência de crenças supersticiosas.

— Vão nos enforcar — cochichou Nóra. — Não acreditam. Acham que é superstição.

Sua voz tremia, a língua prendendo as palavras.

O coração de Nance martelava de pavor.

O juiz se deu tempo para avaliar os rostos expectantes na sala.

— É claro que os atos ignorantes das prisioneiras demonstram o fato de pertencerem ambas a uma casta oriunda de imoralidade hereditária ou progressiva. Ainda assim, o que encontramos neste caso não é um sinal de perversidade, e sim o esmagador indício e a particularidade de baixo nível intelectual em combinação com intensamente desenvolvidas paixões de naturezas inferiores.

Nance começou a respirar mais depressa. O ele está dizendo?, perguntou-se. O que ele está dizendo de mim?

— Em resumo, ainda que seja este um caso de suspeita e exija um exame exaustivo, eu os encorajo a reconhecer as razões supersticiosas, claras embora perturbadoras, aqui evidenciadas. E peço-lhes que considerem os problemas apresentados pela prisão de mulheres em idade avançada, inadequadas para o transporte e requerendo muitos cuidados em casos de enfermidade. Obrigado, senhores.

Nance observou os jurados se agruparem como um bando de corvos cinzentos e deixarem o recinto para chegar ao veredito. O barulho no tribunal foi, de repente, ensurdecedor.

Não compreendo, pensou Nance. Eu não compreendo.

Olhando para baixo, viu que continuava com as mãos fechadas.

O júri saíra havia menos de meia hora quando o escrivão e o oficial de justiça começaram a acalmar a multidão. Nance sentiu o coração acelerar de apreensão quando o juiz barão Pennefather entrou na sala e reassumiu a presidência da sessão, juntando as mãos enquanto os retardatários forçavam a entrada, disputando uma melhor visão das prisioneiras.

A seu lado, Nóra se apoiava na barra, corpo deslizando devagar para o chão. Nance esticou a mão para segurá-la pelo braço, e os olhos de Nóra se abriram, faiscantes.

— Não me toque — sibilou, antes que o medo se refletisse em sua expressão e ela agarrasse as mãos de Nance, que recuavam. — Eu não quero morrer — murmurou, erguendo os grilhões e tentando se benzer. — Eu não quero ser enforcada. Eu não quero ser enforcada.

Nance sentiu a viúva recomeçar a tremer.

— Cristo morto na Cruz! Ai, Cristo morto na Cruz, eu não quero ser enforcada. Por favor, ai, Senhor!

Nance começou a se balançar nos próprios pés, o medo invadindo as entranhas. Mordeu a língua até conseguir sentir o gosto do ferro no sangue.

— Cristo morto na Cruz! Martin! Ai!

— Calada! — Um oficial cutucou Nóra e ela ofegou, agarrando-se de repente às estacas de madeira à sua frente para se manter de pé.

A atmosfera reinante no tribunal era como a que antecede uma tempestade. Um silêncio constrangedor. Uma tensão crescente no ar enquanto os jurados eram readmitidos na corte e, expressões solenes, voltavam a seus assentos.

— Eu não quero ser enforcada — Nóra continuava a murmurar junto a Nance. — Eu não quero ser enforcada.

A voz do juiz ecoou pela sala.

— Os senhores chegaram a um veredito?

Um homem de cabelos brancos se levantou, mãos alisando a calça com cuidado.

— Chegamos, Excelência.

— O que têm a declarar?

Nance fechou os olhos. Imaginou o rio, o deslizar tranquilo das águas.

Sentia o violento tremor de Nóra a seu lado.

— Concordamos com Vossa Excelência quanto a se tratar de um caso de suspeita; no entanto, quanto à acusação de homicídio doloso contra Anne Roche e Honora Leahy, consideramos insuficiência de provas para uma condenação. Nós as declaramos inocentes.

Houve uma pausa, e então a sala do tribunal explodiu numa reação agitada e furiosa.

Nance se deixou cair no chão, pernas falhando, de alívio. Fechando os olhos, o clamor no ar quente à sua volta soava como nada mais do que uma chuva repentina. Chuva de verão caindo em cima das agulhas dos pinheiros perfumados da floresta, farfalhar de folhas escuras do carvalho e do amieiro, bênção torrencial das nuvens carregadas sobre a mata e o suave gorgolejar das águas em direção ao rio.

Nance só voltou a abrir os olhos quando a puseram de pé e abriram os grilhões. Piscando por causa da luz, teve uma vaga noção de Nóra, dobrada em duas, uivando de alívio, e mais atrás, em meio à multidão movediça, Mary, encarando-as com lágrimas que rolavam pelo rosto pálido.

— Mary! — grasnou Nance. Houve um puxão forte, os ferros deixaram seus pulsos, e, na repentina sensação de liberdade, ela esticou as duas mãos para a menina que soluçava. — Mary!

A menina cuspiu no chão.

— Eu a amaldiçoo — disse ela, sem emitir som algum.

E lhe deu as costas, desaparecendo na multidão.

Capítulo Vinte e Um
Magriça

Mary estava parada no apinhado mercado de Tralee, olhos esquadrinhando os bandos de pessoas que pululavam na rua. O dia estava quente, e ela suava dentro da roupa nova que comprara com o xelim da viúva. Enrolara as antigas, ainda impregnadas do cheiro de Micheál, numa trouxa apertada e levava-a sem disfarces presa ao quadril, de pé, dura como um poste, olhos sustentando quaisquer olhares ocasionais e curiosos que lhe fossem dirigidos. Deixava-os saber que estava em busca de emprego.

Porcos jaziam deitados no meio da rua, os leitões guinchando em currais improvisados com cavilhas e cordas. Ovelhas recém-tosquiadas, amontoadas sob os olhares de meninos e seus pais encapuçados, rindo das mulheres correndo atrás de uma galinha apavorada que escapara da cesta de palha.

Mary, depois do julgamento, perguntou ao padre Healy qual a estrada para Annamore. Começou a percorrê-la, exultante, o coração vibrando de expectativa. Imaginou os gritos de surpresa quando dobrasse a esquina, os pezinhos saltitantes erguendo poeira quando seus irmãos e suas irmãs corressem para ela, abraçassem suas pernas e sua cintura e a arrastassem para mostrar os novos pintinhos recém-nascidos, afastando as galinhas para que ela ouvisse os pios dos amarelinhos arrepiados. Sua mãe, enrugada e sombria como sempre, mas aliviada por vê-la a salvo. Feliz por tê-la em casa para trabalhar. E como trabalharia! Cultivaria os canteiros preguiçosos até que os talos brotassem grossos e ligeiros e sacudiria a terra das batatas amarelas como manteiga, e ninguém sentiria fome. Eles as ferveriam rapidamente, para comê-las “ainda com o osso”, como dizia seu pai. E mais tarde ela abraçaria os menores, ou os poria para dormir encostados à barriga do porco que roncava no canto, e tudo ficaria bem.

Ela se esqueceria de Micheál. Esqueceria o estranho menino que berrava de frio e se enroscava em seu pescoço em busca do calor que havia em seu corpo.

Mary estava pensando em tudo isso, imaginando sua vida de volta ao lar, quando parou para beber água de um poço à margem da estrada. Uma mendiga dormia ali, o rosto cheio de cicatrizes. A princípio, Mary achou que a mulher estivesse sozinha, mas com o barulho da água alguma coisa se mexeu debaixo do casaco sujo que a cobria, e dali emergiu uma criança pequena e nua. Uma meninazinha, o cabelo louro cinzento de poeira, a mão esticada para Mary numa expectativa paciente. Mary a encarou, a água ainda pingando do queixo, e então, devagar, desembrulhou a comida que o padre lhe dera para a viagem. Peixe seco. Um pouco de pão dormido com manteiga. A meninazinha tirou-os de sua mão e engatinhou de volta para baixo do casaco da mãe, o corpo todo tremendo.

Então, Mary deu meia-volta. O caminho de volta a Tralee pareceu mais longo do que o que fizera até ali, mas um homem e sua esposa indo para o mercado numa carroça aberta lhe ofereceram carona e Mary aceitou, subindo nos raios das rodas com os pés descalços e escalando as tábuas. Deixara os olhos fixos no horizonte, observando a distância até Annamore aumentar a cada passo da mula.

Passaria o dia inteiro de pé nas ruas de Tralee, se fosse preciso. Ficaria ali até que alguém se aproximasse e lhe perguntasse se gostaria de trabalhar numa fazenda no verão, se sabia cortar e carregar turfa, se era forte e se sabia ordenhar.

Vou aceitar a primeira oferta que me fizerem, pensou Mary. Não adiantava nada querer avaliar um rosto para adivinhar se o local de trabalho seria seguro. Não importava se o nariz estivesse vermelho de tanta bebida, ou se os olhos fossem cercados de pés de galinha. Não havia como saber o formato do coração pelo rosto de quem o carregava.

O sol batia em cima dela. Estava com sede. Levando o embrulho à testa para proteger os olhos, sentiu o cheiro da criança encantada nos velhos panos. Leite azedo e batata velha. Fumaça de lareira e noite fria. Todas as horas das noites em claro com o parasita, todos os cobertores enrolados e a luta de braços e pernas, a sensação áspera daquelas unhas entre seus dentes quando as roía com cuidado, a fim de que ele não se arranhasse em sua dança, em sua luta, naquela estranha maneira de se comunicar com o mundo ao seu redor. A sensação quente da língua encostando em seus dedos quando o alimentava, os olhos deslizando pelo seu rosto e as plumas na pele dele, o riso se dissolvendo no ar e os gritos que brotavam dele.

Aquilo lhe tirou o ar.

Sem se importar com os olhares alheios, Mary escondeu o rosto na trouxa suja e chorou.

Depois do julgamento, Nóra voltou para o vale com Daniel. Encontrou o sobrinho à espera do lado de fora do tribunal, fumando ao sol e conversando com o padre Healy. Os dois homens levantaram os olhos quando ela se aproximou, apertando-os diante da claridade do dia.

— Então eles a libertaram — murmurou Daniel, girando o cachimbo nas mãos.

A expressão no rosto do padre era de mal disfarçada aversão.

— Você tem muito que agradecer a Deus — observou ele. — Eu a avisei que nada de bom poderia sair daquela conversa de feitiços.

Seu rosto estava rubro.

— Nance Roche não parou com suas panaceias, com seus *piseógs*, com suas práticas pagãs, e a Igreja não vai tolerar tudo isso, veredito ou não veredito. Não posso admitir que crenças supersticiosas superem a verdadeira fé. Nóra, não se deixe mais cegar pelo pecado da ilusão pagã.

Nóra ficou olhando para o padre, incapaz de dizer uma palavra. Só quando Daniel pôs uma mão firme em seu ombro e a tirou dali, ela compreendeu o significado das palavras do padre.

— Ele vai excomungá-la — cochichou para Daniel.

O sobrinho suspirou e indicou-lhe o caminho.

— Vou levá-la para casa, Nóra.

Viajaram para Killarney na diligência do correio, ambos em silêncio. Os outros passageiros a encaravam, e Nóra se deu conta de que suas roupas, devolvidas após o julgamento, ainda estavam cobertas da lama do rio. Apesar do calor, passou o xale sobre a cabeça e o rosto. Nóra ficou contente por Daniel não querer conversar. Havia um peso em sua boca, sobre sua língua. Ela não sabia direito o que tinha acontecido. Tudo o que sabia era que precisava voltar para casa, precisava ver se Micheál fora devolvido.

Quando a diligência parou em Killarney, ela e Daniel andaram até os arredores da cidade e pararam à porta de uma cabana, pedindo comida e abrigo por uma noite. "Eles mesmos estavam com fome", disse a mulher da casa. Julho era um mês miserável, um mês de fome. Que Deus lhes concedesse uma boa colheita, e depressa, ou estariam todos ao relento. Mas eram boas pessoas, ela quis lhes dar o que podia e deixou-os fazer camas de palha e encontrar um canto onde poderiam dormir debaixo de um teto, sem o céu noturno fervilhando ao luar. Nóra adormeceu com a palha arranhando seu rosto e despertou antes do amanhecer. Lavou o rosto com orvalho, e, quando Daniel acordou, seguiram pela trilha clara à luz do começo da manhã, enquanto pintarroxos davam voos rasantes e os animais, acordando, se agitavam. À medida que o dia esquentava e se enchia de gente cuidando dos seus afazeres, carregando *sleánta** e cestos de vime, Nóra deixou seus pensamentos voltar para a criança que com certeza estaria à sua espera, viu o rosto da filha reproduzido em seus traços, viu Johanna quando era menina, e tudo pareceu luminoso e cheio de possibilidades, a ponto de mal perceber o caminho à sua frente.

Só quando chegaram ao vale e seu berço de montanhas, folheadas de magriças púrpuras à luz do crepúsculo, Daniel falou:

— Então você vai ficar conosco.

Acabavam de subir uma colina, e Nóra respirava com dificuldade. Ela parou e encarou Daniel.

— Eu vou ficar na minha cabana.

Daniel manteve os olhos fixos na trilha à frente deles e continuou no mesmo passo regular.

— O arrendamento não foi pago.

— Eu já atrasei o pagamento antes. — O pânico brotou, enchendo-lhe o peito. Ela correu para alcançá-lo. — Por certo que não é coisa incomum atrasar o arrendamento.

— Você vai ficar comigo e minha mulherzinha, Nóra.

— Mas Micheál vai estar me esperando na minha cabana.

Houve um silêncio constrangedor. Daniel acendeu o cachimbo e prendeu a haste entre os dentes.

* Pás para cortar tufos de turfa — em irlandês no original. (N. T.)

— E quanto às minhas coisas? — protestou Nóra.

— Você pode ir buscá-las. Mas vai ser preciso vender a cama.

Então Nóra chorou, secando o rosto com as mãos sujas, até que dobraram uma curva e viram John O'Shea, vestígios de um bigode dourado brilhando no rosto já bronzeado pelo verão.

— Viúva Leahy? — Ele estava de pé no meio da trilha, as mãos cheias de pedras que tinha estado jogando num ninho de passarinho. — Então não a enforcaram.

Daniel apertou os olhos, à luz do sol poente.

— Ela não pode parar para conversar, John. Deixe-a passar.

— Você sabe que fizeram uma musiquinha para você?

Nóra fungou.

— Uma musiquinha?

O garoto pôs as mãos nos bolsos e começou a cantar.

— *Nóra Leahy, o que foi que você fez? O seu único neto você afogou de vez? O garoto não falava, nem andava não. Os encantados o pegaram e levaram pela mão? Ele era o filho único da sua filha única, e você o pôs na água sem sequer um manto ou túnica?*

Nóra encarou-o, uma sensação de náusea se espalhando pelo peito.

— Que Deus o perdoe!

O sorrisinho de John desapareceu.

— É só uma musiquinha — interferiu Daniel. — Coisas piores já foram ditas. John, vá na frente e diga a Peg que a viúva Leahy está de volta.

O garoto fez que sim e começou a correr trilha abaixo.

Daniel se virou para Nóra.

— Não ligue para ele. Vá para sua antiga casa e comece a juntar o que precisa. Eu vou buscar Brigid. Ela pode ajudar a carregar suas coisas. Você vai passar a noite conosco. Ela vai deixá-la à vontade. Eu não vou ficar em casa hoje à noite. Há coisas a fazer. — Fez um aceno de cabeça com ar triste e continuou a descer a trilha atrás de John, num passo apressado.

Quando os dois homens não passavam de pontinhos ao longe, Nóra caiu de joelhos na poeira do chão. As palavras do rapaz giravam em sua cabeça e ela vomitou, bile se espalhando ao vento do verão.

A grama estava alta em volta da cabana. Nóra, ofegante, respirando com ânsia, puxou a porta e parou no degrau. A sala estava mofada. A sujeira tinha sido soprada para dentro, e a palha que bloqueava a janela não existia mais. Velhos juncos redemoinhavam ao vento incessante.

— Que Deus abençoe tudo aqui! — gritou Nóra, estômago pesado.

Olhou em volta da sala, desesperada por algum sinal do menino, mas tudo estava em silêncio. O cômodo estava como ela o deixara, lareira apagada, cama de armar aberta.

Nóra deu um passo hesitante à frente.

— Micheál?

Nada.

— Micheál? Querido?

Nóra fechou a porta. Então, um ruído repentino fez sua alma vibrar. Ela correu para o quarto, sem conseguir respirar, a esperança inundando o peito. Ela tinha razão! Micheál estava lá! Estava debaixo do casacão em cima da cama, ali estava o seu vulto, ali estava ele, dormindo.

Mas nada havia debaixo do casaco além de um cobertor desdobrado.

Nóra agarrou-o, respiração acelerada. Ouviu-se, baixinho, o murmúrio de uma galinha a seus pés, e, quando os olhos se ajustaram à penumbra, Nóra viu que a galinha estava choca e se acomodava num ninho improvisado com velhos juncos e palha arrancada do colchão.

Um vago mal-estar percorreu-lhe o corpo.

Por favor, Deus, ela rezou, empurrando as cobertas de volta para a cama, cada vez mais agitada, mais desesperada. Por favor, Deus, por favor, Martin, por favor, façam com que ele esteja aqui.

— Micheál!

Nada. Nenhum som além do cacarejo da galinha perturbada.

Sem saber o que deveria fazer, Nóra enfiou o casacão de Martin e se arrastou para a sala, deixando-se cair num banquinho. O silêncio ecoava em seus ouvidos.

Ele não estava lá. Ele não tinha sido devolvido.

Tinha tanta certeza de que o encontraria, talvez sentado junto ao fogo, olhos se levantando para vê-la quando entrasse. O rosto de Martin, as cores de Johanna. Esfregou o rosto no tecido áspero, respirando fundo para sentir o resto do cheiro do marido. Pondo a mão no bolso, tirou o tição morto e girou nas mãos o carvão.

Ele não estava lá. Ela tinha tanta certeza...

Lá fora, os pássaros cantavam o pôr do sol.

— Que Deus e Maria a protejam.

Nóra se virou, olhos inchados. Peg estava à soleira da porta da cabana, apoiada em seu cajado, olhando para dentro, em silêncio.

— Ele não está aqui.

A anciã estendeu a mão para Nóra.

— Você voltou para nós, Deus seja louvado! — Esperou que Nóra secasse o rosto. — Quantos problemas! — murmurou. — Quanto sofrimento! Anime-se agora. Sentada no escuro desse jeito, e sem fogo. Bem, pelo menos a noite está quente. Vou ficar com você um pouco, posso?

Acomodou-se perto de Nóra, e juntas ficaram sentadas junto ao borralho, à luz alaranjada do pôr do sol.

Peg apontou para a mesa, e Nóra viu que havia creme numa tigela limpa.

— Foi a mulher do filho. Ela não conseguia mais ouvir os berros do animal. Sua manteiga está comigo. Para não ser roubada. — Peg chupou os dentes. — O leite está gordo de novo.

Nóra, cansada, fez que sim com a cabeça.

— É uma bênção.

— Este vale está precisando de bênçãos.

Houve um repentino coro de grilos. As mulheres ficaram em silêncio, ouvindo-os cantar.

— Eles o enterraram no *cillín* — disse Peg depois de algum tempo. — O padre Healy disse que era melhor.

Nóra piscou, olhar fixo no borralho.

Peg se inclinou, para chegar mais perto.

— Em nome de Deus, Nóra, o que aconteceu com a criatura?

— Eu estava atrás de ficar livre do feitiço, Peg — murmurou Nóra.

— Quando eu a vi naquela manhã, Nóra, você estava molhada até os ossos. — Pôs uma das mãos no joelho de Nóra e abaixou a voz. — Você deu um empurrãozinho?

Nóra não sabia o que dizer. Com suavidade, empurrou a mão de Peg antes de se levantar e ir em busca da garrafa que tinha deixado no nicho da lareira.

— Onde está, Peg?

— Eu não estou acusando você. É só que, se você empurrou, isso seria...

— Onde está?

— Onde está o quê?

— O *poitín*.

Peg suspirou.

— Sumiu, Nóra. Alguém esteve aqui... — Ela ergueu as mãos. — Eu mandei os rapazes aqui quando vi o que pretendiam, mas levaram o que acharam que era deles...

— Seán Lynch.

Peg sacudiu a cabeça.

— Foi Kate. Depois do *piseóg*, todo mundo ficou com medo. Depois de Áine. Kate veio aqui e revirou tudo procurando a sua desnatadeira. Ficou achando que foi o menino quem amaldiçoou o leite e tirou o bebê de Brigid. Veio procurar sinais de maldição. Disse que encontrou uma lasca de sílex junto à porta. Disse que Seán tinha reivindicado a posse dos seus bens, porque você com certeza seria enforcada e ela tinha vindo buscar algumas coisas enquanto ele estava em Tralee.

— O que ela pegou, Peg?

— Algumas coisas de Martin. O *poitín*. O cachimbo. A moeda que você tinha. Roupas. Qualquer manteiga que houvesse, e mais alguma comida. O sal.

Nóra ergueu os olhos e viu que a caixa de madeira havia desaparecido.

— Era do meu casamento.

— Ela teria levado a vaca se alguns de nós não lhe disséssemos para esperar até que soubéssemos qual tinha sido a sentença.

— Eu poderia ter sido enforcada, Peg.

— Eu sei.

Nóra achou que fosse engasgar. Puxou a pele solta do pescoço, apertando o queixo nos dedos, e começou a chorar. Peg estendeu-lhe a mão, e Nóra agarrou-a como quem está se afogando, apertando-lhe os dedos até a anciã fazer uma careta de dor. Mesmo assim, Nóra enfiou-lhe as unhas na pele.

— Ele não está aqui — soluçou.

— Eu sei — disse Peg com mansidão. — Eu sei.

Algum tempo se passou antes que Nóra conseguisse voltar a falar. Ela ficou ali sentada, rosto inundado, queixo escorregadio.

Peg se benzeu.

— Graças a Deus e Sua infinita misericórdia você está salva.

Nóra secou os olhos.

— Eles acharam que éramos loucas. A conversa sobre seres encantados. Eles não acreditaram, mas a menina disse que "não foi feito com a intenção de matar e por isso não podiam nos acusar de assassinato".

— Depois da prisão, o padre Healy nos leu as notícias do *Chute's Western Herald*. Dizia lá que você era uma boa pessoa, Nóra. Não há ninguém aqui que possa dizer que você não é.

— Fizeram uma musiquinha para mim que diz o contrário.

— Você é uma boa mulher, Nóra Leahy.

— Eu queria me ver livre do parasita.

— Ele era uma carga pesada para você.

— Ele não era o filho de Johanna. Não havia nem uma gota do meu sangue nele.

Peg tirou o cabelo de cima dos olhos de Nóra.

— É muito esquisito. Com todas as desgraças que aconteceram neste lugar, o povo está dizendo que, com o parasita fora do vale, vivemos outra vez em paz. Que com certeza o menino estava amaldiçoando as galinhas e vacas, porque agora o lucro está de volta. Mulheres que achavam que poderiam não ter o bastante para garantir um teto estão chamando o homem dos ovos, bolsos voltando a encher. Os que acharam que iam ficar ao relento acabaram podendo pagar os arrendamentos.

— Daniel disse que este lugar já não é meu.

Peg estalou a língua.

— É uma pena, mas por certo viver aqui sozinha seria trabalho duro demais para você.

— Descobriram quem fez o *piseóg*?

— Dizem que com certeza foi Nance, mas por sorte aquilo foi encontrado logo e anulado pelo padre. Não deu tempo para a maldição penetrar na terra. Kate ficou esbravejando no poço, dizendo que por certo foi Nance, porque feitiços não aparecem do nada, e é isso que acontece com gente que quer o mal dos outros. Sua perversidade gruda, e a pessoa vai parar em Tralee com uma bela corda no pescoço.

— Kate Lynch! — Nóra cuspiu, lamentando. — Vindo aqui e levando o que me pertence só porque Seán mandou. Pois eu vou lá e vou trazer tudo de volta. A caixa de sal!

— Nóra...

— Ela acreditou nisso mais do que qualquer um. Ela acreditou mais do que qualquer um! Como é que ela ousa falar em corda no pescoço? Somos parentes, afinal de contas.

Peg, com ternura, secou as lágrimas do rosto de Nóra.

— Kate foi embora.

— O quê?

— Kate Lynch. Seán voltou de Tralee hoje de manhã e encontrou a cabana vazia. Achamos que ela foi embora há alguns dias. Levou tudo o que pegou de você e todo o dinheiro dos ovos e da manteiga. Seán diz que uma pequena fortuna desapareceu de debaixo da cama.

Nóra olhou-a, boquiaberta.

— Ih, ele está furioso por conta disso. Andou por todo lado, hoje, procurando por ela, dizendo que deve ter sido raptada. — Peg deu um sorrisinho. — Diz ele que os ciganos andavam pelas estradas, que devem tê-la roubado. Ah, e tem também a conversa de sempre dos seres encantados no velho poço. Alguns estão dizendo que ela foi levada por eles, outros dizem a Seán para ir ao Piper's Grave no domingo à noite, onde ela estará montada num cavalo branco.

— Kate sumiu?

Peg fez que sim.

— Pois é. E eu aposto minha perna boa e mais a ruim que a pobre coitada não vai voltar.

Nóra ficou pensativa.

— E Áine?

— Está viva. Ouvi dizer que Brigid Lynch tem ido cuidar dela.

— Graças à Virgem!

Fez-se silêncio.

— Peg, por um instante eu pensei... Quando eu cheguei, achei que o tinha ouvido no quarto.

— Nóra...

— Eu achei que fosse ele. Peg, quando eu estava em Tralee, fiquei sonhando sem parar com ele. Sonhando que eu voltava e ele estava aqui, me esperando. Que talvez alguma coisa o tivesse atrasado naquela manhã no rio, que levaria algum tempo para que ele me fosse devolvido. — Ela recomeçou a chorar. — Peg, eu estava morta de medo de que me enforcassem e ele fosse ficar aqui esperando por mim.

— Ah, Nóra!

— Esperando pela avó dele, mas ela estaria jogada no fundo no poço de Ballymullen!

— Ora vamos, por favor. Você não vai ser enforcada. Você está de volta ao lugar a que pertence.

Nóra sacudiu a cabeça.

— Mas ele não está aqui! Ah, eu não posso ficar no vale.

— Nóra, você não tem outro lugar para onde ir.

Com um gesto, ela mostrou a cabana vazia.

— Veja! Este é todo o lar que eu já tive, e agora não é mais meu. Eu estou sozinha. Completamente sozinha e sem outra escolha além de ir morar com Daniel e Brigid, quando já fui a dona da minha própria casa. — Secou os olhos. — Martin está morto. Micheál... não está aqui. — Apertou o peito. — Eu não sei... Eu não sei o que aconteceu.

Peg segurou-lhe a mão e acariciou-a.

— Vamos, você tem a mim, não tem? E é uma bênção que tenha seus sobrinhos, que Deus os proteja! Você vai fazer companhia a Brigid, e por certo não é ruim morar numa casa cheia.

— Casa cheia ou não, eu estou sozinha — sussurrou Nóra.

— Anime-se, mulher. Conte suas bênçãos! Você não está sozinha... você tem um monte de parentes neste mundo com quem pode conversar e partilhar do calor de uma lareira. Deus sabe que o inverno foi terrível para você, e deve ter sido uma pavorosa provação ficar sentada na prisão achando que iria para Deus. Nóra, ninguém a inveja por isso. Mas você voltou para casa, para as galinhas no poleiro e creme no pote que pode levar com você. E quer fazer o favor, Nóra, de olhar em volta, pois não é que você também tem a velha Peg?

Nóra apertou a mão de Peg.

— Você acha... Micheál, pode ser que ele volte para casa e para mim. Um dia...

Peg apertou os lábios.

— Ele virá. Porque aquilo não era uma criança humana. Era, Peg?

— Não — murmurou Peg depois de algum tempo, acariciando a mão de Nóra. — Não, Nóra.

— E pode ser que ele volte.

Peg a olhou longamente.

— Mas se acontecer que ele fique lá debaixo da colina, com os Bons Amigos, as luzes e as danças... Bem, vale a pena saber que alguma desgraça pior poderia acontecer.

Houve um som à porta, e Nóra, levantando os olhos, viu Brigid olhando para elas, um grande cesto nas mãos.

— Que Deus e Maria estejam com você, Nóra Leahy!

Brigid piscou para ela, sem sorrir. Estava pálida, por ter passado muito tempo dentro de casa, e Nóra achou que parecia frágil.

— Olá, Brigid! É bom vê-la de pé e saindo de casa — disse Peg, uma nota de alegria forçada na voz. — Não a vejo desde a sua absolvição.

— Muita coisa aconteceu desde a última vez que eu a vi. — Brigid entrou na casa e ficou de pé ao lado da lareira apagada, olhando para Nóra. Sua expressão nada dizia. — Daniel disse que por muito pouco não a enforcaram.

Nóra fez que sim, a boca seca.

O rosto de Brigid endureceu.

— Dan disse que Nance merecia a forca. Pelo que fez com Áine. Pelo *piseóg*. Pela dulcamara.

Nóra a encarava, incapaz de falar. Foi Peg quem respondeu:

— Brigid, deixe disso. Não vamos falar dessas coisas. Vou lhe dizer uma coisa. Nance sempre foi uma estranha entre nós, mas não existem musiquinhas nem motivos por trás dessa história dela assassinar bebês e botar fogo nas mulheres, não importa quanto o padre Healy fique pregando contra ela. As saias de Áine pegaram fogo como às vezes acontece com as saias das mulheres, e não adianta culpar alguém pelo fato do fogo lamber um avental comprido. E Nance não fez o melhor que pôde por você, quando você precisou?

Brigid empalideceu, ainda encarando Nóra.

— Foi ela quem fez aquilo, não foi?

— Fez o quê?

— Ela afogou aquele menino.

Os olhos de Peg, brilhantes e alertas, foram de uma para outra.

— Era um encantado — grasnou Nóra.

Brigid mordeu o lábio.

— Você esteve com ela? Depois do julgamento?

— Não. Eu a perdi no meio da multidão.

— Você sabe se ela estava pensando em voltar para o vale?

— É aqui que ela vive. Ela iria querer voltar para sua cabana. Era só nisso que eu pensava quando estava na estrada. Voltar para casa.

Brigid balançou a cabeça.

— Ela não vai mais ter uma cama aqui. Não agora. Pegue o que você precisa, Nóra. Não posso ficar esperando a noite inteira. Está quase escuro.

Peg levantou a mão.

— Brigid? Do que você está falando, criança?

— É culpa dela, afinal de contas. Vamos, Nóra. Você não pode ficar aqui.

— Brigid! O que está acontecendo?

— Dan disse que não era para eu falar. Nóra...

— O quê?

Brigid mordeu o lábio. Sua respiração estava acelerada, e ela agarrava o cesto com tanta força que seus nós dos dedos estavam brancos.

Peg se apoiou no cajado de abrunheiro.

— Vamos, Nóra. À casa de Nance. — Adiantou-se para a porta, parecendo enojada.

Nóra começou a se levantar.

— Não há nada que possa ser feito! — explodiu Brigid. — Está decidido. — Ela apontou um dedo para Nóra, em sinal de aviso. — Foi decidido quando você não estava aqui. E você tem sorte por não ter sido decidido contra você!

O estômago de Nóra se dobrou de medo. Devagar, mãos trêmulas, pegou o cesto trazido por Brigid e, em silêncio, começou a juntar seus pertences.

Nance estava de pé na floresta, olhando para onde antes ficava seu *bothán*.

Quatro dias caminhando devagar pela estrada de Tralee, o longo trajeto para casa feito com pés ardendo de dor, e a cabana não existia mais.

Eles a tinham queimado. Só havia cinzas.

Ela desabou na grama alta à beira da clareira, no trecho escuro em que não poderia ser vista da trilha, e, exausta, adormeceu. Enroscou-se na terra perfumada do verão e deixou que o cansaço a inundasse, até que a brisa do fim de tarde começou a soprar. Sentou-se sob um céu lavado por nuvens vermelhas.

Devem ter sido cuidadosos ao fazer aquilo, pensou, recostando-se a uma árvore e observando a terra queimada. Teriam coberto o telhado com combustível seco? Talvez tivessem alimentado as chamas com *poitín*. O fogo tinha sido alto — as folhas mais altas das árvores próximas estavam negras, e metade do tronco do carvalho estava carbonizado. Ela se levantou, foi até a árvore e passou com cuidado as mãos na casca fuliginosa. Migalhas de carvão se soltaram, deixando seus dedos sujos. Sem pensar no motivo, ela levou a mão ao rosto e se benzeu com as cinzas.

Não restava nada. Nance caminhou por cima das ruínas das vigas carbonizadas e caídas sobre o solo arruinado, revirando-as em busca de qualquer coisa sua que pudesse ter sobrevivido. Encontrou o que restava de suas lãs, reunidas, penteadas e cardadas com tanto cuidado e agora uma massa peluda em cima da terra. O cheiro de fumaça era intenso. Não havia erva alguma. Seus banquinhos, a turfa, até mesmo os potes de barro com gordura, tudo carbonizado.

Foi só ao descobrir a pequena fivela de ferro da correia com que prendia a cabra que se sentiu invadir pela onda de dor, arrancando-lhe as entranhas tão depressa quanto um golpe de punhal. Fechou os olhos, apertou nas mãos o pedaço de metal e imaginou Mora, a porta fechada, o fogo subindo ao seu redor. Chorando, começou a revolver as cinzas em busca de ossos, mas a luz esmaecia e ela não conseguia distinguir entre o que poderia ser o cabo do balde de lata e os parcos restos de sua fiel cabra.

Caiu a noite, estrelada. Uma fina lasca de lua subiu no céu. Nance sentou-se no borralho do lar e, com as mãos, cavou até sentir o calor residual do fogo no solo. Deitou-se e cobriu-se com as cinzas.

Nance acordou ofegante na madrugada seguinte, ao som de passos. Erguendo-se e sacudindo o peso da fuligem, olhou em volta, ansiosa. Ainda não amanhecera, mas o céu desbotara até o tom azulado de um ovo de pintarroxo.

— Nance?

Ela girou sobre si mesma. Um homem estava parado logo depois da mancha escura do incêndio, examinando-a com interesse.

Peter O'Connor.

— Pensei que você tivesse morrido — disse ele, cobrindo a boca.

Ele avançou e ajudou Nance a ficar de pé. Ela percebeu que ele tremia.

— Peter. Deus o abençoe.

Ele a encarava, chupando o lábio inferior.

— Graças a Deus eles a libertaram — gaguejou.

Nance pôs a mão em seu braço e ele a agarrou, desesperado.

— Achei que você tivesse desaparecido da minha vida — desabafou, a voz embargada. — Houve tantos boatos a respeito do julgamento. Estavam dizendo que você seria enforcada ou expulsa daqui. E você só tentava ajudar. — Ergueu os dedos de Nance até seu rosto e pressionou-os de encontro ao rosto sem barbear, queixo tremendo. — Tive medo por você.

— Eles não poderiam me tocar.

— Eu tive medo por você, Nance.

Ele lhe deu as costas, secando os olhos. Quando voltou a se virar, estava mais calmo.

— Eles queimaram tudo o que eu tinha — disse Nance.

— Foi decidido quando se ouviu o veredito.

— Seán Lynch.

— Ele voltou e descobriu que a esposa tinha desaparecido, e com ela o seu dinheiro. Na noite de anteontem, veio para cá. Ele era puro ódio.

— Kate Lynch foi embora?

— Sumiu. Ele estava num tal estado, Nance. Achou que você tinha parte nisso. Não consegui impedi-lo.

— Eu sei.

— Eu tentei. — Peter cobriu os olhos com a mão. — Ele veio com um grupo de homens fortes. Eu sinto muito.

— Não é culpa sua. — Ela o segurou pelos ombros, e ele se inclinou ao seu toque. — Você nunca fez nada contra mim. Contra ninguém.

Sentaram-se então os dois sobre as cinzas, até que a chuva apareceu no alto das colinas a distância e as vozes dos animais encheram o ar.

— Você não pode ficar aqui — disse ele.

— Não.

— Venha comigo.

Ele a levou para sua cabana, escondida na face nua da encosta da montanha, ajudando-a a subir a colina íngreme. Ao se aproximarem, começou a explicar o acontecido.

— Fizeram aquilo à noite. Todos os homens, a não ser John O'Donoghue. Ele não quis tomar parte.

— Daniel Lynch?

Peter franziu o rosto.

— Todos, menos John e eu. Mas, quando vi o grupo todo saindo daqui depois do pôr do sol, eu os segui.

Olhou para Nance, desgostoso, e conduziu-a para dentro da cabana.

Nance ficou algum tempo parada na escuridão, e respirou fundo.

Sua cabra estava num canto da sala, amarrada a uma velha cômoda, pilhas de excremento a seus pés. A exaustão e o alívio que Nance vinha abafando desde o julgamento invadiram-na de repente, e ela cambaleou até se deixar cair ao lado de Mora, abraçando o animal e se entregando ao seu calor familiar, ao seu cheiro de feno e leite. Esfregou o rosto no pelo de Mora, olhos subitamente molhados.

— Minha querida. Ah, minha querida.

— Eles iam cortar a garganta dela.

Nance acariciava Mora enquanto Peter continuava de pé, observando-a.

— Achei que ela estivesse morta — murmurou Nance, soltando enfim o animal e secando com cuidado os olhos no xale sujo. — Você a trouxe.

— Eu não os deixaria matá-la daquele jeito. E agora, Nance, por que você não se deita e fecha os olhos por um minutinho? Você deve estar morta de cansaço de tanto andar. Você veio de muito longe.

Naquele dia, Nance dormiu no silêncio fresco da cabana de Peter. De tempos em tempos, acordava e o via sentado à soleira da porta, esquadrinhando o vale inundado de chuva ou andando pela casa sem fazer barulho, arrumando as coisas. Ao cair da tarde, ele a acordou e lhe entregou uma caneca de leite morno da cabra e uma batata fria. Observou-a comer.

— Você está me parecendo magra demais, Nance.

— Os banquetes eram modestos em Ballymullen.

— Eu estava querendo dizer uma coisa. Você é bem-vinda aqui, Nance. Comigo. O que eu tenho não é muito, mas eu não tenho nenhum parente no vale e... — Ele enrubesceu. — O que estou tentando dizer é que eu poderia me casar com você. E então eles não poderiam fazer mais nada contra você.

— Eu sou uma velha, Peter.

— Você sempre foi boa para mim, Nance.

Ela sorriu.

— Uma velha sem um homem é a coisa mais parecida com um fantasma. Ninguém precisa dela, o povo a teme, mas, acima de tudo, ninguém a vê.

— Você vai pensar no assunto? Eu sou um homem capaz.

— Vou, sim, Peter. Obrigada, vou pensar, sim.

Pouco mais falaram naquele final de tarde. Peter se sentou perto da lareira enquanto Nance descansava em cima das magriças, e de vez em quando os dois se olhavam e sorriam. Quando a noite por fim envolveu a cabana, Peter rezou o terço, eles lavaram os pés e se deitaram para descansar junto ao fogo bruxuleante.

Nance se levantou antes da aurora. Peter ainda dormia, roncando baixinho deitado perto da lareira apagada, corpo esticado, braços acima da cabeça. Parecia mais velho quando dormia, pensou Nance.

Em silêncio, para não acordá-lo, ela revolveu o borralho e escolheu um pedaço grande de carvão. Deixou-o esfriar enquanto ordenhava Mora e, depois de encher o balde, colocou a bebida e o tição apagado em cima da cômoda e abençoou-os. Desamarrou então a cabra e, sem fazer ruído, deixou a cabana de Peter. Seus ossos doíam. Nance dirigiu-se para a trilha, a corda da cabra frouxa na mão, mancando por causa da dor no quadril.

Quando foi que fiquei tão velha?, perguntou-se.

O ar estava fresco e úmido. Uma névoa matinal descia das montanhas e deslizava pelas encostas arroxeadas. Lebres se moviam lépidas pelo brejo, caudas brancas em fuga pelo emaranhado sombrio das sarças, antes das sorveiras-bravas, dos botões brancos, do trevo. Diante dela, a trilha estava vazia e não havia movimento algum no vale expectante, nenhum vento. Só os pássaros acima dela e, no lento dissolver da escuridão, uma divindade celeste.

Nota da autora

Este romance é uma obra de ficção, embora inspirado num caso verídico de infanticídio. Em 1826, uma "anciã de idade muito avançada", conhecida como Anne/Nance Roche, foi indiciada pelo homicídio intencional de Michael Kelliher/Leahy (registros em jornais listam diferentes nomes) no Tribunal de Verão de Tralee, em Co. Kerry. Michael foi afogado no rio Flesk na segunda--feira, dia 12 de junho de 1826, e havia sido alegadamente declarado incapaz de ficar de pé, andar ou falar.

Durante o julgamento, Nance Roche sustentou ter tentado curar o menino, não matá-lo. O menino havia sido levado ao rio numa tentativa de "expulsar o ser encantado" de dentro dele. Nance foi absolvida por esse motivo.

Houve diversos casos registrados de morte e ferimentos em consequência de tentativas pessoais de eliminar parasitas e recuperar os que se acreditava terem sido perdidos para os seres encantados. O mais famoso desses casos foi o de Bridget Cleary, 25 anos, que foi torturada e depois queimada viva pelo marido e pelos parentes em 1895, em Co. Tipperary. O livro de Angela Bourke, *The Burning of Bridget Cleary* (1999), é um impressionante relato desse caso, e eu o recomendo a quem quer que deseje descobrir mais a respeito de como e por que tais tragédias aconteceram na Irlanda e no exterior. *The Good People: New Fairylore Essays*, publicado por Peter Narváez (1991), também oferece considerações atuais relacionadas às enfermidades que possivelmente atingiam aqueles considerados parasitas.

A tradição irlandesa relacionada a fadas e seres encantados era (e continua a ser) um sistema de crenças altamente complexo e ambíguo — e pouco encerra de sentimentalismo ou infantilidade. Como menciona Bourke em seu prefácio de *Burning*, "Grande parte deste livro se preocupa em considerar a crença em seres encantados como produto de mentes racionais, atuando em circunstâncias que excluem a experiência da maioria das pessoas nas sociedades modernas e alfabetizadas".

Ao escrever esta obra ficcional, busquei retratar crenças populares e folclóricas como parte da estrutura da vida rural irlandesa no dia a dia do século XIX, e não como anomalias.

Ao criar o personagem fictício de Nance, apoiei-me bastante nas histórias e relatos mencionados no livro de Gearóid Ó Crualaoich, *The Book of the Cailleach: Stories of the Wise-Woman Healer* (2003), e nos contos de fadas de Lady Augusta Gregory, Thomas Crofton Croker, e em *Meeting the Other Crowd: The Fairy Stories of Hidden Ireland* (2004), de Eddie Lenihan e Carolyn Eve Green. As referências à fitoterapia e às ervas utilizadas por Nance foram colhidas nos livros de Patrick Logan, *Making the Cure: A Look at Irish Folk Medicine* (1972), e Niall Mac Coitir, *Irish Trees: Myths, Legends and Folklore* (2003) e *Irish Wild Plants: Myths, Legends and Folklore* (2006), bem como nas obras de John Windele, James Mooney e W. R. Wilde sobre superstições e práticas populares relacionadas à medicina e ao trabalho de parteiras, em grande parte publicadas em meados do século XIX.

Minhas descrições da vida rural irlandesa nos dias de pré-escassez de víveres no século XIX basearam-se em diversas fontes, incluindo, entre outros, os trabalhos de Kevin Danaher (Caoimhin Ó Danachair), E. Estyn Evans, *Irish Folk Ways*, de 1957, e as teses e publicações de Claudia Kinmoth, Jonathan Bell e Mervyn Watson, Patricia O'Hare, Anne O'Connor e o extraordinário volume — a "bíblia" (como é frequentemente chamado) — de Seán Ó Súilleabháin, *A Handbook of Irish Folklore* (1942).

Agradecimentos

Em minhas pesquisas para este livro, fui abençoada pela oportunidade de conhecer e conversar com diversos eruditos, historiadores, curadores e acadêmicos que, generosos, dispuseram do seu tempo para responder às minhas perguntas por vezes estranhas (e com frequência ignorantes) a respeito da vida folclórica da Irlanda. Muito obrigada à Coleção Folclórica Nacional do Colégio Universitário de Dublin por sua extensa biblioteca especializada em Folclore e Etnologia, e a Bairbre Ní Fhloinn por sua assistência, suas sugestões e seu tempo. Muito obrigada a Clodagh Doyle, curadora da Divisão Folclórica do Museu Nacional da Irlanda, pela turnê e por me oferecer acesso ao departamento de pesquisa da Biblioteca. Imensa gratidão a Stiofán Ó Cadhla, do Departamento de Folclore e Etnologia do Colégio Universitário de Cork, por sua correspondência e por me fornecer tanto e tão valioso material de pesquisa. Muito obrigada a Sarah O'Farrell e Helen O'Carroll, do Museu do Condado de Kerry em Tralee, por sua ajuda e sua gentileza e por me concederem o empréstimo do "baú do tesouro" das informações relativas ao Inquérito dos Pobres. Muito obrigada a Patricia O'Hare, da Biblioteca da Casa Muckross, pela generosidade em me acompanhar numa turnê pessoal pelo local e me permitir o acesso aos arquivos da Biblioteca.

Quaisquer inconsistências ou falhas encontradas em meus relatos quanto ao folclore irlandês e à crença em seres encantados neste romance são apenas minhas, e não devem de modo algum ser atribuídas àqueles que tão amavelmente forneceram apoio e informações para meu trabalho.

Devo ainda agradecer a Seán O Donoghue, da Salmon Leap Farm em Co. Kerry, por me mostrar o antigo *cillín* em sua propriedade próxima ao original "Piper's Grave" e por me permitir perambular por sua fazenda e observar o rio Flesk. Muito obrigada a Michael Leane por me mostrar o rio e me falar de tempos passados. Muito obrigada a Chris e James Keane e a Mary, mãe de James, por sua hospitalidade e pela paciência com que me permitiram perturbar a todos no *ceilidh*.*

Muito obrigada à equipe da Universidade de Flinders e a meus companheiros do *Kill Your Darlings* pelo constante apoio. Muito obrigada aos amigos que compartilharam suas diversas histórias e ideias que talvez reconheçam, neste romance, vestígios de antigas conversas.

Sou gratíssima pelo apoio e pela paixão de meus editores, revisores e primeiros leitores. Obrigada de coração aos maravilhosos Alex Craig, Judy Clain, Paul Baggaley, Sophie Jonathan, Mathilda Imlah, Gillian Fitzgerald-Kelly, Natalie McCourt, Cate Paterson, Geordie Williamson e Ali Lavau. Muito obrigada a meus incríveis agentes: Pippa Masson, da Curtis Brown Australia; Gordon Wise, Kate Cooper e colegas da Curtis Brown UK; Dan Lazar, da Writers House; e Jerry Kalajian, do Intellectual Property Group. É uma honra trabalhar com todos vocês.

Por fim, amor e gratidão à querida Heidi, e a Pam, Alan e minha irmã, Briony, a quem este romance é dedicado.

* Sarau informal com música folclórica, canto, dança e contação de histórias — em irlandês no original. (N. T.)

Este livro, composto na fonte Fairfield,
foi impresso em papel Avena 70 g/m² na Imprensa da Fé.
São Paulo, outubro de 2017.